Danke Mama, Michi & Martina.

A.D.WiLK

Wenn ♡ DU wieder GEHST

Roman

adu

Für meine Lieblingsmenschen.

Die Wölfe.
Die Löwen.
Und die Drachen.

Prolog.
Dunkelheit.

Die Welt war schwarz. Und still. Eine stille Dunkelheit, in der nichts anderes zu ihr durchdrang. Aber bewusst war ihr das nicht. Erst als dieses Geräusch auftauchte, erkannte ein winzig kleiner Teil von ihr, dass da vorher nichts gewesen war. Und eigentlich war ihr auch das nicht bewusst, sondern nur ein ungreifbarer Gedanke. Das Geräusch war gleichmäßig, irgendwie beruhigend. Es schien einem festen Takt zu folgen. Und es klang dumpf, aber eigentlich auch wieder nicht. Sie wusste nicht, woher es kam, aber sie konnte sich darauf konzentrieren und es gab ihr einen Halt, den sie in der schwarzen Stille nicht hatte finden können.

Mit dem Geräusch verlor das Schwarz nach und nach seine Undurchdringlichkeit. Erst war es nur ein heller Punkt, der sich langsam ausdehnte und schließlich wurde aus dem Schwarz ein Grau. Ein dunkles Grau. Vielleicht Anthrazit. Sie versuchte, mehr wahrzunehmen, durch den grauen Schleier hindurch zu fühlen und zu hören, aber es gelang ihr nicht. Was auch immer dahinter lag, blieb unerreichbar. Und dann kam das Schwarz zurück.

September. Sechs Monate zuvor.
Das Haus am Meer.

Ein Windzug stieß die Holzrahmen der Doppelfenster gegeneinander. Der Knall ließ Lucy aufschrecken und sie stand von der Bettkante auf, um das Fenster zu schließen. Eine große, alte Eiche nahm fast ihr gesamtes Blickfeld ein. Ein Ast, dick genug, um sie zu tragen, ragte ihr entgegen. Sie konnte ihn noch immer greifen, wenn sie sich weit genug hinaus lehnte. Wenn sie wollte, könnte sie sich noch immer darauf schwingen und sich auf den Ast darüber ziehen, um bis zum Baumstamm zu balancieren. Dort würde sie sich an den oberen, dünneren Ästen festhalten und auf die andere Seite des Baumes klettern. Sie würde sich auf den breiten Ast setzen, den mit dem Knick nach oben, den Rücken an den Baum lehnen und auf das Meer sehen. So, wie sie es so oft getan hatte. Aber sie tat es nicht.

Vom Fenster aus versperrte das dichte Blätterwerk ihr die Sicht. In ein paar Wochen würde der Baum die Blätter fallen lassen und seine kahle Winter-Erscheinung annehmen. Aber jetzt leuchteten nur ein paar gelbe Punkte aus dem satten Grün heraus. Ein rotbraunes Eichhörnchen kletterte den Stamm empor, blieb wenige Meter von ihr entfernt sitzen und starrte sie irritiert an. Im nächsten Moment drehte es sich um und sprang auf einen anderen Ast. Lucy verfolgte seine flinke Kletterakrobatik, verlor es aber nach kurzer Zeit aus den Augen. Wie gern würde sie ihm hinterher springen. Sie würde nur über einen ausreichend großen Wintervorrat an Nüssen und die sichersten Verstecke dafür nachdenken müssen und nicht länger über all die Dinge, die sie seit fast drei Jahren davon abhielten, hierher zu kommen. Es war so leicht, sie auszublenden, wenn sie die alte Eiche und alles, was sie umgab, nicht vor Augen hatte.

Zumindest war es das lange Zeit gewesen. Leicht. Aber schon als sie das Flugticket bezahlt hatte, hatten Erinnerungen und Ängste die Kontrolle in ihrem Kopf übernommen. Und nicht nur dort. Ein riesiger Stein schien in ihrem Bauch zu liegen und gleichzeitig versuchten Millionen Schmetterlinge ihm seinen Platz streitig zu machen. Keine niedlichen, kleinen, bunten Flatterfalter, wie Verliebte sie beim Anblick ihres Angebeteten spüren. Nein, diese Schmetterlinge raubten ihr den Atem, weil sie keinen Platz für etwas anderes ließen und mit ihren riesigen Flügeln immer wieder schmerzhaft all das aufwirbelten, was sie nicht fühlen und nicht denken wollte.

Sie hatte ihren Koffer fünfmal neu gepackt und die Nacht vor dem Flug nicht geschlafen. Am Flughafen löste sie fast einen Großalarm aus, weil sie vergessen hatte, ihre Nagelfeile aus dem Innenfach ihrer Handtasche zu nehmen. Zumindest benahm sich die Sicherheitsbeamtin, als müsste sie gleich einen roten Knopf betätigen.

Der Flug selbst war eine Tortur. Wegen einer technischen Panne verbrachte sie drei, statt einer Stunde damit, im Flugzeug herumzusitzen. Sie scheiterte bei dem Versuch, die sich im Kreis drehenden Gedanken mit Hilfe der Frauenmagazine, die ihr die Stewardess gegeben hatte, abzuschütteln. Und sie weigerte sich, die immer wieder aufwallenden Gefühle zu sortieren, weil sie ihnen sonst zu nahe kam. Als das Flugzeug endlich landete, war sie sich nicht sicher, ob sie den Mietwagen allein würde steuern können und wäre fast in ein Taxi gestiegen.

Irgendwie hatte sie es dann aber doch geschafft, den viel zu großen schwarzen SUV, den sie nicht selbst gemietet hatte, über die Landstraße zu manövrieren, ohne dabei einen Baum zu rammen oder einen Ausflug in den Straßengraben zu machen.

Es war kein anderes Auto zu sehen gewesen, als sie in die Auffahrt vor dem weißen Haus mit den blauen Fensterläden fuhr. Er hatte sie gestrichen. Das konnte nicht lange her sein. Die Farbe war frisch, es gab keine abgeplatzten Stellen und sie war auch auf der Südseite nicht ausgeblichen. War es das gleiche Blau? Es wirkte so viel dunkler. Einen Moment hatte sie ihre Aufmerksamkeit auf diesen Fensterläden halten können. Aber dann … dann hatte die rotbraune hölzerne Treppe ihren Blick, ihre Gedanken, ihre Gefühlswelt gefangen genommen und es dauerte fünfzehn Minuten, bevor sie wieder klar sehen und die Autotür öffnen konnte. Aber das Geräusch, das der Kies unter ihren Schuhen beim ersten Schritt machte, und der Geruch nach Meer zwangen sie ein weiteres Mal innezuhalten. Sie schüttelte den Kopf, atmete tief durch und holte ihre Sachen aus dem Kofferraum. Mit einem kleinen grünen Koffer in der linken Hand und einer weißen Notebooktasche und ihrer Handtasche über der rechten Schulter lief sie über den schmalen, weißen Steinweg zur Eingangstür.

Der Schlüssel zum Haus lag noch immer unter dem blauen Blumentopf neben der Eingangstür. Das gleiche Blau wie die Fensterläden. Zumindest war es früher dieselbe Farbe gewesen. Jetzt war der Blumentopf deutlich heller. Sie hatte einen eigenen Schlüssel. Aber der befand sich in einem schwarzen Karton in einer Ecke in ihrem Keller und sie war nicht im Stande gewesen, auch nur das Vorhängeschloss an der Metalltür zu öffnen.

Das Haus war ruhig, als sie aufschloss. Es war niemand da und sie war froh darüber. So konnte sie ankommen, ihre Sachen in ihr altes Zimmer bringen, sich frisch machen und zu sich kommen. Nach einer Runde Barfußlaufen am Strand, ein paar Sonnengrüßen und einer heißen Dusche fühlte sie sich besser. Der überwältigende erste Eindruck war abgeflaut und sie war ruhiger, auch wenn sie von einer Tiefenentspannung weit entfernt war. Aber es würde schon funktionieren. Es waren nur ein paar Tage und …

„Hey!“

Sie erstarrte. Warum hatte sie keine Schritte gehört? Kein Auto? Wie konnte er so unbemerkt den Raum betreten haben, das Haus, das Grundstück? War sie so tief in ihren Gedanken versunken gewesen? Wie lange stand er schon dort? Hatte er sie beobachtet? Was hatte sie gemacht? Darauf war sie nicht vorbereitet. Wie konnte das sein? Seit Tagen hatte sie an nichts anderes gedacht als an diese Begegnung. Aber eigentlich stimmte das nicht. Sie hatte diese Gedanken seit Tagen unterdrückt, anstatt darüber nachzudenken, wie sie ihm gegenübertreten würde. Adrenalin schoss in ihre Adern und die Aufregung war zurück. Aber das sollte er nicht merken. Sie riss sich zusammen und setzte ein entspanntes Lächeln auf. Zumindest hoffte sie das, denn ihr Körper war noch immer wie erstarrt, während in ihrem Innern alles auf Hochtouren lief. Ihr Herz raste und ihr Hormonsystem sendete Botenstoffe aus, die im Wechsel ihren Fluchtinstinkt aktivierten und Euphorie weckten.

„Hey!“ Sie drehte sich zu ihm, ohne ihn anzusehen. Ihre Stimme überschlug sich fast und sie klang alles andere als sicher.

„Seit wann bist du hier?“ *Seine* Stimme klang sicher. Und entspannt. Warum war er so entspannt?

Sie atmete tief durch. Langsam, damit er es unmöglich sehen konnte. „Seit etwa zwei Stunden? Und du?“ Besser. So langsam kam die Fassung zurück. Sie ging zu ihrer Tasche, um ihre Wasserflasche zu holen und ihrem Körper eine Aufgabe zu geben. Es waren nur zwei Schritte, aber sie musste sie behutsam gehen. Ihre Beine fühlten sich an wie Gummi. Die Tasche stand auf ihrem alten Schreibtisch zwischen Stiften, Notizblöcken und, tatsächlich, einem Algebra-Buch. Warum hatte ihr Vater dieses Zimmer nie umgeräumt? Ihr Blick fiel auf ein Lineal, auf das mit einem Permanent-Marker unverständliche Buchstabenkombinationen geschrieben waren. Für jeden anderen unverständlich, aber sie wusste, was sie bedeuteten. Und er wusste es auch.

„Ich bin gerade angekommen. Hattest du einen guten Flug?“ Wieder riss seine Stimme sie aus ihren Gedanken. Ihn zu hören, zu sehen, seine Anwesenheit, das Haus und die Holztreppe, all das warf sie aus der Bahn. Diese ganze Situation. Dieser Ort. Es zog ihr den Boden unter den Füßen weg. Sie klammerte sich mit der einen Hand an die Flasche und stützte sich mit der anderen auf dem Schreibtisch ab, um das Zittern in ihren Beinen auszugleichen. Ihre Hände waren feucht und sie rutschte von der Holzplatte.

„Ja, ähm, keine Turbulenzen. Und deiner?“ Sie war nie gut in Small-Talk gewesen. Und nie hatte es sich so lächerlich angefühlt wie jetzt. Sie zwang sich, ihn anzusehen, von unten nach oben: keine Schuhe, ausgewaschene Jeans, ein graues T-Shirt, blaue Augen, nasse Haare. Hatte er geduscht? Seit wann war er hier?

„Ich bin nicht geflogen.“ Ein zartes, kaum wahrnehmbares Grinsen erschien auf seinem Gesicht.

Sie hörte es mehr, als dass sie es sah. Es amüsierte ihn, wie ungeschickt sie sich bei diesem Wörter-Ping-Pong anstellte. Er wusste, dass sie es hasste. Natürlich wusste er das. Zog er sie auf? Fast wurde sie wütend. Sie öffnete die Flasche, hob sie an die Lippen und sah, wie seine Mimik sich veränderte. Der leicht belustigte Ausdruck verschwand und sein Blick wurde ernst. Im nächsten Moment wusste sie, warum. Mist.

„Wie lange bist du schon verlobt?" Sie trank länger als nötig, um der Frage auszuweichen. Aber sie war zu aufgeregt, um Mund und Zunge zu koordinieren, verschluckte sich und musste husten. Was für eine absurde Situation. Als sie wieder atmen konnte, schaute sie ihn nur an. Sein Blick hatte sich nicht verändert und sie brachte es nicht über sich, ihm zu antworten. Da hörten sie, wie die Haustür geöffnet wurde. Jemand trat ins Haus und die Tür fiel mit einem lauten und vertrauten *Klack* wieder ins Schloss. Die Stimme ihres Vaters erklang von unten: „Hey, seid ihr da?" Sie antwortete zu laut: „Wir sind oben. Ich komme runter." Sie rannte aus dem Zimmer, sah ihn nicht mehr an und schaffte es, sich durch die Tür zu schieben, ohne ihn zu berühren.

Als sie ihren Vater am Fuß der Treppe stehen sah, ging es ihr sofort besser. Niemand außer ihm hatte diese Wirkung auf sie. Sie sprang fast in seine Arme und spürte, wie ihr Herzschlag sich beruhigte und Tränen der Dankbarkeit in ihr aufstiegen. Er hatte einen verdammt guten Augenblick gewählt, um nach Hause zu kommen. Er drückte sie an sich. „Schön, dass du hier bist, Cottee!" Es war Jahre her, seit er sie so genannt hatte. Und er war der Einzige, der es tat. Kay Cottee war die erste Frau, die ohne Zwischenstopp um die Welt gesegelt war und Lucys Vater hatte ihr Kays Geschichte unzählige Male vor dem Schlafengehen erzählt. Jahrelang wollte sie nichts anderes hören. Und auch heute stand das Buch noch immer in dem kleinen Bücherregal neben ihrem Bett und sie las alle paar Wochen ein paar Seiten vor dem Einschlafen. Dann erinnerte sie sich daran, wie sie als kleines Kind durch den weichen Sand gerannt war, weiße Bettlaken hinter sich herziehend, und gerufen hatte: „Ich bin Kay Cottee, ich segle um die Welt.“

Sie hörte Schritte am oberen Ende der Treppe. Das Knarren der zweiten Stufe, das sie schon als Kinder verraten hatte, wenn sie sich nachts aus dem Bett geschlichen hatten, um die Keksdose zu plündern oder ihrem Vater dabei zuzuhören, wie er Charlie aus der Zeitung oder einem Buch vorlas. Sie löste sich aus seiner Umarmung und ging an ihm vorbei in den Eingangsbereich.

„Nik!“ Ihr Vater sah zu Niklas auf, der die Treppe herunterkam und vor ihm stehen blieb.

„Oliver, du siehst gut aus. Aber …“, er musterte ihn und runzelte grinsend die Stirn. „Weißt du, so ein kaputter Rasierer muss nicht unbedingt bedeuten, dass du in Zukunft mit Terence Hill vier Fäuste schwingen sollst.“ Er sah prüfend an ihm herunter. „Außerdem fehlt dir dazu noch ein bisschen Bauchspeck.“ Ja, richtig, er hatte einen Bart. Das war ihr gar nicht aufgefallen. Ein fast komplett weißer, nur von einigen dunkleren Haaren durchzogener, dichter Flaum lag auf seinem Kinn, rund um den Mund und auf einem Teil der Wangen. Sie schmunzelte, ertappte sich dabei und das Lächeln erstarb.

„Sehr witzig!“ Oliver packte Niklas an der Schulter und zog ihn an sich. Es war seltsam, die beiden in dieser vertrauten Umarmung zu beobachten. Aber Niklas gehörte genauso zur Familie wie Lucy. Er war immer da gewesen. Vom ersten Tag ihres Lebens an. Die beiden so zu sehen, war wie einen Film abzuspielen, den sie lange in dem schwarzen Karton im Keller versteckt hatte. Aber sie fühlte sich fremd in dieser vertrauten Welt.

Vor 32 Jahren.
Der gleiche Ort am Meer.

Es war ein besonders heißer Juli-Tag vor 32 Jahren, als zwei Frauen in einem Krankenhaus auf die Geburt ihrer drei Kinder warteten. Mit ihnen warteten ein Vater und ein Paar Großeltern. Vater Nummer 2 wartete nicht. Er wusste nicht, dass es einen Grund dafür gab. Oder vielleicht hatte er in diesem Moment tatsächlich einen Grund, aber dann war es ein anderer. Niemand hatte ihn informiert, denn niemand wusste, wer er war. Das heißt, ein Computer und vielleicht auch eine Laborantin würden die Samenspende des Erzeugers im Notfall einer Person zuordnen können. Aber solange dies nicht geschah, war der Lieferant der zweiten Hälfte des Genmaterials nur eine Nummer mit einem Steckbrief. Alles, was Mutter Nummer 2 von ihm wusste, war: Er war dunkelblond, hatte blaue Augen, einen IQ von 127, war 187 cm groß, 85 Kilogramm schwer und es gab keine Herzerkrankungen in der Familie, kein Diabetes und keine bekannten Gendefekte. Er hatte einen Universitätsabschluss in Wirtschaftswissenschaften, war Nichtraucher und Marathonläufer. Sie hatte ihn unter einer Vielzahl von Spendern ausgewählt. Nicht, dass sie dies nötig gehabt hätte. Es gab zahlreiche Bewerber, die gern der Vater ihres Kindes geworden wären, aber nach drei sensationell gescheiterten Beziehungen hatte sie das Vertrauen in die Liebe oder vielmehr in die Männer verloren und zog es, zumindest für den Moment, vor, ein Leben ohne maskulinen Lebenspartner zu führen. Aber auf ein Kind wollte sie nicht länger verzichten.

Es gab vier weitere Geburten in jenen Stunden in diesem Krankenhaus. Für den kleinen Ort war es ungewöhnlich, dass an einem Tag sieben Kinder geboren wurden. So gab es weder genug Platz noch ausreichend Ärzte, Krankenschwestern oder Hebammen, um diese Aufgabe konventionell und nach Lehrbuch oder nach den bestehenden Krankenhaus-Richtlinien zu bewältigen. Die drei Kinder wurden deshalb im gleichen Raum, der nicht einmal ein Kreißsaal war, geboren. Im Abstand von wenigen Minuten und mit der Hilfe des anwesenden Vaters, der zwar sein Medizinstudium bereits abgeschlossen hatte, dessen Aufgabengebiet damals aber vorwiegend das Abnehmen von Blutproben und das Säubern von Bettpfannen umfasste.

Lucy war die Erste, die mit einem lauten Schrei in den Armen ihres Vaters landete. Fast zeitgleich kam Niklas unter den Anfeuerungsrufen seiner Großeltern und schließlich, einige Minuten danach, Lucys Bruder Simon zur Welt. Sie machten ihre ersten Erfahrungen mit der Außenwelt gemeinsam, ohne zu wissen, dass sie dieses Erlebnis ihr Leben lang verbinden würde. Niemand der Anwesenden wusste wie sehr. Aber es kam, wie es kommen musste. Die Mütter teilten sich während der nächsten Tage ein Zimmer. Niklas' Großeltern und Oliver verbrachten viel Zeit miteinander. Nach und nach wuchsen alle eng zusammen und wurden zu einer Familie.

Ein Mitglied dieser neuen, großen Familie zog es jedoch nach einem Jahr vor, zu gehen. Die Mutter der Zwillinge wollte ihre Karriere als Sängerin, Schauspielerin und Tänzerin nicht länger dem Ernähren, Wickeln und Herumtragen von Lucy und Simon opfern und ging. In der Nacht. Sie küsste beide Kinder zum

Abschied, hinterließ einen Zettel mit den Worten ‚Ihr bekommt das besser ohne mich hin', holte den am Tag zuvor gepackten Koffer aus seinem Versteck in der Garage hinter dem Stapel Winterreifen hervor und verließ das Haus, den Ort, das Land. Fast hätte sie auch den Kontinent verlassen, jedoch sollte es dazu nicht kommen. Aber das ist eine andere Geschichte.

Nach zwei weiteren Jahren stürzte Niklas' Mutter bei dem Versuch, einen Drachen aus den Zweigen der alten Eiche zu lösen, von einer drei Meter hohen Leiter. Sie starb wenige Wochen nach dem dritten Geburtstag ihres Sohnes und hinterließ ein tiefes Loch im Herzen aller.

So wuchsen die drei Kinder ohne Mütter auf. Bis Oliver eines Tages Charlotte kennenlernte. Sie war lustig, wunderschön und gutherzig und sie wurde sofort ein Teil der Familie. Alle liebten sie. Und Charlotte, die alle nur Charlie nannten, liebte es, zu dieser ungewöhnlichen Familie zu gehören, deren Angehörige in der Zwischenzeit direkte Nachbarn geworden waren. Sie wohnten nebeneinander in zwei Häusern auf demselben Grundstück, die Zwillinge mit Oliver und Charlie in der Nummer 22a und Niklas mit seinen Großeltern in der Nummer 22b.

Die Jahre vergingen und die Kinder wuchsen zu einer festen Einheit zusammen. Nichts und niemand konnte sie trennen und wer auch immer es wagte, einem von ihnen zu nahe zu treten, musste damit rechnen, Spinnen und Käfer in seiner Schultasche zu finden oder nach dem Sportunterricht T-Shirt und Hose hinter dem Getränkeautomaten in der Cafeteria suchen zu müssen. Sie waren wie Geschwister, teilten Betten, Essen und eben auch die Eltern und Großeltern. Sie gehörten zueinander, vertrauten sich jedes Geheimnis an und erfanden Geschichten, die Außenstehende nicht verstanden.

Es war eine glückliche Kindheit. Voller Liebe, Abenteuer und diesem Gefühl der Sicherheit, das nur Kinder verspüren können, die geborgen aufwachsen. Das Urvertrauen, dass alles immer gut ist und sein wird, egal, was passiert. Es war immer jemand da. Es hörte immer jemand zu. Es gab immer jemanden, bei dem man etwas lernen konnte. Bei dem man wieder ankommen konnte, wenn man selbst verloren war. So war und blieb es für viele Jahre. Bis es plötzlich anders war.

September. Freitag.
Das Haus am Meer, 22a.

Der Moment schien ewig zu dauern. Tatsächlich war es nicht einmal eine halbe Minute bis Oliver und Niklas die Umarmung auflösten, ein paar Worte wechselten und sich dann Lucy zuwandten und sie erwartungsvoll ansahen. Sie fühlte sich dem noch immer nicht gewachsen, murmelte etwas von Tee kochen, drehte sich um und ging in Richtung Küche. Niklas und ihr Vater folgten ihr nicht. Sie bogen, in eine Unterhaltung vertieft, nach links ab und traten auf die Terrasse, auf die die warme September-Sonne schien. Lucy blieb in der Küchentür stehen und sah ihnen nach. Ihr Blick fiel auf eine Kohlezeichnung, die neben der Treppe hing. Sie streckte die Hand aus, erstarrte aber in der Bewegung, bevor sie den Rahmen berühren konnte. Sie ballte die Hand zur Faust, schluckte die Tränen hinunter und trat in die Küche.

Dort nutzte sie die Zeit zum Durchatmen. Mit zitternden Händen füllte sie den Wasserkocher, nahm Tassen, Löffel, Tee und was sie sonst brauchte aus den Schränken und bereitete den Tee in der Kanne mit den blauen Rosen zu. Es war die kitschigste und hässlichste Teekanne der Welt, aber niemand brachte es übers Herz, sie wegzuwerfen. Auch eine Teekanne, so geschmacklos sie sein mag, kann Erinnerungen hervorrufen. Bei dieser waren es warme Sommernachmittage im Garten, Schokoladenkekse und frischer Pfefferminztee.

Alles war hier beim Alten. Wie konnte die Zeit an einem Ort so still stehen? Ihr Vater legte keinen Wert darauf, die Dinge zu verändern. Er war viel unterwegs und vermutlich wollte er nicht, dass etwas anders war, wenn er zurückkam. Vielleicht war es auch sein Weg, um an der Vergangenheit festzuhalten. Vielleicht hatte er Angst, dass er die mit der Zeit verblassenden Erinnerungen ganz verlor, wenn er die Dinge änderte.

Der Tee war fertig und es gab keinen Grund, länger in der Küche zu bleiben. Was sollte das überhaupt? Sie hatte gewusst, worauf sie sich einließ. Ja, sie war etwas überfordert mit den ersten Momenten, aber sie konnte sich zusammenreißen und die Situation meistern. Sie hatte das Wiedersehen mit Niklas zu lange hinausgezögert. Es war an der Zeit, sich ihm zu stellen. Einatmen. Ausatmen. Und los.

Sie betrat die Terrasse und fühlte sich etwas sicherer. Allerdings zitterten ihre Hände noch immer, als sie die Tassen und die Teekanne auf den Tisch stellte. Schnell setzte sie sich auf den Stuhl neben ihrem Vater und verschränkte die Finger auf dem Schoß.

„Hast du ein Bild von dem Stein?“, fragte dieser an Niklas gewandt.

„Was für ein Stein?“ Lucy zog ein Bein zu sich heran und umklammerte das Knie.

Oliver und Niklas sahen sie zweifelnd an.

„Was?“

Noch immer bekam sie statt einer Antwort irritierte Blicke. Und da begann ihr Gehirn wieder zu arbeiten. Sie sprachen von dem Gedenkstein, der morgen auf einer Feier für Niklas‘ Großeltern im Stadt-Zentrum enthüllt werden sollte. Deshalb hatte sie all das schließlich auf sich genommen. Victoria und Samuel waren ein wichtiger Teil der Gemeinde gewesen, jeder hatte sie geliebt und sie hatten sich fühlbar für die sozialen Themen der Stadt engagiert. Der Bürgermeister war im Begriff, sein Amt niederzulegen, und wollte als finalen Amtsakt seinen Freunden, mit denen er gemeinsam die Schule besucht hatte, eine letzte Ehre erweisen.

Es hatte lange gedauert, bis Lucy sich dazu hatte entschließen können, zu kommen. Wochenlang hatte sie eine Ausrede nach der anderen zunächst gefunden, dann ausgeschmückt und schließlich wieder verworfen. Deadlines, Hochzeitsvorbereitungen, lange Flüge und andere Verpflichtungen konnten nicht aufwiegen, was Sam und Vicky ihr bedeutet hatten. Und nachdem Niklas sie über ihren Vater selbst darum gebeten hatte, eine Rede zu halten, hatte sie sich dazu entschlossen, zu kommen. Also waren sie alle hier. Alle außer Simon.

„Oh! Richtig.“ Sie zog ihr Bein näher zu sich und fummelte an einer offenen Naht ihrer Hose herum, um die beiden nicht ansehen zu müssen. Niklas nahm sein Telefon vom Tisch und zeigte ihnen ein Bild des Gedenksteins. Er reichte es zuerst an Lucy. Sie nahm ihm das Smartphone aus der Hand, wobei ihr Zeigefinger leicht die Spitze seines Ringfingers berührte. Sie zuckte zusammen und hätte beinahe das Handy fallen lassen. Niklas hielt es fest, zog aber seinen Finger soweit zurück, dass sie einander nicht mehr berührten. Sie schaute auf und sein Blick traf sie. Sie erwiderte ihn einen Moment zu lange, nahm dann das Smartphone und sah auf das Bild. Es war ein schlichter, unbearbeiteter Findling aus Granit, der Lucy sicher bis zur Hüfte reichte. Auf eine Bronzeplatte geprägt erinnerte er mit den Worten ‚Zum Gedenken an zwei herausragende und unvergessene Menschen.‘ an Niklas‘ Großeltern. Lucy stiegen Tränen in die Augen. Sie wischte sich über die Wange und sah aus dem Augenwinkel, wie Niklas sie beobachtete. Ihr Tod verband sie. Noch immer.

In diesem Moment klingelte Olivers Telefon und er stand auf, um ins Haus zu gehen und das Gespräch dort entgegenzunehmen. Das folgende Schweigen war mehr, als Lucy ertragen konnte. Sie hob den Blick, schaute Niklas direkt in die Augen und sagte: „Seit drei Monaten."

Er runzelte die Stirn. „Was meinst du?"

Sie atmete tief durch. Diesmal war es ihr egal, ob er ihre Unsicherheit spürte. Sie stellte ihr Bein wieder auf den Boden, überlegte es sich dann aber anders, nahm beide Beine auf den Stuhl und verschränkte sie zum Schneidersitz.

„Ich bin seit drei Monaten verlobt." Sie wartete auf eine Reaktion, doch er saß nur da. Und obwohl er ihr direkt in die Augen blickte, hielt er seine starre Fassade aufrecht. Sie fragte sich, wie sie sich fühlen würde, wenn er …

„Herzlichen Glückwunsch." In seiner Stimme lag nichts. Nicht der Funken einer Emotion schwang darin mit. Wie konnte er so cool bleiben?

„Danke." Sie war sich nicht sicher, ob sie es meinte.

„Es gibt ein Problem!" Oliver hatte das Telefonat beendet und erschien zurück auf der Terrasse. „Sie können die Zeremonie nicht abhalten. Zumindest nicht morgen."

„Warum nicht? Was ist passiert?" Niklas wandte den Blick zu Oliver.

„Der Grund, auf dem der Stein gesetzt werden sollte, trägt ihn nicht. Jemand hat etwas falsch berechnet. Der Stein ist zu schwer und würde mit der Zeit im Boden versinken. Der Untergrund muss verstärkt werden, was ein paar Tage dauern dürfte."

„Wie viele Tage?" Lucy spürte wieder die Flügel der fiesen großen Flatterlinge gegen ihren Magen schlagen.

„Das konnte er mir nicht sagen.“ Oliver setzte sich zurück auf den Stuhl neben ihr und goss sich eine Tasse Tee ein. „Möglicherweise nur zwei. Möglicherweise brauchen sie auch eine Woche. Morgen wissen sie mehr.“

„Dann verbringen wir ein paar Tage zusammen.“ Niklas‘ Stimme ließ nicht erkennen, ob er von der Vorstellung begeistert war oder nicht. Aber Oliver lächelte. Er freute sich, die beiden im Haus zu haben. Lucy selbst war sich allerdings nicht sicher, was sie darüber denken sollte. Sie wollte auf keinen Fall mehr als die geplanten zwei Tage hierbleiben. Sie wollte nicht noch länger um Niklas herumschleichen und krampfartige Gespräche mit ihm führen, obwohl sie beide wussten, dass sie sich eigentlich nichts zu sagen hatten. Oder obwohl sie sich viel zu sagen hatten, es aber nicht aussprechen wollten oder konnten oder beides. Andererseits würde es schön sein, etwas mehr Zeit mit ihrem Vater zu verbringen. Sie sahen sich nur alle paar Monate, wenn er sie besuchte oder sie sich an irgendeinem Ort der Welt trafen, an dem einer von ihnen gerade beruflich zu tun hatte.

Und einmal im Jahr fuhren sie mit dem Boot raus, wie früher. Seit Lucy in der Schule war, verbrachten sie jeden Sommer ein paar Wochen auf dem Wasser, während die Jungs in einem Basketball-Camp waren. Für Lucy waren die Bootstouren mit ihrem Vater noch immer das Highlight des Jahres, um das sie ihre Sommertermine herum plante. Als sie klein war, hatte er ihr auf dem Boot die Welt erklärt. Sie hatte jedes seiner Worte aufgesaugt. Aber er war immer auch offen gewesen für ihre Ideen und ihre Fragen. Und wann immer er etwas nicht beantworten konnte, überlegten sie gemeinsam, experimentierten, konsultierten die

Bücher auf dem Boot oder fragten im nächsten Hafen jeden, der ihnen begegnete. Vielleicht hatte das den Wunsch in ihr geweckt, Journalistin zu werden und über Fremdes, Unbekanntes und Neues zu schreiben. Immer zu hinterfragen, was ihr unklar war oder suspekt erschien. Immer neugierig zu sein.

„Dann werde ich mal auspacken."

„Was?!" Lucy wurde von Niklas' Worten, schon wieder, aus ihren Gedanken gerissen.

Er grinste sie schräg an. „Wo bist du denn mit deinen Gedanken?" In einer anderen Zeit, dachte sie, sagte aber nichts.

„Ich will auspacken, weil es sicher mehr als zwei Tage dauern wird, bis sie das hinkriegen. Es ist Freitag. Hast du nicht gerade mit uns am Tisch gesessen?" Das hatte sie. Aber offenbar hatte sie ein ganzes Gespräch verpasst. Oh, diese Erinnerungen. Sie brauchte einen klaren Kopf.

„Ähm, doch klar. Mach das. Ich, ähm, dreh mal eine Runde."

Es war noch nicht einmal vier Uhr. Lucy ging wieder an den Strand. Diesmal ohne Kopfhörer, ohne Laufuhr. Sie genoss die frische Luft und das kühle Wasser, das immer wieder ihre Füße umspülte. Es war windig und die Wellen bauten sich hoch genug auf. Sie überlegte nicht lange, rannte zurück zum Haus, riss die Garagentür auf und da stand es. Neben den Neoprenanzügen, ordentlich aufgereiht zwischen den Brettern von Niklas, Simon und ihrem Vater. Lucy machte sich keine Mühe, ins Haus zu gehen, um sich umzuziehen. Sie schälte sich aus Jeans und T-Shirt, ließ die Unterwäsche an und schlüpfte in ihren türkisfarbenen Anzug. Nach wenigen

Minuten war sie fertig. Mit dem Brett unter dem Arm rannte sie zurück zum Meer und hielt dann für einen kurzen Moment inne.

Ihr Herz raste und nach und nach breitete sich ein breites Grinsen auf ihrem Gesicht aus. Sie konnte nicht fassen, wie sehr es sie noch immer packte. Jeden Tag waren sie zum Strand gekommen. Vor der Schule. Bevor irgendjemand sonst im Haus überhaupt daran dachte, aufzustehen, hatten sie die Bretter geschnappt und waren zum Meer gelaufen. Wenn die Wellen nicht ausreichten, hatten sie am Strand gelegen oder sich auf dem seichten Wasser treiben lassen. Im Winter joggten sie auf dem vereisten Sand oder testeten, ob die zugefrorenen Wellen sie tragen konnten. Manchmal mussten sie Taschenlampen mitnehmen, so dunkel war es. Egal, zu welcher Jahreszeit. Egal, welches Wetter. Der Strand am Morgen, der Morgen am Strand gehörte ihnen. Solange, bis einer der Erwachsenen mit den Handtüchern winkte und sie zum Frühstück rief.

Lucy legte ihr Brett aufs Wasser, warf sich darauf, spürte, wie es kurz ein paar Zentimeter tief im Wasser versank, nur, um sofort wieder aufzusteigen. Sie paddelte zu den Wellen hinaus und das Adrenalin schoss durch ihren Körper. In der Stadt gab es keine Möglichkeit zu surfen. Außer im Stadtbad kam sie nur unter der Dusche oder bei Starkregen mit ausreichend Wasser in Berührung, um überhaupt nasse Haare zu bekommen. Selbst der nächste See war so weit entfernt, dass sie nur ab und zu den Weg dorthin auf sich nahm. Manchmal kam sie auf ihren Reisen zum Surfen, aber das war selten und nicht dasselbe. Die Unsicherheit der vergangenen Stunden und Tage fiel ab und sie fühlte sich endlich zuhause. Es war, als hätte es die letzten Jahre nicht gegeben. Sie, das Brett und das Wasser bildeten eine Einheit, die nichts zerstören konnte. Etwas, das sie immer hatte, immer haben würde. Die Glückshormone eroberten ihr Blut und sie vergaß die Welt um sich herum.

Als sie schließlich jemanden rufen hörte, konnte sie unmöglich sagen, wie viel Zeit vergangen war.

„Hey, brauchst du vielleicht ein Handtuch?“ Es war ihr Vater. Er stand im Sand, barfuß und wedelte mit einem weißen Frotteetuch von der Größe einer Picknick-Decke.

Lucy ließ die Wellen hinter sich und paddelte zurück zum Ufer. „Wie lange war ich denn hier draußen?“

„Nicht länger als sonst.“ Sie liebte ihn für diesen Satz. Auch für ihn musste es wie eine Zeitreise gewesen sein, sie auf dem Wasser zu sehen. „Ich habe für halb acht einen Tisch bei José reserviert. Das ist in zwei Stunden.“ Lucys Herz machte einen Sprung. José. Sie schmeckte schon die Gambas auf ihrer Zunge. Sie grinste ihren Vater an und umarmte ihn.

„Ich mach mich fertig und dann können wir los.“

Er schob sie lachend von sich. „Und ich muss mich dann wohl noch mal umziehen.“

„Ach, das trocknet schon wieder.“ Sie ignorierte weiterhin das Handtuch und hakte sich bei ihm unter. Er küsste sie auf die Stirn und legte ihr den Arm um die Schultern.

„Dein Bart kitzelt.“ Sie schmiegte sich an ihn und gemeinsam gingen sie zum Haus.

Kurze Zeit später stand sie frisch geduscht und umgezogen in ihrem Zimmer und ihr Blick fiel auf ihre Tasche. Das Handy ragte halb aus ihr heraus. Oh Nein! Ben. Sie hatte ihn völlig vergessen. Sie war vor sieben Stunden gelandet und hatte sich bisher nicht bei ihm gemeldet. Das war nicht nur ungewöhnlich für sie, es widersprach auch ihrer Abmachung. Sie wählte seine Nummer. Es geschah nichts. Kein Ton erklang. Sie kontrollierte das Display. Der Balken für den Netzempfang war leer. Sie stellte sich ans Fenster und einen Moment später trafen fünf Textnachrichten und vier Infos über verpasste Anrufe ein. Sie seufzte, wählte erneut und es klingelte.

„Lucy!" Er nahm sofort ab.

„Es tut mir leid!" Was sollte sie sonst sagen? ‚Ich war überfordert damit, meinen Ex wiederzusehen und habe dich wohl einfach vergessen.'? Wohl kaum.

„Ist alles okay?" Er klang besorgt.

Sie ignorierte seine Frage. Sie wusste ja selbst nicht, warum sie ihn nicht sofort vom Flughafen aus angerufen hatte. „Ich werde wohl etwas länger hierbleiben müssen. Die Zeremonie wurde verschoben. Offenbar passt das Gewicht des Steins nicht zur Beschaffenheit des Bodens."

„Das ist ärgerlich. Zu Pauls Hochzeit wirst du es aber schaffen?" Die Hochzeit. Auch die war vollkommen aus ihrem Bewusstsein verschwunden. Aber das machte ihr deutlich weniger aus. Paul war Bens Bruder. Die beiden machten sich gerade ein paar schöne Tage in einem Golf-Hotel, etwa dreihundert Kilometer von Lucy entfernt. Am nächsten Wochenende würde er Clara heiraten. Lucy kannte Clara seit fast drei Jahren. Sie hatten sich auf einem Wirtschaftsseminar an einer Uni kennengelernt, zu dem Lucy gegangen war, um etwas Hintergrundwissen für einen Artikel zu bekommen und Clara, um Männer zu treffen, die sich mit Wirtschaft beschäftigten. Genau genommen hatten sie sich auf einer Party danach kennengelernt, zu der sie ein Bekannter mitgeschleppt hatte. Sie hatten Spaß gehabt und sich in der folgenden Zeit mehrmals im Monat, oft mehrmals in der Woche zum Tanzen getroffen. Clara war, wie Lucy, Journalistin. Aber eigentlich war sie weniger auf der Jagd nach guten Storys als nach einem passenden Ehemann.

Sie fand ihn. Beim Tanzen. Es war Ben. Clara hatte ihn und seinen Bruder kennengelernt, als sie allein unterwegs war. Und dann hatte sie es geschafft, Lucy zu einem Vierer-Date zu überreden. Lucy erinnerte sich noch gut an den exquisiten Italiener, die Kellner mit den Handservietten über dem Unterarm und die wunderschöne Aussicht durch die Panorama-Fenster auf den Fluss. Und an Ben. Wie er sie ansah. Es bestand kein Zweifel daran, dass sein Interesse nicht Clara galt. Auch er war nur mitgekommen, um seinem Bruder einen Gefallen zu tun. Denn Paul war es, der an der hübschen Südländerin interessiert gewesen war.

Lucy konnte spüren, dass Clara mit diesem Ausgang alles andere als zufrieden war. Ben war attraktiver als sein Bruder. Er war größer und trainierter. Paul war nicht unattraktiv, aber er passte nicht in Claras Beuteschema und erst recht nicht in die Vorstellung, die sie von ihrem Ehemann hatte. Sie wollte einen Mann, der sie schmückte, mit dem sie hübsche Kinder bekommen würde und um den sie andere Frauen beneideten. Paul konnte diese Ansprüche aus Claras Sicht vermutlich nicht halb so gut erfüllen wie sein Bruder. Aber er hatte etwas anderes, das Clara überzeugte. Er bezahlte die Rechnung mit seiner schwarzen Kreditkarte, fuhr sie in seinem weißen Porsche nach Hause und lud sie ein paar Wochen später auf seine fünfzehn Meter lange Jacht im Mittelmeer ein. Sie wurden ein Paar und würden nun, nach gut zwei Jahren, heiraten.

Wahrscheinlich hätte sie sich aber noch vor dem Altar gegen Paul entschieden, wenn sie sich die kleinste Hoffnung bei seinem Bruder gemacht hätte. Doch Ben zeigte vom ersten Moment an nur Interesse für Lucy. Dies belastete ihre Freundschaft zu Clara, auch wenn es eine Weile dauerte, bis Lucy klar wurde, warum Clara sich seit dem Essen mit den Brüdern nicht mehr meldete und kaum auf Nachrichten und Anrufe reagierte.

Es war keine tiefe Freundschaft gewesen, aber Lucy vermisste es, jemanden zu haben, mit dem sie am Wochenende um die Häuser ziehen konnte. Auch wenn sie nie mit Clara darüber gesprochen hatte, waren diese Nächte ein wichtiges Ventil geworden, um all die Gedanken und Emotionen rauszulassen und durch die Erschöpfung, die auf jede Nacht folgte, neue Kraft zu sammeln. Lucy war nicht tanzen gegangen, um Männer zu finden. Sie wollte sie vergessen.

Deshalb dauerte es auch Monate, ehe sie überhaupt in Erwägung zog, mit Ben auszugehen. Und über die gesamte Zeit blieb er hartnäckig und einfühlsam. Er fand die Balance zwischen zu viel und zu wenig Engagement, schickte ihr Blumen, wies sie auf Ausstellungen hin, die sie interessieren könnten und schlug ihr Bücher vor. Sie schwammen auf der gleichen Wellenlänge, daran zweifelte sie nicht. Er war nett, kultiviert und gebildet. Und er sah wirklich gut aus. Und als ihr klar wurde, dass sie Ablenkung brauchte, sagte sie schließlich nach drei Monaten, als er sie zum vermutlich hundertsten Mal fragte, ob sie mit ihm ausgehen würde, ‚Ja'.

„Pauls Hochzeit? Ja, natürlich." So sicher, wie sie klang, war sie sich nicht. Es war sogar wahrscheinlich, dass die Zeremonie am gleichen Tag stattfinden würde.

Als die Verlobte des Trauzeugen, damit zukünftige Schwägerin des Brautpaares und selbst Trauzeugin der Braut – wie hatte das nur passieren können? – konnte sie jedoch unmöglich bei der Hochzeit fehlen.

„Gut. Und wie ist es sonst? Wie geht es deinem Vater? Was hast du bisher gemacht?“ Ben war aufmerksam und interessiert wie immer. Lucy lächelte. Sie liebte ihn für diese Eigenschaften. In einem Gespräch mit Ben war nur sie wichtig. Es gab keine Ablenkungen für ihn. Er zeigte ehrliches Interesse an ihrer Arbeit, privaten Konflikten und es war ihm wichtig, ihre Meinung zu Kunst, Politik und anderen Themen zu kennen. Er zeigte ihr, dass er anerkannte, was sie tat und gab ihr täglich aufs Neue das Gefühl, etwas Besonderes zu sein. Also erzählte sie von ihrem Tag. Die emotionalen Schwankungen übersprang sie aber. Sie konnte sich selbst nicht erklären, warum sie so reagiert hatte. Außerdem fühlte sie sich durch den vertrauten Klang seiner Stimme wieder geerdet und bereit für die kommenden Tage. Die emotionalen Achterbahnfahrten hatten ein Ende, das konnte sie spüren.

Vor 15 Jahren.
Das andere Haus am Meer, 22b.

Es war fünf Uhr am Nachmittag. Seit Tagen regnete es ohne Unterbrechung. Simon, Lucy und Niklas saßen gemeinsam mit Anna, die Simons Freundin und Lucys beste Freundin war, in Niklas' Wohnzimmer und lernten. Das heißt, Lucy und Niklas lernten für einen Geschichtstest und Anna und Simon knutschten. Das Telefon klingelte. Lucy saß direkt daneben und nahm ab.

„Es ist Sam." Sie gab Niklas das Telefon und vertiefte sich wieder in Roosevelts ‚Vier Freiheiten'-Rede.

Niklas ging in die Küche, um zu telefonieren. Nach ein paar Minuten kam er zurück.

„Was ist los?", fragte Lucy, ohne von ihrem Buch aufzuschauen.

„Mit dem alten Auto kommen sie nur schleppend voran. Der Regen hat wohl einiges an Sand und Matsch auf die Straßen gespült. Einige Straßen wurden bereits komplett gesperrt."

„Dann verbringen sie die Nacht in einem Hotel?" Sie legte einen Zettel in das Buch und notierte sich etwas zur dritten Freiheit, der Freiheit von Not.

„Nein." Niklas setzte sich wieder neben sie auf den Teppich. „In der nächsten Stadt mieten sie ein anderes Auto. Sie wollen unbedingt heute noch nach Hause kommen."

„Warum das denn?" Simon löste sich von Annas Lippen.

„Irgendein Arzttermin morgen früh. Er sagt, er hat Erfahrung mit solchen Straßenverhältnissen."

Das stimmte. Aber der Sturm war deutlich zu hören, und der Regen hatte in den vergangenen Stunden einen weiteren Höhepunkt erreicht.

„Das Wetter wird sich sicher bald beruhigen.“ Anna klang zuversichtlich.

„Ja, wir wollen es hoffen.“ Niklas schüttelte den Kopf und die Gedanken ab und nahm Lucys Zettel, um zu sehen, was sie notiert hatte. Sie konzentrierten sich wieder auf die Rolle Amerikas im Zweiten Weltkrieg.

Nach ein paar Stunden klingelte das Telefon erneut. Das Wetter hatte sich inzwischen tatsächlich etwas beruhigt. Der Wind hatte nachgelassen und der Regen war in ein stärkeres Nieseln übergegangen. Niklas‘ Großmutter berichtete, dass sie sich jetzt einen Geländewagen gemietet hätten. Ihr eigenes Auto würde ein Mitarbeiter des Autovermieters am nächsten Tag zu ihnen bringen und den Mietwagen direkt wieder mitnehmen. Sie würden für die restliche Strecke dennoch deutlich länger brauchen als unter normalen Wetterverhältnissen und in etwa einer Stunde zurück sein.

Anna sah auf die Uhr und sprang auf. „Oh nein, ich soll in fünf Minuten zuhause sein.“

„Ich bringe dich.“ Simon sprang ebenfalls auf und half ihr, ihre Sachen zusammenzupacken. Sie verabschiedeten sich, zogen ihre Gummistiefel an und die Kapuzen über den Kopf und verschwanden in der Dunkelheit. Es war nicht weit bis zu Annas Haus, sie konnten laufen.

Lucy warf ihren Stift auf die Bücher und ließ sich aus dem Sitzen nach hinten auf den Boden fallen. „Ich bin so durch. Lass uns aufhören.“

Niklas sah sie dankbar an. „Essen?“

„Oh ja!“ Sie gingen in die Küche, um das Essen aufzuwärmen, das Charlotte ihnen mitgegeben hatte. Niklas‘ Großeltern waren für eine Woche in die Berge gefahren, um wie jedes Jahr ihren Hochzeitstag zu feiern. Seit 45 Jahren fuhren sie an den Ort, an dem sie die Tage nach ihrer Hochzeit verbracht hatten. Das gemütliche Berghotel, in dem sie damals waren, gab es inzwischen nicht mehr, aber sie hatten eine kleine Pension gefunden, in der sie sich wohlfühlten.

Lucys Vater hatte in der Klinik zu tun und Charlotte gab Abendkurse an einer Universität. Sie bestand aber darauf, wenigstens fürs Essen zu sorgen. Mitten in der Prüfungszeit waren sie dafür sehr dankbar. Während der letzten Tage hatten sie fast jeden Nachmittag und Abend auf dieselbe Art verbracht. Nach der Schule lernten sie zu viert in Niklas‘ Wohnzimmer, Simon brachte Anna gegen sieben nach Hause und wurde dort zum Abendessen eingeladen. Niklas und Lucy aßen bei Niklas und lernten danach weiter. Irgendwann kam Simon zurück und gesellte sich zu ihnen. Alle waren müde und ausgezehrt.

Als Simon an diesem Abend kurz vor neun zurückkam, setzte er sich entnervt auf einen der smaragdgrünen Sessel, warf den Kopf nach hinten, schloss die Augen und stöhnte auf.

„Ich kann das nicht mehr. Mein Kopf ist eine einzige Matschgrube. Schlimmer als das, was da draußen abgeht.“

„Hab dich nicht so. Es sind nur noch ein paar Tage.“ Lucy hatte selbst keine Lust mehr, aber Simons Gejammer ging ihr auf die Nerven.

Er atmete tief ein und schnappte sich sein Mathebuch. „Ja, ja. Du hast ja recht.“ Er legte einen Block auf das Analysis-Buch und begann zu rechnen, aber nach der ersten Aufgabe hielt er inne, sah zu der großen Wanduhr und runzelte die Stirn. Lucy bemerkte seinen Blick und folgte ihm. Sie verstand das Stirnrunzeln und sah ihn an. Simon schaute unmerklich zu Niklas, der von all dem nichts mitzubekommen schien. Lucy schüttelte genauso unmerklich den Kopf und Simon nickte. Und dann ging alles sehr schnell. Die alte Wanduhr schlug neun Uhr. Nun sah auch Niklas zweifelnd zu ihr auf. Im selben Moment klingelte das dritte Mal an diesem Abend ein Telefon. Diesmal war es Lucys Handy. Es war ihr Vater.

„Hey, wir sind spät dran, oder? Bist du schon zurück? Wir …"

Oliver unterbrach sie. „Lu. Es ist etwas passiert. Ihr müsst sofort in die Klinik kommen." Er klang erschöpft. Die Wanduhr schlug das vierte Mal.

„Warum? Was ist los?" Lucy wurde nervös. Die Jungs blickten forschend auf. Fünfter Schlag.

Oliver atmete hörbar ein. Er wollte nicht weitersprechen und tat es dennoch. „Es gab einen Unfall." Der sechste Schlag.

„Was? Was ist passiert? Wer hatte einen Unfall?" Panik ergriff sie. Niklas und Simon waren aufgesprungen und standen nun direkt neben ihr. Lucy schaltete den Lautsprecher des Telefons ein.

„Niklas' Großeltern." Siebter Schlag. „Ich habe euch ein Taxi geschickt. Es müsste jeden Moment da sein. Ich muss auflegen. Wir sehen uns gleich." Neben ihr begann Niklas zu zittern. Sie ergriff seine Hand und zog ihn in Richtung Tür. Im gleichen Moment klingelte es und die Wanduhr schlug das achte Mal. Sie rannten zur Diele, zogen Schuhe und Jacken an und rannten weiter zum Taxi, als der neunte Schlag ertönte. Der Fahrer schien zu wissen, welches Ziel sie hatten und brachte sie in weniger als zehn Minuten zum Krankenhaus. Oliver stand wartend davor, bezahlte den Fahrer und ging schnellen Schrittes zur Notaufnahme. Sie folgten ihm.

„Was ist passiert?“ Niklas packte Oliver an der Schulter, riss ihn fast herum. Seine Stimme war unkontrolliert. Er hatte Tränen in den Augen. Und da sah Lucy es. Der Ausdruck in den Augen ihres Vaters war leer und traurig zugleich. Kraftlos und voller Mitgefühl. Sie sah, wie schwer es ihm fiel, zu sagen, was er jetzt sagen musste.

„Es war ein sehr schwerer Unfall, Nik. Ein anderes Auto ist von der Spur abgekommen und …“ Er blieb stehen und legte ihm die Hände auf die Schultern. „Wir konnten Vicky nicht mehr helfen.“

Niklas erstarrte. Seine Mimik zeigte keinerlei Regung mehr. Aber Oliver lief weiter. Er hatte es eilig. Zu eilig. In Lucys Bewusstsein war noch nicht angekommen, was er da gerade gesagt hatte, aber ihr Körper reagierte bereits: Ihr Magen zog sich zusammen, darüber klopfte ihr Herz heftig und in ihren Augen sammelten sich Tränen, ihr Blick verschwamm. Der viel zu fokussierte Blick ihres Vaters alarmierte sie. Er hatte nicht alles gesagt. Panik stieg in ihr auf. Oliver hetzte ihnen voraus durch die Eingangshalle, so, als hätten sie keine Zeit zu verlieren. Niklas schien es genauso zu gehen, denn er sagte nichts, bis sie einen Korridor betraten, in dem ein halbes Dutzend wartende Menschen saß. Das Licht war grell und von überall drangen Geräusche zu ihr, die Lucys Gehirn nicht einordnen konnte.

„Großvater?“ Mehr konnte Niklas nicht sagen. Er musste all seine Kraft aufbringen, um nicht zusammenzubrechen und mit Oliver Schritt zu halten. Lucy ergriff wieder seine Hand. Sie war eiskalt.

„Er ist hier, aber …“

„Wo?“

„Wir müssen uns beeilen. Er …“ Oliver atmete tief durch und schaffte es nicht länger, seine Tränen zurückzuhalten. „Er hat nicht mehr viel Zeit.“

„Wo ist er?“, schrie Niklas, aber seine Stimme brach bei den wenigen Worten. Das letzte Wort ging in einem Schluchzen unter, das Lucy tief im Innern traf, und sie spürte, wie etwas in ihr zerbrach. Oliver blieb stehen und blickte zur Seite. Dort war ein Krankenzimmer, aus dem das Piepsen eines Monitors zu hören war. Sie gingen gemeinsam hinein.

September. Freitag.
Das Haus am Meer, 22a.

„Lucy? Bist du soweit?“ Niklas klopfte an ihre Tür. Er nannte sie Lucy und es klang fremd.

„Ja, Sekunde.“ Lucy warf einen letzten Blick in den Spiegel und zögerte. Sie sah gut aus. Aber vielleicht etwas zu gut für den kleinen Spanier. Früher waren sie oft direkt vom Strand in das gemütliche Restaurant mit der großen Terrasse gegangen. Dann saßen sie mit sandigen Füßen, nassen Haaren, von der Sonne geröteten Wangen und salziger Haut an ihrem Tisch und stritten sich um das Strandkorbrecht. Sie aßen Tapas und Paella, ließen den Tag Revue passieren und planten den nächsten. Sie hatten immer einen Plan. Auch wenn er oft nur darin bestand, den ganzen Tag im Wasser zu verbringen und endlich länger auf dem Brett zu stehen als am Tag zuvor.

„Lucy?“ Niklas klopfte noch mal.

„Ja, ich komme.“ Noch ein Blick in den Spiegel. Nein, es war zu viel. Sie tauschte die High Heels gegen Schlappen und die goldene Kette gegen eine aus Muscheln, die sie aus ihrem alten Schmuckkästchen fischte, ohne hinzusehen. Sie löste die Klemmen aus ihrer Frisur und wuschelte sich durch die Haare. Besser.

Niklas wartete in der Diele. Sie blickte sich um, als sie die Treppe hinunterstieg und suchte nach ihrem Vater.

Niklas folgte ihrem Blick. „Es gab einen Notfall und er musste in die Klinik. Er versucht, von dort aus zu José zu kommen, wusste aber nicht, wie lange es dauern würde.“

„Oh!“ Einatmen, ausatmen. Wo war die Ruhe aus dem Gespräch mit Ben geblieben? Sie lächelte. Oder versuchte es, öffnete entschlossen die Tür und sah ihn fragend an. „Gehen wir trotzdem?“

„Ja, sicher.“ Niklas lächelte ebenfalls. „Du siehst gut aus. Für einen Moment hatte ich Angst, du würdest in High Heels zu José laufen wollen.“

„Hmhm.“ Lucy lächelte gequält. „Klar, ich und High Heels.“

Er deutete mit dem Finger nach draußen. „Der Panzer in der Einfahrt würde gut dazu passen.“

„Den habe nicht ich gemietet. Und außerdem passen High Heels und Autos gar nicht zusammen. Zumindest nicht, wenn du selbst fährst.“

Er grinste. „Ich werde es mir merken. Und jetzt komm, wir sollten …“ Er stutzte und musterte sie mit erhobener Augenbraue.

„Was ist?“

„Nichts. Ich meine. Deine Kette. Ich wusste nicht, dass du sie noch hast.“ Sie sah an sich hinunter. Natürlich. In der Hektik des Moments hatte sie ausgerechnet die Kette gegriffen, die Niklas ihr zu ihrem dreizehnten Geburtstag geschenkt hatte. Wie hatte sie das nicht bemerken können? Jahrelang war es ihre Lieblingskette gewesen. Sie hatte sie fast täglich getragen, sie jeden Morgen fast schon automatisch umgelegt. Lucy schwieg und schlängelte sich an ihm vorbei durch die Haustür.

Sie brauchten zehn Minuten bis zum Restaurant. Noch nie war ihr dieser Weg so lang vorgekommen. Nachdem sie das Wetter und noch einmal das Dilemma um den Gedenkstein durchgesprochen hatten, schafften sie es nicht, ein Gespräch zu führen, das mehr als zwei Wortwechsel umfasste, obwohl beide immer wieder versuchten, die Stille zu durchbrechen. Endlich erreichten sie den kleinen Weg, der auf die Teakholz-Terrasse mit den roten Tischen führte und Lucy atmete erleichtert auf. Sie konnte sich nicht erinnern, das Restaurant jemals über den Haupteingang betreten zu haben. Von der Terrasse aus sah man das Meer und wenn man zur richtigen Uhrzeit dort war und das Wetter mitspielte, konnte man die Sonne dabei beobachten, wie sie im Meer versank und den Himmel goldfarben, orange, pink und schließlich lila erstrahlen ließ. In der Stadt konnte sie die Sonne nie so lange sehen. Immer standen Häuser im Weg und blockierten den Blick. Und auch wenn der Himmel sich dort an manchen Abenden in den schönsten Farben zeigte, kein einziges Mal hatte sie einen Sonnenuntergang gesehen, der etwas Ähnliches in ihr auslöste wie dieser hier. Heute waren sie zu spät und sahen nur einen leichten lilafarbenen Schimmer am Horizont.

„Lu! Nik!“ José lief ihnen strahlend entgegen. Lucy schmunzelte, als sie den kleinen, rundlichen Spanier mit seinen warmen und herzlichen Augen sah. Wie er ihre Namen rief, wie er das ‚i‘ in ‚Nik‘ in die Länge zog, klang so vertraut wie der Kies unter ihren Schritten in der Einfahrt vor dem Haus. Aber diese Vertrautheit löste keine Panik in ihr aus, sondern brachte sie zum Lächeln. Sie warf sich in seine geöffneten Arme und drückte ihn fest an sich. Er erwiderte ihre Umarmung, schob sie dann ein Stück von sich, um sie einen Moment zu betrachten und sie dann wieder fest an sich zu ziehen.

„Du siehst gut aus, Stadtmädchen. Aber ein bisschen blass!“

„Ich bin doch kein Stadtmädchen!“ Lucy war irritiert, fast empört. Aber warum störte es sie, dass er sie so nannte? Sie lebte gern in der Stadt. Sie liebte das Leben zwischen den hohen Häusern, den Galerien, Parks und den vielen Menschen. Natürlich war sie ein Stadtmädchen. Aber dieses Wort aus Josés Mund schaffte Distanz und das wollte sie nicht. Jetzt gerade wollte sie das braun gebrannte Mädchen sein, das barfuß auf der Terrasse Fleischbällchen aß, mit Simon über die Höhe der Wellen stritt und über einen von Niklas' Witzen lachte. Auch wenn sie genau genommen kein Mädchen mehr war und es schon ziemlich lange her war, dass sie Niklas einen Witz hatte erzählen hören.

„Nein?", fragte er mit einem Zwinkern in den Augen.

„Nein", antwortete Lucy laut und mit vor der Brust verschränkten Armen. Dann lachte sie. „Du wirst sehen. Morgen verzichte ich auf die Dusche und komme direkt aus dem Wasser zu dir."

José lachte ebenfalls. Nachdem er auch Niklas umarmt hatte, führte er sie zu ihrem Tisch. Dem Tisch mit dem Strandkorb, den er vor Jahren über das Internet ersteigert hatte. Es war immer noch warm genug, um auf der Terrasse zu sitzen, und Lucy war dankbar dafür. Die frische Luft und die Weite, in die der Blick schweifen konnte, würden es leichter machen, die nächsten Stunden zu überstehen. Das Wiedersehen mit José hatte die Stimmung etwas aufgelockert und Lucy freute sich auf das gute Essen. Sie ließ sich in den Strandkorb fallen und beobachtete Niklas dabei, wie er sich auf den Stuhl setzte, der ihr am nächsten stand. Er schien ebenfalls aufzutauen, denn er schmunzelte. Unmerklich, aber sie kannte ihn zu gut, um den Schelm in seinen Augen nicht zu bemerken.

„Was ist?"

„Stadtmädchen.“ Er sagte es spöttisch, aber auch liebevoll und sein Schmunzeln wurde zu dem für ihn so typischen Grinsen. Sie wollte wegsehen, dem vertrauten Anblick entfliehen, aber er sah sie weiter offen an.

Schließlich hielt sie es nicht länger aus und kicherte. Und als sein Grinsen daraufhin breiter wurde, lachte sie. Obwohl es absurd war. Sie war ein Stadtmädchen. Aber sie lachte über diese Absurdität umso mehr. Sie lachte so sehr, dass Niklas sich davon anstecken ließ und ebenfalls einen Lachanfall bekam. Es dauerte mehrere Minuten, bis sie sich beruhigt hatten. Und als sich dann ihre Blicke trafen, übermannte sie ein neuer Anfall und es dauerte weitere Minuten, bevor sie es schafften, einander anzusehen, ohne wieder ins Lachen auszubrechen. Lucy ließ sich in den Strandkorb zurückfallen, atmete tief durch, wischte sich die Tränen von den Wangen, sah ihn an und lächelte. Das erste Mal an diesem Tag sah sie ihn wirklich an. Sie sah in seine tiefblauen Augen, um die leichte Lachfältchen spielten, und sie war, jetzt in diesem Moment, glücklich, dass sie hier saßen. Es war gut. Sie vermisste ihn, auch wenn sie dieses Gefühl sehr gut blockieren konnte, wenn er nicht da war. Und das erste Mal kam ganz leise der Gedanke auf, dass es vielleicht nach all der Zeit eine Chance für sie geben könnte, einfach nur Freunde zu sein. Wie schon einmal, vor vielen Jahren, hatten sie es durch ein gemeinsames Lachen geschafft, einander näher zu kommen.

José kam an ihren Tisch, um die Bestellung aufzunehmen. Aber statt ihnen Karten für die Auswahl zu geben, fragte er nur: „Wie immer?“

Und beide antworteten gemeinsam grinsend: „Wie immer!“ Nach zwanzig Minuten war der Tisch gefüllt mit Calamares, Fisch, Fleischbällchen, die so scharf waren, dass Lucy sie ohne Aioli nicht essen konnte,

Papas arrugadas, Datteln und jeder Menge weiterer Tapas, Wein, Wasser und dem besten Brot der Welt. Da wohnte sie nun in einer Weltmetropole und sie hatte noch kein Restaurant gefunden, das es mit Josés frisch gebackenem Brot aufnehmen konnte.

Lucy ließ sich in die Vertrautheit der Atmosphäre fallen. In der Stadt fiel es ihr schwer, sich fallen zu lassen. Sie liebte das Leben dort. Die Vielfalt und das Treiben. Aber sie hatte vergessen, wie gut es tat, sich zurücklehnen und einfach entspannen zu können. Leute um sich zu haben, die sie kannten und wussten, wer sie war. Jetzt war es nicht mehr schwer, ein Gespräch mit Niklas zu führen. Der Ort, das Lachen und nicht zuletzt der Wein hatten einen Großteil der Spannung zwischen ihnen gelöst. Sie redeten über Kleinigkeiten wie die neuen Salzstreuer und Josés ergraute Haare und wie es früher war, hier zu sitzen.

„Ich hätte den Sonnenuntergang gern gesehen." Es gehörte einfach dazu, fand Lucy.

„Wir kommen morgen wieder. Früher." Niklas lächelte.

„Ja, mal sehen. Das wäre schön." Und dann sprachen sie über die Sonnenuntergänge der Welt. Die Art, wie die Kunstlichter der Stadt sich in Kontrast stellen zu den warmen und intensiven Farben des Himmels. Und über die Weite, über die sich ein Sonnenuntergang in der Wüste erstrecken kann. Sie erinnerten sich an gemeinsame Abende, als sie einfach nur Freunde gewesen waren und erzählten Geschichten aus Zeiten, in denen das anders war. Es tat gut, ihn über die letzten Jahre sprechen zu hören. Ihr Vater hatte nie etwas erzählt. Das hatte sie nicht gewollt. Dass sie hier beide so sitzen und ein Gespräch dieser Art führen konnten, hatte sie nicht erwartet. Umso mehr genoss sie jedes Wort, das sie wechselten und hin und wieder erschreckte es sie, wie leicht das war.

„Ich hätte nicht gedacht, dass es funktioniert." Hatte sie das laut gesagt?

„Was meinst du?", fragte er.

„Ach …" Diese Art von Gespräch wollte sie nicht führen. Das hätte dem Moment die Leichtigkeit wieder genommen. Außerdem war Lucy unsicher, ob sie ihre Gefühle mit ihm teilen wollte.

„Ach, ich meinte, hier zu sitzen. Wieder hier zu sein. Ich hatte geglaubt, es wäre schwer, anzukommen. Aber das ist es nicht. Alles ist so vertraut."

„Ja." Er nickte. Und dann stand er auf und setzte sich neben sie in den Strandkorb. Lucy spürte etwas von der Spannung zurück in ihren Körper kehren. Aber anders als nach ihrem Ankommen, war sie nicht unangenehm.

Sie sah ihn mit hochgezogener Augenbraue an. „Ich habe das Strandkorbrecht heute." Er grinste nur, trank einen Schluck Wein und blickte aufs Meer, das kaum noch zu erkennen war.

Es war ein schöner, frischer Spätsommerabend. José hatte ihnen Decken gebracht, als die Nacht hereinbrach. Das und der Wein, das scharfe Essen und nicht zuletzt das Sprechen und die körperliche Nähe wärmten sie ausreichend. Als José die zweite Flasche Wein brachte, waren sie vertieft in Gespräche über frühere Zeiten. Es war leicht über die Kindheit und die Zeit danach zu reden. Damals hätte sie nichts trennen können. Noch vor ein paar Stunden wäre die Nähe zu viel für Lucy gewesen. Aber jetzt genoss sie Niklas' Wärme und die zunehmende Vertrautheit. Fast hätte sie ihren Kopf auf seine Schulter fallen lassen. Sie unterdrückte ein Gähnen.

„Bist du müde?“

„Ja, ein bisschen.“ Sie drehte den Kopf zu ihm. „Ich hatte nicht so viel Schlaf letzte Nacht.“ Sie sah in seine Augen. Ihre Gesichter waren einander so nah, dass sie seinen Atem spüren konnte.

„Ich auch nicht.“

Sie fragte nicht, warum.

„Möchtest du nach Hause?“ Da lag etwas in seiner Stimme, und eine Gänsehaut überzog ihren Körper.

„Nein.“ Ihre Stimme wurde leiser.

Sie schwiegen und sahen einander in die Augen. Diese Augen. Wie oft hatte sie sich darin verloren. Der Wind blies eine Strähne in ihr Gesicht. Niklas schob sie sanft mit zwei Fingern hinter ihr Ohr. Ein Kribbeln zog sich von der Stelle, an der er ihre Haut berührte durch ihren Körper und sie erschauderte, unmerklich. Zumindest hoffte sie das. Aber er merkte es.

„Ist dir kalt?“ Er sprach ruhig, leise, gefühlvoll. Und so vertraut.

„Nein.“ Er hatte nur erahnen können, dass sie etwas sagte.

Sie wollte die Augen schließen und diesen Moment festhalten. Aber sie konnte sich nicht von seinem Blick lösen. Sie wollte es nicht. Ein zartes Lächeln breitete sich auf seinen Lippen aus und sie erwiderte es. Seine Finger lagen noch immer auf ihrem Haar und er strich über ihre Wange. Ihr Herz raste. Langsam legte er seine Stirn an ihre und als sich ihre Wimpern fast berührten, schloss er die Augen. Jede Faser in ihr reagierte auf die Berührung seiner Haut. Sie legte ihre Finger auf seine Hand und er streichelte mit dem Daumen über die Außenkante ihres kleinen Fingers. Sie konnte nicht mehr denken, wollte nicht mehr denken.

Und dann, wie aus dem Nichts, hörte sie die Stimme ihres Vaters. Er und José mussten direkt hinter ihnen auf den Strandkorb zu steuern. Sie sprachen Spanisch. Niklas hörte es auch, öffnete die Augen, löste die Stirn von der ihren und sah sie für einen Moment an. Enttäuschung lag in seinem Blick. Er lehnte sich im Strandkorb zurück, schlug die Arme hinter den Kopf und seufzte, bevor er sich wieder aufrappelte und eine unverfänglichere Position einnahm. Lucy stand auf, um Oliver zu begrüßen.

„Hey, wie ich sehe, habt ihr euch auch ohne mich amüsiert." Er sah müde aus, drückte Lucy kurz an sich, setzte sich auf einen freien Stuhl und griff nach ihrem Weinglas.

„Ist alles gut gegangen?" Ihre Stimme klang fremd und schien von weit her zu kommen.

„Ja, das ist es. Ein Grund zum Feiern." Er trank einen großen Schluck, schwenkte das Glas in der Hand und erzählte. Ein kleiner Junge war vom Baum gefallen und als Kinderarzt der Familie hatte er vor allem Beistand geleistet. Er war mit ihnen die Ergebnisse der Untersuchungen durchgegangen und hatte dafür sorgen können, dass sie nicht allzu lange warten mussten. Letztendlich kamen Kind und Eltern mit einem riesigen Schrecken, einem gebrochenen Unterarm und einer leichten Gehirnerschütterung davon.

Sie saßen noch lange und erzählten. Lucy erfuhr viel über die vergangenen Jahre in Niklas' Leben. Er hatte einige Zeit in verschiedenen Aufbauprojekten in Schwellenländern oder von Krieg zerstörten Regionen verbracht, arbeitete momentan aber mit Kindern und Jugendlichen in einem Jugendclub in einem kleinen Ort, 200km von Lucys Stadt entfernt. Er wollte seine Erfahrungen mit den Kindern teilen und auch hier etwas gegen die Aussichtslosigkeit tun, der sich viele Familien ausgesetzt sahen. Nebenbei sollten die Kinder lernen, wie sie anderen helfen konnten und ein Gefühl der Dankbarkeit für ihr eigenes Leben entwickeln.

Auch Lucy erzählte. Von ihren Reportagereisen in Asien und der Zeit, die sie in der Stadt verbrachte, um zu schreiben. Nur von Ben erzählte sie nichts.

Noch auf dem Heimweg lachten sie viel, die Stimmung war gelöst. Jetzt verging die Zeit wie im Flug und als sie zuhause ankamen, fühlte es sich für Lucy das erste Mal seit Jahren auch genauso an.

Vor 15 Jahren. Das andere Haus am Meer, 22b.

Es war Samstag. Sonnenlicht fiel durch das Fenster auf ihr Gesicht. Sie hatten die Vorhänge offengelassen. Lucy hielt die Augen geschlossen und versuchte, den Moment festzuhalten, in dem sie nur die Wärme der morgendlichen Sonnenstrahlen auf dem Gesicht spürte und die Träume der vergangenen Nacht die einzigen Bilder in ihrem Kopf malten. Er währte nur ein paar Sekunden. Und als die Gedanken, die sie so gern unterdrücken würde, erwachten, die Oberhand gewannen und jedes andere Bild verdrängten, öffnete sie die Augen, um ihnen zu entrinnen. Es gelang ihr nicht. Sie musste gegen das helle Sonnenlicht anblinzeln, um den Raum erkennen zu können. Auf dem Nachttisch stand ein Wecker, der aussah wie ein Basketball. Es war noch Zeit.

Die Jungs schliefen noch. Simon auf einer Matratze auf dem alten Dielenboden. Niklas lag neben ihr auf der Seite, ihr zugewandt. Sie drehte sich zu ihm und betrachtete sein Gesicht. Er sah friedlich aus und entspannt. Ein leichtes Lächeln lag auf seinen Lippen. Der Schlaf hatte die Traurigkeit der letzten Tage mit sich genommen. Sie in eine Ecke gestellt, in der sie darauf warten musste, bis der Tag ihm diese Macht wieder wegnahm. Sie streckte die Hand aus, um über seine Wange zu streicheln, aber bevor sie ihn berührte, zog sie sie schnell wieder zurück. Sie wollte ihm diesen Frieden nicht früher nehmen als notwendig. Aber Niklas musste die Bewegung gespürt haben. Er öffnete blinzelnd die Augen und sah sie direkt an. Lucy spürte, wie auch seine Gedanken einen Moment brauchten, um zu erwachen.

Wie er einen Augenblick lang zwischen Traumwelt und Realität schwebte und wie diese einzigartige Unbeschwertheit des Aufwachens seine Gefühlswelt bestimmte. Für einen Moment sah er nur sie und war einen weiteren Moment davon entfernt, zu lächeln.

Doch dann kehrte der Schmerz zurück. Sein Blick verdunkelte sich. Er schloss die Augen, seine Gesichtszüge spannten sich an. Und Lucy sah, wie er kämpfte. Aber er konnte es nicht aufhalten. Tränen traten aus seinen Augen, liefen über seine Wangen und fielen auf das blau-grün gestreifte Kopfkissen, wo sie dunkle Flecken hinterließen. Lucy rutschte näher an ihn heran, nahm ihn in den Arm und gemeinsam weinten sie, so wie sie es seit dem Unfall jeden Morgen getan hatten. Sie wusste nicht, wie lange es dauerte, aber irgendwann schaffte Niklas es, sich zu beruhigen. Er löste sich aus ihrer Umarmung und sah sie an. „Danke." Mehr als mit den Lippen sprach er das Wort mit den Augen aus. Sie strich ihm die Tränen von der Wange und lächelte. Und auch wenn es ein schweres Lächeln war, lächelte er zurück. Er küsste sie auf die Wange, nahm sie noch einmal in den Arm und kletterte dann aus dem Bett. Lucy atmete tief durch und tat es ihm gleich.

In diesem Moment hörte Lucy, wie die Haustür aufgeschlossen und geöffnet wurde und wieder ins Schloss fiel. Das Geräusch weckte Simon. Gemeinsam gingen sie nach unten und trafen auf Charlotte, die drei Kleidersäcke an die Garderobe hängte. Zwei dunkle Anzüge und ein schwarzes Kleid. Sie umarmte jeden von ihnen und Lucy sah an ihren ungeschminkten, roten Augen, dass auch ihr Tag mit Tränen begonnen hatte.

„Eure Schuhe bringt Oliver später mit. Er ist noch in der Klinik. Habt ihr Hunger? Ich mache Frühstück. Wer möchte Eier?" Sie redete, um die Stille zu füllen. Sie klang unsicher und nervös. Aber keiner der drei hatte Hunger. Das sah auch Charlotte, die bereits begonnen hatte, Pfannen und Zutaten aus den Schränken zu holen. Sie hielt inne und stellte die Eier zurück in den Kühlschrank.

„Kommt schon, ich muss was tun." Sie rang um Fassung.

„Kaffee." Simon kam ihr zu Hilfe. „Ich denke, wir könnten alle einen Kaffee vertragen. Nicht wahr?" Lucy und Niklas nickten und holten selbst Tassen aus dem Schrank. Es war noch immer Zeit.

September. Samstag.
Das Haus am Meer, 22a.

„Aufstehen, Schlafmütze.“ Niklas klopfte an Lucys Tür. Sie öffnete schwerfällig die Augen und sah blinzelnd auf die Uhr. Es war 06:15 Uhr.

„Geh weg!“ Es war spät geworden. Lucy hatte keine Ahnung, wann sie schließlich eingeschlafen war, aber mehr als drei Stunden konnte es nicht her sein. Sie hatte lange nicht abschalten können. Die letzten Tage hatten sie aufgewühlt. All die Emotionen und Erinnerungen und nicht zuletzt der Alkohol. Und dann dieser Moment im Strandkorb. Was wäre passiert, wenn ihr Vater fünf Minuten später aufgetaucht wäre? Nichts. Vermutlich. Oder doch? Um ein Uhr hatte sie sich schließlich dazu entschieden, den Gedanken etwas entgegenzusetzen und an einem Artikel weiterzuschreiben.

„Komm schon! Wie in alten Zeiten. Wenn du nicht sofort aufstehst, komme ich rein.“

Ein Lächeln machte sich auf ihrem Gesicht breit. Keiner von ihnen hatte sich morgens abwimmeln lassen. Es gab keine Ausrede, die es gerechtfertigt hätte, den allmorgendlichen Ausflug zum Strand zu schwänzen. Selbst, wenn sie krank waren, hatten sie sich aufgerafft, um wenigstens für fünf Minuten die Seeluft einzuatmen.

„Okay, gib mir eine Minute.“

„Gut, ich warte unten. Aber in 70 Sekunden stehe ich wieder hier. Und du weißt, was das bedeutet.“ Er klang vergnügt und hellwach. Und Lucy wusste genau, was es bedeutete. Sie hatte sich ein einziges Mal dem morgendlichen Ritual entziehen wollen, weil sie die Nacht über mit Anna telefoniert und an einem Referat gearbeitet hatte. Aber Simon und Niklas hatten sie geschnappt und unter die eiskalte Dusche gestellt. Das hatte sie ihnen bis heute nicht verziehen. Seine erzieherische Wirkung hatte es aber nicht verfehlt. Seither war sie immer die erste gewesen, die aufstand.

„Mach Kaffee!" Sie sprang aus dem Bett und ging ins Bad. Fünf Minuten später stand sie gähnend in der Küche und beobachtete Niklas dabei, wie er zwei Becher mit Kaffee füllte.

„Guten Morgen!" Er sah sie prüfend an. „Schlecht geschlafen?"

„Es geht." Sie gähnte wieder und musste lachen.

„Das Wasser wird dich schon wach machen."

„Das befürchte ich." Sie grinste.

Sie holten die Bretter und Neoprenanzüge aus der Garage und liefen zum Strand. Es dämmerte noch. Die Sonne würde sich erst in ein paar Minuten über den Horizont schieben. Lucy liebte diese Zeit am Morgen. Sie setzte sich auf ihr Brett und beobachtete die Wellen, während sie ihren Kaffee trank. Und sie beobachtete Niklas dabei, wie er seinen Anzug über die Badehose zog. Hatte er trainiert?

„Konntest du nicht schlafen?" Sie erschrak beim Klang seiner Stimme. Etwas Kaffee tropfte über den Rand der Tasse und landete auf ihrem Brett und im Sand. Sie wischte mit der Hand über das Brett. Augenblicklich blieb eine Schicht Sand auf ihrer Haut kleben. Sie stellte die Tasse in den Sand, rieb die Hände gegeneinander und schaute wieder aufs Wasser.

„Ich weiß nicht. Ein Artikel, an dem ich schreibe, hat mich beschäftigt." Das stimmte ja, irgendwie.

„Worüber schreibst du?"

„Hm?" Lucy sah wieder zu ihm auf. Sie war zu müde für ein Gespräch.

„Bist du wieder eingeschlafen?" Er schmunzelte.

„Was? Nein!“

„Dann los!“ Er nahm ihre Hand und zog sie hoch. Diese Berührung jagte ihr einen Schauer über den Rücken. Sie zog sie schnell wieder weg.

„Ist dir kalt?“ Wie konnte er das gemerkt haben?

„Ja, sicher ist mir kalt. Es sind 2 Grad.“

„Es sind 14 Grad.“

„Sag ich doch. Eiskalt.“ Sie sprang auf und wollte so schnell wie möglich ins Wasser. Obwohl sie sich dabei nicht wohl fühlte, zog sie Hose und Pulli aus und stieg in ihren Anzug. Dann griff sie ihr Brett, sprintete sie zum Meer und hörte, wie auch Niklas hinter ihr durch den Sand rannte. Sie sprangen in die Wellen und sofort fiel die Müdigkeit von ihr ab. Das Wasser war kalt. Die Wellen noch nicht besonders hoch, aber hoch genug. Lucy brauchte ihre gesamte Konzentration, um nicht vom Brett zu fallen. Und sie war dankbar dafür. Niklas war genauso hochkonzentriert und genoss es sichtlich, durch die Wellen zu reiten. Irgendwann lachte er und rief ihr etwas zu, was sie nicht verstand. Aber es lenkte sie ab und brachte sie aus dem Gleichgewicht. Sie fiel ins Wasser und als sie wieder auftauchte, funkelte sie ihn böse an, lachte dann aber. Sie war erleichtert. Offenbar stand der Moment im Strandkorb nicht zwischen ihnen.

Sie legte sich bäuchlings aufs Brett und sah zum Strand, um der Sonne beim Aufgehen zuzusehen. Niklas paddelte neben sie und gemeinsam beobachteten sie, wie der Himmel sich färbte und das Wasser um sie herum in goldenes Licht tauchte. Sie schwiegen und Lucy genoss den Moment bis sie am Strand zwei weiße Punkte hin und her hüpfen sah. Sie blinzelte und erkannte ihren Vater, der mit zwei Handtüchern wedelnd zum Wasser lief.

„In fünfzehn Minuten gibt es Frühstück. Wie kann es sein, dass ihr es immer noch nicht schafft, euch Handtücher mit zum Strand zu nehmen?“ Er klang vergnügt und lief ihnen entgegen, als sie ans Ufer paddelten.

„Wir verlassen uns einfach auf dich!“ Niklas klopfte ihm mit der nassen Hand auf die Schulter. Oliver sah ihn empört an. Dann lachte er.

„Ich muss nach den Eiern sehen.“ Er ging zurück, während Niklas und Lucy sich abtrockneten.

„Danke!“ Lucy wickelte sich in ihr Handtuch.

„Wofür?“

„Na, fürs Wecken.“

„Das liegt mir im Blut.“ Er lachte. „Also, worüber schreibst du denn nun?“

„Schreiben?“

„Na, dein Artikel!“ Er zog die Augenbrauen hoch. „Ich dachte, das Wasser hätte dich geweckt.“ Er stupste ihr mit der Faust gegen die Schulter.

„Oh, ach so.“ Sie lachte auch und schubste ihn sanft. Für einen Moment erstarrte sie, weil es plötzlich so leicht war, ihn auf diese Weise zu berühren, ihn überhaupt zu berühren. Dann sagte sie: „Lach nicht über mich. Das war völlig aus dem Zusammenhang gerissen.“ Sie liefen zurück zum Haus, als sie weiter sprach. „Also, vor ein paar Monaten habe ich auf einer Ausstellung ein Mädchen getroffen. Sie heißt Louise und ist dreizehn. Sie lebt in einem Kinderheim am Rand der Stadt und zeichnet unheimlich gut. Wirklich richtig gut! Und den ganzen Tag. Sie hat aber so gut wie keinen Zugang zu Kunst, obwohl sie dafür brennt, zu wissen und zu sehen, was andere Menschen mit ihrer Kreativität anfangen oder früher angefangen haben. Vor drei Jahren hatte sie jedes Kunstbuch aus der

Heimbibliothek mehrfach gelesen. Manchmal schleicht sie sich davon, um Ausstellungen zu besuchen. Sie hat keinen eigenen Computer und im Computerraum ist nie genug Zeit, um lange zu surfen. Ich konnte mit der Heimleitung ausmachen, dass ich sie ab und zu abhole, um mit ihr Ausstellungen zu besuchen, sie anderen Künstlern vorzustellen und ihr die Möglichkeit zu geben, im Atelier von Sergej zu zeichnen."

„Sergej? Wohnt er dort noch? Ich dachte, er wollte zurück nach Moskau?"

„Nein. Er hat vor zwei Jahren jemanden kennengelernt, Mika. Die zwei haben letzten Monat geheiratet."

„Tatsächlich? Hat er sich endlich geoutet?"

„Ja, er musste." Sie lachte.

„Das wurde aber auch Zeit. Diese Alibi-Freundinnen waren unerträglich."

„Oh ja, absolut."

„Okay, erzähl weiter. Ich wollte dich nicht unterbrechen."

„Ach ja, richtig. Lou."

„Lou?"

„Ähm, ja. Das ist ihr Spitzname."

„Ist das nicht furchtbar verwirrend?"

„Verwirrend? Wieso?"

„Wach auf, Lu. Ihr habt den gleichen Namen."

„Nein haben wir nicht. Da ist ein ‚o' in ihrem Namen." Sie zog das ‚o' in die Länge und grinste ihn an. „Also, ich leihe Bücher für sie aus und bringe ihr die ausgedruckten Artikel ihrer Lieblingsblogs mit. Aus den Treffen ‚ab und zu' ist inzwischen ‚mindestens einmal in der Woche' geworden."

Sie sah zur Seite. Niklas hörte ihr aufmerksam zu. Aber seinen Gesichtsausdruck konnte sie nicht deuten.

„Ich wollte von Anfang an über sie schreiben, aber ich hatte so viele andere Artikel anstehen und … na ja, du weißt schon. Vor ein paar Wochen wurde es ruhiger und ich habe sie und natürlich auch Angela – das ist die Heimleiterin - gefragt, ob das okay wäre. Ich möchte auch wissen, inwiefern solche Interessen in Kinderheimen gefördert werden können oder vielleicht sogar unterdrückt werden. Die Erzieher von Lou sind aufgeschlossen für ihr Interesse an der Kunst, können es aber kaum unterstützen. Wie immer fehlen Geld und Zeit, aber auch das Wissen."

„Das klingt wirklich spannend." Sie wusste, dass er es so meinte, aber irgendetwas hielt er zurück.

„Ja, das ist es. Ich würde daraus gern eine Serie machen. Kinder finden, die starke Interessen und Talente haben, diese aber nicht ausleben können, weil sie einfach nicht die Möglichkeiten dazu haben."

„Da gibt es bei uns auch jemanden."

„Ja? Erzähl!"

„Ein Junge in unserem Club, Marc. Er ist fünfzehn und spielt Klavier, als hätte er seit seinem vierten Geburtstag mehrmals in der Woche Unterricht gehabt. Tatsächlich hat er nur ein altes Keyboard, das mal in so einer ‚zu verschenken'-Kiste vor einem Haus stand, zuhause stehen. Es hat gerade mal 61 statt 88 Tasten. Sein Vater hat ihm erklärt, wie es geht. Er hatte selbst mal ein paar Jahre Unterricht bei seinem Großvater. Er hat mit ihm Fingerübungen gemacht, die Tonleitern geübt und ihm gezeigt, wie man Noten liest. Da war er 9. Nach kurzer Zeit hatte er ihm alles beigebracht, was er selbst konnte. Aber Marc reichte das nicht. Er hat wahrscheinlich jedes YouTube-Tutorial gesehen, was es gibt. Vor ein paar Jahren hat er sogar angefangen, eigene Stücke zu komponieren. Und wann immer er ein Klavier sieht, setzt er sich daran und spielt. In Restaurants, Einkaufszentren und so. Er ist so gut, dass ihn niemand davon abhält, zu spielen. Manchmal stecken ihm die Leute auch Geld dafür zu."

„Wow." Lucy fehlten die Worte. Wie damals, als sie das erste Mal Louises Bilder gesehen hatte.

„Ja. Leider hat er niemanden, der ihn wirklich fördern könnte. Seine Eltern haben zwar viel Verständnis und würden es ihm gern ermöglichen, Unterricht zu nehmen, oder auf eine Musikschule zu gehen. Und ich bin sicher, seine Eltern würden irgendwie versuchen, das hinzubekommen. Aber Marc will so schnell wie möglich anfangen, die Familie finanziell zu unterstützen und direkt nach der Schule arbeiten. Seit zwei Jahren trägt er am Wochenende Zeitungen aus. Mehr lässt sein Vater ihn nicht machen. Er will, dass er sich auf die Schule konzentriert und einen guten Abschluss macht."

„Warum haben sie denn so wenig Geld?"

„Sie waren noch sehr jung, als Marc auf die Welt kam. Beide erst 16. Marcs Vater, Patrick, noch ohne Schulabschluss. Seine Mutter, Lisa, hatte gerade eine Ausbildung zur Krankenschwester angefangen. Rick hatte die Schule geschmissen und lebte in den Tag hinein. Er war kurz davor, kriminell zu werden. Seine Mutter war alleinerziehend und Alkoholikerin. Bei Lisa sahen die Familienverhältnisse nicht viel besser aus. Von ihren Eltern konnten sie auf jeden Fall nicht viel erwarten. Weder Geld noch Unterstützung bei der Betreuung von Marc. Sie mussten sich ziemlich zusammen- reißen, um es hinzubekommen. Sie hatten niemanden, der ihnen vorlebte, wie es funktionieren könnte. Aber durch das Baby hatten sie eine Motivation. Nach einem Jahr machte Lisa mit ihrer Ausbildung weiter, Marc konnte von einer Tagesmutter betreut werden. Rick hatte bereits ein paar Wochen nach dem positiven Schwangerschaftstest einen Job als Mechaniker gefunden. Er verdiente genug, um die Familie zu ernähren. Sie wollten ihn sogar ausbilden, aber das hätte einen deutlich geringeren Lohn bedeutet und war keine Option."

„Wahnsinn, überleg dir das mal. Ein Kind mit 16." Und sie dachte: ‚Das hätten fast wir sein können.'

„Ja …" Er schwieg einen Moment, bevor er weitersprach, und sah sie dabei unverwandt an. Hatte er den gleichen Gedanken? „Nach ein paar Jahren wurde ihm klar, dass er sein Leben so nicht verbringen wollte. Lisa war das zweite Mal schwanger und er wollte seinen Kindern ein Vorbild sein. Etwas erreichen. Sich etwas aufbauen. Also begann er damit, seinen Schulabschluss nachzuholen. Langsam hat er sich durchgekämpft und studiert nun im Fernstudium."

„Er macht was?"

„Er wird Ingenieur. Für die Familie bedeutet das allerdings mittelfristig weitere Einbußen. Er arbeitet weiterhin Vollzeit. Deshalb kommt nur ein Fernstudium infrage. Das kostet aber natürlich. Und er muss zu Präsenzveranstaltungen und Prüfungen. Er hat nicht viel Zeit nach der Arbeit, aber er versucht das Lernen auf die Zeit zu verschieben, in der die Kinder schlafen. Dafür steht er jeden Morgen um halb fünf auf. Für seine Kinder ist er ein Wahnsinnsvorbild."

„Ja, das ist er." Lucy spürte, wie ein Kloß in ihrem Hals aufstieg und sie musste schlucken. Die Geschichte rührte sie.

„Wenn du möchtest, stelle ich dir die Familie vor und du kannst mit ihnen reden. Es wäre toll, wenn du über Marc schreibst. Ich denke, er würde dann endlich erkennen, welches Potenzial er hat und dass es nicht in erster Linie darum gehen kann, mit irgendwas Geld zu verdienen."

„Das wäre toll, danke." Im nächsten Moment war sie sich nicht mehr sicher, ob es eine gute Idee war, Niklas nach dieser Woche weiterhin zu treffen. Aber andererseits würde es nicht um ihn gehen und vielleicht gab es wirklich noch eine Chance für ihre Freundschaft. Gerade fühlte es sich zumindest so an, als könnten sie es schaffen. Sie hatten das Haus schon vor einer Weile erreicht und davor gestanden, solange Niklas gesprochen hatte. „Wir sollten reingehen."

Fünf Minuten später saßen sie mit nassen Haaren am Frühstückstisch auf der Terrasse und Oliver fragte: „Habt ihr schon Pläne für heute und die kommenden Tage?"

„Keine." Niklas und Lucy antworteten Oliver gleichzeitig und mussten lachen.

Lucy hatte darüber nachgedacht, zurückzufliegen und erst zur Gedenkfeier wiederzukommen, aber die Aussicht, etwas Zeit mit ihrem Vater zu verbringen, war schön und sie genoss die Ruhe immer mehr.

„Ich werde einfach nichts tun und den Tag auf mich zukommen lassen. Vielleicht schreibe ich ein bisschen."

„Du bleibst?" Niklas klang überrascht. Warum war er überrascht? Wäre es ihm lieber, wenn sie abflog?

„Ja, auf dieses hin und her habe ich keine Lust. Eine Auszeit tut mir ganz gut, denke ich."

„Gut." Mehr sagte er nicht. Und es klang alles andere als gut. Aber dann schien er sich zu besinnen, lächelte und sagte noch einmal: „Gut." Diesmal meinte er es, das konnte sie hören.

„Dann haben wir etwas Zeit zusammen.“ Oliver war begeistert. Er überlegte einen Moment, sah sie dann beide nacheinander an und verkündete: „Wir könnten mit Josi rausfahren.“ Lucys Herz machte einen Sprung. Josi. Der alte Segler stammte noch von ihrem Großvater. Er hatte ihn nach Lucys Großmutter auf den Namen ‚Josephine‘ getauft, aber jeder nannte ihn nur ‚Josi‘.

„Oh, ja! Das ist eine tolle Idee. Die alte Lady fehlt mir.“ Lucy sprang auf und war bereits an der Terrassentür, als sie sich besann, umdrehte und wieder zum Tisch ging.

Oliver erkannte, was sie vorhatte und hob die Hände. „Schon okay. Geh schon.“ Er drehte sich zu Niklas. „Und du auch. Ich kümmere mich ums Aufräumen.“

Sie gingen nacheinander duschen und packten ein paar Sachen zusammen. Es war warm und Lucy zog über ihren weißen Häkelbikini nur eine Jeans-Shorts und ein rotes Top. Eine halbe Stunde nach dem Frühstück stiegen sie in Olivers alten Range Rover. Auch den hatte er seit mindestens 16 Jahren. Lucy strich über den Kratzer an der Beifahrertür, den Charlotte verursacht hatte, als sie die Tür zu schwungvoll geöffnet hatte, und diese leicht gegen einen Pfeiler geknallt war. Oliver hatte nur mit den Schultern gezuckt, sie geküsst und gesagt, jetzt würde er immer an sie denken, wenn er die Beifahrertür öffnete, was nicht so oft vorkäme und dass es besser gewesen wäre, sie hätte den Kratzer an der Fahrertür verursacht. Charlie hatte ihm daraufhin ein Bild von der Größe eines Passfotos gezeichnet, auf dem eine Autotür mit einem Kratzer zu sehen war. Es war eine Fahrertür, das erkannte man am dahinterliegenden Lenkrad. Die Zeichnung klebte seit diesem Tag hinter dem Lenkrad neben der Benzin-Anzeige. Inzwischen war sie vergilbt und die Ecken rollten sich nach oben, aber sie war noch immer dort, wo Charlie sie vor 14 Jahren hingeklebt hatte.

Sie fuhren zu dem kleinen Hafen im Nachbarort, in dem der Segler lag. Lucy schluckte beim Anblick des marineblauen Bootes mit der verchromten Reling und dem weißen Mast. Sie hatten viele Touren mit ihm gemacht und noch immer hatte er diesen unvergleichlichen Charme. Und er wirkte weder alt noch abgenutzt, denn Oliver verbrachte viel Zeit damit, ihn zu pflegen und zu reparieren.

„Schön, dich zu sehen, Josi." Sie sagte es leise, aber Oliver hatte es gehört. Er lächelte sie an und gab ihr einen Kuss auf die Stirn. Sie schmiegte sich an seine Schulter.

Es war ein schöner Tag. Die Sonne stand am wolkenlosen Himmel und ein warmer Wind wehte die Wellen auf. Sie segelten zu einer kleinen Insel, die sie oft als Kinder angesteuert hatten. Sie lag nicht weit entfernt, hatte eine kleine Anlegestelle und man traf dort selten andere Menschen. Auch heute waren sie die einzigen Besucher. Sie trugen Decken, Handtücher und ein paar Getränke an den Strand und richteten sich ein kleines Lager ein. Lucy setzte sich auf die Decke und vergrub ihre Füße im Sand. Er war weich und warm. Sie atmete tief die salzige Meeresluft ein, schloss die Augen und lauschte den Wellen. Das Meer war hier ruhig und das Wasser rollte langsam und gemächlich ans Ufer.

„Nicht einschlafen." Niklas stupste sie an. Sie öffnete blinzelnd die Augen und sah, dass er sich auszog. Wo kamen denn nur all die Muskeln her? Er hatte schon immer gut ausgesehen, aber …

„Kommst du mit?" Er stand in Badehose vor ihr und sah sie auffordernd an.

„Hm. Es ist so schön warm hier." Sie versuchte, ihn nicht anzustarren, aber er hatte sich direkt vor ihr aufgebaut und alles, was sie sehen konnte, waren die Muskeln, die sich an seinem Bauch abzeichneten.

„Rasierst du dir den Oberkörper?" Was für eine vollkommen unpassende Bemerkung. Offenbar hatte ein Kopf-Mund-Filter seine Arbeit eingestellt. Lucy bereute die Frage sofort.

„Was?"

„Ach nichts."

Er zuckte mit den Schultern und rannte los. Lucy seufzte. Eine Abkühlung würde ihr guttun.

„Brauchst du Hilfe?", rief sie Oliver zu, der noch ein paar letzte Sachen vom Boot an den Strand trug.

„Nein. Geh ruhig schwimmen."

Sie seufzte wieder, zog sich dann aber ebenfalls aus und folgte Niklas ins kalte Wasser. Er war noch in Ufernähe und sah sie schelmisch grinsend an. Es war offensichtlich, was er plante, aber Lucy kam ihm zuvor, rannte ein paar Meter ins Wasser und sprang mit dem Kopf voran ins Meer. Als sie wieder auftauchte, war er verschwunden. Sie hatte keine Zeit sich umzublicken, um ihn zu suchen, denn sobald ihre Füße den Grund berührten, spürte sie noch etwas anderes an ihren Beinen. Niklas umfasste ihre Oberschenkel und hob sie nach oben, nur, um sie kurz danach wieder ins Wasser fallen zu lassen. Als sie prustend wieder auftauchte, sah sie in sein grinsendes Gesicht. Sie schlug mit der Hand aufs Wasser, um ihn nass zu spritzen. Obwohl er das natürlich längst war, duckte er sich und sie nutzte seine Unaufmerksamkeit, um sich ihm zu nähern und ihn an den Schultern unter Wasser zu drücken. Dann schwamm sie lachend vor ihm weg. Er folgte ihr. Als er sie eingeholt hatte, verlangsamte sie das Tempo und sah ihn grinsend an. Er grinste zurück und für eine Weile schwammen sie schweigend nebeneinander her.

Das Wasser war frisch, aber die Sonnenstrahlen wärmten die Wasseroberfläche, sodass sie die Kälte nur dann spürte, wenn ihr Unterkörper tiefer ins Wasser sank. Lucy drehte sich auf den Rücken, blickte in den tiefblauen Himmel und ließ sich treiben. Eine Möwe flog über sie hinweg. Ihr Kreischen durchbrach für einen Moment die Stille. Lucy drehte sich wieder auf den Bauch, blickte ihr nach und sah, wie sie sich in einiger Entfernung auf dem Wasser niederließ, um sich von den Wellen treiben zu lassen.

„Hey Nik?“

„Ja?“

„Das ist schön.“

„Ja.“ Er lächelte sie an. „Ja, das ist es.“

„Ich meine nicht nur das Schwimmen.“

„Ich weiß. Ich hatte gehofft, dass wir es hinkriegen.“ Sein Blick wurde ernst. Sie schluckte. Also war er auch nervös gewesen.

„Ich auch.“ Sie lächelte ihn an und hätte ihn gern umarmt. Stattdessen spritzte sie ihm Wasser ins Gesicht. „Wer zuerst am Strand ist, übernimmt das Kommando auf der Rücktour.“

Er lachte, spritzte zurück und sie schwammen um die Wette. Niklas war ein guter Schwimmer, aber Lucy war seit der ersten Klasse im Schwimmteam gewesen. Und noch immer trainierte sie mindestens zweimal pro Woche im Stadtbad. Das heißt, sie hatte vor zwei Jahren wieder damit angefangen. Es war knapp, aber sie gewann mit einer Armlänge Vorsprung.

Außer Atem stiegen sie aus dem Wasser. Niklas sah sie empört an. „Das war unfair!“

„Warum?“ Sie lachte.

„Du hättest mir sagen müssen, dass du wieder trainierst.“

„Ja, das hätte ich tun können. Aber das hätte den ganzen Spaß verdorben. Und außerdem … du siehst auch nicht gerade aus, als würdest du deine Abende mit Chips auf der Couch verbringen.“ Sie schluckte. Schon wieder war der Filter ausgefallen. Niklas hob eine Augenbraue und grinste. Lucy versuchte, zurück zu grinsen, aber ihr gelang nur eine Grimasse.

„Was war der Preis?“ Oliver mischte sich in das Gespräch und rettete sie aus dieser peinlichen Situation.

„Das Kommando über Josi.“

Er hob die Augenbrauen. „Und das übernimmst jetzt du?“

„Was soll das denn heißen?“ Lucy blickte ihn grimmig an, lachte aber im nächsten Moment auf. Er neckte sie.

Der Rest des Tages verging wie im Flug. Sie erkundeten alte Geheimplätze, die teilweise so verwachsen waren, dass sie sie kaum erkannten. Sie aßen auf dem Boot und lagen danach am Strand in der Sonne, bis diese sich bereit machte, unterzugehen. Mit der Sonne verschwand auch die Wärme und der Wind frischte auf. Lucy zog einen Kapuzenpulli über, setzte sich auf die Decke und schlang die Arme um die Beine. Sie blickte aufs Wasser und dachte daran, wie sie als Kinder hier gespielt hatten und wie Charlotte jedes Mal mit einer Kanne Tee vom Boot kam und damit den Abschluss des Ausflugs einleitete.

„Wir sollten los!“ Oliver durchbrach ihre Gedanken und sie schreckte kurz auf. Er fing bereits an, die Sachen zusammenzupacken.

„Ja, gut.“ Lucy stand auf, um ihm zu helfen.

Die untergehende Sonne färbte den Himmel

tieforange und gelb und rot, als sie Josephine in Richtung des kleinen Hafens zurücksteuerten. Das Meer war unruhiger. Der Wind noch stärker. Sie kamen schneller voran. Niklas und Oliver waren mehr und mehr im Einklang mit Wind und Meer, eins mit der Dynamik der Natur, nur um sich dann doch wieder gegen sie zu stellen, um noch schneller zu segeln. Ein Spiel, das sie hunderte Male gespielt hatten. Vermutlich öfter.

Wann immer Lucy einen Blick auf eines der beiden Gesichter erhaschen konnte, fühlte sie sich wie auf einer Zeitreise. Plötzlich war alles wie früher. Sie war wieder 16. Alles lag vor ihr und für einen Moment spürte sie diese zuversichtliche Leichtigkeit, die sie in ihrer Kindheit und noch bis zum Tod von Niklas‘ Großeltern begleitet hatte. Für einen Augenblick spürte sie das große Vertrauen in die Welt, in sich und in ihre Familie. Die Sicherheit, die sie erst dann wahrgenommen hatte, als sie nicht mehr da war. Für einen Moment gab es nur das Jetzt. Ein Jetzt, das es so nicht mehr gab. Sie war glücklich. So wie schon lange nicht mehr. Und auch wenn der Wind sie immer wieder wegwehte, drangen Tränen aus ihren Augen. Tränen des Glücks und der Dankbarkeit für diesen Moment. Aber auch Tränen darüber, dass alles hätte anders kommen können.

Es war nicht leicht, in den Hafen zu steuern. Der Wind wurde stärker, das Meer peitschte die Wellen gegen das Boot und an Deck. Sie holten die Segel früher ein und schalteten auf Motorenantrieb um. Dennoch brauchte es ein hohes Maß an Konzentration, um Josephine sicher an ihre Anlegestelle zu bringen. Nass und erschöpft sicherten sie das Boot gegen den Sturm und fuhren schließlich zurück nach Hause.

Vor 15 Jahren.
Das andere Haus am Meer, 22b.

Lucy schloss die Haustür ab. Niklas saß auf dem Sofa, die obersten Knöpfe seines weißen Hemdes geöffnet, die schwarze Krawatte lag zusammengefaltet in seiner Hand. Er hatte die Arme zur Seite gestreckt, den Kopf nach hinten gelegt und die Augen geschlossen. Alle Kraft schien ihn verlassen zu haben. Sie waren allein. Auch diese Nacht würden sie im Haus von Niklas' Großeltern verbringen. Nur, dass es jetzt sein Haus war. Bei Lucys Eltern hatten sich für die Tage um die Beerdigung Bekannte von Niklas, Großeltern einquartiert und das Letzte, was er brauchte, waren weitere mitleidige Blicke und mitfühlende Worte. Das wussten auch Oliver und Charlie, weshalb sie etwas widerwillig zugestimmt hatten, ihn und Lucy in dieser Nacht allein zu lassen. Simon würde bei Anna schlafen.

„Wirst du dort die ganze Nacht stehen?" Er sah sie nicht an. Sie seufzte, zog die Schuhe aus und hängte ihren Blazer an die Garderobe, an der noch immer Vickys guter Mantel hing. Sie strich über das weiche, cognacfarbene Wildleder und dachte daran, wie sie ihn gemeinsam in einer kleinen Boutique im Nachbarort entdeckt hatten. Sie setzte sich neben Niklas. Er legte einen Arm um ihre Schultern und sie lehnte sich an seine Brust. Er atmete ruhig, sein Herzschlag war gleichmäßig. Sie ließ sich in diesen Moment der Stille fallen. So viele Menschen hatten an der Beerdigung teilgenommen. Alle zeigten ihr Mitgefühl, boten Hilfe an und niemand konnte fassen, dass so etwas Schreckliches passiert war. Alle beide. Und Niklas war doch erst 17. Er hatte doch schon die Mutter verloren. Und den Vater nie kennengelernt.

Irgendwann hatten Oliver und Lucy es geschafft, Niklas gegen all die mitfühlenden Menschen abzuschirmen, die gar nicht zu merken schienen, dass er weder bereit noch in der Lage dazu war, all die Worte zu verarbeiten, die sie so nett meinten. Und nun saßen sie hier.

„Nik?“

„Hm?“ Er klang so müde. Und sie ärgerte sich, überhaupt etwas gesagt zu haben. Sie streichelte über den Stoff seines Hemdes und wartete einige Minuten, bevor sie weitersprach. „Was jetzt?“

Er richtete sich auf und sah sie an. Sie musste sich ebenfalls aufsetzen, um nicht von seiner Brust zu rutschen und ihn ansehen zu können. Er lächelte. Nein, er grinste. Warum grinste er? Und dann fing er an zu lachen. Warum lachte er? Sie konnte sich kaum einen schlechteren Zeitpunkt zum Lachen denken. Er warf sich wieder zurück an die smaragdgrüne Rückenlehne der Couch, legte beide Hände aufs Gesicht und lachte. Lauter.

Lucy sah ihn für einen Augenblick verständnislos an. Dann nahm er die Hände vom Gesicht und sah sie mit tränennassen Augen an. Und wieder lachte er und dann überkam es auch sie. Erst ein Lächeln, dann ein Grinsen und schließlich lachte sie mit ihm. Sie lachten, weil es das Einzige war, was, zumindest für diesen einen Moment, die Schlingen lockern konnte, die seit Tagen ihre Brust zuschnürten. Sie lachten gegen all den Schmerz, gegen all die Anspannung, die Unsicherheit und die Machtlosigkeit. Sie lachten bis ihnen Tränen über die Wangen liefen. Sie lachten, bis sie schließlich tatsächlich weinten.

Er sah besser aus danach. Er lächelte sogar ein bisschen.

„Danke, dass du da bist." Lucy ließ sich neben ihn gegen die Rückenlehne fallen und drehte ihm das Gesicht zu, lächelnd. Seine Wangen waren nass vom Weinen. Sie legte die Hand darauf, ohne die Tränen wegzuwischen. Er griff danach. Und für einen Moment sah er sie nur an. Dankbar und liebevoll. Und dann änderte sich sein Blick. Sie hätte nicht beschreiben oder erklären können, was es war, aber ein Kribbeln durchzog ihren Körper so plötzlich und unerwartet, dass sie für einen Moment vergaß, zu atmeten.

Er löste die Hand von der ihren und strich ihr eine Strähne hinters Ohr, ließ die Hand dann an ihrem Kopf ruhen und streichelte mit den Fingern über ihren Haaransatz. Strähnen lösten sich aus ihrer Frisur, die ohnehin längst nicht mehr aussah wie noch vor einigen Stunden. Sie schloss die Augen und nahm wahr, wie ihr Körper auf seine Berührung reagierte. Wie sich eine Gänsehaut auf ihrem Rücken bildete und ihr Kopf sich in seine Hand schmiegte. Als sie die Augen wieder öffnete, war sein Gesicht so nah, dass sich ihre Nasenspitzen beinahe berührten. Sein Blick war so zärtlich, wie sie es noch nie bei ihm gesehen hatte. Er wirkte überrascht, fast ungläubig. Und dann näherte sich sein Gesicht ihrem noch mehr und dann, dann küsste er sie. Ein zarter, unerwarteter, liebevoller Kuss auf den Mund. Er schien selbst erschrocken darüber, löste die Lippen aber nur wenige Millimeter von ihren, nur so weit, dass sie sich nicht mehr berührten. Sekundenlang sahen sie einander in die Augen. Lucys Herz raste. Und in Niklas'

Blick mischte sich mehr und mehr etwas anderes. Verlangen. Und dann verstärkte er den Griff seiner Hand, zog sie dichter zu sich heran und küsste sie wieder.

September. Sonntag.
Das Haus am Meer, 22a.

„Hey, aufwachen." Diesmal war es Lucy, die an Niklas' Tür klopfte. „Zieh deine …"

„… Laufsachen an?" Er öffnete die Tür, bevor sie ihren Satz zu Ende sprechen konnte. Lucy erschrak und taumelte ein paar Schritte zurück. Auf eine so schnelle Reaktion war sie nicht gefasst gewesen. Er griff ihre Hand und verhinderte so, dass sie hinfiel. Und er grinste. Natürlich grinste er. „Hast du Angst vor großen Wellen?" Er ließ sie wieder los.

Sie unterdrückte das Bedürfnis, selbst nach seiner Hand zu greifen. „Vor diesen da draußen? Ja." Sie streckte ihm die Zunge raus. Sie streckte ihm die Zunge raus? Schnell drehte sie sich zur Treppe. „Auf gehts!"

Der Wind hatte in der Nacht zugenommen. Er peitschte die Wellen hoch. Das Wasser war wild und unberechenbar. Und das würde erst der Anfang sein. Für den Nachmittag und Abend gab es eine Orkanwarnung. Sie verließen das Haus und sofort wehte der Wind Lucy die Haare ins Gesicht. Sie band sie zu einem unordentlichen Knoten und hoffte, dass sie das nicht alle paar hundert Meter würde wiederholen müssen.

„Lass uns zur Höhle laufen." Niklas musste fast schreien, damit Lucy ihn verstand. Sie nickte ihm grinsend zu. Die Höhle. Sie hatten sie als Kinder entdeckt. Sie lag exakt 5.672 Meter vom Haus entfernt. Niklas und Simon hatten die Strecke mehrfach vermessen, mit einem Schrittzähler, einem GPS-Gerät und einmal hatten sie sogar ein Maßband aus dem Nähtisch von Vicky genommen. Bei dieser Variante brauchten sie mehrere Tage, um die komplette Strecke abzugehen, und mussten sich Markierungen setzen, um am nächsten Tag noch zu wissen, wo sie am Vortag aufgehört hatten.

Genau genommen war die Höhle eine etwa drei Meter tiefe Einbuchtung in einen Felsen, die das Meer im Laufe der Zeit ausgespült hatte, als das Wasser noch höher stand. Sie lag einsam und konnte nur über den Strand oder nach einem zwanzig-minütigen Fußmarsch durch den Wald erreicht werden. Man konnte darin stehen und es gab einen Eingang, der etwas schmaler war, als die Höhle selbst. Früher hatten sie ihn mit einer aus Brettern zusammen gezimmerten Tür verschlossen, die sie mit einer Schubkarre zur Höhle geschleppt hatten. So bot sie Schutz vor Regen, Wind und den Blicken anderer, obwohl sich an diesen Teil des Strandes ohnehin selten jemand verirrte. Aber durch die Tür wurde sie zu einem Haus, das sie schützte und das verbarg, was niemand sonst sehen sollte.

Es war ihr Reich. Ein geheimer Ort. Ein Ort für Abenteuer und Geheimnisse. Sie versteckten nicht nur sich selbst hier, sondern alle möglichen Sachen, die sie vor den Erwachsenen verbergen zu müssen glaubten. Als sie älter wurden, verbrachten sie viele Sommernächte zwischen den Felswänden. Sie wussten bis heute nicht, dass sie dabei anfangs nicht allein oder auf sich gestellt waren. Oliver und Sam schlugen in den ersten Monaten ihr eigenes Lager in der Nähe der Kinder auf, um sie vor unerwarteten Gefahren zu schützen. Solange, bis Charlotte und Victoria sie endlich davon überzeugt hatten, dass die Kinder alt und verantwortungsbewusst genug waren, um es allein zu schaffen, und dass sie sich betrogen fühlen würden, sollten sie sie entdecken.

Sie hatte sich kaum verändert. Die alte Tür lehnte noch immer gegen die rechte Felswand, wirkte aber armseliger, als Lucy sie in Erinnerung hatte. Das Holz war morsch und grau. Ein paar rostige Nägel standen hervor und sie wagte nicht, sie von der Felswand wegzubewegen. Sie strich über die alten Bretter und verharrte dort, wo sie ihre Namen mit Simons Taschenmesser hinein geritzt hatten, als ihr Blick auf eine Stelle im Sand an der hinteren Felswand fiel. Sie durchquerte die Höhle mit zwei Schritten, grub die obersten Sandschichten weg und jauchzte. „Freddy. Du bist noch hier.“ Natürlich hatten sie einem Gegenstand, der all ihre Schätze aufbewahrte, den Namen eines berühmten Butlers gegeben. Berühmt zumindest in der Welt des Fernsehens. Die Wahl hatte gestanden zwischen Freddy Frinten und Geoffrey Butler. Letztendlich hatten sie sich für den tollpatschigen Briten entschieden, weil sie den Sketch selbst an jedem Silvesterabend nachspielten.

Niklas sprang zu ihr und hielt ihre Hand fest, als sie den Verschluss öffnen wollte. „Willst du das tatsächlich tun?“

„Was meinst du?“ Sie blickte gebannt auf seine Hand. Die Berührung jagte einen Schauder nach dem anderen durch ihren Körper.

„Lu, diese Kiste steht hier seit … Keine Ahnung, wann haben wir sie das letzte Mal geöffnet? Da ist doch Essen drin, oder?“

„Aber nichts Unverpacktes. Komm schon.“

Er zog seine Hand weg und hinterließ ein leeres Gefühl auf ihrer Haut. Gemeinsam öffneten sie die alte Metallkiste und Lucy packte Streichhölzer, Sturmkerzen, zwei Mikrofaser-Handtücher, einen dünnen Schlafsack, ein paar Power-Riegel, Tee, Kaffee, eine Flasche Wasser und diverse andere Dinge zur Seite. Sie stutzte. „Das liegt hier aber noch keine zehn Jahre.“

„Nein.“ Niklas runzelte die Stirn. „Und wo sind unsere Sachen?“ Die ganze Zeit war auch er nicht hier gewesen.

Eine Böe wehte am Eingang vorbei. Die Höhle lag am oberen Ende des Strandes und war geschützt vor Wind und den Flutwellen, die das Wasser schnell mehrere Meter den Strand hochspülten. Wenn man in der Nähe des Eingangs saß, konnte man dennoch das Meer sehen. Lucy sah nach draußen. „Ich weiß nicht, aber wir sollten zurück. Sieht aus, als würde es langsam ungemütlich werden.“ Sie packten die Sachen wieder in die Kiste, verdeckten sie mit Sand und rannten los. Das Wasser hatte bereits ein paar Meter Strand erobert und das Meer tobte zu ihrer Linken. Sie zogen die Schuhe aus und liefen im Wasser, weil der weiche Sand unter ihren Füßen sie bremste. Es begann zu regnen und sie erhöhten das Tempo, rannten um die Wette und kamen schließlich völlig außer Atem und durchnässt zuhause an.

Das Haus empfing sie mit dem Duft nach frischem Kaffee. Oliver stellte gerade eine Pfanne auf den Herd. „Geht duschen, ich mache Frühstück.“

„Oh je, ich fürchte, ich werde mich daran gewöhnen.“ Lucy nahm sich einen Becher Kaffee und küsste ihren Vater auf die Wange. Er wischte sich das Gesicht trocken und lachte.

„Und daran werde ich mich wohl gewöhnen müssen.“ Leise fügte er hinzu: „Vielleicht kommst du dann ja wieder öfter.“ Lucy sah die Hoffnung in seinen Augen. Es tat ihr leid, dass sie ihn so selten besuchte, aber bis zu diesem Wochenende hatte sie es nicht gekonnt.

„Das werde ich. Aber nicht wegen dem Service.“ Sie lächelte ihn an, gab ihm noch einen regennassen Kuss und ging nach oben.

Sie verbrachten den Vormittag im Haus. Niklas und Oliver reparierten ein Fenster, durch das der Wind hörbar pfiff und Lucy zog sich zurück, um an ihrem Artikel zu schreiben und mit Louise zu telefonieren. Normalerweise sahen sie sich sonntags und sie vermisste das Mädchen. Sie telefonierten fast eine Stunde. Louise erzählte von ihrer Woche und den Dingen, die sie gemalt hatte. Sie versuchte sich noch immer an einem Porträt von Lucy, wollte es ihr aber nicht zeigen, weil sie Angst davor hatte, sie zu enttäuschen. Lucy versicherte ihr immer wieder, wie großartig sie zeichnen konnte und, dass sie sie niemals enttäuschen würde können. Aber es half nichts. Der Perfektionismus des Mädchens war etwas, das sie immer wieder bremste und verunsicherte.

„Es soll so schön werden wie du. Aber das schafft nicht mal ein Foto." Louise klang traurig und Lucy war so gerührt, dass sie warten musste, bevor sie darauf etwas erwidern konnte. Doch Louise unterbrach das Schweigen zuerst. „Wie ist es zuhause?"

Zuhause. Ja, so fühlte es sich tatsächlich an. Lucy erzählte von den vergangenen Tagen. Vom Surfen, von ihrem Vater, von Niklas, der mit Jugendlichen arbeitete und von Marc. Sie erzählte von José, ihrer Höhle und dem Ausflug mit dem Boot.

„Das klingt unglaublich toll. Du hast so eine Auszeit wirklich verdient." Louise freute sich ehrlich für Lucy, das konnte sie hören.

„Vielleicht kommst du mal mit?" Die Worte kamen einfach aus ihrem Mund. Sie hatte nicht darüber nachgedacht. Es wäre schön, mit Louise hier zu sein. Aber Lucy wusste nicht, ob es möglich sein würde. Im nächsten Moment bereute sie die Frage.

Aber Louise hatte den gleichen Gedanken. „Ich weiß gar nicht, ob das geht."

„Lou, entschuldige. Ich habe nicht nachgedacht. Aber ich werde mit Angela sprechen. Vielleicht gibt es irgendeine Möglichkeit, damit es klappt." Lucy versuchte, optimistisch zu klingen, und überlegte bereits, wie sie die Heimleiterin überzeugen könnte.

Es klopfte an der Tür. Oliver steckte den Kopf ins Zimmer. „Niklas hat gekocht. Hast du Hunger?"

Sie nickte ihm zu. Zu Louise sagte sie:

„Lou, ich muss auflegen. Telefonieren wir in den nächsten Tagen noch mal?"

Sie hörte ein Lächeln in Louises Stimme: „Ja, klar. Guten Appetit."

„Haha, danke. Wir telefonieren morgen."

Sie legten auf und Lucy stieg die Treppe hinab ins Erdgeschoss. Es roch nach gebratenem Fisch und Knoblauch.

„Oh, das riecht aber gut hier." Sie aßen in der Küche, am Esstisch unter einem der großen Fenster. In der Mitte des Tisches standen zwei Edelstahl-Platten, eine gefüllt mit verschiedenen gebratenen Fischsorten, die andere mit Gemüse. Lucy half Oliver mit den Getränken und gemeinsam setzten sie sich zum Essen.

„Das ist unglaublich gut, Nik." Sie ließ sich gerade ein Stück Lachs im Mund zergehen.

Er sah sie lächelnd an. „Danke."

Sie erwiderte sein Lächeln und dachte, wie einfach es war, hier zu sitzen. Wie früher. „Du warst schon immer ein guter Koch. Und du hast es immer geschafft, uns auch dann zu ernähren, wenn nichts im Kühlschrank war."

Oliver hob die Augenbrauen. „Wann war das denn?"

„Im Studium. Im letzten Jahr, nachdem Simon und ich auf Lus Schule gewechselt hatten. Und zwar immer dann, wenn Lu oder Simon dran waren mit Einkaufen.“

„Das ist nicht fair. Wir waren immer damit dran. Wir wissen nicht, wie es gewesen wäre, wenn du hättest einkaufen müssen.“

„Dann hätte einer von euch kochen müssen.“ Er grinste. „Ich möchte tatsächlich nicht wissen, was dann gewesen wäre.“

Lucy lachte auf. „So ein Unsinn. Simon hätte uns jeden Abend einen Kuchen gebacken.“

Jetzt lachte auch Niklas. „Ja. Stimmt. Und wir hätten keine Zeit mehr zum Lernen gehabt, weil wir ständig um den Block gerannt wären, um nicht von der Abschlussfeier rollen zu müssen.“

Oliver blickte zwischen ihnen hin und her. „Davon habt ihr nie etwas erzählt.“

Niklas sah ihn prüfend an. „Hm … Könnte es sein, dass du uns auch etwas verschweigst?“

„Ich?“ Er machte ein unschuldiges Gesicht. „Was meinst du?“

„Wir sind zur Höhle gejoggt, heute Morgen.“

„Natürlich seid ihr das.“ Er verstand die Anspielung, das sah Lucy genau. Dennoch schwieg er.

„Wir hatten da immer eine Kiste. Kannst du mir erklären, warum die Sachen dadrin nicht längst vergammelt sind? Und was mit den Dingen passiert ist, die wir darin … ähm, versteckt hatten.“

„Welche Kiste? Und vor wem habt ihr denn Sachen versteckt?“ Lucys Vater blickte nicht von seinem Teller auf. Aber sie sah trotzdem, dass er grinste.

„Du weißt ganz genau, welche Kiste ich meine.“ Niklas sah ihn herausfordernd an.

„Hmmm, nein. Von Dingen, von denen ich nichts wissen darf, weiß ich natürlich auch nichts. Immerhin habt ihr sie ja offenbar vor mir versteckt.“ Er sah auf und sein Grinsen wurde breiter.

„Papa, du weißt genau, was er meint. Wir hatten dort eine Kiste vergraben, mit Trockenobst und Wasserflaschen, einer Taschenlampe und …“ Sie zögerte. „Und da war noch so ein Heft und noch andere Sachen.“

„Ah, diese Kiste.“ Er hob den Blick und grinste sie nun offen an. „Ich erneuere sie jedes Frühjahr.“

„Bitte was?“ Lucy wollte gerade eine mit Spinat gefüllte Gabel in den Mund schieben und hielt in der Bewegung inne.

„Ja, Simon hat sie uns vor ein paar Jahren gezeigt. Und damals war tatsächlich vieles vergammelt. Wir haben die Sachen ausgetauscht und das tue ich seither regelmäßig.“

„Warum?“ Lucy war wütend, dass ihr Bruder einen Erwachsenen in ihre Welt gelassen hatte, und vergaß, dass sie inzwischen selbst eine war.

„Ach, ich weiß nicht. Vielleicht braucht irgendjemand irgendwann mal ein Streichholz dort. Ich schätze, ich wollte die Vergangenheit festhalten.“

Lucy griff nach seinem Arm und drückte ihn sanft.

Niklas fragte: „Und wo sind die anderen Sachen?“

„Hm, ich weiß nicht. Ich denke, Simon hat sie mitgenommen.“

Es war bereits halb drei, als sie das Essen beendet und die Küche aufgeräumt hatten. Lucy stand im Türrahmen und beobachtete Oliver dabei, wie er die letzten Töpfe zurück in den Schrank stellte. Genau an die gleiche Stelle, an der sie auch vor dreißig Jahren gestanden hatten.

„Willst du hier nicht mal was verändern?“ Das letzte Wort zog sich in die Länge, weil sie plötzlich gähnen musste.

Oliver lachte. „Vielleicht legst du dich mal etwas hin.“ Wie geschickt er ihrer Frage auswich. Wobei es eigentlich nicht geschickt war, denn er hatte sie einfach ignoriert. Aber er hatte recht. Sie war wirklich müde.

„Okay, das ist eine gute Idee. Sind wir hier fertig?“

„Ja, sicher, geh nur.“ Er lächelte sie liebevoll an und Lucy fühlte sich so umsorgt, dass es ihr fast die Tränen in die Augen trieb. Sie schüttelte unmerklich den Kopf. Was war nur los mit ihr? So emotional kannte sie sich gar nicht. Oder zumindest nicht mehr. Auf dem Weg in ihr Zimmer schob sie die Gefühlsduselei auf die bevorstehende Gedenkfeier. Nicht nur das weckte zahlreiche Erinnerungen und offenbar schaffte es ihr Hormonsystem nicht, damit umzugehen, ohne ihr ständig feuchte Augen zu bescheren. Sie schlief über eine Stunde und hätte es sicher noch länger getan, wenn nicht das Klingeln ihres Telefons sie geweckt hätte. Es war Ben. Schon wieder hatte sie nicht daran gedacht, ihn anzurufen. Er erkundigte sich nach ihrem Tag. Nachdem sie ihm von ihrem Lauf und dem Telefonat mit Louise erzählt hatte, sprach er über den Vormittag mit seinem Bruder. Offenbar hatten sie am vergangenen Abend länger als geplant in einer Bar verbracht und Paul hatte am Ende eine Mischung aus zu vielen Tequilas und zu wenig Wasser in seinem Bauch und in seinem Blut. Dementsprechend ging es ihm am Vormittag und Ben war ohne seinen Bruder losgezogen, um die Gegend weiter zu erkunden.

Lucy hörte ihm interessiert zu und wie immer, wenn ihre Hände nichts zu tun hatten, glitt ihr linker Daumen über ihren linken Ringfinger, um mit dem Verlobungsring zu spielen, den … Aber er war nicht da. Sie erstarrte und verpasste eine Frage von Ben.

„Lucy? Alles okay?"

„Ja, ähm, ja, sicher." Sie begann bereits, das Bett nach dem Ring zu durchsuchen. „Mein Vater hat mich nur gerade gerufen." Sie kroch auf dem Boden herum und tastete mit den Fingern unter dem Bett. Nichts. „Wir sprechen später weiter, ja?" Ohne sich zu verabschieden, legte sie auf und merkte erst danach, wie komisch ihm das vorgekommen sein musste. Aber im nächsten Moment erinnerte sie sich an den leeren Finger. Sie sprang auf und durchwühlte ihre Tasche, den Schreibtisch und das Badezimmer. Auch hier war nichts.

Sie rannte nach unten, wo Niklas und Oliver es sich mit einem Kaffee im Wintergarten gemütlich gemacht hatten. Sie warf sich auf den Boden und suchte in den Ecken, unter den Holzsofas. Sie stand wieder auf und scannte den Raum, ohne die verständnislosen Blicke der beiden zu beachten. Der Ring war nicht hier. Sie rannte in die Küche, suchte bei der Spüle, im Kühlschrank, zwischen den Tellern, im Geschirrspüler. Nichts. Und schließlich im Eingangsbereich, zwischen Schuhen und Jacken, in der Schlüsselschublade und sogar unter dem Teppich. Kein Ring. Panik stieg in ihr auf.

„Was ist los?" Oliver stand hinter hier. „Ist alles okay?"

„Nein, nichts ist okay! Mein Ring. Er ist weg." Lucy war außer sich. Wie hatte sie Bens Ring verlieren können? Wo? Wann? Wie hatte sie nicht bemerken können, dass er weg war? Noch immer durchsuchte sie jede Ecke. Vielleicht war er hinter den Schrank gefallen.

„Ganz langsam." Oliver versuchte sie zu beruhigen. „Wo hast du ihn zuletzt gesehen?"

Lucy wollte nicht langsamer werden. Wie sollte sie Ben erklären, dass sie seinen Ring verloren hatte? „Na an meinem Finger." Die patzige Antwort tat ihr sofort leid. „Entschuldige. Aber wenn ich das wüsste, dann würde ich doch nicht hier …" Und da fiel es ihr ein. Sie erstarrte und sah ihn an. „Oh Gott." Sie schnappte ihre Jacke und war bereits dabei, ihre Schuhe anzuziehen, als Oliver sie an der Schulter fasste. „Was hast du vor?"

„Na, ich hole meinen Ring."

„Von wo?" Niklas trat zu ihnen und im nächsten Moment wusste er es selbst.

„Lu, nein. Es gibt eine Sturmwarnung. Das hat Zeit bis morgen."

„Nein, das hat es nicht. Außerdem, der Wind hat nachgelassen."

„Nur für ein paar Stunden. Das heute Morgen war erst der Anfang."

Lucy hörte ihn gar nicht. Was, wenn jemand anderes Schutz in der Höhle suchte? Was wenn die Wellen das Wasser dieses Mal höher spülten als sonst? Sie musste jetzt los. Und wenn das bedeutete, dass sie die Nacht am Strand verbringen würde, dann würde sie das eben tun. Sie stieg die Treppe hinunter in den Keller, griff sich eine Wasserflasche, eine Taschenlampe und einen von Olivers Seemannspullis, stopfte alles in einen Rucksack und rannte zurück nach oben. Und da stand Niklas, fertig angezogen und ebenfalls mit einem Rucksack.

„Ich komme mit", sagte er unnötigerweise. Sie hatte keine Zeit, mit ihm zu diskutieren, und zog ihn stattdessen nach draußen. Sie entschieden sich gegen das Auto, um nicht im Sturm durch den Wald laufen zu müssen, und rannten los. Das Meer war ruhiger als am Morgen, aber die Wolken zogen düster und schnell über sie hinweg. Der Wind schien mit jedem ihrer Schritte stärker zu werden und als sie die Höhle erreichten, brauste er kräftig und auch das Wasser war wild.

Lucy durchsuchte den Sand über der Metallkiste und daneben. Der Ring war nicht da. Sie öffnete die Kiste, räumte jedes einzelne Teil aus. Kein Ring. Sie suchte weiter, während Niklas die Taschenlampe auf die Stellen richtete, an denen sie den Sand zur Seite schob. Sie konnten ihn nicht finden.

Nach einer halben Stunde sah sie ein, dass es sinnlos war, weiterzusuchen. Lucy schluckte die aufsteigenden Tränen hinunter, strich neuen Sand über Freddy und stand auf. Wie sollte sie Ben erklären, dass sie seinen Ring verloren hatte? Und zwar als sie mit ihrem Ex-Freund in einer Höhle alte Erinnerungen ausgegraben hatte.

„Vielleicht hast du ihn ja doch woanders verloren.“ Niklas versuchte, ihr weiter Hoffnung zu machen. Es klappte nicht.

„Wir sollten los.“ Sie warf noch einen letzten Blick über den Sandboden und wandte sich dann zum Gehen. Gemeinsam traten sie nach draußen. Niklas Miene wurde ernst.

„Ich denke, wir sollten hierbleiben.“ Der Himmel war tiefschwarz, obwohl die Sonne hinter den Wolken erst in einer Stunde untergehen würde. Im nächsten Moment fing es an, zu regnen, und Niklas trat zurück unter den schützenden Felsen. Lucy stellte sich neben ihn. Sie beobachtete, wie der Sand in weniger als einer Minute durchweicht war und der Regen mit jeder Sekunde stärker wurde. Der Wind peitschte die Wellen wieder hoch auf und pfiff um die Höhle. Der Orkan hatte sie erreicht.

„Tut mir leid.“ Lucy sah Niklas entschuldigend an.

Ohne zu antworten, zog er sie an sich. So standen sie eine Weile und blickten auf das wilde Wasser, das durch den starken Regen und die Dunkelheit immer schlechter zu erkennen war. Lucy genoss die Umarmung und gab es irgendwann auf, die Tränen zurückzuhalten. Niklas zog sie enger an sich und streichelte ihr über den Rücken. Nach der Enttäuschung über den Verlust des Ringes brauchte sie das. Sie brauchte genau das. Sie legte ihren Kopf an seine Schulter, weinte und entspannte sich mehr und mehr. Es war nur ein Ring. Ben würde Verständnis haben.

„Wir sollten uns die Sachen ansehen, die wir hier haben.“ Seine Stimme war so leise, dass sie ihn kaum verstand. Er bewegte sich nicht.

„Ja.“ Lucys Antwort verschwand fast im Wind und auch sie bewegte sich nicht. Sie wollte ihn nicht loslassen. Noch nicht. Vielleicht ging es ihm genauso. Vielleicht brauchte auch er ihre Nähe. Keiner von ihnen beendete die Umarmung. Sie blickten aufs Wasser, dessen Wellen inzwischen mehrere Meter hoch sein mussten und lauschten dem Prasseln des Regens. Er streichelte sie so, als hätte er nie damit aufgehört. Sanft und kaum spürbar zog er sie immer näher an sich. Sie schloss die Augen. Ihre Tränen waren getrocknet und sie ließ sich fallen. In seine Wärme, seinen vertrauten Geruch, in diesen Moment, der ihr noch vor wenigen Tagen undenkbar erschienen war.

Vor 15 Jahren.
Am Strand.

„Hey, wo willst du hin?" Niklas' Stimme erklang durch das Krachen der Wellen wie aus weiter Ferne. Dabei konnte er nur wenige Meter hinter ihr sein. Und richtig, im nächsten Moment ergriff seine Hand ihre Schulter und hinderte sie am Weiterlaufen. „Warte, Lucy." Lucy, er nannte sie Lucy.

„Was ist?", schrie sie mehr aus Wut, als um die Natur zu übertönen.

Offenbar hatte er nicht damit gerechnet, dass sie tatsächlich stehen bleiben würde, und brauchte einen Moment, bevor er antwortete. „Du … Du ignorierst mich."

Sie schnaubte. War das wirklich sein Ernst? Sie ging weiter und beschleunigte ihren Schritt.

„Wo willst du hin?" Wieder griff er nach ihrer Schulter, erwischte aber nur den linken Oberarm.

Sie schüttelte ihn ab. „Ich will nur ein bisschen laufen."

„Jetzt?"

„Nein, morgen." Sie löste sich von ihm und rannte los.

„Lass uns reden." Er rannte ihr hinterher.

Es fiel ihm nicht schwer, mit ihr mitzuhalten. Aber sie würde nicht stehen bleiben. Sie wollte nicht reden. Nicht mehr. Das hatte sie zwei Monate lang versucht. Und sie war es leid, ihn mit Samthandschuhen anzufassen, ihn zu schonen und Rücksicht auf seine Gefühle zu nehmen. Anstatt zu antworten, beschleunigte sie das Tempo. Sie wussten beide, dass sie diese Geschwindigkeit nicht lange durchhalten würde, aber zumindest brauchte sie nicht zu reden und auch nicht zu denken, denn ihr Herz pumpte das Blut so schnell in ihre Beine, dass im Kopf nicht mehr viel ankam. Und vielleicht würde er sie irgendwann einfach ziehen lassen, sie ihre Wut wegrennen lassen.

Er tat es nicht. Und nach zwanzig Minuten, in denen sie ihr Tempo immer weiter erhöhte, musste sie sich eingestehen, dass sie so nicht weiterlaufen konnte, ohne ihren Mageninhalt in sehr naher Zukunft ins Meer zu entleeren oder einfach umzukippen. Sie wurde langsamer und sah sich um. Sie waren bereits bei der Höhle. Auf keinen Fall wollte sie dort mit Niklas allein sein. Er lief an ihr vorbei und steuerte auf den Eingang zu, ohne sie zu beachten. Lucy machte sofort kehrt und hoffte, ihn endlich abhängen zu können. Aber nur Momente später lief er wieder neben ihr und reichte ihr eine Flasche Wasser. Obwohl ihr ganzer Körper danach schrie, ignorierte sie das Angebot und wurde wieder schneller.

„Komm schon.“ Wieder hielt er ihr die Flasche hin. Diesmal griff sie danach, riss sie ihm aus der Hand und warf sie mit aller Kraft, die sie aufbringen konnte, ins Meer.

„Ist da nicht schon genug Plastikmüll drin?“ Das war zu viel. Sie blieb stehen und schubste ihn hart. Der Stoß überraschte ihn und er konnte sich nicht auf den Beinen halten. Er fiel in den Sand und musste sich mit den Händen auffangen, um nicht auf dem Gesicht zu landen. Aber sein Gesichtsausdruck war nicht überrascht, sondern erleichtert. Er hatte sie provozieren wollen und er hatte es geschafft. Lucy ärgerte sich und rannte weiter. Er sprang auf und schloss wieder zu ihr auf.

„Lass mich in Ruhe. Verstehst du das nicht?“

„Nein, ich verstehe es nicht. Deswegen begleite ich dich ja bei deiner Olympiavorbereitung. Besonders witzig ist das aber nicht in Jeans und Jacke." Sie musterte ihn. Der Reißverschluss seines schwarzen Winterparkas war offen. Er hatte Schal und Mütze abgenommen und in die Kapuze gestopft. Seine Haare waren nass geschwitzt und sein Gesicht rot. Gut so.

„Du hättest deine Jacke ausziehen können."

„Um sie im Arm zu tragen?"

„Niemand hat dich gebeten, mir nachzulaufen." Sie rannte weiter. Er lief wieder neben ihr.

„Lu, bitte lass uns reden."

„Ich will nicht reden."

„Das merke ich. Aber ich will reden. Und … und du schuldest es uns, mir zu sagen, was los ist!"

„Ich schulde dir oder uns gar nichts." Das war hart und sie bereute die Worte sofort.

„Meinst du das wirklich?" Er verlangsamte sein Tempo. Gab er auf?

Sie drehte sich zu ihm um. „Nein. Aber ich will nicht mit dir reden."

„Warum nicht?" Er hielt sie am Handgelenk fest und zwang sie wieder, stehen zu bleiben.

Sie konnte nicht verhindern, dass ihr Tränen in die Augen schossen und drehte sich weg, damit er es nicht sah. Aber es war zu spät. Er kam näher und lehnte seine Stirn gegen ihren Kopf.

„Lu …" Seine Stimme war sanft, kaum hörbar zwischen Wind und Wellen. Es klang, als kämpfte auch er mit den Tränen. Ihre Wut bröselte. Sie wurde weich. Sie drehte sich zu ihm. Seine Augen waren gerötet und er sah müde aus. Aber in seinem Blick erkannte sie einen Funken Hoffnung. Sie biss sich auf die Lippe, aber die Worte fanden trotzdem ihren Weg nach draußen: „Warum kannst du mir nicht einfach sagen, dass du bereust, was passiert ist?“ Erstaunen trat in sein Gesicht und er löste sich von ihr.

„Was meinst du?“

Lucy atmete tief durch. Also gut, dann würden sie eben reden. „Dass wir miteinander geschlafen haben.“

Er starrte sie an, seufzte dann und nahm sie in den Arm. „Weil ich das nicht tue.“

Lucy schob ihn von sich. „Nein? Du verhältst dich aber so.“

„Lu.“

„Was? Du sagst absolut gar nichts dazu. Du reagierst nicht, wenn ich versuche, darüber zu reden. Und … und. Man, ich komme mir so dumm vor, das überhaupt zu sagen, aber, wenn du es nicht bereust, warum ist es dann nicht nochmal passiert? Warum vermeidest du jede Berührung und jede Gelegenheit, mit mir allein zu sein?“

„Ich weiß es nicht.“

„Was? Du weißt es nicht? Hast du denn kein einziges Mal darüber nachgedacht?“

„Natürlich habe ich das, aber …“ Er zögerte.

„Aber was?“

Er atmete tief durch. „Diese Nacht … Ich … Ich bereue nicht, was passiert ist, Lu. Im Gegenteil. Es war wunderschön.“

„Aber einmal hat gereicht.“ Sie redete wie ein kleines, trotziges Kind. Aber das war alles, was sie zustande brachte.

„Nein. Ich meine, ja.“ Lucy schluckte. Sie wollte weiterlaufen, aber ihre Füße bewegten sich nicht. Die Worte hallten in ihrem Kopf wider und wider und wider. Mehr Tränen stiegen in ihr auf. Also doch. Die ganze Zeit hatte sie recht gehabt. Dieser Gedanke, der so absurd gewirkt hatte und den sie gar nicht hatte denken wollen. Es war die Wahrheit gewesen. Er bereute vielleicht nicht, was passiert war, aber es hatte ihm auch nichts bedeutet. Etwas in ihr zerbrach. Etwas, das sie in den vergangenen Monaten in Watte und Stofftücher und Luftpolsterfolie gepackt hatte, um es davor zu bewahren, in tausend Teile zu zersplittern.

Als er sah, wie seine Antwort auf sie wirkte, seufzte er und schien die Worte zu bereuen. Er setzte sich in den Sand, griff nach ihrem Handgelenk und zog sie neben sich. Ihr Körper gab nach, ohne dass sie es wollte und sie ließ sich in den Sand fallen. Sie trug nur dünne Laufsachen, keine Schuhe, keine Mütze und sie fröstelte, als die Kälte des Sandes durch den Stoff der engen Hose an ihre Haut drang. Sie zog die Beine an und schlang die Arme um ihre Knie. Niklas machte Anstalten, seine Jacke auszuziehen, aber sie hob die Hand und wehrte ab.

„Sag einfach, was du zu sagen hast." Ihre Stimme war kraftlos. Er zog die Jacke trotzdem aus und legte sie ihr um die Schultern. Sie war warm und roch nach ihm. Ohne es zu wollen, atmete sie den vertrauten Geruch tief ein und ließ sich in die Wärme fallen, seine Wärme. Sie schlüpfte in die Ärmel und schlang wieder die Arme um die Beine, das Kinn auf den Knien und den Blick stur aufs Wasser gerichtet. Eine tiefe Müdigkeit überfiel sie.

Er sagte eine Weile nichts. Gemeinsam starrten sie aufs Wasser, während der Wind auffrischte und der Himmel dunkler wurde. Ob von Regenwolken oder dem herannahenden Abend konnte sie nicht sagen. Er hatte sie ignoriert. Nein, das stimmte nicht. Er hatte ignoriert, dass sie miteinander geschlafen hatten. Als sie am nächsten Morgen, dem Morgen danach, das Klingeln an der Tür hörten, waren sie aufgesprungen, hatten ihre Sachen zusammengesammelt und alle Spuren von dem verwischt, was zwischen ihnen passiert war. Und danach hatten sie einfach nicht darüber gesprochen. Lucy hatte am gleichen Tag einen Versuch gestartet. Aber jemand hatte das Gespräch gestört. Sie wusste schon gar nicht mehr, wer. Und jeden weiteren Annäherungsversuch, jeden Versuch, ein Gespräch zu führen, hatte er abgeblockt. Sie hatte geglaubt, dass es einfach zu viel für ihn gewesen war. Das war es für sie schließlich auch. Er ging anders damit um. Das konnte sie akzeptieren. Zumindest hatte sie das gedacht.

Aber dann, ohne es zu merken oder zu wollen, hatte sie sich von ihm zurückgezogen und Wut war an die Stelle von Verständnis getreten. Vielleicht war es auch mehr Enttäuschung als Wut. Es fiel ihr schwer, sich einzugestehen, wie viel ihr diese Nacht bedeutet hatte und noch weniger wollte sie es ihm gegenüber zugeben. Aber normal mit ihm umgehen konnte sie auch nicht.

Er rutschte etwas näher an sie heran, legte ihr den Arm um die Schultern und drückte sanft ihren Kopf an seine Brust. Sie war zu müde, um sich dagegen zu wehren. Er küsste ihre Stirn und ließ die Lippen zu lange auf ihrer Haut. „Es tut mir leid. Ich hab mich benommen wie das letzte Arschloch." Er hatte das Gesicht zur Seite gedreht, um sprechen zu können, doch seine Wange lag noch immer auf ihrer Stirn. Sie sagte nichts.

„Ich kann dich nicht auch noch verlieren, Lu." Sie schluckte. „Ich brauche, was wir hatten. Ich denke, ich hatte Angst, dass wir, wenn wir … wenn wir mehr daraus werden lassen, das verlieren könnten. Verstehst du, was ich meine?" Sie verstand es.

„Ich liebe dich. Das weißt du. Du … du bist der wichtigste Mensch in meinem Leben. Und ich brauche dich. Was ist, wenn diese Nacht … wenn es nur passiert ist, weil … weil wir das in diesem Moment brauchten?“ Sie wusste, dass es nicht so war. Und sie wusste, dass er das auch wusste.

Er zog sie fester an sich. „Diese Nacht … das war unglaublich. Unglaublich schön. Und … ich kann es noch immer nicht glauben, dass das zwischen uns passiert ist. Aber gerade jetzt … Ich … Was ist, wenn wir damit alles kaputtmachen, weil wir als Paar einfach nicht funktionieren?“ Sie glaubte nicht, dass es etwas gab, das kaputtmachen konnte, was sie hatten. Andererseits, würden sie sonst so ein Gespräch führen müssen? Aber sie verstand auch, dass er dieses Risiko, so klein es auch sein mochte, nicht eingehen wollte. Und ja, es würde ihre Beziehung komplett verändern. Und mit allem, was gerade in ihrem Leben passierte, schien es fast unmöglich, fortzuführen, was in dieser Nacht möglicherweise seinen Anfang genommen hatte. Niklas war in das Gästezimmer gezogen und sie hatten es noch nicht geschafft, Normalität in den Alltag zu bringen. Immer noch riefen Leute an, die Fragen zu Versicherungen, Bankkonten oder einfach das Bedürfnis hatten, ihr Beileid zu verkünden. Es würde noch eine Weile dauern, bis sich all das beruhigt hatte. Bis endlich zu ihnen durchgedrungen war, dass Vicky und Sam nicht wiederkommen würden.

„Warum hast du nicht früher mit mir darüber gesprochen?“, fragte sie leise. Noch immer fühlte sie sich kraftlos.

„Ich hatte Angst, dich zu verlieren. Ich wusste nicht, was du wolltest und ich wollte dich nicht verletzen.“

Sie lachte auf bei diesen Worten.

„Was ist denn daran bitte lustig?“ Er sah sie verwirrt an, aber er lächelte unsicher.

„So ziemlich alles. Du bist ein Idiot.“

„Ja, ich weiß.“ Jetzt grinste er. Sie konnte nicht anders und küsste ihn auf den Mund. Dann sah sie ihn an. Lange. Er erwiderte ihren Blick, erleichtert, aber noch immer unsicher.

„Du wirst mich nicht verlieren. Das heißt, so lange du dich nicht weiter so benimmst wie in den letzten Wochen.“

Er legte beide Arme um sie und drückte sie fest an sich.

„Das werde ich nicht.“ Lucy ließ sich in seine Umarmung fallen und spürte, wie die Müdigkeit wich und die Kraft zurückkehrte. Der Himmel war inzwischen dunkelgrau und es begann zu regnen.

„Los, laufen wir zurück.“

„Sicher?“ Er schob sie ein Stück von sich.

„Ja, sicher.“

„Verzeihst du mir?“ Er sah ihr prüfend in die Augen.

Sie zögerte und spürte tief in sich hinein. Verzieh sie ihm? Würde sie vergessen können, was passiert war? Nein. Die Bilder aus der Nacht nach der Beerdigung drängten in ihr Bewusstsein. Die Art wie er sie angesehen hatte. Voller Verlangen und Liebe. Noch immer begann ihr Körper bei dieser Erinnerung zu prickeln und sie schloss für einen Moment die Augen, um dem Gefühl nachzuspüren. Doch dann ließ das Prickeln nach und die Enttäuschung über sein Verhalten in den folgenden Wochen ließ einen Stein in ihren Magen fallen. Es tat noch immer weh.

Aber er hatte recht. Egal, was da zwischen ihnen war, jetzt war der falsche Zeitpunkt, um etwas Neues zu beginnen. Was sie jetzt brauchten, war die Sicherheit und Leichtigkeit ihrer Freundschaft. Denn, was, wenn sie nicht bereit waren, etwas anderes zu beginnen? Was, wenn die Situation im Moment zu kompliziert war und sie deshalb verlieren würden, was sie hatten? Und damit auch verlieren würden, was einmal würde sein können? Die Vernunft verdrängte die Emotionen und sie öffnete die Augen. Seine Stirn lag in Falten. Er wartete auf ihre Antwort und er wirkte besorgt.

Und dann wusste sie es. Vielleicht konnte sie nicht vergessen, was geschehen war. Das wollte sie gar nicht. Aber sie konnte ihm verzeihen. Ja, das konnte sie. Plötzlich war sie dankbar. Dankbar, dass die Wut und die Enttäuschung, die sie noch vor wenigen Minuten vereinnahmt hatten, durch so wenige Worte hatten vertrieben werden können. Für ein paar Wochen hatte sie gezweifelt. Für ein paar Wochen hatte sie geglaubt, ihren besten Freund verloren zu haben. Sie hatte sich weggestoßen gefühlt, weil er jedem Gespräch ausgewichen war und sie nicht gewusst hatte, was er fühlte und was er wollte. Alles, was sie gewollt hatte, war wieder zu ihm zu finden. Auf den Rest konnte sie warten.

„Ja. Ich verzeihe dir."

Er grinste sie erleichtert an, zog sie noch einmal an sich und küsste sie auf die Schulter, von der seine Jacke heruntergerutscht war. Dann schob er sie sanft von sich und stand auf. Ein zartes Kribbeln breitete sich von der Stelle, die seine Lippen berührt hatten, über ihren Körper aus. Sie ignorierte das Gefühl und sprang auf.

„Schaffst du dieses Tempo nochmal?"

„Mal sehen." Sie grinste ihn schief an, zog die Jacke aus und gab sie ihm zurück. Er nahm sie mit einem gequälten Blick und sie rannten los.

September. Sonntag.
In der Höhle.

„Lu, du solltest rangehen."

„Was?" Sie schreckte auf.

„Dein Telefon klingelt." Ein Lächeln lag in seiner Stimme. Da hörte sie es auch. Aus dem Rucksack hinter ihr erklang der Klingelton, den sie für ihren Vater festgelegt hatte. Sie öffnete die Augen. Wie spät war es? Sie blickte auf die Uhr. Halb sechs. Wie lange hatten sie hier gestanden? Das Telefon verstummte. Lucy ging zu ihrem Rucksack, kramte es heraus und rief Oliver zurück.

„Ist alles okay bei euch?" Er klang besorgt.

„Ja, wir sind noch in der Höhle."

„Gut. Bleibt dort. Die Warnung wurde nochmals verschärft. Der Sturm könnte die ganze Nacht dauern. Morgen früh sollte es aber vorbei sein. Ich hole euch dann ab."

„Das brauchst du nicht. Wir können zurücklaufen."

„Ich weiß, dass ihr das könnt. Aber ich habe schon mit José gesprochen. Er leiht mir seinen Strand-Jeep."

„Okay."

„Ihr müsstet alles finden, was ihr braucht. Es gibt noch eine zweite Kiste mit Metallgeschirr und einem Gasbrenner. Es gibt genug zu essen und Wasser habt ihr ja dabei."

„Ja, du hast an alles gedacht."

„Dann passt auf euch auf."

„Machen wir, du auch."

Sie legte auf und sah Niklas an. „Dann packen wir mal aus."

Sie verteilten die Inhalte der beiden Kisten im Sand und sortierten sie. Oliver hatte recht, es gab von allem genug. Von fast allem, denn es war nur ein Schlafsack unter der Ausrüstung. Davon abgesehen hätten sie mehrere Tage hier verbringen können. Sie fanden auch eine dünne Isolierdecke, die sie unter sich legen konnten. In der Kiste mit dem Gasbrenner gab es neben Geschirr verschiedene Konserven und ein Kartenspiel. Lucy hielt es hoch und sah Niklas herausfordernd an. Er lachte.

In der Höhle war es fast windstill. So konnten sie die Kerzen im Sand verteilen. Ihr sanftes Licht gab den kalten Felswänden einen warmen Schimmer und es war hell genug, um die Höhle zu erleuchten. Lucy lehnte sich nach hinten an den kalten Stein und beobachtete Niklas dabei, wie er versuchte, den Gasbrenner zum Laufen zu bringen, um das Wasser zu erhitzen.

„Verbrenn dir nicht die Finger!“ Sie kicherte.

Er zog die Augenbrauen hoch, grinste sie dann aber an.

„Einmal.“

„Ja, einmal, aber da mussten wir fast ins Krankenhaus fahren.“

„Es war Simons Schuld. Er hat mich abgelenkt.“

„Natürlich hat er das. Indem er mit Anna geknutscht hat.“

„Ja! Weil er mir dabei Anweisungen gegeben hat.“

„Die du nicht befolgt hast.“ Lucy konnte ihr Lachen nicht zurückhalten. Es machte ihr immer noch Spaß, ihn damit aufzuziehen.

„Hör auf zu lachen.“

Sie hörte ihn gar nicht. „Simon hatte noch auf der Uni ein Foto von deinen abgesengten Augenbrauen auf dem Schreibtisch stehen.“

„Hast du mit ihm gesprochen?“ Der Ton in seiner Stimmung wechselte so plötzlich, dass sie einen Moment brauchte, bevor sie aufhören konnte zu lachen und bereit war, zu antworten.

„Ähm … Ja … wir … wir telefonieren so einmal im Monat.“

Schweigen.

„Und wann hast *du* zuletzt mit ihm gesprochen?“

„Ist ne Weile her.“ Er hantierte weiter mit dem Gasbrenner.

„Er wäre gekommen, wenn …“

„Ich weiß.“ Noch immer starrte Niklas auf den Gasbrenner, der auf einer der beiden Metallkisten stand. Daneben warteten eine mit Wasser gefüllte Metallkanne und eine Packung extralanger Streichhölzer auf ihren Einsatz.

„Er war nicht hier, seit Charlie gestorben ist, Nik. Er schafft es nicht, hier damit klarzukommen.“

„Das weiß ich, Lu.“ Ein Funken Ärger schwang in seiner Stimme mit.

„Er hat sehr an ihr gehangen. Bei Marita schafft er es, damit umzugehen. Ich weiß nicht, ob er sich hier überhaupt auf jemanden hätte einlassen können.“

Er sah sie an. Das Kerzenlicht erhellte sein Gesicht nur wenig und seine Gesichtszüge waren kaum zu erkennen.

„Ich weiß das alles, Lucy!“ Er nannte sie nie Lucy. Nur wenn er wütend war. Mist. „Ich weiß, wie sehr er an Charlie gehangen hat. Ich weiß noch sehr gut, wie wir alle danach abgestürzt sind. Wir alle!“ Er betonte das Wort ‚alle‘ besonders und sah sie dabei bedeutsam an.

„Nik.“ Ihre Stimme war sanft.

Er schien sie nicht zu hören. „Er hat sich aus dem Staub gemacht. Er hat alles hinter sich gelassen und nicht zurückgeblickt."

„Das haben wir alle." Sie fing seinen Blick auf.

Er schnaubte und starrte sie an, ein Funkeln in den Augen. „Ja, Lucy, das haben wir."

Sie schwiegen.

„Und offenbar bin ich der Einzige, der nichts von ihm hört, den er nicht mal aus der Ferne an seinem Leben teilhaben lässt." Er senkte den Blick wieder, machte aber keine weiteren Anstalten, den Gasbrenner zum Laufen zu bringen.

„Nik …"

Für einen Moment rührte er sich nicht. Sie beugte sich vor und legte die Hand auf seine Schulter. Aber er stand auf und ging auf die in der zweiten Kiste verstauten Vorräte zu und ihr Arm blieb in der Luft hängen. „Weißt du was? Ich will nicht darüber reden."

„Okay."

Er hockte vor den Sachen und drehte ihr den Rücken zu, aber sie konnte sehen, dass er die Hände vor die Augen gelegt hatte. Sie ließ die Hand sinken und biss sich auf die Lippe, um nicht noch mehr zu sagen. Es vergingen mehrere Minuten, bis er sich schließlich umdrehte und mit kratziger Stimme das Schweigen durchbrach: „Tee oder Kaffee?"

Sie sah ihn verwirrt an. „Was?"

„Möchtest du Tee oder Kaffee?"

„Tee, aber sollten wir nicht erst mal dieses Ding hier zum Laufen bringen?" Sie deutete auf den Gasbrenner.

Niklas suchte den Tee heraus und kam zurück. Er wirkte erschöpft. So, als hätte er einfach schon zu viel Zeit damit verbracht, über diese Sache nachzudenken.

„Okay, lass mal sehen.“ Lucy sah sich den Brenner an. „Was müssen wir machen?“

„Der Hahn für die Gaszufuhr lässt sich nicht drehen. Da muss irgendwo eine Sicherung sein. Ich konnte sie aber nicht sehen.“

„Ja, es ist zu dunkel hier. Bringst du mal die Taschenlampe?“

Gemeinsam schafften sie es schließlich, die Flamme zu entzünden. Sie erhitzen das Wasser und brühten den Tee auf. Mit zwei Tassen in den Händen setzten sie sich an den Eingang der Höhle und beobachteten das Unwetter. Der Sturm tobte noch immer ohrenbetäubend über Strand und Wasser. Inzwischen war es dunkel. Lucy fröstelte.

„Ist dir kalt?“

„Ja, ein bisschen.“

„Lass uns reingehen.“

Sie setzten sich an die Stelle der Höhle, die am besten vor dem Wind geschützt war, tranken Tee und blickten auf die Felswand, an die das flackernde Licht der Kerzen immer neue Bilder und Muster warf. Sie schwiegen lange, bis Lucy es nicht mehr aushielt.

„Es liegt nicht an dir, Nik.“

Er sah sie fragend an.

„Simon. Es liegt nicht an dir, dass er sich nicht meldet.“

Er sagte nichts, seine Miene verfinsterte sich. Aber er hörte zu.

„Es ist nicht so, dass er mich sonntags anruft, um mir zu erzählen, wie seine Woche war.“

Er schwieg noch immer.

„Er hat sich nie bei mir gemeldet oder meine Anrufe beantwortet. E-Mails, Textnachrichten. Keine Reaktion. Irgendwann bin ich dann einfach zu ihm geflogen. Ich glaube, am liebsten hätte er mich sofort wieder weggeschickt. Aber dann bin ich drei Wochen geblieben und wir haben viel geredet. Marita war eine große Hilfe. Sie hat mir erzählt, dass Simon nur einmal über seine Familie gesprochen hat. Da hat er ihr alles erzählt, damit sie es weiß. Aber mehr wollte er nicht über uns reden. Deshalb war sie glücklich und dankbar, mich kennenzulernen und mehr über ihn und uns zu erfahren. Sie wollte, dass Simon endlich diese tiefe Traurigkeit bekämpft. Er hatte sich zwar auf sie einlassen können und liebte sie sehr, aber der Rest seines Gefühlslebens war und ist immer noch ein Desaster. Er hat sich komplett abgeschottet. Dass Marita es geschafft hat, hinter diese Mauer zu kommen …"

„Wann war das?"

„Was meinst du?"

„Wann warst du bei ihm?"

„Vor etwa neun Monaten. Seither war ich dreimal bei ihnen. Er ruft immer noch nicht selbst an. Das macht Marita. Aber zumindest spricht er dann ein paar Minuten mit mir. Es ist ein Fortschritt, aber hierherzukommen, dazu war er noch nicht bereit."

Lucy sah Niklas von der Seite an. Er sah nicht auf, blickte nur in das Licht einer Kerze. Die Flammen flackerten stärker. Der Wind schien zu drehen. Niklas atmete tief ein, legte eine Hand hinter den Kopf und lehnte sich seufzend zurück an die Felswand. Er schloss die Augen.

„Wer hätte das gedacht?!" Er klang zynisch.

„Was?"

„Dass es einmal so kommt."

„Keiner." Es war ein Impuls. Vielleicht machte sie es aus einer alten Gewohnheit heraus. Vielleicht war sie auch einfach nur müde. Vom Tag. Von den letzten

Jahren. Von der Machtlosigkeit. Sie konnte nicht sagen, warum. Aber im nächsten Moment rückte sie näher zu ihm, legte ihren Kopf auf seine Brust und schloss die Augen. Sie spürte seinen unruhigen Herzschlag, den unregelmäßigen Atem.

„Er fehlt mir.“ Er flüsterte nur.

„Mir auch.“

„Ihr beide fehlt mir.“

„Ja.“ Sie legte ihren Arm um seine Taille und zog sich näher an ihn heran. Sie hatte ihn wirklich vermisst, auch wenn sie es geschafft hatte, dieses Gefühl zu verdrängen. Nach einer Weile blickte sie zu ihm auf. Seine Augen waren noch immer geschlossen und eine Träne lag auf seiner Wange. Sie wischte sie ihm sanft mit den Fingern weg. Er öffnete die Augen und sah sie an. Sein Blick war undurchdringlich. Irgendwann runzelte er die Stirn, schob sie sanft weg und setzte sich auf. „Wir sollten etwas essen. Chili oder Hühnersuppe?“

Vor zwölf Jahren.
Ein Fischerdorf auf Sizilien.

„Was siehst du dir an?"

Lucy erschrak. „Nichts."

„Seit Tagen stehst du an diesem Fenster und starrst hinein. Also, was siehst du dir an?"

„Nichts." Sie packte Niklas beim Arm. „Komm, die anderen essen sicher schon."

Er hob die rechte Augenbraue. „Was ist denn mit dir los?"

„Ni-ichts. Ich bin einfach nur fertig mit gucken." Sie streckte ihm die Zunge raus und wandte sich zum Gehen. Aber er hielt sie am Handgelenk. „Nicht so schnell, Lucylein. Lass mal sehen, was könnte es sein?" Er trat näher an das Schaufenster und scannte das Angebot.

„Nik." Sie befreite ihr Handgelenk, verschränkte die Arme und hob die Nase in die Luft. Er lachte, als er sie ansah. „Du siehst aus wie damals, als Charlie dir verboten hat, Oliver allein mit dem Optimisten nachzusegeln." Er verglich sie mit einer Sechsjährigen. „Nun sag schon. Vielleicht kann ich diesem Alex einen Tipp geben."

Sie standen vor einem alten Antiquitätenhändler in einem kleinen Dorf in Süditalien. Das Schaufenster war an den Rändern so schmutzig, dass man nicht mehr hindurch gucken konnte. In der Mitte jedoch war die Scheibe klar und gab den Blick auf die Dinge frei, die der Besitzer als kostbar und antik genug betrachtete, um sie den Passanten zu präsentieren. Es war nicht viel. Und zwischen alten zerfledderten Büchern, die als Erstausgaben deklariert waren, aufgeschrammten

Stühlen, die in Maria Montessoris Esszimmer gestanden haben sollten und Goldmünzen, die angeblich aus einem Piratenschatz stammten, gab es nur eine Sache, die Lucy wirklich interessierte. Auf einem kleinen Pflanzenhocker, der einmal in Bud Spencers Elternhaus in Neapel gestanden haben sollte, lag, gebettet auf schwarzem Samt und neben ein paar Ohrringen, ein Ring.

Lucy hatte sich nie für Schmuck begeistern können. Bei den meisten Dingen, die sie gern tat, störte er sie. Ihr Schmuckkasten, wenn man ihn denn so nennen wollte, der auf ihrem Schreibtisch stand, beherbergte nur ein paar Muschelketten, ein silbernes Armband, das ihr Vater ihr auf einem Landgang während einer ihrer Boottrips gekauft hatte und ein paar Ohrringe von Victoria. Wenn andere Mädchen stundenlang vor den Auslagen von Juwelieren standen, die Schmuckschatullen ihrer Mütter plünderten oder sich in Kaufhäusern mit billigem Schmuck eindeckten, war Lucy froh, wenn kein Metall oder Plastik an ihrem Hals oder den Ohren baumelte.

Aber dieser Ring war anders. Sie hatte noch nie ein so schönes Schmuckstück gesehen. Ein kleines Schild mit der Aufschrift *L'anello di fidanzamento di Sophia Loren* stand daneben. Lucy bezweifelte, dass die Schauspielerin diesen Ring jemals in ihrem Leben gesehen, geschweige denn als Verlobungsring getragen hatte. Aber das nahm ihm nichts von seiner Schönheit. Er war weißgold und spaltete sich in der Mitte auf beiden Seiten, sodass zum oberen Teil hin zwei Ringstreifen hinliefen, in die fein ein Muster aus kleinen Ranken geschliffen war. Sie mündeten in einer Art Blume, deren Blütenblätter aus mit winzigen weißen Diamanten besetzten Streifen aus Weißgold geformt waren und in deren Mitte ein größerer Saphir saß, dessen tiefes Blau zu den Seiten in Weiß überging. Sie konnte die Inschrift nicht erkennen, aber sie war auf dem Schild notiert: ‚In amore eterno'. In ewiger Liebe.

„Ich nehme nicht an, dass du die italienische Erstausgabe von Moby Dick oder einen Esszimmerstuhl von Maria Montessori bewunderst. Also was ist es?"

„Die Ohrringe." Warum log sie? „Ich finde die Ohrringe toll." Außerdem sagte sie es viel zu schnell. Er musste wissen, dass sie log.

Er sah sie verwundert an. „Seit wann interessierst du dich denn für Schmuck?"

„Irgendwann fängt jede Frau damit an."

„Dann bist du jetzt eine Frau?"

Sie stupste ihm mit dem Ellenbogen in die Seite. „Auf dem Weg dahin." Sie zögerte. „Denke ich. Nun komm schon."

Es waren ihre ersten Semesterferien. Im letzten Sommer hatten sie die Schule abgeschlossen und waren im Herbst auf verschiedene Unis gegangen. Es war das erste Mal, abgesehen von Weihnachten, dass sie sich seither sahen. Sie hatten den Italientrip seit einem Jahr geplant und dafür gespart. Eigentlich hatte er in den Ferien nach ihrem Abschluss stattfinden sollen, aber Lucy und Oliver wollten nicht mit ihrer Tradition brechen und auf den jährlichen Bootstrip verzichten, Niklas hatte einen Job bei einer Hilfsorganisation gefunden und Simon begleitete Charlie auf einer Studienreise nach England.

Sie erreichten das kleine Bistro in wenigen Minuten. Simon und Anna saßen bereits am Rand der Terrasse, die mehr ein Holzsteg war, der über ein steiniges Ufer zum Strand führte. Er war gerade breit genug, um zwei Reihen Tischen und einem Gang dazwischen Platz zu bieten. Das Geländer war gesäumt mit Holzpfeilern, an denen weiße Laternen hingen. Hinter ihnen lag das türkisblaue Meer, das zum Horizont hin in ein tiefes Dunkelblau überging und sich dort vom hellen Blau des Himmels absetzte. Das Wasser war wild und die Wellen spülten weißen Schaum an den Strand.

Simon und Anna stritten. Wie in den letzten Tagen auch stritten sie darüber, welches Wort auf der Speisekarte wie übersetzt wurde. Sie hatten sich bereits im letzten Schuljahr getrennt, verhielten sich aber noch immer so, als wären sie ein Paar. Lucy war froh darüber. Sie hätte es nicht fertiggebracht, zwischen ihrer besten Freundin und ihrem Bruder wählen zu müssen. Und wenn es nur darum gegangen wäre, mit wem sie die Mittagspause verbrachte.

Es war der vorletzte Tag ihrer Reise. Sie hatten ihren Trip vor zwei Wochen in Rom begonnen und waren entlang der Küste mit einem gemieteten Jeep bis nach Sizilien gefahren. Eigentlich wollten sie nur zwei Tage hierbleiben und dann gemütlich an der Ostküste zurückfahren. Aber das kleine Fischerdorf hatte sie vom ersten Moment an gepackt und sie verschoben ihre Abreise jeden Tag aufs Neue. Nun würden sie die Strecke zurück nach Rom innerhalb von einem Tag zurücklegen müssen, um das Flugzeug nicht zu verpassen.

„Kommst du?“ Niklas war am Anfang des Stegs stehen geblieben und sie war ihm bereits ein paar Schritte voraus.

„Gleich, ich hab‘ was vergessen. Geh schon mal vor.“ Während er sprach, drehte er sich zum Gehen und eilte davon. Lucy sah ihm einen Moment lang stirnrunzelnd nach und ging dann ans Ende des Stegs, um sich zu Anna und Simon zu setzen, die ihren Streit schon wieder beendet hatten.

September. Montag.
In der Höhle.

Sie aßen Hühnersuppe aus der Dose und Powerriegel, die so süß waren, dass Lucy ihren nach zwei Bissen nur noch angewidert betrachten konnte. Noch immer tobte der Sturm vor der Höhle und der Regen hatte den Strand aufgeweicht. Draußen war es dunkel.

„Das ist richtig gemütlich." Lucy biss widerwillig ein erbsengroßes Stück von ihrem Riegel ab. Er war mit Schokolade überzogen. Das war lecker. Aber die Füllung, deren Geschmack nicht einmal annähernd an Bananen erinnerte, ließ sie beinahe würgen.

„Ja." Niklas lächelte sie an. „Wir sollten öfter bei Sturm Dosensuppe in einer Höhle essen." Er lachte auf.

Sie sah ihn empört an und antwortete mit zusammenklebenden Zähnen. „Das ist jawohl nicht nur eine Höhle."

„Und es ist auch nicht nur eine Dosensuppe. Das musst du zugeben. Definitiv besser als dein Versuch damals. Das arme Hühnchen hätte dafür wirklich nicht zu sterben brauchen."

Ihr Unterkiefer klappte nach unten. „Niklas! Wenn ich jetzt irgendetwas hätte, was dich nicht gleich ausknockt, würde ich es nach dir werfen." Sie sah sich suchend um. Er lachte, verstummte aber sofort wieder, als er sah, wie sie ihren Riegel musterte und zum Wurf ausholte.

„Lu! Die guten Proteine." Er sprang lachend auf, hastete zu ihr und schaffte es gerade noch, ihr den Riegel aus der Hand zu reißen. Aber er konnte seine Bewegung nicht mehr rechtzeitig stoppen und fiel auf sie. Lucy kippte nach hinten und wäre mit dem Kopf gegen die Felswand geprallt, wenn Niklas sie nicht aufgefangen hätte. Für einen Moment lag er halb auf ihr, die Hand unter ihrem Kopf, die Nasenspitze neben ihrer und sah sie erschrocken an. Lucys Herz schlug schneller. Sie schluckte und versuchte, das Kribbeln, das ihren Körper durchzog, durch einen Witz zu verjagen: „Hast du Angst vor Willy Wonkas schrecklicher Bananen-Schokolade?“

Niklas schob sich langsam von ihr, fing unsicher an zu lachen und zog sie zum Sitzen. „Ja, sicher. Ich hab gehört, sobald sie geworfen wird, wird sie steinhart.“

„Ja, und die Umpa-Lumpas fangen an, dich durch ein Rohr in die Folge von den Waltons zu saugen, in der John Boy Alice erklärt, wo die Babys herkommen.“

„Diese Folge hat es nie gegeben.“

„Nein?“

„Keine Ahnung.“ Sie lachte.

Sie räumten auf und Lucy trat an den Eingang der Höhle. Niklas stellte sich neben sie.

„Es wird nicht weniger.“

„Nein.“

„Komm rein, du wirst nass.“

„Nein.“

„Nein?“

„Nein, ich kann nicht.“

„Du kannst nicht reinkommen?“

„Nein.“

„Warum nicht?“

„Ich muss mal pinkeln.“ Schon eine Weile.

Er sah zweifelnd von Lucy nach draußen und wieder zurück. „Du bist in Sekunden komplett durchnässt, wenn du da rausgehst.“

„Was soll ich denn machen?“ Und im nächsten Moment wusste sie es und begann sich auszuziehen.

„Was tust du?“

„Wonach sieht es denn aus?“

„Du … bist du verrückt?“

Er verstand und öffnete den Reißverschluss seiner Jacke. Lucy sah ihn entgeistert an.

„Ich lass dich nicht alleine da raus.“ Doch. Das war genau das, was sie von ihm erwartete.

„Ich gehe nur pinkeln.“

„Ja, ich auch. Na los.“ Er zog sie an der Hand und in Unterwäsche rannten sie hinaus. Der Sturm peitschte ihnen die Regentropfen auf die Haut. Lucy konnte kaum die Augen offenhalten, so stark platschte der Regen auf ihr Gesicht. Der Sand unter ihren Füßen war kalt und nass und die Wellen brachen hart mit einem ohrenbetäubenden Rauschen. Das Wasser hatte bereits ein gutes Stück des Strandes erobert. Die Höhle dämpfte einen Großteil der Geräusche. Aber hier draußen war es unmöglich, etwas anderes zu hören als das Donnern der Natur.

„Das ist wie eine irre Dusche in einem supermodernen Spa.“ Lucy schrie, damit er sie hörte, obwohl er nur einen Meter von ihr entfernt war. Er lachte.

Sie suchten sich zwei halbwegs private Plätze und nach wenigen Minuten standen sie wieder im Eingang der Höhle. Nass. Niklas holte die Handtücher und reichte ihr eins. Lucy zog ihre Unterwäsche aus, ohne darauf zu achten, ob er sie dabei beobachtete. Sie trocknete sich ab, zog die trocken gebliebenen Sachen an, schlang das Handtuch um die nassen Haare und setzte sich zurück auf ihr Lager. Niklas ließ sich neben ihr auf die Iso-Decke fallen und sah sie belustigt an.

„Was ist?“

„Du siehst aus, als wolltest du mit Tom Brady in den Super-Bowl ziehen.“ Jetzt lachte er. „Komm, ich mach dich wieder zum Cheerleader.“ Er nahm ein Tuch und wischte ihr sanft die Wimperntusche von den Wangen. Sie beobachtete ihn. Sie sah in seine Augen, die konzentriert auf ihr Gesicht blickten, um keinen schwarzen Streifen zu übersehen. Sie sah die nassen, blonden Strähnen, die an seiner Stirn klebten. Sie spürte seinen warmen Atem auf ihrem Gesicht und wann immer ein Finger statt des Tuchs ihre Haut streifte, durchfuhr sie ein Schauder.

„Wirklich? Zum Cheerleader? Und hör auf zu grinsen.“ Sie versuchte, zu lachen und so die Spannung abzuschütteln.

„So, fertig.“ Er strich ein letztes Mal mit dem Tuch über ihre Wange und sah sie zufrieden an.

„Danke.“ Sie lehnte sich gegen die Felswand. „Wie spät ist es?“

„Halb neun.“

„Oh Mist.“

„Was ist los?“

„Ben. Ich wollte ihn zurückrufen.“ Sie nahm ihr Telefon in die Hand. Das Display schaltete sich nicht ein. „Nein!“

„Was ist los?“

„Der Akku ist leer.“

„Warte, nimm meins.“

„Nein, das ist keine gute Idee.“

„Er wird sich Sorgen machen. Warte.“ Niklas kramte in seinen Taschen und hielt dann abrupt inne.

„Was ist?“

„Ich hab‘s nicht mitgenommen.“

Lucy starrte ihn an. „Das ist nicht dein Ernst?!“

„Ich hatte nicht gerade Zeit, eine Packliste zu machen.“

„Aber dein Handy? Wenn du in einen Sturm raus rennst?“

„Wasser und was Warmes zum Anziehen waren mir halt wichtiger.“

„Also sitzen wir jetzt hier ohne Verbindung zur Außenwelt fest? Was ist … Was, wenn … Wenn was passiert?“

„Was soll denn passieren?“

„Keine Ahnung.“ Warum regte sie das so auf?

„Jetzt bist du wohl komplett mit mir allein.“ Sein Tonfall war schnippisch. „Willst du lieber zurückgehen?“

Sie sah nach draußen und dann wieder zu ihm.

„Nein, so ein Unsinn. Ich dachte nur, dass es halt … na ja, stell dir vor, du brichst dir ein Bein oder so.“

„Dann kann uns ein Handy auch nicht helfen. Es sei denn, du willst mein Bein damit schienen.“

„Sehr witzig. Nein, wir könnten …“

„Lu?“

„Ja?“

„Ist es ein Problem für dich, hier allein mit mir zu sein?“

Sie dachte *Ja* und sagte: „Nein, warum sollte es das?“ Am liebsten hätte sie die Worte sofort wieder zurückgenommen. Es gab tausend Gründe, warum sie nicht mit ihm allein sein wollte und er kannte fast alle.

„Weil du verlobt bist.“ Er sagte es so emotionslos, als würde er über das Wetter reden.

„Es ist ja nicht so, als hätten wir eine Wahl.“ Wieder ein Satz, den sie sofort bereute.

„Ja, richtig.“ Klang er verletzt?

„Nik, so war das nicht gemeint.“

„Natürlich war es das. Wir haben uns diese Situation nicht ausgesucht.“

„Nein.“

Sie schwiegen. Lucy dachte über seine Worte nach. Hätte sie sich diese Situation ausgesucht? Sie dachte an seine Hilfe bei der Suche nach dem Ring. Die Wärme seines Körpers, als er sie im Arm gehalten hatte. Und an sein Lachen, gedämpft durch das Prasseln des Regens und das Brausen des Sturms.

„Nik?“

„Was?“

Sie hätte ihm gern gesagt, dass sie froh war, hier mit ihm zu sitzen. Dass sie ihn vermisste. Dass es im Moment keinen anderen Menschen gab, mit dem sie lieber in einer einsamen Höhle Schutz vor einem Sturm suchen würde, der sie von der Außenwelt abschnitt. Sie hätte sich gern wieder an ihn gekuschelt und gehofft, dass die Nacht langsamer vergehen würde als sonst. Oder dass ihr Vater nicht mit dem Jeep über den nassen Sand würde fahren können. Stattdessen fragte sie: „Black Jack oder Mau-Mau?“

Also spielten sie Karten, tranken Tee und sprachen wenig. Der Sturm beruhigte sich und der Regen ließ nach.

„Wir könnten noch zurücklaufen.“ Niklas sah zum Höhleneingang.

„Meinst du?“ Sie wollte nicht zurück.

„Möchtest du?“ Er sah noch immer nach draußen.

„Nein“, sagte sie ohne Zögern.

Er drehte sich wieder zu ihr und lächelte. Sonst nichts.

Lucy gähnte.

„Möchtest du schlafen?“

„Nein, spielen wir weiter.“ Sie wollte nicht schlafen. Sie wollte nicht, dass der Abend zu Ende ging. Aber sie war so müde, dass sie sich kaum auf das Spiel konzentrieren konnte. Immer wieder fielen ihr die Augen zu. Schließlich räumte Niklas die Karten zusammen und holte den Schlafsack.

Richtig. Es gab nur einen Schlafsack und die Handtücher waren noch immer nass. Lucys Müdigkeit war wie weggeblasen.

„Nimm du ihn." Er reichte ihr das blaue Nylon-Bündel.

Lucy überlegte. „Nein, es ist zu kalt."

„Ich nehme die Handtücher."

„Die sind nass."

Er zögerte. „Es ist okay."

„Nik. Es ist zu kalt."

„Es ist okay. Ich habe solche Nächte schon oft mitgemacht."

„Ich auch. Wir wechseln uns ab."

„Nein, du nimmst den Schlafsack." Er ließ sich nicht umstimmen. Sie zog sich den Seemannspulli über den Kopf und hielt ihn ihm hin. „Hier, nimm wenigstens den."

Sie löschten alle Kerzen bis auf eine und legten sich nebeneinander auf die Isodecke. Sie hörte, wie Niklas den Reißverschluss des Wollpullis hochzog, und schloss die Augen. Es fiel ihr schwer, einzuschlafen. Ihre Gedanken drehten sich und ein Gefühl nagte an ihr. Hatte er deshalb zurückgewollt? War letztendlich *ihm* alles zu eng geworden? Wovor hatte er Angst? Irgendwann musste sie dennoch in einen leichten Schlaf gefallen sein, denn ein Geräusch weckte sie. Es war Niklas, der sich die Hände rieb. Lucy öffnete den Schlafsack und legte ihm die Hand auf die Schulter.

„Nik."

„Es ist okay, Lu." Er konnte das Zittern in seiner Stimme nicht unterdrücken.

„Das ist es nicht. Los jetzt. Ich will weiterschlafen."

Er seufzte. „Okay."

Er zog die Schuhe aus und einen Moment später lag er neben ihr. Sie mussten eng zusammenliegen, damit sie den Reißverschluss wieder schließen konnten. Niklas legte ihr den Arm um die Schulter und sie ihren Kopf auf seine Brust. Aber sie war zu müde, um darüber nachzudenken, wie gut sich das anfühlte und nach wenigen Augenblicken schlief sie wieder ein. Sein leises „Danke" hörte sie nicht mehr und sie spürte nicht, wie er noch lange ihren Arm streichelte.

Die Nacht verging. Am Morgen hatte sich das Wetter endgültig beruhigt. Graue Wolken verdeckten den Sonnenaufgang, aber es regnete nicht mehr. Eine Möwe kreischte auf und riss Lucy aus dem Schlaf. Sie behielt die Augen geschlossen und versuchte, sich zu orientieren. Für den Bruchteil einer Sekunde war sie überzeugt, Ben läge neben ihr und sie kuschelte sich enger an ihn. Aber als sie erkannte, auf wessen Brust ihr Kopf ruhte, riss sie die Augen auf und war hellwach.

Niklas schien noch zu schlafen. Was sollte sie tun? Aufstehen? Das hätte ihn geweckt und sie war sich nicht sicher, ob sie bereit war für den Morgen danach. Das war natürlich Unsinn, denn es gab nichts, was man als ‚davor' hätte bezeichnen können. Nichts war passiert. Dass sie nebeneinander geschlafen hatten, war schließlich notwendig gewesen. Obwohl sie natürlich hätten zurücklaufen können.

Und Lucy musste sich eingestehen, dass sie es genoss, Niklas so nah zu sein. Aber warum auch nicht? Schon als Kinder hatten sie gemeinsam geschlafen und er fehlte ihr. Dieses Gefühl konnte und wollte sie nicht länger leugnen. Sie entspannte sich und schloss die Augen.

„Guten Morgen." Er war wach.

Sie riss die Augen wieder auf, antwortete aber nicht.

„Ich weiß, dass du wach bist, Lu." Ein Lächeln lag in seiner Stimme.

Sie schwieg weiter.

„Das hast du noch nie verbergen können. Ich höre es an deinem Atem."

Sie blickte auf, legte sich so, dass sie ihn ansehen konnte, und bereute es im nächsten Moment. Sein Blick war verschlafen und er lächelte liebevoll. Noch immer lag sein rechter Arm um ihre Schultern. Ihre Hand ruhte auf seinem Bauch. Sie spürte seinen Atem in ihrem Gesicht, hörte seinen unregelmäßigen Herzschlag. Sie schwieg weiter. Er sah ihr direkt in die Augen. Sie fing seinen Blick auf und lächelte zaghaft. Er strich über ihre Wange, wie, um eine Strähne wegzuschieben. Aber da war keine. „Hast du gut geschlafen?"

„Hm-hm." Mehr konnte sie nicht sagen. Sein Arm schlang sich fester um ihre Schultern. Oder bildete sie sich das nur ein? Ihr Herz schlug schneller und ihre Gedanken überschlugen sich, wurden zu einem einzigen unentwirrbaren Knäuel. Und ihr Körper schien keiner Anweisung mehr zu folgen. Zumindest hätte er das wohl nicht getan, wenn sie es fertiggebracht hätte, ihm eine zu geben. Und so rückte sie näher an ihn heran, als sie es hätte tun sollen. Ihre Gesichter waren Zentimeter voneinander entfernt.

Sie nahm die Hand von seinem Bauch und streichelte ihm über die stoppelige Wange. Er zog sie noch näher an sich. Lucy fühlte seine Beine an den ihren. Ihr Bauch berührte den seinen. Noch näher. Es passte kaum ein Finger zwischen ihre Gesichter. Noch näher. Seine Lippen legten sich so sanft, so zart auf ihren Mund, dass sie die Berührung kaum spürte. Aber in ihrem Körper explodierte ein Feuerwerk. Niklas sah sie ungläubig und zweifelnd an und schloss für einen Moment die Augen. Als er sie wieder öffnete, lag Sehnsucht in seinem Blick.

Sie konnte nicht anders und küsste ihn, liebkoste seinen Mund mit ihren Lippen. Er erwiderte ihren Kuss, zog sie erst noch näher an und schließlich auf sich. Seine Hände umschlossen ihre Hüfte, drückten ihr Becken gegen seins und glitten über ihren Po, unter ihre Jacke und das T-Shirt. Er hielt sie fest an der Taille und drehte sich dann auf sie. Nun zog Lucy an seinem Pullover, schob ihn über seinen Rücken und hielt dann abrupt inne. Niklas hörte es im selben Moment. Er sah sie an mit einer Mischung aus Verlangen und Enttäuschung, aber auch einer Spur Erleichterung, rollte sich von ihr und für einen Moment lagen sie nebeneinander, schwer atmend und unfähig, sich zu regen. Das Motorengeräusch wurde lauter.

Als Oliver im Höhleneingang stand, hatten sie die meisten Sachen zusammengeräumt.

„Guten Morgen.“ Er trat in die Höhle und betrachtete die Überbleibsel ihres Nachtlagers. „Wie war die Nacht?“

„Gut.“ Lucy umarmte ihn und ließ sich für einen Moment fallen. Ihr Herz raste noch immer und sie konnte kaum klar denken. Nicht einen Augenblick hatte sie es gewagt, Niklas in die Augen zu sehen, nachdem sie sich aus dem Schlafsack geschält hatten. Tausend Fragen zogen in einer nicht enden wollenden Schleife durch ihren Kopf. Was war hier passiert? Warum hatten sie das getan? Wie wäre es weiter gegangen?

Sie war als Erste bei Josés weißem Jeep, der über und über mit Matsch bedeckt war. Sie legte die noch immer nassen Handtücher in den Fußraum vor dem Rücksitz, packte die Rucksäcke auf die Ladefläche und blieb unschlüssig neben dem Auto stehen. Oliver und Niklas notierten die Sachen, die sie verbraucht hatten und verstauten eine der Kisten wieder im Sand. Sie stieg schließlich ein, ließ sich auf den Beifahrersitz fallen, schaltete das Radio ein und zappte durch die Sender. Ein Sprecher erzählte von der letzten Nacht. Es hatte unzählige Schäden gegeben. Bäume waren umgefallen, einige auf Autos, andere auf Häuser. Eine Stromleitung war gerissen und hunderte Haushalte hatten die Nacht ohne Elektrizität verbracht. Ein Flutlicht war auf einen Sportplatz gefallen und der Wind hatte einen unzureichend gesicherten Segler aufs Meer hinausgetrieben. Aber es waren keine Menschen zu Schaden gekommen. Die anderen Stationen spielten Werbung oder Musik, die sie nicht hören wollte. Seufzend schaltete sie das Radio wieder aus, lehnte sich zurück in den Ledersitz und schloss die Augen. Sofort kamen die Gedanken zurück. Sie konnte hier nicht rumsitzen.

Als sie die Tür öffnen wollte, um auszusteigen, klingelte ein Telefon. Lucy fand es in der Mittelkonsole und nahm ohne Zögern und ohne auf den Anrufer zu achten, ab. Sie war es gewohnt, Telefonate für ihren Vater entgegenzunehmen. Er wurde oft und zu jeder Tages- und Nachtzeit von Eltern angerufen. Es war ihm schon immer schwergefallen, da eine Grenze zu ziehen. Vielleicht war es ein Notfall.

„Hallo?" Lucy öffnete bereits die Autotür, um das Telefon an Oliver weitergeben zu können.

„Hallo?" Eine Frauenstimme. Sie klang etwas verwirrt. „Habe ich mich verwählt? Ist das nicht das Handy von Niklas?"

„Oh, ähm, nein, äh, ich meine ja." Das war dann wohl keine Mutter, deren Kind die Nacht über im Fieberwahn verbracht hatte. Sie stieg aus dem Auto und schlug die Tür hinter sich zu. Nicht fest genug. Sie blieb einen Spalt offen.

„Wer ist denn da?"

„Ähm, hier ist Lucy. Nik ist in der Nähe. Moment." Sie war nur noch ein paar Meter vom Höhleneingang entfernt.

„Könnte ich ihn sprechen? Hier ist Leah, seine Freundin." Sie betonte das Wort ‚Freundin'. Oder kam ihr das nur so vor?

„Ähm, ja, sicher. Sekunde." Freundin. Freundin? Das Wort hallte in ihrem Kopf wider und wider. Er hatte eine Freundin.

„Hey Nik!" Ihre Stimme überschlug sich etwas und sie sagte es zu laut. So, als würde der Sturm noch immer um sie herum wüten. So als müsste sie noch immer gegen den Regen anschreien. Er kam aus der Höhle und Lucy reichte ihm das Telefon.

„Deine Freundin." Hatte sie verärgert geklungen? Sie hatte verärgert geklungen. War sie wütend? Das war sie tatsächlich. Niklas sah sie einen unendlichen Moment lang an, bevor er das Telefon nahm und in Richtung Wasser davonging, um mit Leah, seiner Freundin, zu telefonieren. Lucy sah ihm nach. Er hatte eine Freundin. Eine Weile war es der einzige Gedanke, den zu denken sie im Stande war. Und dann setzte er sich wie ein Passagier in die Achterbahn der Fragen, die zuvor in ihrem Kopf Runden gedreht hatte. Warum hatte er sie geküsst, wenn er eine Freundin hatte? Hätte er irgendwann realisiert, dass er seine Freundin gerade betrog und aufgehört, sie zu küssen und …?

Und dann nach und nach änderten sich die Fragen. Warum hatte sie ihn geküsst, wenn sie doch verlobt war? Hätte sie irgendwann erkannt, dass sie Ben hinterging, indem sie ihre Hand in Niks Haaren versinken ließ und seinen Kopf näher an den ihren zog? Hatte sie an Ben gedacht, als sie Nik den Pullover über den Kopf ziehen wollte? Lucy schluckte. Sie hatte nicht einen Moment an Ben gedacht. Erst als sie sich voneinander gelöst hatten und in Hektik aufgestanden waren, um ihre Kleidung zu richten und alle sonstigen Spuren des vergangenen Moments zu beseitigen, hatte der Gedanke an Ben sich wie eine Schlinge um ihren Bauch gelegt und ihren Magen zusammengezogen. Warum hatte sie das getan? Sie liebte Ben. Sie nahm ihr Handy aus der Jackentasche. Das Display war schwarz. Richtig, der Akku war leer. Sie steckte es wieder zurück.

„Bist du soweit?" Oliver trat, die zweite Kiste tragend, neben sie und sah sie von der Seite an. „Ist alles okay? Du siehst blass aus."

„Hm?" Lucy sah ihn verwirrt an.

Oliver hob eine Augenbraue und schaute sie forschend an.

„Ich denke, ich will laufen."

Er stellte die Kiste in den Laderaum neben die Rucksäcke. Dann sah er sie wieder an. „Du willst laufen?"

„Ja, ich brauche etwas Bewegung. Ist das okay?"

„Was ist okay?" Niklas hatte das Gespräch beendet und stand nun bei ihnen.

„Lu möchte laufen."

Er sah sie wieder auf diese unergründliche Art an. Was dachte er? Aber dann nickte er nur und stieg mit Oliver ins Auto.

„Wir machen Frühstück." Oliver lehnte sich aus dem Fenster und winkte.

„Okay." Lucy winkte mechanisch zurück und sah ihnen nach.

Als der Jeep nur noch ein kleiner Punkt in der Ferne war, ließ sie sich kraftlos in den Sand fallen. Der Wind hatte den Sand über Nacht trocken gepustet. Sie lag auf dem Rücken und blickte zum Himmel, an dem die Wolken noch immer rastlos vorüberzogen. Nach einer Weile setzte sie sich wieder auf und schaute aufs Meer. Ein paar Möwen ließen sich von den Wellen treiben. Ab und zu gesellte sich eine weitere zu ihnen und eine andere flog lachend davon. Die Wolken hingen noch immer tief und ließen auch das Wasser in einem tristen Grau erscheinen. Der Horizont war kaum auszumachen. Lucy legte die Hände aufs Gesicht und begann zu weinen. Es vergingen Minuten, in denen sie schluchzend im Sand saß. Ihre Gedanken standen still. Die Emotionen hatten das Ruder übernommen.

Ein Geräusch schreckte sie schließlich auf. Im Wald hinter ihr fiel ein Baum mit einem ohrenbetäubenden Krachen um. Eine ganze Schar Vögel wurde, wie sie, aufgeschreckt und flog kreischend über die Wipfel der glücklichen Bäume hinweg, die der Sturm stehen gelassen hatte. Adrenalin schoss durch ihren Körper und sie fragte sich, warum sie hier saß und heulte. Sie wischte sich die Tränen aus dem Gesicht, sprang auf, zog sich aus und rannte ins Meer. Das kalte Wasser befreite ihren Kopf und spülte die Emotionen weg. Sie schwamm weit hinaus und genoss die Freiheit, die Einsamkeit und die Gedankenlosigkeit. Hier, in dieser unendlichen Weite war sie selbst nur ein kleiner Punkt. Hier war es unwichtig, was gerade passiert war oder was nicht passiert war oder was hätte passieren können und auch, was jetzt passieren würde. Das Einzige, das inmitten dieser Kälte und Weite zählte, war, dass sie ihre Arme und Beine lange und schnell genug bewegte, um nicht unterzugehen oder zu erfrieren.

Als sie nach zwanzig Minuten wieder am Ufer stand, fühlte sie sich nicht nur besser, sondern erleichtert. Sie war froh, dass ihr Vater den Moment mit Nik ein weiteres Mal unterbrochen hatte. Dieses gute Timing war fast beängstigend. Aber er hatte sie vor einem großen Fehler bewahrt. Es war leicht, in alte Muster zu fallen. Es war leicht, Niklas zu küssen. Das war es schon immer gewesen. Aber sie hatten sich beide weiterentwickelt und wenn sie wollte, dass er wieder ein Teil ihres Lebens wurde, dann mussten sie das Vergangene hinter sich lassen und neu anfangen. Und sie wollte genau das. Sie wollte ihn in ihrem Leben haben. Als Freund. Also mussten sie einen Weg finden, wie Freunde miteinander umzugehen.

Entschlossen zog sie sich bis auf die Schuhe an. Sie band die Schnürsenkel zusammen, trug das Bündel in der Hand und rannte barfuß zurück nach Hause. Sie schaffte die Strecke in weniger als zwanzig Minuten. Zumindest zeigte das ihr Fitnessarmband an. Diese Zeit hatte sie nie erreicht. Im Laufen hatten die Jungs sie immer geschlagen und egal, wie viel sie trainiert hatte, die beste Zeit, die sie bei gutem Wind und hartem Boden auf dieser Strecke erreicht hatte, waren 21:04 Minuten. Außer Atem trat sie ins Haus, rief ein kurzes „Hallo, ich bin zurück." in die Küche, fügte noch ein „Ich gehe duschen." hinzu und rannte die Treppen hoch. Sie zog sich, ohne auf ihre Umgebung zu achten, bereits das verschwitzte Shirt über den Kopf, als sie an der Badtür ankam. Und rannte direkt in Niklas hinein, der das Badezimmer soeben verlassen wollte.

„Entschuldige." Sie trat einen Schritt zurück und hielt das T-Shirt schützend vor ihren Oberkörper.

Er sah sie einen Augenblick lang überrascht an, musterte sie und hielt ihr dann einen Ring vor die Nase, an dem Wasserperlen glänzten. Zuerst erkannte sie ihn nicht. Für einen kurzen, aberwitzigen Augenblick dachte sie, er wollte ihr einen Ring schenken, aber dann sah sie den ihr so vertrauten viel zu großen Stein und die Inschrift mit dem Datum ihrer Verlobung mit Ben. Ihr Herz machte einen Satz, auch wenn sie nicht genau wusste, in welche Richtung.

„Wo …? Wann …? Was …?“ Sie war zu erstaunt, um auch nur zwei Worte sinnvoll aneinanderzureihen.

„Er lag im Kies vor dem Haus.“

„Was? Im Kies?“

„Ja, er war dort halb vergraben. Als wir vorhin angekommen sind, glitzerte er mich an.“

Lucy schaute ihn noch immer verständnislos an. „Aber … Aber, das ist unmöglich. Ich habe alles hundert Mal durchsucht.“

„Im Haus, ja. Und in der Höhle. Draußen nicht.“ Er hielt noch immer den Ring in der Hand. „Willst du ihn wiederhaben?“ Wieder konnte sie seinen Blick nicht deuten.

„Ja, natürlich.“ Sie hatte keine Lust auf Spielchen und sah ihn ernst an.

Er löste ihre linke Hand von dem Shirt, an das sie sich bis dahin fest gekrallt hatte. Es rutschte ein Stück nach unten und entblößte für eine Sekunde ihre Brust. Sie schob es mit der rechten Hand zurück nach oben und fixierte es mit dem linken Oberarm. Und dann, dann schob Niklas ihr den Ring auf den Finger, was nicht nur deshalb unangebracht, war, weil es der Ring eines anderen Mannes war. Lucy wollte protestieren, aber sie wusste nicht wie und mit welcher Begründung. Also sagte sie: „Nik, wir müssen darüber reden, was in der Höhle passiert ist.“

Er seufzte. „Ja, das müssen wir." Er blickte ihr für einen nicht enden wollenden Moment in die Augen, fixierte sie und es schien, als wollte er dieses Gespräch jetzt führen. Doch dann schüttelte er den Kopf, schob sich an ihr vorbei und sagte: „Aber nicht jetzt. Geh duschen, wir wollen frühstücken." Er ging zur Treppe, drehte auf der obersten Stufe aber noch einmal um. „Wie war deine Zeit?"

Sie konnte sich ein Grinsen nicht verkneifen und hielt den Arm mit dem Fitnessarmband in die Luft gestreckt, wobei das T-Shirt wieder ein Stück nach unten rutschte. Sie schob es zurück. „Unter zwanzig Minuten."

„Na endlich." Lachend stieg er die Treppen hinab.

Lucy ging ins Bad, um zu duschen, und dann in ihr Zimmer. Sie zog sich an und ihr Blick fiel auf ihren Schreibtisch. Dort lag ihr Telefon. Jemand musste es aus ihrer Jackentasche geholt haben. Wieder erfasste sie das schlechte Gewissen. Ben. Sie musste ihn anrufen. Sie schloss das Telefon an eine Steckdose an, die sich nahe genug am Fenster befand. Es dauerte ein paar Minuten, bis der Akku ausreichend aufgeladen war, um zu telefonieren. Als es sich schließlich einschalten ließ, fand sie darauf mehrere verpasste Anrufe und ein paar Nachrichten.

Er nahm sofort ab. „Hey, bist du zurück von deinem Abenteuer?"

„Abenteuer? Was meinst du?"

„Na, hast du nicht die Nacht am Strand verbracht. Bei einem wilden Sturm? Mit Tütensuppe und Schlafsack?"

„Es war Dosensuppe. Woher weißt du davon?"

„Nachdem ich dich nicht erreichen konnte, habe ich es bei Oliver versucht. Er hat mir erzählt, dass du und Niklas euch verkalkuliert und es nicht mehr rechtzeitig zurück zum Haus geschafft habt."

Er hatte für sie gelogen. Sie musste daran denken, ihm zu danken.

„Ähm, ja. Richtig."

„Du musst mir diese Höhle unbedingt mal zeigen. Als kleiner Junge hatte ich auch so einen Ort. Paul und ich haben uns dort immer vor unserem Kindermädchen versteckt, wenn sie wollte, dass wir unser Zimmer aufräumen." Ben erzählte ein paar Anekdoten aus seiner Kindheit, aber Lucy hörte kaum zu. Sie betrachtete den Ring an ihrem Finger und fragte sich, ob sie Niklas geküsst hätte, wenn er beim Aufwachen an seinem Platz gewesen wäre. Und wieder machte sich die Schlinge um ihren Bauch bemerkbar. Was hatte sie nur getan? Wie hatte sie ihre Beziehung zu Ben, wie hatte sie Ben selbst so komplett ausblenden können?

Vor zwölf Jahren.
Ein Fischerdorf auf Sizilien.

Die Sonne war im Meer versunken und der Abend tauchte die Bäume in den Bergen, die kleinen Fischerboote auf dem Wasser, den Himmel und die weißen Häuschen am Ufer in zarte Blautöne. Ein paar Fenster waren beleuchtet und mischten ein warmes Gelb dazu. Lucy saß auf der Terrasse der Ferienvilla. Das Weinglas in ihrer Hand war zur Hälfte geleert. Ein Buch lag aufgeschlagen, aber unbeachtet auf ihrem Schoß. Der Wind hatte ohnehin längst die Seite verschlagen. Zu schön war die Welt jenseits der Seiten. Simon, Anna und Niklas waren noch mit Packen beschäftigt und Lucy genoss den einsamen Moment, der einer der letzten auf der Insel sein würde, die ihr in der kurzen Zeit so ans Herz gewachsen war.

Da drang ein Schrei aus dem Haus und sie zuckte zusammen. Sekunden später rannte Anna durch die Terrassentür, gefolgt von Simon, der sein Telefon am Ohr hatte und, mit etwas Abstand, Niklas. Lucy sah auf. „Was ist los?“

„Ich habe meine Tasche bei Francesco im Bistro stehen lassen. Da ist alles drin. Kamera, Pass, Geld, mein Flugticket … einfach alles.“

„Sie ist bestimmt noch da.“ Lucy versuchte sie zu beruhigen. „Wir waren doch erst vor zwei Stunden dort. Bestimmt hat Francesco sie hinter den Tresen gestellt und wartet darauf, dass du sie holst.“

„Ja, genauso ist es. Francesco sagt, er ist noch zehn Minuten dort. Komm schon.“ Simon steckte das Telefon zurück in die Tasche und griff nach Annas Hand. Zusammen rannten sie zum Bistro.

„Was liest du?“ Niklas hatte das Licht im Haus ausgeschaltet, ließ sich neben Lucy auf die Bank fallen und nahm ihr das Glas aus der Hand, um einen Schluck zu trinken.

„Nichts.“ Sie machte eine ausladende Handbewegung. „Dem hier draußen kann kein Buch das Wasser reichen.“ Er gab ihr das Glas zurück.

„Nein. Das stimmt.“ Sie schwiegen. Aus der Ferne klang lautes Lachen und vom anderen Ufer der Bucht hörten sie das Spiel einer Mandoline.

„Ich hab was für dich.“ Niklas holte eine kleine Schatulle aus der Hosentasche und gab sie ihr. Lucy sah ihn überrascht an. „Was ist das?“

„Mach auf.“

Sie stellte das Glas auf den Tisch und öffnete das tiefrote Kästchen. Sie lächelte, als sie den Inhalt erkannte. „Deswegen bist du vorhin zurückgelaufen.“

Er sah sie einen Moment zu lange an. „Ja, genau.“

Sie nahm die Ohrringe heraus und strich über das geschliffene Silber. „Sie sind wunderschön. Danke.“ Sie küsste ihn auf die Wange, packte die Schachtel zurück auf den Tisch und kuschelte sich an ihn. „Ich würde so gern hierbleiben.“

„Ja, ich auch.“

„Nicht wegen dem Ort. Ich würde so gern mit euch hier bleiben. Ihr fehlt mir so.“

Er sagte nichts, legte ihr nur den Arm um die Schultern und drückte sie an sich.

September. Montag.
Das Haus am Meer.

„Ich geh mal ein bisschen raus. Ach so, und ich hab deinen Drucker benutzt, okay?“ Lucy zog ihre Jacke an und trat in den Wintergarten, wo Niklas und Oliver wieder damit beschäftigt waren, das kaputte Fenster zu reparieren.

„Ja sicher. Viel Spaß!“ Oliver lugte hinter einem Sessel hervor und lächelte sie an. „Ach, und bringst du ein paar Sachen mit? In der Küche liegt eine Liste. Und Geld.“

„Ja, klar.“ Sie ging in die Küche, nahm die Liste vom Tisch, ließ das Geld liegen und ging aus dem Haus.

Es war früher Nachmittag. Noch immer hingen ein paar Wolken am Himmel, aber es wurde heller. Der Boden war fast vollständig getrocknet und die Luft wurde wieder wärmer. Lucy schlenderte den ihr so vertrauten Weg in das Zentrum des kleinen Ortes. Sie brauchte für die kurze Strecke eine halbe Stunde, weil sie ständig stehen blieb, um jede Veränderung und alles Vertraute wahrzunehmen.

Als sie die Hauptstraße erreichte, die den Blick auf die Kirche und die umliegenden Geschäfte frei gab, hatte die Sonne es endlich geschafft, durch die Wolken zu brechen. Lucy zog ihre Jacke aus, schloss die Augen, hielt ihr Gesicht in Richtung der Sonnenstrahlen und atmete für ein paar Minuten tief durch.

„Lu? Lu! Du bist hier!“ Eine weibliche Stimme schrie ihr aus zwanzig Metern Entfernung entgegen. Sie öffnete die Augen und sah eine hübsche junge Frau mit einem etwa vierjährigen Mädchen an der Hand auf sie zulaufen, das mit ihren dunklen Locken und den großen braunen Augen genauso aussah wie ihre Mutter. Lucy lächelte glücklich.

„Anna? Ihr seid hier? Ich dachte, ihr würdet es nicht schaffen?“ Ohne eine Antwort abzuwarten, ging sie in die Knie, um auf Augenhöhe mit dem Mädchen zu sein. „Mia, mein Engel, wie gehts dir?“ Mia zögerte den Bruchteil einer Sekunde und fiel ihr dann um den Hals. Lucy stand mit dem Mädchen auf dem Arm auf und drückte sie an sich. „Hast du mich denn schon vergessen?“, flüsterte Lucy ihr ins Ohr. Die Kleine umarmte sie als Antwort nur noch fester.

„Hey, und was ist mit mir?“ Anna sah sie empört an. Lucy grinste, ließ Mia zu Boden sinken und umarmte ihre Freundin.

„Tim konnte es doch einrichten und da wir meine Eltern sowieso nächsten Monat besuchen wollten, dachten wir, es wäre schön, wenn wir zur Gedenkfeier kommen. Tim kannte die zwei ja nicht. Aber mir war es wichtig, hier zu sein.“

„Ja …“ Lucy verstand sie gut. „Aber warum hast du nichts gesagt?“

„Ach, du warst so einsilbig, was das Ganze anging. Schon als du mir das erste Mal davon erzählt hast, hatte ich das Gefühl, dass du nicht mal darüber reden willst. Ich wollte nicht, dass du das Gefühl hast, du müsstest jetzt auch kommen, nur weil wir hier sind.“

„So ein Unsinn.“ Lucy sah ihre Freundin verständnislos an.

„Ist es das?“

„Ja sicher. Das ist wie in so einer blöden Dramaserie. Hast du denn gar nichts von unseren unzähligen Fernsehabenden gelernt? Versuche niemals, deine beste

Freundin vor irgendetwas zu beschützen, indem du ihr etwas verheimlichst, was sie höchstwahrscheinlich wissen will."

Jetzt war es Anna, die Lucy verständnislos ansah. Aber nach ein paar Sekunden brach sie in Gelächter aus.

„Okay, verstanden. Aber was ist mit dir? Warum hast du dich umentschieden?"

„Ja, ich … Ach, ich weiß auch nicht. Es hat sich falsch angefühlt, nicht zu kommen." Das war nur die halbe Wahrheit und Anna merkte es.

„Und?"

„Und … Nik hat mir eine Nachricht zukommen lassen. Er meinte, er fände es schön, wenn ich ein paar Worte sagen würde."

Anna machte große Augen.

„Guck nicht so. Das war's auch schon. Er hat sie mir nicht persönlich mit einem Strauß Blumen überbracht, oder so."

„Okay, aber das ist trotzdem mehr, als du in den letzten Jahren von ihm gehört hast."

„Ja."

Als sie merkte, dass Lucy nichts weiter dazu sagen würde, wechselte Anna das Thema. „Wie lange bist du noch hier?"

„Bis zur Gedenkfeier. Sie wurde verschoben."

„Ja, das weiß ich doch." Sie sah Lucy zweifelnd an. „Wir sind doch auch hier."

„Ach ja. Entschuldige. Ich bin etwas durch den Wind."

„Wir sind auch erst seit gestern Abend hier. Mein Vater hatte gerade noch rechtzeitig angerufen und erzählt, dass die Feier verschoben wird. Wir wollten gerade los. Und ich wollte *deinen* Vater heute Abend oder morgen besuchen. Früher habe ich es nicht geschafft. Du weißt ja, die Verwandtschaft erhebt immer Ansprüche darauf, die ganze Zeit unterhalten zu werden, wenn man mal da ist."

Eigentlich hatte Lucy keine Ahnung, wie das war. Ihre gesamte Verwandtschaft bestand aus ihrem Vater und Simon. Und beide sah sie so selten, dass sie jede Minute mit ihnen genoss. Sie nickte trotzdem, zwinkerte ihr aber zu. „Ja, ja die Verwandtschaft."

Anna verzog das Gesicht. „Oh man, tut mir leid. Natürlich weißt du das nicht. Ich bin so eine …"

„So ein Unsinn. Komm, wir trinken einen Kaffee." Lucy drehte sich in Richtung des kleinen Cafés am Ende der Kirche, aber dann bemerkte sie Mias enttäuschtes Gesicht.

Anna seufzte. „Ach stimmt. Wir wollten auf den Spielplatz."

„Dann holen wir uns einen Kaffee zum Mitnehmen und gehen damit dorthin. Ist das okay?" Lucy sah Mia, die sich in der Zwischenzeit an ihr Bein geklammert hatte, fragend an.

Das Mädchen nickte lachend und gemeinsam gingen sie zum Café.

„Meinst du, Oscar hat inzwischen Pappbecher?" Anna sah Lucy grinsend an.

„Ich glaube, er hat noch nicht mal einen Milchschäumer."

Sie lachten und traten in das Café.

Oscar hatte keine Pappbecher, aber seit drei Monaten eine Siebträgermaschine, mit der er ‚den besten Cappuccino der Stadt' machte. Das war nicht schwer, denn vermutlich war er der Einzige, bei dem man hier italienische Kaffeespezialitäten kaufen konnte. Er bot ihnen an, die Tassen mit zum Spielplatz zu nehmen und später zurückzubringen. Und er spendierte Mia eine

Kugel Schokoladeneis. Das Mädchen bedankte sich mit einem breiten Grinsen und lief mit ihrem Eis in der Hand voraus, während Anna und Lucy die viel zu vollen Tassen über das alte Kopfsteinpflaster balancierten.

„Mia, renn nicht mit dem Eis."

Lucy lachte.

„Was?" Anna sah sie fragend an.

„Konzentrier du dich mal auf deinen Kaffee." Lucy grinste sie an und Anna streckte ihr die Zunge raus. Als sie sich wieder nach vorne drehte, stand Mia mit offenem Mund vor ihnen.

„Du hast Lu die Zunge rausgestreckt."

„Ja, aber nur, weil sie ganz, ganz frech war."

„Das darf man aber nicht." Mia war empört über den Regelverstoß ihrer Mutter. Anna lachte, kniete sich auf den Boden, stellte ihre Kaffeetasse mitten auf die Straße und gab ihrer Tochter einen Kuss auf den eisverschmierten Mund. „Du hast recht!"

Mia lachte, als sie Annas Gesicht sah, das nun, wie ihr eigenes, voller Schokoladeneis war und gab ihr noch einen Kuss auf die Nase, bevor sie sich umdrehte und weiter zum Spielplatz rannte. Anna nahm ihre Tasse, stand auf und sah Lucy grinsend an. „Hast du vielleicht ein Taschentuch?"

Lucy konnte nicht antworten. Lachend kramte sie in ihrer Tasche nach einer Packung Taschentücher. Nachdem sie ein Foto mit ihrem Handy gemacht hatte, reichte sie ihrer Freundin eines. „Für irgendwas ist das sicher mal gut."

Sie setzten sich auf die einzige Bank, die es auf dem kleinen Spielplatz gab. Eigentlich waren es nur zwei Schaukeln, eine Rutsche und eine Sandkiste, aber Mia war zufrieden. Sie sprang sofort in die Sandkiste und malte, immer noch an ihrem Eis lutschend, Blumen in den feuchten Sand. Lucy beobachtete sie, nippte an ihrem Cappuccino und sah Anna an. „Ihr fehlt mir."

„Du uns auch." Lucy dachte daran, wie leicht es gewesen war, als sie nur ein paar Kilometer voneinander entfernt gewohnt hatten. Dann hatte Tim, Anna's Mann, ein Jobangebot in einer anderen Stadt bekommen, das er unmöglich hatte ablehnen können. Nun lebten sie sechs Autostunden weit entfernt. Lucy hatte sie schon zweimal besucht und sie telefonierten oder schrieben einander, so oft es ging, aber es war einfach nicht dasselbe.

„Seit wann bist du hier?"

„Seit Freitag."

„Und wer ist noch da, also bei euch?" Sie sah Lucy erwartungsvoll an.

„Ja, er ist da."

„Und, wie ist es?"

„Ganz okay."

„Ganz okay?"

„Ja, ganz okay."

„Was soll das heißen?"

„Na, dass es ganz okay ist." Sie wendete den Blick von ihrer Freundin ab und drehte sich zur Sandkiste, wo Mia die Rutsche hinuntersauste und gerade so ihr Eis festhalten konnte, als sie unten ankam.

„Lu?"

„Was?" Sie sah Anna noch immer nicht an.

„Was ist passiert?"

„Was meinst du?" Sie trank einen Schluck Cappuccino. Die Tasse zitterte verräterisch und Lucy versuchte, ihre Hand ruhig zu halten.

Anna sagte nichts mehr, aber Lucy spürte ihren bohrenden Blick. Sie wartete. Und sie wusste genau, dass Lucy irgendwann anfangen würde zu erzählen. Also seufzte sie und tat es, den Blick weiter auf die spielende Mia gerichtet. Sie konnte Anna einfach nicht in die Augen sehen.

Sie erzählte die gesamte Geschichte. Sie fing an bei den widersprüchlichen Gefühlen und der Distanz zwischen ihr und Niklas in den Stunden nach ihrer Ankunft. Sie erzählte, wie die Atmosphäre beim Essen aufgetaut war, von diesem Moment im Strandkorb, vom Laufen und Surfen, vom Segeln und Schwimmen und schließlich vom Morgen in der Höhle.

„Was denkst du, was passiert wäre, wenn dein Vater nicht gekommen wäre?“ Anna verurteilte sie nicht. In ihrer Stimme schwang Mitgefühl.

Erst jetzt drehte Lucy sich wieder zu ihrer Freundin und sah ihr direkt in die Augen. „Ich weiß es nicht. Oder … ach ich weiß nicht. Ich denke … wir hätten wohl miteinander geschlafen. Ich hab keine Ahnung. Er hat eine Freundin, weißt du?“

Nun war es Anna, die Lucys Blick auswich. Sie schwieg und Lucy sah, dass sie mit sich rang. So als wüsste sie nicht, ob oder wie sie darauf antworten sollte.

„Anna?“ Lucy wurde argwöhnisch.

„Ja, ich weiß es.“

Ein Stein landete in Lucys Magen. Schwer und hart. „Was? Woher weißt du das?“

Anna atmete tief ein und redete dann sehr schnell. „Ich wollte dir das schon die ganze Zeit erzählen, aber ich wollte unsere letzten richtigen Gespräche nicht mit so was belasten und dann war da der Umzug und wir haben uns kaum noch gesehen und am Telefon … Ach Lu, es tut mir so leid.“

Lucy hatte sich noch nicht von dem Schock erholt. Anna hatte es gewusst. Und sie hatte nichts gesagt.

„Wie … Wie lange weißt du es denn schon? Und woher?"

„Nik hat mich angerufen. Vor drei Monaten. Er wollte Tims rechtlichen Rat. Wir hatten den Kontakt nie abgebrochen, das weißt du doch."

Lucy sagte nichts. Sie wartete.

„Na ja, jedenfalls haben wir uns dann zum Essen getroffen, nachdem er bei Tim im Büro war und da hat er Leah mitgebracht."

Lucy schloss die Augen und ließ sich gegen die Lehne der Bank fallen, die bedenklich knarrte.

„Lu?"

Sie sagte nichts.

„Lu!"

Sie öffnete die Augen und sah Anna an. Dann schluckte sie, stellte ihre Kaffeetasse auf den Boden und warf sich in die Arme ihrer Freundin. „Danke."

Anna streichelte ihr über den Rücken. Lucy schloss die Augen und der Stein in ihrem Magen wurde leichter. Tränen stiegen in ihr auf.

„Er fehlt mir, weißt du?" Sie richtete sich wieder auf.

„Ja, ich denke, du fehlst ihm auch. Er hat nach dir gefragt."

Lucy sah sie überrascht an. „Hat er das?"

„Ja, das hat er."

„Was hast du ihm gesagt?"

Anna zögerte. „Na ja, dass es dir gut geht und na ja, dass du auch jemanden gefunden hast."

Das hatte er also gewusst. „Hast du ihm gesagt, dass Ben und ich verlobt sind?"

„Nein. Das war irgendwie ein blöder Zeitpunkt. Und ich fand auch nicht, dass das meine Aufgabe ist."

Lucy schwieg. „Denkst du, wir könnten darüber hinwegkommen? Freunde werden?"

Anna dachte lange nach, bevor sie antwortete. „Ja, ich denke, das könntet ihr. Wenn ihr es beide wollt. Ihr seid jahrzehntelang einfach nur Freunde gewesen. Simon und ich haben es schließlich auch geschafft."

„Das war schon irgendwie was anderes."

„Ja, sicher. Aber ihr beide … ihr habt einfach diese Verbindung. Ihr werdet niemals aufhören, den anderen zu lieben."

„Das spricht total dagegen", sagte Lucy skeptisch.

„Nein, so meine ich das nicht. Ihr werdet einander immer wichtig sein. Ihr könnt nicht glücklich werden, wenn ihr den anderen nicht in eurem Leben habt."

„Ich bin glücklich."

Anna antwortete nicht.

„Aber er fehlt mir."

„Willst du das denn? Mit ihm befreundet sein. Ich meine, nur befreundet sein?"

„Ich würde es gern versuchen."

Sie schwiegen.

„Warum gehen wir nicht zusammen essen? Heute Abend? Mia kann bei meinen Eltern bleiben und wir gehen zu José. Was hältst du davon? Und bring deinen Vater mit. Ich habe ihn so lange nicht gesehen. Oder muss er arbeiten?"

„Ja, er arbeitet heute Abend. Aber ich frage mal Nik." Lucy nahm ihr Telefon aus der Tasche und wollte Niklas schreiben, als ihr bewusst wurde, dass sie nicht einmal seine Nummer hatte. Kurzerhand schickte sie die Nachricht an Oliver.

„Und was ist jetzt mit deinem Ring?" Anna deutete auf Lucys Ringfinger. „Wo war er denn?" Lucy hatte die Geschichte noch nicht zu Ende erzählt.

„Ach, das war dumm. Also von mir. Als ich zurück nach Hause kam, hatte Nik ihn im Kies vor dem Haus gefunden. Und dann hat er ihn mir an den Finger gesteckt."

Anna verzog das Gesicht. „Ihr solltet wirklich miteinander reden."

„Ja, das müssen wir." Sie schwiegen.

Nach einer Weile durchbrach Anna die Stille und sagte: „Du, Lu?"

„Ja, Anna." Sie imitierte Annas gewichtigen Ton.

„Hör auf, das ist wichtig."

„Okay, entschuldige. Was wolltest du fragen?"

Sie sagte nur ein Wort: „Ben."

Lucy seufzte und lehnte sich wieder mit geschlossenen Augen auf der Bank zurück. Diesmal etwas vorsichtiger. Die Bank knarrte dennoch. Ben. Ihr Magen zog sich zusammen.

„Wirst du es ihm sagen?"

In diesem Moment sprang Mia auf und rannte zum Ausgang des Spielplatzes. „Papa!"

Ein großer, blonder Mann kam durch das Tor. Wieder einmal fragte Lucy sich, wie es sein konnte, dass Mia offenbar kein einziges optisches Detail von ihrem Vater geerbt hatte. Abgesehen vom Körperbau. Sie war jetzt schon größer als die Mädchen in der ersten Klasse und ihre Hände waren fast so groß wie Lucys. Tim wirbelte sie durch die Luft und drückte seine Tochter dann an sich. Als er die beiden Frauen auf der Bank sitzen sah, stutzte er kurz, bevor ein breites Grinsen sein Gesicht noch mehr erhellte. „Lucy! Was machst du denn hier?" Sie stand auf, um ihn zu umarmen, aber Tim packte sie und wirbelte dann auch sie durch die Luft. Sie lachte und umarmte ihn noch etwas fester, als er sie zurück auf den Boden gestellt hatte. Tim war fast zwei

Meter groß und hatte sie angehoben, als wäre sie eine von Mias Kindergarten-Freundinnen. Er ließ sie los und sah die beiden fragend an.

In diesem Moment machte Lucys Handy ein Pling-Geräusch. Niklas hatte von Olivers Telefon aus geantwortet.

„Also, unser Date steht."

„Wir haben ein Date?" Tim runzelte lächelnd die Stirn.

„Ja, wir vier gehen heute essen." Anna stupste ihren Mann an.

„Oh, ist Ben auch dabei?" Lucy schluckte. Tim und Ben waren gute Freunde.

„Nein, er ist mit Paul unterwegs. Nik ist hier. Wegen der Gedenkfeier."

Tim hob die Augenbrauen, lächelte dann aber. „Okay, schön. Dann sehen wir uns heute Abend! Jetzt müssen wir leider los. Deine Oma wartet, Anna."

„Oh verdammt. Richtig. Entschuldige, Lu. Das habe ich vergessen."

„Ja, und dein Telefon auch." Tim hielt ihr grinsend das Handy hin.

„Oh nein." Anna sah auf die Uhr und schüttelte den Kopf. „Wir müssen los! Um acht bei José?" Sie umarmte Lucy.

„Ja, alles klar. Bis später und bestell liebe Grüße."

„Mach ich." Mit Mia an der einen und Tim an der anderen Hand rannte Anna davon. Lucy blieb noch einen Moment sitzen und trank ihren Cappuccino aus. Er war wirklich gut. Sie schrieb ihrem Vater die Uhrzeit, zu der sie und Niklas mit den beiden zum Essen verabredet waren und verließ dann ebenfalls den Spielplatz, um die Besorgungen zu machen, um die ihr Vater sie gebeten hatte.

Vor sieben Jahren. Ein Dorf in Bolivien.

„Möchtest du gleich den Projektleiter treffen? Ich glaube, um diese Zeit ist er noch im Haus.“ Lucy wischte sich den Staub von den Sachen, griff nach ihrem Koffer und sah den zehn Jahre älteren Fotografen mit den wuscheligen dunklen Locken und der viel zu großen Brille entgeistert an. War das tatsächlich sein Ernst? Sie hatte gerade eine dreistündige Fahrt in einem alten VW Polo hinter sich, der seine drittbesten Tage vor zwanzig Jahren gesehen hatte und von dessen Lack nur so viel übrig war, dass man die ursprüngliche Farbe, es war wahrscheinlich rot, gerade so erahnen konnte. Die restliche Karosserie war so verrostet, dass Lucy fest davon ausgegangen war, sie würde die Tür in der Hand halten, sobald sie auch nur den Griff berührte. Die Sitzbezüge hatten so viele Risse, dass der wenige Stoff zwischen ihnen ein Muster ergeben hätte, wenn seine Farbe nicht an fast jeder Stelle eine andere gewesen wäre, weil entweder die Sonne ihn ausgeblichen oder ein Fahrgast vor Jahren einmal seinen Kaffee darüber vergossen hatte. Zumindest wollte Lucy glauben, dass es Kaffeeflecken waren. Es gab keine Klimaanlage und die Lüftung pumpte, obwohl der Regler auf die Schneeflocke zeigte, permanent heiße Luft in das Auto. Sie ließ sich nicht abstellen. Und das alte Kassettenradio gab, obwohl es ausgeschaltet war, permanent knarzende Geräusche von sich, die nur von dem schrillen Piepton der Lüftung übertönt wurden.

Der Motor hatte, wie Lucy mit einem ungläubigen Blick auf den Tachometer feststellte, bereits 289.675 Kilometer runter. Und das Auto schaffte nicht mehr als

35 km/h, ohne Geräusche von sich zu geben, die Lucys Flucht-oder-Kampf-Instinkt auslösten. Drei Kilometer vor ihrem Zielort ging dem Fahrer zu allem Überfluss das Benzin aus und sie mussten den Rest der Strecke zu Fuß gehen. Über die Bewegung war sie gar nicht unglücklich, denn inzwischen waren sie seit 15 Stunden unterwegs und die meiste Zeit der Reise hatten sie in Flugzeugen, auf harten Wartehallen-Stühlen oder in Cafés gesessen. Aber den steinigen, staubigen Weg mit Ausrüstung und weiterem Gepäck für zwei Wochen unter der glühenden Mittagssonne Boliviens zurückzulegen, war so ziemlich das Letzte, was sie gebraucht hatte.

„John, ich mag dich. Wirklich. Ich mag dich sehr. Aber wenn ich jetzt nicht sofort die Möglichkeit bekomme, mir den Sand aus dem Gesicht und den Haaren und vom Rest meines Körpers zu waschen, muss ich jemanden schlagen. Und mit solchen Fragen bringst du dich unmittelbar in die Position eines Boxsacks." Ein Lachen. Ein vertrautes Lachen. Sehr vertraut. Aber es war nicht Johns Lachen. Er lachte nicht oft. Eigentlich wusste sie gar nicht, wie sich das Lachen des Briten anhörte. Ungläubig drehte Lucy sich um. Wie konnte das sein? Die Haare waren kürzer, nur ein wenig, die Haut war gebräunt und ein paar Bartstoppeln zeigten sich auf seinen Wangen, dem Kinn und zwischen Lippe und Nase. Aber unter all dem Staub war er es doch. Niklas. Sie ließ ihren Koffer los und die Tasche zu Boden fallen, stürzte auf ihn zu und sprang in seine Arme.

„Wäschst du den Sand jetzt an mir ab?" Es war nur ein Flüstern und er drückte sie fest an sich, während er es sagte.

„Was machst du hier?"

„Sag bloß, du weißt nicht, mit wem du es hier die nächsten zwei Wochen zu tun hast. Ich dachte, du hättest das geplant."

Lucy sah ihn überrascht an. „Geplant? Aber mein Ansprechpartner ist Stéphane Chevalier. Oder … Nicht? Bist du das? Nein. Nein, dein Name taucht nirgendwo auf."

„Deiner schon. Ich warte seit Tagen auf dich. Aber ich habe das Projekt erst vor ein paar Wochen übernommen. Stéphane war die letzten sechs Monate hier. Er hätte dir gefallen. Groß, dunkle Augen, ich glaube, er hatte sogar einen Schnurrbart."

„Ach, halt den Mund." Sie grinste ihn an und drückte ihn noch einmal an sich. „Es gibt nicht einen einzigen Menschen auf der Welt, dem ich hier lieber begegnet wäre."

„Ich weiß, was du meinst."

„Also, ich glaube ja an Zufälle, aber dieser hier ist mir zu krass. Wie hast du das gemacht?"

Er sah sie eine Weile schweigend an und Lucy hörte, wie John seine Kameratasche auf dem Boden abstellte.

„Eigentlich war ich einem anderen Projekt zugeteilt, aber Stéphane meinte, dass ein Reporterteam hierher kommen würde. Er nannte die Zeitung und ich hab ihn nach den Namen gefragt. Er wollte das Projekt sowieso abgeben und nach einiger Überzeugungsarbeit konnten wir tauschen."

Lucys Mund stand offen und Niklas schob sanft ihr Kinn nach oben, damit er sich wieder schloss. „Warum hast du denn nichts gesagt?"

„Na, du hast mir doch auch nicht erzählt, dass du einen Artikel über die Organisation schreibst, für die ich arbeite."

„Wann denn? Du bist ja überhaupt nicht zu erreichen. Und wie man sieht, weiß ich gar nicht mehr, in welchem Teil der Welt du dich gerade aufhältst.“

Sie sahen sich nicht mehr oft. Beide hatten vor zwei Jahren die Uni abgeschlossen. Niklas hatte während des Studiums begonnen, für eine Organisation zu arbeiten, die Kinder in aller Welt unterstützte. Immer wieder war er damals für ein paar Wochen zu einem Projekt gereist, um dort zu helfen. Inzwischen betreute er diese Projekte.

Lucy war seit sechs Monaten bei einer Londoner Zeitung angestellt. Eigentlich arbeitete sie einer Redakteurin zu und sollte ihr bei diesem Auftrag assistieren. Diese Redakteurin war jedoch einen Tag vor dem Abflug wegen eines Magen-Darm-Infektes ausgefallen und da es so kurzfristig keinen Ersatz gab, waren Lucy und John, der Fotograf aus Birmingham, allein in das Flugzeug gestiegen. Für zwei Wochen würden sie das Hilfsprojekt begleiten. Sie würden über die Kinder berichten, die vormittags nicht in die Schule konnten, weil sie in den Familien entweder dabei halfen, Geld zu verdienen oder auf die kleineren Geschwister aufzupassen, damit die Eltern arbeiten gehen konnten. Diese Kinder kamen am Nachmittag oder manche auch am Abend hierher, um lesen und schreiben und rechnen zu lernen und in der wenigen Zeit, die dann noch blieb, Kinder zu sein.

Lucy stellte Niklas und John einander vor und gemeinsam betraten sie ein ebenerdiges Terrakotta-Gebäude mit Gittern vor den Fenstern, Steinverzierungen an den Wänden und einem Wellblech-Dach. Auch hier war es heiß. Niklas zeigte ihnen ihre Schlafräume, die sie mit Freiwilligen teilen würden. Nur er selbst hatte als Projektleiter ein eigenes

Schlafzimmer. Die Helfer teilten sich zwei Räume am anderen Ende des lang gestreckten Flachbaus. In Lucys Raum gab es zwei Etagenbetten. Alle bis auf das obere Bett neben dem Fenster schienen belegt zu sein. Auf Kommoden und Nachtschränken standen persönliche Gegenstände wie Fotos von Familien und Freunden, Bücher und kleine Basteleien oder bemalte Steine. An den Wänden hingen unzählige Fotos von großen Kinderaugen, lachenden Freiwilligen und von halb fertigen Häusern, Sonnenuntergängen und nackten Füßen, die im Matsch stampften. Durch das Fenster konnte Lucy eine kleine Gruppe von Kindern sehen, die mit einem Seil sprang und dabei das Zählen übte. Es war noch früh, die meisten Kinder würden vermutlich erst in ein paar Stunden hier auftauchen.

Das Bad war ein paar Türen weiter. Ein kleiner Raum mit zwei Waschbecken und einer Duschzelle. An der Wand hing ein Plan, der auswies, wann die einzelnen Bewohner die Dusche benutzen konnten. Niklas erklärte, das Wasser aus den Hähnen reiche für vier kurze Dusch-Einheiten am Tag. Zwei morgens und zwei abends. Mit Wasser gefüllte Schüsseln und Eimer dienten in der Zwischenzeit als Ersatz. Die Toiletten befanden sich rechts und links vom Badezimmer. Es gab zwei. Eine für Frauen und eine für Männer. Lucy erwartete fast, dass auch hier ein Plan an der mintgrünen Wand hängen würde, deren Farbe direkt auf den Stein aufgetragen worden war. Es gab keinen, wie sie erleichtert feststellte. Aber auch hier gab es Eimer und Schüsseln voller Wasser, die zum Spülen und Händewaschen bereitstanden.

Es war früher Nachmittag und das Wasser würde erst in ein paar Stunden fließen. Aber Lucy war dankbar für jeden Tropfen. Als Nik sich entschuldigte, um einer

Freiwilligen, einem groß gewachsenen Mädchen von vielleicht 18 Jahren mit kurzen blonden Haaren und großen blauen Augen, etwas zu erklären, zog John sich in den anderen Schlafraum zurück.

Lucy holte ein Handtuch aus ihrem Koffer, nahm einen der herumstehenden Eimer und stellte sich damit in die Dusche. Sie wusch sich mit dem wenigen Wasser, so gut es ging, den Sand und den Schweiß und den Schmutz der vergangenen Stunden vom Körper. Sie schaffte es sogar, ihre Haare zu waschen. Bald stand sie erfrischt im Eingangsbereich des Hauses und hielt Ausschau nach Niklas und John. Als sie keinen der beiden entdecken konnte, ging sie mit einem Notizblock nach draußen und setzte sich zu den spielenden Kindern.

September. Montag.
Das Haus am Meer.

„Bist du soweit?“ Lucy schlüpfte gerade in ihren Pulli, als Niklas‘ Kopf in ihrer Tür erschien.

„Ja, Sekunde. Ich muss noch …“ Sie warf einen Blick auf ihren Arm. Das war überflüssig, denn sie trug keine Uhr. „Wir haben doch noch Zeit, oder? Wie spät ist es?“

Niklas schmunzelte.

„Was?“

„Ein wenig. Es ist zwanzig vor acht. Wenn wir uns jetzt anziehen, kommen wir pünktlich.“ Er lehnte sich in den Türrahmen und beobachtete sie dabei, wie sie ihre Haare zu einem Zopf band, ihn wieder auflöste und einen neuen Versuch startete.

„Hör auf, mir zuzusehen.“ Sie drehte sich von ihm weg, sodass er sie nicht länger ansehen konnte und hörte, wie er ins Zimmer kam und sich auf einen Stuhl setzte. Sie blickte um die Ecke und sah, dass er den Ausdruck ihres Artikels über Louise in der Hand hielt und las. Er bemerkte sie und schaute sie fragend an. Sie nickte nur und band den Zopf ein weiteres Mal. Niemand durfte ihre Artikel lesen, bevor sie sie nicht selbst solange bearbeitet hatte, bis sie einhundertprozentig zufrieden war. Niemand außer Nik.

„Und? Was denkst du?“ Die Haustür fiel hinter ihnen ins Schloss und sie machten sich auf den Weg zum Restaurant.

„Was meinst du?“

„Wie findest du den Artikel?“

„Ach so, er ist wirklich gut. Ich hab dir ein paar Anmerkungen an den Rand geschrieben.“

„Danke."

„Du hast sie sehr gern, oder?"

„Ja, das stimmt. Ich fühle mich ihr so verbunden, als würde ich sie ihr ganzes Leben lang kennen. Sie ist mir sehr wichtig geworden in dieser kurzen Zeit."

„Das merkt man beim Lesen."

„Was ist los?" Normalerweise hatte Niklas mehr über ihre Artikel zu sagen, als sie selbst. Er zeigte ihr auf, was ein Leser eventuell nicht verstand, wo Informationen fehlten, wo sie sich wiederholte, und wo sie jemanden zu gut oder zu schlecht darstellte oder eine Situation wertete.

„Nichts. Oder …" Er blieb stehen, hielt sie sanft an den Unterarmen und sah sie an. Sein Blick war offen, aber auch unschlüssig. „Lu, wir müssen darüber reden!"

„Über den Artikel? Machen wir doch gerade. Habe ich was übersehen?"

„Nein, der Artikel ist toll. Das meinte ich nicht."

„Was meinst du denn …" Sie sah ihn verständnislos an und dann machte es Klick. „Oh. Jetzt? Hier?"

„Ja, jetzt und hier."

„Okay." Sie wartete darauf, dass er weiterredete, aber er sah sie nur an, so, als wüsste er nicht, wie er anfangen sollte. Deshalb sagte sie: „Lass uns weitergehen."

Und sie gingen weiter. Noch immer schwiegen sie, also ergriff sie wieder das Wort: „Du hast eine Freundin." Sie wusste nicht, warum sie ausgerechnet damit anfing. Es gab 23 Gedanken in ihrem Kopf, die ihr vorher einfielen, angefangen bei ‚Wir hätten das nicht tun sollen.' und ‚Das hatte nichts zu bedeuten.'. Aber es waren diese Worte, die aus ihrem Mund kamen und da sie sie nicht zurücknehmen konnte, wartete sie auf seine Antwort.

„Ja. Ich dachte, das wüsstest du."

„Von Anna?"
„Ja."
„Sie hat es mir nicht erzählt. Erst vorhin."
Er seufzte und sagte schließlich: „Du bist verlobt."
Jetzt schwieg sie.
„Würde es einen Unterschied machen?" Er sah sie nicht an.
„Was?"
„Wenn du nicht verlobt wärst und ich keine Freundin hätte?"
„Was meinst du?" Sie wusste genau, was er meinte, aber sie hatte keine Ahnung, was sie darauf antworten sollte.
„Lu." Jetzt sah er sie auffordernd von der Seite an. Josés Restaurant tauchte langsam in der Ferne auf. Sie blieb stehen und blickte ihm in die Augen.
„Ich weiß es nicht. Ich weiß nicht, was all das zu bedeuten hat." Ihre Stimme zitterte und sie schluckte die Tränen hinunter, die wieder in ihrem Hals aufstiegen.
Für einen Moment sah er sie nur an und dann schluckte auch er. „Du fehlst mir."
„Ja, du fehlst mir auch. Aber …"
„Aber wir können das nicht machen."
„Nein." Eine Träne rollte ihr über die Wange. Seine Hand strich sanft über ihr Gesicht und fing sie ein. Dann zog er sie an sich, küsste sie auf die Stirn und umarmte sie so, als wollte er sie nicht mehr loslassen. Als er es doch tat, sah er sie entschlossen an. „Ich will dich in meinem Leben haben, Lu."
Sie atmete tief durch, erleichtert, und lächelte dann. „Ja, das will ich auch."
„Denkst du, wir schaffen es, Freunde zu sein?" Seit Tagen geisterte diese Möglichkeit in ihrem Kopf herum und immer war sie ihr als die einzige Lösung erschienen,

mit der sie würde leben können. Sie konnte ihn nicht einfach so wieder vergessen und sie wollte Ben nicht hintergehen.

Aber jetzt, wo er es aussprach, zerbrach etwas in ihr. Hatte sie sich Hoffnungen auf mehr gemacht? Vielleicht ein wenig. Dann dachte sie an Ben und an Leah und an die verschiedenen Leben, die sie inzwischen führten. Sie dachte daran, wie sie ihn schon einmal verloren hatte und dass sie es vermutlich nicht überstehen würde, das ein weiteres Mal zu tun. Sie atmete tief durch, bevor sie antwortete. „Ja, ich denke, das können wir schaffen." Er lächelte und nahm sie wieder in den Arm. Dann löste er sich von ihr, küsste sie noch einmal auf die Stirn und hielt ihr schließlich seinen Arm hin, damit sie sich unterhaken konnte. Das war gut, denn als sie losgingen, merkte Lucy, dass ihre Beine zitterten.

„Ist alles okay?" Niklas hatte es bemerkt und sah sie etwas besorgt an.

In diesem Moment klingelte ihr Telefon. Es war Oliver und sie telefonierte für den Rest des Weges mit ihm. Als sie am Restaurant eintrafen, erwarteten Tim und Anna sie bereits. Sie begrüßten und umarmten einander und setzten sich an ihren gewohnten Tisch, den José für sie reserviert hatte. Er freute sich sichtlich, so viele bekannte Gesichter zu sehen, und begrüßte sie mit einem Glas Rioja.

„Also, die Gedenkfeier findet morgen statt?" Niklas saß neben Tim, Lucy gegenüber.

„Ja, genau." Deshalb hatte Oliver angerufen.

„Ist denn der Boden schon trocken genug?"

„Ja, scheinbar schon. Das Wetter soll sich nur noch ein paar Tage halten. Am Wochenende könnte es wieder stürmen. Deshalb so spontan."

„Okay. Dann morgen.“ Er schaute zwischen Tim und Anna hin und her. „Ihr kommt doch auch, oder?“

„Auf jeden Fall.“ Tim klopfte ihm auf die Schulter. Anna lächelte. „Dafür sind wir hier.“

Sie verbrachten einen langen Abend miteinander. Anna und Tim erzählten von der neuen Umgebung und von Mia. Sie sprachen darüber, wie sich der kleine Ort verändert hatte und doch alles noch so war wie früher. Irgendwann stieß Oliver zu der Runde und erzählte von den neuen Plänen für die Gedenkfeier. Es war halb zwei, als sie sich zu dritt auf den Weg nach Hause machten. Der Himmel war sternenklar und die Luft frisch und sie roch nach Meer. Lucy lief neben ihrem Vater. Er hatte ihr den Arm um die Schultern gelegt. „Dann bist du bald wieder weg, hm? Wann fährst du?“ Er klang traurig.

„Ich denke, Mittwoch früh. Ich habe noch ein paar Pflichten als Trauzeugin zu erfüllen.“

„Oh, wer heiratet denn?“ Niklas mischte sich in das Gespräch.

„Bens Bruder.“

„Und du bist seine Trauzeugin?“

„Nein, die seiner Verlobten.“

„Ist sie deine Freundin?“ Wie gut er sie durchschaute. Es war beängstigend.

„Wir haben Ben und Paul gemeinsam kennengelernt.“

„Dann seht ihr euch viel?“

„Nein, eigentlich nicht.“

„Warum bist du denn dann ihre Trauzeugin?“ Das war eine gute Frage. Sie hatte viel darüber nachgedacht. Es hatte sie überrascht, als Clara sie gefragt hatte. Vielleicht fand sie es passend, dass ein Pärchen die Trauzeugenrolle übernahm. Oder vielleicht wollte sie die

Freundschaft, jetzt, wo sie bald eine Familie sein würden, wieder vertiefen. Aber Lucy war sich sicher, dass es einen anderen Grund geben musste.

„Sie wollte es halt. Ben ist Pauls Trauzeuge. Das passt gut." Sie klang kein bisschen überzeugt.

„Magst du sie denn?"

Lucy musste darüber nachdenken. Es war immer lustig mit Clara gewesen. So lange, bis sie Ben nicht bekommen hatte. „Ja, sicher." Auch das klang nicht besonders überzeugend. „Sie hat nicht so viele Freunde und ich wollte nicht ‚Nein' sagen. Immerhin sind wir bald eine Familie und es ist ja auch irgendwie nett so …" Niklas und ihr Vater sahen sie zweifelnd an.

„Das ist ja sehr löblich von dir." Niklas stupste sie an.

„Kannst du denn für diese Ehe sprechen?" Oliver hatte einen Punkt getroffen.

„Ja, schon."

„Schon?"

Lucy seufzte. „Sie war immer hinter Ben her. Von Anfang an wollte sie ihn. Aber inzwischen wirkt sie sehr glücklich mit Paul."

Wenn sie ehrlich war, gab es jede Menge Gründe, die gegen diese Ehe sprachen. Aber sie mochte Paul und er liebte Clara seit ihrer ersten Begegnung. Lucy wusste, dass es vor allem sein Wunsch gewesen war, dass sie und Ben Trauzeugen waren. Also hatte sie zugestimmt und hoffte, dass Clara sich als gute Ehefrau erweisen würde. Immerhin hatte sie jahrelang darauf hingearbeitet.

Zuhause angekommen, buchte Lucy ihren Flug nach Hause, schrieb Ben eine Nachricht mit den Rückflugdaten und der neuen Zeit, zu der die Gedenkfeier stattfinden würde und versuchte zu schlafen. Es gelang ihr nicht. Sie holte ihr Notizbuch aus der Tasche und überflog die Rede für die morgige Zeremonie, die sie noch vor ihrer Abreise geschrieben hatte. Sie mochte sie nicht mehr. Es war, als hätte ein anderer Mensch all die Worte verfasst. Und das stimmte ja auch irgendwie. Noch vor ein paar Tagen war sie weit weg gewesen von all dem, was ihre Liebe zu Niklas‘ Großeltern ausgemacht hatte. Jetzt traten ihr beim Gedanken an Samuel und Victoria Tränen in die Augen. Sie riss die Seiten aus dem Buch und begann von Neuem zu schreiben.

Vor sieben Jahren.
Ein Dorf in Bolivien.

„Und? Weißt du schon, worüber du schreiben wirst?“ Lucy saß auf einer von Freiwilligen gezimmerten Holzbank mit dem Laptop auf dem Schoß vor dem Terrakotta-Haus. Neben der Bank, etwa zwei Meter vom Haus entfernt standen wie bunt aufgefädelte Perlen die Eimer und Schüsseln aus den Bädern. Ihre Füße lagen auf einem hölzernen Stuhl, dankbar für die Pause. Ihr ganzer Körper schrie nach Schlaf, aber im Haus war es so heiß, dass sie auch ohne Decke nach wenigen Minuten zu schwitzen begann, und die Gedanken überschlugen sich in ihrem Kopf. Vermutlich würde sie sich an die Hitze gewöhnen, so wie die anderen. Sie hatte die drei Mädchen, mit denen sie sich den Schlafraum teilte, am Nachmittag kennengelernt. Die meisten waren nicht einmal zwanzig und standen entweder vor dem Studium oder arbeiteten in den Semesterferien hier, so wie Niklas es früher getan hatte.

Lucy hatte gar keine Fragen stellen müssen. Die Mädchen hatten sofort begeistert über das Projekt, die Kinder, die vielen Aufgaben, sich selbst und alles, was sie hier erlebten, gesprochen. Ihr Tag begann um 6 Uhr und endete nicht vor 21 Uhr. Nach ein paar Tagen, so sagten sie, schliefe der Körper schon auf dem Weg zum Bett ein.

Aber so weit war Lucy noch nicht. Oder vielleicht war sie über diesen Punkt der Müdigkeit hinaus. Zumindest konnte sie nicht schlafen. Und so war sie wieder aus dem Bett gestiegen und hatte sich nach draußen gesetzt, wo es jetzt, nachdem die Sonne ein paar Stunden nicht mehr auf die Erde brannte, angenehmer wurde. Niklas hob ihre Beine an, setzte sich auf den Stuhl und legte ihre Füße auf seinem Schoß ab.

„Ich hab ein paar Ideen." Sie lächelte ihn an. Es war schön, ihn zu sehen. Ihm dabei zuzusehen, wie er tat, was er liebte. Er hatte immer davon geträumt, mit Kindern zu arbeiten. Er wollte, dass diejenigen, die keine Perspektive hatten, eine Chance bekamen. Traum war das falsche Wort. Bestimmung traf es eher, denn er hatte es schon immer getan. Als er zehn Jahre alt war, hatte er einen kleinen Jungen aus ihrer Schule einmal pro Woche, manchmal öfter, mit nach Hause genommen. Er hatte ihm das Surfen beigebracht und ihn danach, weil er wusste, dass er zuhause nur Cornflakes manchmal mit, manchmal ohne Milch, zu essen haben würde, bei seinen Großeltern an den Tisch gesetzt. Victoria hatte an diesen Tagen nicht nur extra viel gekocht, sondern auch schnell herausgefunden, welche Sachen der Junge gern mochte und welche nicht. Nach etwa einem Jahr trennten sich die Eltern und er zog mit seiner Mutter ans andere Ende des Landes.

Sie klappte den Laptop zu, legte ihn neben sich auf die Bank und lächelte Niklas an. Sie hatten sich seit Monaten nicht gesehen und wegen der Zeitverschiebung und den wenigen Pausen, die sie sich beide nahmen, waren E-Mails die einzige Kommunikationsform, die funktionierte. Meistens zumindest. Lucy konnte sich nicht daran erinnern, wann sie das letzte Mal sein Gesicht gesehen oder seine Stimme gehört hatte. „Es tut gut, dich zu sehen." Er lächelte und strich ihr über die Beine. Dann stand er auf, legte ihre Füße sanft zurück auf den Stuhl und setzte sich neben sie. Lucy kuschelte sich an ihn und genoss das vertraute Gefühl, das in ihr aufstieg, als er seinen Arm um sie legte und sie an sich drückte. Sie schloss die Augen und merkte kaum, wie die Müdigkeit sie schließlich doch übermannte und sie in den Schlaf glitt.

September. Dienstag.
Gedenkfeier auf dem Dorfplatz

„Vicky und Sam waren immer ein Teil meines Lebens. Am Tag meiner Geburt und an jedem einzelnen weiteren Tag meiner Kindheit waren sie da. Von Sam habe ich gelernt, wie ich die Spuren eines Fuchses von denen eines Hundes unterscheide. Er verbrachte Stunden mit uns im Wald und auf dem Meer. Er erklärte uns, wie er die Welt sah und teilte immer und überall sein schier unendliches Wissen mit uns. Noch heute denke ich an ihn, wenn ich in den Himmel sehe und anhand der Wolkenformationen erkennen kann, wie das Wetter wird. Und noch mehr denke ich an ihn, wenn ich die Formationen falsch interpretiert habe. Dann würde ich ihn gern anrufen, um ihn zu fragen, was ich übersehen habe. Ich würde gern ein Foto machen und es ihm schicken. Aber das geht nicht." Lucy machte eine Pause, bevor sie weitersprach. Das war noch schwerer, als sie es erwartet hatte.

„An Vicky erinnern mich die Narben an meinen Beinen. Ich weiß nicht, wie oft ich mit aufgeschlagenen Knien zu ihr gekommen bin. Sie hat uns immer umsorgt. Wenn wir durchgefroren von Segeltouren und anderen Abenteuern nach Hause kamen, stand sie bereit mit heißem Kakao, warmen Decken und Lebensweisheiten, die mich noch immer begleiten. Wenn ich traurig war, saß sie mit mir in der weißen Hollywoodschaukel mit den blauen Kissen, nahm mich in den Arm und sagte: ‚Oft verlieren wir das Gute, um etwas Besseres zu finden.' Ich denke oft an diese Worte. Ich weiß aber nicht, ob ich noch an sie glauben kann.

Denn ich warte noch immer auf das Bessere. Auf den Moment, wo ihr früher Tod das Gute aufwiegen kann, was sie mir jeden Tag gegeben hat."

Lucy schluckte die Tränen hinunter. Sie atmete tief ein und sah in die Menge, die sich auf dem Platz versammelt hatte. Der Bürgermeister hatte Stühle aufstellen lassen, aber sie reichten nicht aus, um all die Menschen unterzubringen, die Niklas' Großeltern fünfzehn Jahre nach deren Tod gemeinsam gedenken wollten. Sie vermied es, ihren Vater oder Niklas anzusehen, atmete nochmals tief durch und fuhr fort.

„Den Tag, an dem sie uns verließen, werde ich nie vergessen, denn meine Welt brach in diesen Stunden zusammen. Es ist 15 Jahre her. Aber ich vermisse sie wie am ersten Tag. So wie ihr. Wir alle erinnern uns noch heute an Worte, Taten und Gesten, die die beiden zu solch einem wichtigen Teil unseres Lebens und dieser Stadt gemacht haben. Vielleicht hätte Anna niemals Radfahren gelernt, wenn Sam ihr nicht irgendwann die Stützräder abgemacht und sie zwei Tage lang am Sattel gehalten hätte." Lucy schmunzelte und sah zu Anna, der Tränen über die Wangen liefen. „Und wahrscheinlich würde es die monatliche Stadtversammlung nicht geben, wenn Vicky sich nicht immer wieder dafür engagiert hätte, unsere Stadt zu schützen, zu erhalten und zu verändern." Sie sah über die Menschen hinweg und stutzte. Etwas abseits, an einen Baum gelehnt, stand Ben. Sie war zu gefangen von den Gefühlen, die ihre eigenen Worte hervorriefen, um darüber nachdenken zu können, was er hier tat. Also atmete sie einmal durch, zwang sich, zurück auf die Menschenmenge zu blicken, und sprach weiter.

„Es ist schwer in Worte zu fassen, wie dankbar ich dafür bin, dass diese beiden Menschen ein so wichtiger

Teil meines Lebens waren und es eigentlich noch immer sind. Ich weiß, dass es vielen von euch genauso geht. Deshalb ist es so schön und wichtig, dass es im Zentrum unserer Stadt nun einen Ort gibt, der an die beiden erinnert. Einen Ort, an dem wir an die vielen Geschichten denken können, die uns mit ihnen verbinden. Sie miteinander teilen können. Einen Ort des Friedens und der Liebe. Einen Ort, an dem wir uns zuhause fühlen können. Denn das war das Haus mit der roten Tür, die immer offenstand, für uns alle. Auch wenn wir nicht dort wohnten, fühlte es sich immer wie ein Zuhause an."

Sie beendete die Rede. Für einen Moment herrschte Stille und dann applaudierten die Menschen. Sie blickte zu Niklas und Oliver. Beide hatten Tränen in den Augen. Niklas kam zu ihr ans Rednerpult und umarmte sie. „Danke", sagte er leise. Lucy löste sich schnell aus der Umarmung und schaute zu Ben. Niklas trat jetzt selbst ans Pult, wandte den Blick zu Lucy und sagte für alle hörbar noch einmal: „Danke, Lu." Er sprach selbst ein paar Worte und nach ihm weitere Freunde, Kollegen und andere Bewohner der Stadt. Zum Schluss trat Oliver vor die Menschen. Als er seine Rede beendet hatte, wurde der Stein, der inmitten dreier neuer Bänke stand, offiziell enthüllt und die Menge zerstreute sich nach und nach. Lucy sah sich um und suchte unter den Menschen nach Ben.

„Das war eine schöne Rede." Er stand hinter ihr, legte ihr den Arm um die Schultern und küsste sie. Lucy drehte sich zu ihm, um ihn zu umarmen, und er drückte sie fest an sich. Für einen Augenblick vergaß sie, wo sie sich befanden und was in den vergangenen Tagen passiert war. Sie schloss die Augen, atmete seinen Geruch ein und legte den Kopf an seine Schulter. Er war warm und seine Arme umschlossen ihren Oberkörper. Sie fühlte sich geschützt. Als hätte er sie aus dieser Welt herausgenommen. Als gäbe es die Verwirrung, die Angst und die Trauer in seinen Armen nicht. Er streichelte ihr über den Rücken und dann stieß jemand ein paar Meter von ihnen entfernt einen Stuhl um. Lucy schrak auf und ihr wurde wieder bewusst, wo sie standen. Sie löste sich aus der Umarmung und sah ihn an. Dieser intime Moment mit Ben fühlte sich plötzlich falsch an.

„Was machst du hier?"

„Ich dachte, ich hole dich ab."

„Wann bist du denn gelandet?"

„Ich bin mit dem Auto gekommen."

„Mit dem Auto. Aber ich habe schon einen Flug für morgen gebucht."

„Ach den kannst du umbuchen. Ich will auch gar nicht mit dem Auto zurückfahren. Das dauert viel zu lange." Lucy hasste es, wenn man ihre Pläne änderte. Ben wusste das.

Er sah sie entschuldigend an. „Paul und ich waren schon am Flughafen, als Clara anrief. Sie wurde panisch. Morgen ist die letzte Anprobe ihres Kleides und sie hatte Angst, dass du es nicht schaffst. Also dachte ich, ich fliege heute Abend gemeinsam mit dir zurück."

„Ihr hättet anrufen können." Sie wurde wütend.

„Ja, ich weiß. Entschuldige." Er küsste sie wieder und sagte dann sanft. „Ich dachte, du freust dich, wenn ich komme."

Lucy beruhigte sich und sah ihm in die Augen. Er wollte ihr eine Freude machen. Das machte er oft. Regelmäßig überraschte er sie mit Kleinigkeiten oder rief sie von unterwegs an, sie solle ein paar Sachen zusammenpacken, er hätte für das Wochenende ein Hotelzimmer gebucht. Ein paar Mal war er mit ihr anstatt zum Supermarkt zum Flughafen gefahren und sie hatten den nächsten möglichen Flug genommen, der weniger als drei Stunden dauerte. Sie liebte ihn für seine Spontaneität und seine Unternehmungslust.

„Okay“, sagte sie lächelnd.

„Du bist nicht sauer?“

„Nein, es ist schön, dich zu sehen. Du hast mir gefehlt.“ Und sie meinte es. In den vergangenen Tagen hatte sie befürchtet, die Verbindung zu ihm verloren zu haben. Aber diese Angst war unbegründet gewesen. Was mit Niklas passiert war, hatte nichts mit Ben zu tun oder mit ihrer Beziehung zu ihm. Zumindest wollte sie das glauben. Vielleicht war es etwas, was hatte passieren müssen, damit sie beide dieses Kapitel endlich abschließen konnten. Zumindest hatte es an ihrer Beziehung zu Ben nichts geändert. Lucy liebte ihn. Sie lächelte ihn an und küsste ihn lange.

„Ben. Was für eine Überraschung. Was machst du denn hier?“ Oliver kam zu ihnen, gefolgt von Niklas.

„Ich wurde von der Braut persönlich beauftragt, Lucy nach Hause zu bringen. Sie steht kurz vor einem Nervenzusammenbruch und nur Lucy ist im Stande, dies zu verhindern.“ Er grinste.

Lucy rollte mit den Augen. Niklas sah sie von der Seite an. Sie fing seinen Blick auf und verzog das Gesicht.

„Hi, ich bin Ben.“ Ben streckte die Hand in Niklas’ Richtung. Dieser ergriff sie und stellte sich selbst vor. „Ich bin Niklas.“

Lucy beobachtete angespannt, wie sich Niklas Ben gegenüber verhalten würde. Die beiden Männer musterten sich einen Moment und plötzlich runzelte Ben die Stirn. „Haben wir uns nicht schon mal gesehen?“

Niklas presste die Lippen aufeinander und schüttelte langsam den Kopf. „Nein. Nein, daran würde ich mich erinnern."

Die Falten auf Bens Stirn vertieften sich. „Doch ich bin mir ziemlich sicher."

„Ja, ich mir auch. Daran würde ich mich erinnern."

Lucy beobachtete den Wortwechsel irritiert, aber bevor Ben ein weiteres Wort an Niklas richten konnte, unterbrach Oliver die Begrüßung.

„Wann wollt ihr denn los?"

„Nun, Clara braucht Lucy morgen früh um 6 Uhr. Wir …"

„6 Uhr?", unterbrach ihn Lucy. „Warum das denn? Oh nein, sie will doch nicht …?"

Ben grinste etwas gequält. „Offenbar hat sie vor ab Donnerstagnachmittag nur noch Wasser zu trinken. Und …"

„Sie will das wirklich machen?"

Ben sah sie mit gespielter Empörung an. „Könntest du aufhören, mich zu unterbrechen?"

„Entschuldige."

„Also, damit ihr Bauch bei der letzten Anprobe genauso flach ist, wie nach zwei Tagen ohne Essen, muss das sofort nach dem Schlafen und ich zitiere ‚einem ergiebigen Toilettengang' passieren."

Niklas lachte. Ben und Oliver stimmten ein. Lucy war nicht nach Lachen zumute.

„Was ist?" Ben sah sie an.

„Das ist nicht lustig. Sie will dafür Abführmittel nehmen."

„Sie möchte einfach, dass alles perfekt ist."

„Sie wird zwei Tage nichts essen. Kannst du dir eine völlig unterzuckerte Clara vorstellen? Im Hochzeitsstress? Clara? Die schon vor fünf Monaten ausgeflippt ist, weil sie nicht die passenden Kerzen zu den Leinen-Servietten finden konnte, die sie sich extra aus Italien hat liefern lassen?“ An Niklas und Oliver gewandt, sagte sie: „Die Weißtone haben sich um eine Nuance unterschieden.“

Ben verzog das Gesicht. „So schlimm wird es schon nicht werden.“

Lucy sah ihn mit großen Augen an. „Gut, dann tauschen wir. Ich werde Pauls Trauzeugin und du übernimmst Clara.“

„Oh, nein. Außerdem ist mein Bruder ein ähnliches Nervenbündel wie seine Braut.“

Lucys Augen wurden noch größer. „Das ist unmöglich.“

„Oh doch. Ich habe ihn noch nie so viel trinken sehen, wie in den letzten Tagen. Und essen. Wir haben Glück, wenn sein Anzug am Samstag noch passt. Für ihn gibt es nämlich keine letzte Anprobe.“

„Warum müssen sie daraus nur so eine große Sache machen?“

„Es ist ihre Hochzeit. Sie wollen den Tag feiern.“

„Ja mit ihren 500 engsten Freunden.“

„Das ist ein Witz oder?“ Niklas sah sie erstaunt an.

„Nein, geplant waren sogar 800, aber die einzig infrage kommende Location dafür war bereits ausgebucht und jede andere zu weit von der Kirche entfernt.“

„So viele Leute kenne ich nicht mal, selbst wenn ich jeden einladen würde, den ich jemals getroffen habe. Wie wählt man die denn aus?“

„Bei uns ist das normal.“ Ben klang geschäftsmäßig. „Meine Eltern haben viele Freunde und Kontakte, die zu solchen Events eingeladen werden müssen. Bei uns wird das auch so sein.“

„Ja, auf meiner Seite werden zehn Leute sitzen und auf deiner die restlichen 490.“ Lucy bereute ihre Worte im gleichen Moment. Auch wenn sie gerade erst wieder gespürt hatte, dass es Ben war, den sie wollte, fühlte es sich seltsam an, vor Niklas über die Hochzeit zu sprechen. Sie öffnete gerade den Mund, um das Thema zu wechseln, als Niklas fragte: „Habt ihr denn schon einen Termin?“ Seine Miene konnte sie unmöglich deuten.

„Nein.“ Ben sah Lucy von der Seite an. „Aber meine Mutter möchte gern an diesem Wochenende ein Datum festmachen.“

Lucy schluckte. Sie wollte jetzt unbedingt das Thema wechseln. Sie wandte sich an Oliver. „Deine Rede war wunderschön.“

Er legte ihr den Arm um die Schultern und drückte sie an sich. „Deine auch, Cottee.“ Sie lächelte. In diesem Moment gab der Bürgermeister Niklas ein Zeichen. Er ging zu ihm und sie vertieften sich in ein Gespräch.

„Habt ihr noch Zeit, etwas mit uns zu essen?“ Oliver wandte sich wieder an Ben.

„Ja, gern. Ich sterbe vor Hunger.“ Ben war begeistert, während Lucy sich plötzlich nicht mehr sicher war, ob sie nicht doch lieber sofort zu Clara fliegen wollte, um ihre Pflichten als Trauzeugin zu erfüllen. Und vielleicht auch die der Putzfrau und des Gärtners und des Typs, der nach einem Kinofilm das Popcorn aufsammelt und die Kaugummis von der Rückseite der Sitze kratzt. Sie überlegte schon, wie sie sich drücken könnte, als Mia, Anna und Tim zu ihnen stießen. Ben begrüßte die Erwachsenen mit einer Umarmung, nahm Mia auf den Arm und warf sie in die Luft. Sie kicherte und umarmte ihn dann ungestüm. Ben drückte sie an sich und schloss für einen Moment die Augen. Er liebte das Mädchen und Lucy liebte ihn für die Art, wie er mit ihr umging, sie sah und auf sie eingehen konnte. Aus dem Augenwinkel sah sie, wie Niklas die Szene während seines Gesprächs mit dem Bürgermeister beobachtete. Mia war seine Patentochter, aber vermutlich sah er sie deutlich seltener als Ben. Eine Spur von Eifersucht lag auf seinem Gesicht. Aber das war unnötig. Denn im gleichen Moment sah Mia ihn, sprang von Bens Arm und rannte auf ihn zu.

„Nik!“ Sie warf sich in seine Arme und er hob sie hoch, drückte sie dankbar lächelnd an sich. Lucy sah, dass er sie etwas fragte, woraufhin sie ihn angrinste und in einen Redeschwall ausbrach. Dann trat Tim zu ihnen und nahm die nun schmollende Mia mit sich, damit Niklas sein Gespräch mit dem Bürgermeister beenden konnte.

„Hey, kommt ihr mit uns essen?“ Lucy fiel ein Stein vom Herzen, als Ben diesen Vorschlag machte. Mit Anna an ihrer Seite würde sie die nächsten Stunden überstehen.

„Ja klar, gern.“ Tim stellte Mia wieder auf die Füße, aber sie streckte sofort die Arme nach Ben aus, der sie um 180 Grad drehte, unter den Armen griff und sich über den Kopf auf die Schultern schob. Die zwei gingen mit Oliver und Tim voraus. Mia saß stolz und glücklich auf Bens Schultern, sah sich aber immer wieder zu den anderen um.

„Mama, Lu, Nik. Kommt jetzt endlich.“

„Wir warten noch auf Nik. Ihr geht schon mal vor und sucht uns den besten Tisch aus, okay?“

Sie nickte eifrig und lachte dann über etwas, dass Oliver gesagt hatte.

„Was macht er hier?“, flüsterte Anna.

„Er holt mich ab. Clara braucht mich morgen für ihre Anprobe."

„Oh, sie braucht dich also." Anna rollte mit den Augen. Sie hatte nie verstanden, weshalb Lucy mit ihr befreundet war. „Und warum muss er da extra herkommen?"

„Ach, du weißt doch, wie er ist. Er wollte mich überraschen."

„Das hat er, oder?"

Lucy lächelte gequält.

„Wirst du es ihm sagen?" Anna flüsterte wieder.

Lucys Lächeln erstarb. Da trat Niklas zu ihnen. Er sah ihren Gesichtsausdruck und hob eine Augenbraue. „Alles okay?"

„Oh sie ist sich nur nicht sicher, ob sie Ben davon erzählen soll, dass ihr beide in den letzten Tagen ein paar Erinnerungen habt aufleben lassen." Das hatte sie nicht gesagt? Doch natürlich hatte sie. Anna sah Niklas herausfordernd an. Er wurde blass. Seine Mimik wechselte unkontrolliert zwischen Ungläubigkeit, Empörung und einem Ausdruck der Unschuld. Lucy vermutete, dass ihr Gesicht auf ähnliche Weise sein Repertoire präsentierte. Nachdem Niklas es geschafft hatte, den Mund wieder zu schließen, sah er sie forschend an. Seine Lippen formten ein ‚Du' und in seinen Augen konnte sie die Frage ablesen.

Sie nickte. „Ja, sie weiß es."

„Ach komm schon, irgendjemandem musste sie es erzählen. Die viel wichtigere Frage ist: 'Wird sie es auch Ben erzählen?' Und …" Sie machte eine bedeutsame Pause, bevor sie weitersprach. „Wirst du es Leah erzählen?" Sie sah ihn noch immer herausfordernd an. Er erwiderte ihren Blick und eine Weile starrten sie einander an.

„Soll ich zählen, wer öfter blinzelt?“ Lucy war inzwischen fast zum Lachen zumute. Fast.

Anna und Niklas seufzten. „Ihr hättet euch nie trennen sollen.“ Mit diesen Worten ließ sie die beiden stehen und rannte zu den anderen. Niklas blickte Lucy fragend an. „Wo gehen wir hin?“

„Oh richtig. Du hast die gute Nachricht ja noch gar nicht gehört. Wir gehen alle zusammen essen.“

Niklas sah alles andere als begeistert aus. „Irgendeine Möglichkeit, sich davor zu drücken?“

„Nur, wenn du jede Menge Fragen provozieren möchtest.“

Er seufzte. „Na, dann los.“ Sie blieben ein Stück weit hinter der Gruppe und schwiegen. Es war ein schöner Spätsommertag. Der Himmel war blau, die Sonne wärmte die Haut und ein sanfter Wind strich Lucy durch die Haare.

„Kaum zu glauben, dass das Wetter noch vor zwei Tagen die perfekte Kulisse für einen Film über die ersten Tage auf Noahs Arche geliefert hätte, oder?“ Sie lachte unsicher. Gern hätte sie sich bei Niklas untergehakt, aber mit Anna und Ben in Sichtweite widerstand sie dem Impuls.

„Danke für deine Worte, Lu.“ Er überging ihren Small-Talk-Versuch.

„Das hast du schon gesagt.“

„Ich weiß, aber du hast mich mit deinen Worten berührt.“

„Ich habe die zwei sehr geliebt.“

„Ja, das weiß ich.“ Er legte ihr den Arm um die Schultern und drückte sie kurz an sich. Für einen Moment genoss sie die Berührung und ließ sich fallen. Dann hörte sie Ben lachen und löste sich abrupt wieder von ihm.

„Wirst du es ihm erzählen?“ Er sah sie nicht an.

Sie seufzte. „Nein, ich denke nicht.“

Er sagte nichts.

„Und du? Wirst du es Leah erzählen?“ Es war seltsam ihren Namen auszusprechen, aber daran musste sie sich wohl gewöhnen.

„Nicht, wenn du es nicht tust.“ Er machte das von ihr abhängig? Sie sah ihn fragend an.

„Ich will dich nicht in Schwierigkeiten bringen. Wenn ich es ihr erzähle und du ihm nicht. Verstehst du?“

Sie verstand, aber es kam ihr seltsam vor.

Josés Restaurant tauchte etwa 200 Meter vor ihnen auf. Der Anblick war Lucy in den wenigen Tagen wieder so vertraut geworden. Und sie tat sich schwer mit der Vorstellung, das lachsfarbene Gebäude nicht mehr täglich zu sehen. Oliver hatte von unterwegs angerufen und wie immer erwartete José sie freudestrahlend. Er hatte ein paar Tische für sie zusammengeschoben und für Mia einige Malsachen bereitgelegt. Das Mädchen war begeistert und begann sofort für jeden der Anwesenden eine bunte Sonne zu malen. Sie übergab sie mit den Worten: ‚Weil heute so ein schöner Tag ist.’ Lucy lächelte, blieb aber zurück. Niklas sah sie fragend an. „Kommst du?“

„Gleich, ich schaue mal, ob ich meinen Flug noch umbuchen kann.“

Sie ging ein paar Schritte zurück und nahm ihr Telefon aus der Tasche. Es war kein Problem, ihren Flug vorzuziehen, abgesehen von den Zusatzkosten, die dabei entstanden. Sie bekam zwei Plätze in einer Acht-Uhr-Maschine für sich und Ben. Lucy seufzte. Sie hatte ihre Abreise anders geplant. Sie wollte am Morgen noch mal zum Strand, sich in Ruhe von ihrem Vater verabschieden und ein paar ihrer alten Sachen zusammensuchen, um sie für Louise mitzunehmen. Aber dann lächelte sie. Sie würde das Mädchen einfach tatsächlich bald mitnehmen. Es würde Louise guttun. Und ihr selbst auch. Sie würde ihr beibringen zu surfen, wenn sie das wollte. Und wenn nicht, würde sie einfach am Strand sitzen können, um zu zeichnen. Sie würden zusammen zu José gehen und ihr Vater könnte ihr ein paar von Charlottes alten Werken zeigen. Sie könnte diese dunkle Holztreppe hochgehen, die Lucy sich auch in den letzten Tagen nicht gewagt hatte, zu erklimmen. Sie könnte die Tür zu dem lichtdurchfluteten Atelier öffnen, das Sam und Oliver für Charlotte gebaut hatten und sie könnte diesem wunderschönen Raum, der so voller Erinnerungen steckte, endlich wieder Leben einhauchen. Charlie hätte es geliebt. Sie hätte Louise geliebt. Sie hätte sie so geliebt, wie sie Lucy geliebt hatte. Sie dachte nicht mehr daran, dass jemand etwas dagegen haben könnte. Es würde funktionieren. Irgendwie. Sie würde einfach alles dafür tun. Lucys Stimmung änderte sich schlagartig bei diesem Gedanken und sie ging nun fast vergnügt und etwas aufgeregt zu den anderen.

Es wurde ein netter Nachmittag. Sogar Ben und Niklas fanden ein paar Gesprächsthemen. Allerdings konnte Lucy Niklas ansehen, dass ihm unbehaglich dabei zumute war. Ben dagegen fragte Niklas über seine Projekte aus. Das konnte er gut. Er interessierte sich für jeden Menschen, den er traf und fand schnell heraus, was seinem Gegenüber wichtig war und ihn erzählen ließ. Er hätte selbst Journalist werden sollen. Aber letztendlich nutzte ihm diese Fähigkeit auch im Gespräch mit seinen Patienten. Sie liebten ihn und auch wenn er für die meisten nur ein paar Minuten aufbringen konnte, gab er ihnen immer das Gefühl, dass er sich alle Zeit der Welt für sie nahm. Er kannte ihre

Hobbys, Familiengeschichten, Leidenschaften und ihre berufliche Situation. Er machte sich dazu sogar Notizen in der jeweiligen Akte und kannte so auch noch nach drei Jahren den Namen eines geliebten Hundes oder das Alter der Kinder.

Es war drei Uhr, als sie zurück im Haus waren. Ben dort zu sehen, in ihrem Zimmer, war seltsam. Sie beobachtete ihn, wie er auf ihrem Bett saß. In ihren CDs stöberte und die Fotos an ihrer Pinnwand betrachtete. Er war zu groß für diesen Raum. Nicht körperlich. Niklas und er hatten die gleiche Größe. Aber er war Teil ihres Erwachsenenlebens. Dieses Zimmer nicht.

„Was ist?“ Er hatte ihren Blick bemerkt und sah sie fragend an.

„Ach nichts. Es ist einfach komisch, dich hier zu sehen.“ Sie fing an, ihre Sachen einzuräumen, und ihr Blick fiel auf Niklas' Kette. Ohne darüber nachzudenken, griff sie danach und wollte sie zusammen mit ihren anderen Schmucksachen einpacken. Sie liebte diese Kette und sie waren wieder Freunde. Es gab keinen Grund, sie hier verstauben zu lassen.

„Das ist eine schöne Kette.“ Ben war hinter sie getreten. Er nahm sie ihr aus der Hand. „Komm, ich mach sie dir um.“ Lucy schluckte und nahm ihm die Kette wieder weg. Er sah sie fragend an.

„Ich will sie nur mitnehmen. Jetzt gerade ist sie mir zu schwer.“ Was für eine lahme Ausrede. Aber er akzeptierte sie. Dennoch blieb er hinter ihr stehen, legte die Kette auf den Tisch und drehte sie zu sich herum. Nun stand er so nah vor ihr, dass seine Brust und ihre sich berührten, wenn sie einatmeten. Er legte seine Hände um ihre Taille und zog sie dichter zu sich.

„Hey.“ Es war mehr ein Hauchen.

Lucy versuchte, sich fallen zu lassen, aber sie fühlte sich nicht wohl in seiner Umarmung. Nicht hier. Nicht in diesem Raum. Nicht in diesem Haus und nicht in dieser Stadt. Nicht mit Niklas so nah. Ben gehörte nicht hierher. Aber sie konnte ihn nicht einfach wegstoßen. Was hätte er davon halten sollen? Sie atmete tief ein und sah ihm in die Augen. Sein Blick war warm und voller Liebe. Sie schloss die Augen und er küsste sie. Sanft und zärtlich. Ohne Hast. Lucy atmete langsam aus. Die Umgebung verschwand aus ihrem Bewusstsein und sie erwiderte seinen Kuss. Das war es, was sie wollte. Sie wollte Ben. Sie wollte das Leben, das sie sich gemeinsam aufgebaut und ausgemalt hatten. Sie wollte ihn heiraten. Warum hatte sie das vergessen? Wie hatte sie riskieren können, dass etwas zwischen sie kam?

„Hey Lu …", Niklas kam über den Flur zu ihrem Zimmer und blieb abrupt in der Tür stehen. „Entschuldigt, für so was müsst ihr hier die Tür zu machen."

Lu löste sich zu schnell von Ben und knallte gegen den Schreibtisch. Er begann zu wackeln und die blaue Lampe, die dort bereits seit über zwei Jahrzehnten stand, fiel zu Boden. Lucy bückte sich, um sie aufzuheben, und sah Niklas fragend an. Kein Grinsen über ihre Ungeschicklichkeit.

„Was gibt es denn?" Ihre Stimme klang genauso unsicher wie am Tag ihrer Ankunft.

„Ähm …" Er musste sich erst sammeln. „Ich hab mit Marc gesprochen. Erinnerst du dich? Der Junge aus meinem Projekt."

„Ja, klar. Der Pianist."

„Er hätte Lust, sich mal mit dir zu unterhalten."

„Wirklich? Das wäre toll."

„Okay, dann gebe ich dir einfach meine Karte und du meldest dich?“ Er reichte ihr seine Visitenkarte. Sie machte ein paar Schritte auf ihn zu, um sie zu nehmen, und für einen Moment berührten sich die Spitzen ihrer Daumen, als er ihr die Karte gab. Ein Blitz durchfuhr sie und sie zog ihre Hand schnell zurück. Dabei riss sie ihm die Karte aus der Hand.

„Ja, klar, das mache ich.“ Lucy betrachtete den Text. Es standen nur sein Name, eine E-Mail-Adresse, eine Handynummer und eine Internetadresse darauf.

„Und er hat mir ein paar seiner Stücke geschickt.“ Er hielt eine CD in die Höhe und legte sie aufs Bett. Offenbar wollte er eine weitere Berührung verhindern. So wie sie. Trotzdem enttäuschte es sie. „Ich hab sie dir gebrannt.“

„Ach super, danke. Die höre ich auf der Fahrt zum Flughafen.“

„Ich will euch ja nicht unterbrechen, aber wir müssen uns etwas beeilen, sonst verpassen wir den Flieger.“

„Du hast recht“, bestätigte Lucy, obwohl es nicht stimmte. Sie hatten noch genug Zeit, aber offensichtlich wollte Ben sie für sich allein haben. An Niklas gewandt sagte sie: „Tut mir leid, wir müssen los.“

„Ja klar, ich treffe euch unten.“

Zwanzig Minuten später standen sie zu viert vor dem Haus. Lucy umarmte ihren Vater während sich Niklas und Ben per Handschlag verabschiedeten.

„Kommst du bald wieder?“ Sie hörte die Hoffnung in seiner Stimme und lächelte.

„Ja. Und ich werde jemanden mitbringen, wenn das okay ist?“

„Wen?“

„Louise.“

„Ja sicher. Ich bin sehr gespannt auf sie.“

„Das erzähle ich ihr besser nicht. Dann denkt sie, du erwartest Picasso.“ Lucy verzog das Gesicht. „Ich muss aber sowieso erst herausfinden, ob das überhaupt möglich ist. Oder besser gesagt, wie ich es möglich machen kann.“

„Ihr seid mir jederzeit willkommen. Und ich war nie ein besonders großer Picasso-Fan. Was ich von ihr bisher gesehen habe, gefällt mir deutlich besser.“ Er drückte sie noch einmal an sich und wandte sich dann Ben zu. „Du natürlich auch.“ Die zwei umarmten sich kurz und begannen dann die Taschen in den Autos zu verstauen. Lucy stand vor Niklas. Sie konnte hören, wie er tief durchatmete. Dann machte er einen schnellen Schritt auf sie zu und schloss sie in die Arme. Sie ließ sich fallen und erwiderte die Umarmung.

„Ruf an, ja?“ Sie löste sich so weit, dass sie ihn ansehen konnte.

„Okay.“ Er drückte sie wieder an sich. Die Umarmung dauerte zu lang. Zu lang für eine einfache Verabschiedung, aber das war es ja auch nicht. Sie war unendlich froh, dass sie wieder zueinandergefunden hatten und erleichtert, dass sie sich als Freunde trennten.

„Bis gleich.“ Lucy gab Ben einen Kuss auf den Mund und stieg in ihren Mietwagen. Sie legte Marcs CD ein und fuhr los. Nach ein paar Sekunden erklangen die ersten Takte von Beethovens ‚Mondscheinsonate‘. Marc spielte gut, außergewöhnlich gut, aber man hörte die schlechte Qualität des Keyboards. Dann folgten ein paar seiner eigenen Stücke. Er hatte sie so komponiert, dass er die fehlenden Tasten nicht zu verwenden brauchte. Lucy versuchte, sich auszumalen, wie sich sein Spiel entwickeln könnte, wenn er Unterricht bekäme und ein vernünftiges Instrument zum Üben hätte. Louise brauchte nicht viel, um ihre Leidenschaft auszuleben. Aber Marc …

Plötzlich wurde die Musik abrupt unterbrochen. Ihr Telefon klingelte. Lucy musste sich auf die Straße konzentrieren und konnte den Anrufer nicht erkennen. Sie drückte den Knopf auf der Lenkrad-Fernbedienung, um über die Freisprecheinrichtung abzuheben, und bereute es im nächsten Moment.

„Lucy. Oh Gott sei Dank!“ Bevor sie selbst ‚Hallo‘ sagen konnte, polterte Clara weiter: „Ich dachte schon, ich würde dich nicht mehr erreichen, bevor du ins Flugzeug steigst.“

„Hallo Clara. Was gibt es denn?“ Lucy schwankte zwischen Belustigung und Genervtsein.

„Du musst unbedingt heute Abend zu mir kommen.“

„Was? Warum das denn?“ Genervt. Sie war eindeutig genervt.

„Ich finde einfach nicht die passenden Schuhe.“

„Clara, wir haben passende Schuhe vor drei Monaten gekauft. Und zwar drei Paar.“ Vielleicht hatte ihr unterzuckertes Gehirn vergessen, wie sie zwei Monate lang mindestens einmal pro Woche durch die Läden gezogen waren. Clara hatte mehrere Dutzend Paar Schuhe im Internet bestellt. Sie hatten sogar ein paar Flohmärkte abgeklappert, bis Clara einsah, dass sie niemals in gebrauchten Schuhen würde heiraten können. Schließlich hatte sie bereits etwas Gebrauchtes. Und einmal waren sie ins Flugzeug gestiegen, um in Paris Ausschau zu halten.

„Aber sie gefallen mir alle nicht mehr.“

„Das ist jetzt ein Witz, oder?“

„Nein, es ist kein Witz. Lucy, das ist der wichtigste Tag in meinem Leben. Ich will mich nicht jahrelang darüber ärgern, dass ich ihn in den falschen Schuhen erlebt habe."

Das Schlimmste war, dass das tatsächlich ihr Ernst war. „Und wie genau kann ich dir da heute Abend helfen?"

„Ich habe heute einfach wahllos Schuhe gekauft und in den letzten Tagen im Internet bestellt. Die liegen jetzt alle hier rum und ich kann mich einfach nicht entscheiden."

„Es sind noch vier Tage bis zur Hochzeit. Können wir das nicht morgen bei der Anprobe machen?"

„Es sind noch 89 Stunden und morgen muss ich mich für eine Absatzhöhe entschieden haben."

Lucy seufzte. Sie bezweifelte, dass die Schneiderin, nein die Brautmoden-Designerin noch in der Lage dazu sein würde, das Kleid auf eine andere Absatzhöhe anzupassen. Sie bog in die Straße zum Flughafen ab und hatte keine Zeit und erst recht keine Lust, sich mit Clara auseinanderzusetzen. „Ich melde mich, wenn wir gelandet sind."

„Was? Lucy! Nein! Warte! Lucy!" Aber Lucy wollte nicht warten. Sie hatte nie Claras Trauzeugin sein wollen. Sie war nicht überzeugt, dass Paul sie heiraten sollte. Sie war sich nicht einmal mehr sicher, ob sie Clara überhaupt mochte. Sie hatte ihr den letzten Abend mit ihrem Vater und Niklas genommen und jetzt sollte sie noch mitten in der Nacht zu ihr fahren, um Schuhe auszusuchen. So wäre nicht einmal die alles-kontrollieren-müssende, keine-Fehler-erlaubende und herrschsüchtige Caroline Forbes vor ihrer Verwandlung in einen Vampir mit ihrer Trauzeugin umgegangen.

Oder vielleicht doch. Am liebsten wäre sie zurückgefahren und hätte Clara ihre Anprobe allein machen lassen.

Sie steuerte das Auto auf den Parkplatz des Vermietungsunternehmens. Ben hatte bereits geparkt und wartete auf sie. Er half ihr beim Ausladen des Autos und gemeinsam betraten sie den Flughafen. Als sie in der Schlange am Schalter des Vermieters standen, stupste er sie an. Sie blickte zu ihm auf und sah in sein fragendes Gesicht. Sie sagte nur: „Clara.“ Er verzog das Gesicht und nahm sie mitfühlend in den Arm.

„Sie ist aufgeregt.“

„Sie ist Clara.“ Sie wollte kein Verständnis mit ihr haben. „Sie will, dass ich zu ihr komme, wenn wir gelandet sind und ihr dabei helfe, das passende Paar Schuhe auszusuchen.“

„Ich dachte, das hättet ihr schon getan.“

„Ja, das dachte ich auch.“ Wütend nahm sie ihr Handy aus der Tasche und schrieb Clara eine Nachricht:

‚Tut mir leid. Heute Abend schaffe ich es nicht. Wir landen erst gegen elf und ich will die Nacht mit Ben verbringen. Wir haben uns fast eine Woche nicht gesehen. Außerdem müssen wir ja ohnehin früh aufstehen morgen und …‘

Lucy zögerte. Warum rechtfertigte sie sich? Sie löschte den gesamten Text und schrieb:

‚Tut mir leid, Clara. Heute nicht mehr. Wir sehen uns morgen bei der Anprobe.‘

Sie schaltete das Telefon aus und lächelte zufrieden.

Ben sah sie an. „Was hast du gemacht?“

„Ich habe ‚Nein‘ gesagt.“

Vor sieben Jahren.
Ein Dorf in Bolivien.

Die Stille war fast perfekt. Die einzigen wahrnehmbaren Geräusche waren sein gleichmäßiger Atem und der Ruf eines einsamen Vogels. Was hatte sie geweckt? Lucy öffnete blinzelnd die Augen. Es war noch immer dunkel. Ein paar Laternen erhellten das Gelände. Zu sehr. Das Leuchten der Sterne hatte kaum eine Chance dagegen anzukommen. Und die Dunkelheit hinter den Lichtkegeln war umso undurchdringlicher. Ein Rascheln zog ihren Blick in Richtung des Platzes, auf dem sie am Tage die Kinder beim Seilspringen beobachtet hatte und zwei leuchtende Augen starrten ihr entgegen. Im nächsten Moment rannte ein Tier, das aussah wie ein Hase, unter dem Schein der Laterne hindurch und tauchte wieder in die Dunkelheit dahinter ein. Vier weitere Tiere folgten ihm. Sie hatten Schwänze wie Chinchillas, waren jedoch um einiges größer. Lucy erinnerte sich, von ihnen während der Vorbereitung auf die Reise gelesen zu haben. Wie hießen sie nur? Sie würde Niklas morgen fragen. Richtig, Niklas. Er war hier. Er saß hier direkt neben ihr. Sie kuschelte sich enger in seinen Arm, den Kopf auf seiner Brust und schloss die Augen.

Wenige Minuten später, sie war noch nicht wieder eingeschlafen, hörte sie ein Grollen in der Ferne. Es weckte auch Niklas.

„Hey!“ Er streichelte ihr über den Arm und küsste ihr Haar.

„Hey!“ Sie wollte noch etwas sagen, aber in diesem Moment zuckte ein gigantischer Blitz rosa und weiß leuchtend über den Himmel. Und nach ein paar

Sekunden folgte ein weiterer. Gemeinsam beobachteten sie das Schauspiel. Immer wieder erhellten mehrere Blitze gleichzeitig den Himmel und ließen das Licht der Laternen wie kleine Glühbirnen in einem Puppenhaus wirken. Jedem Blitz folgte ein ohrenbetäubendes Donnergrollen und ließ Lucy zusammenschrecken.

Niklas umarmte sie fester und sie hörte ihn leise auflachen. „Hast du Angst?"

„Vor Gewitter? Ich?"

„Oh, das ist kein gewöhnliches Gewitter. Da kämpfen Lirr, Baureo und die anderen zwei, deren Namen mir gerade nicht einfallen, gegeneinander." Sie grinste. Der Teil mit den vier Windriesen war immer sein liebstes Abenteuer aus Michael Endes ‚Unendlicher Geschichte' gewesen. Charlie hatte ihnen das Buch oft vorgelesen, während sie gemeinsam vor dem Kamin saßen und Kakao tranken.

„Ja, genau. Und ich warte auf Atreju und Fuchur. Ich will sie warnen. Sonst wird Atreju Auryn verlieren." Er lachte.

Sie hätte gern länger zugesehen und ein winzig kleiner Teil von ihr wartete tatsächlich auf den weißen Glücksdrachen und seinen Retter. Aber weniger als eine Minute nach dem ersten Grollen setzte der Platzregen ein. Die Bank stand zwar unter einem kleinen Vordach, aber das würde sie nicht lange vor dem Regen schützen. Jetzt verstand Lucy, warum die Eimer und Schüsseln aus den Bädern hier aufgereiht standen. Sie würden sich binnen Minuten, oder eher Sekunden füllen.

„Wir sollten reingehen." Lucy hob den Kopf und sah ihn an. Seine Augen waren nur halb geöffnet. Er wirkte verschlafen. Sie strich über seine Bartstoppeln. Die Haare wuchsen schon seit ein paar Tagen und kratzten kaum. Sie lächelte.

„Du siehst aus wie ein richtiger Mann.“

„Es ist hier etwas umständlich. Das Rasieren meine ich.“ Er sprach so leise, dass sie ihn kaum verstand.

„Es gefällt mir.“

„Ja?“

„Ja. Es … es steht dir.“

Er griff nach ihren Fingern und streichelte sanft über die Haut bis hin zu den Fingernägeln. Und dann drehte er den Kopf und küsste die Innenfläche ihrer Hand, genau dort, wo die Kopflinie diese andere Linie kreuzt, deren Namen sie sich nie gemerkt hatte. Sie schloss die Augen. Alles in ihr begann zu pulsieren, zu kribbeln, ihr Herzschlag schien sich zu verdoppeln und trotzdem kehrte eine vertraute Ruhe in ihren Körper. Sie öffnete die Augen und strich mit dem Daumen über seine Lippen, ihre Hand ruhte auf seiner Wange. Er stöhnte leise auf.

„Was machen wir hier?“

„Ich weiß nicht.“

Seine Hand strich so zärtlich über ihren Arm, dass sie es kaum spürte und dann wurde sein Griff fester, er zog sie an sich und küsste sie.

Der Regen wurde noch stärker. Er platschte auf den Sand um sie herum und kleine Matschspritzer trafen Lucys Beine. Sie merkte es nicht. Sie spürte nur seinen Atem, seine Lippen und seine Hände. Dann hielt er plötzlich inne und löste sich von ihr. Sie öffnete die Augen.

„Was ist?“

Er sah sie an und strich ihr eine Strähne aus dem Gesicht.

„Schlaf bei mir heute Nacht.“ Anstatt ihm zu antworten, küsste sie ihn noch einmal, stand auf, klemmte sich ihren Laptop, der auch ein paar

Matschspritzer abbekommen hatte, unter den Arm, und griff nach seiner Hand.

September.
Claras Hochzeit.

Die Tage bis zu Claras und Pauls Hochzeit vergingen schnell. Lucy war fast ausschließlich damit beschäftigt, irgendwelche Aufgaben für die Braut zu erledigen, sie zu beruhigen und ihre Launen auszuhalten. Je weniger sie aß, desto unerträglicher wurde es. Lucy musste sie mehrmals zwingen überhaupt etwas zu sich zu nehmen, damit sie vor dem Altar nicht einfach umfiel. Aber es gab eine Sache, auf die sie sich freute. Clara hatte Louise zur Hochzeit eingeladen. Lucy hatte zwar nicht verstanden, warum, aber sie war dankbar dafür, neben Paul und natürlich Ben, der aber selbst mit seinem Bruder beschäftigt sein würde, wenigstens einen Menschen auf der Hochzeit zu wissen, den sie mochte und der ihr nicht das Gefühl gab, vollkommen fehl am Platz zu sein.

Die Zeremonie fand in einer aufwändig restaurierten Kirche statt. Clara hatte sich extra taufen lassen, um dort heiraten zu können. Nur ein Teil der Hochzeitsgäste nahm an der Trauung teil. Aber Clara hatte absichtlich mehr Personen in die Kirche eingeladen, als es Plätze gab, sodass ein Teil der Gäste stehen musste. *Damit es nicht so aussieht, als ob wir die Kirche nicht voll bekämen.* Das war überhaupt das Wichtigste. Was die Frau vom Geschäftspartner von Pauls Vater von den Blumenarrangements des französischen Floristen hielt. Und wie der Cousine fünften Grades die Schleppe aus italienischer Spitze gefiel und wie eingeschüchtert die Tochter von Pauls Vorgesetztem, die selbst einen Monat zuvor geheiratet hatte, sich fühlen würde, wenn sie die teuren Vorspeisen des Sternekochs aus dem neuen In-Restaurant probierte.

Die Schuhe, die sie schließlich ausgewählt hatte, waren zu eng, aber es waren Claras Meinung nach die einzigen, die auch nur ansatzweise zum Kleid passten. Lucy fand, dass das Kleid sie ohnehin verdeckte und dass es wichtiger war, dass Clara an diesem Tag bequeme Schuhe trug, aber Clara erklärte: „Wenn ich vor dem Altar sitze, oder am Tisch beim Essen, oder beim Tanzen, wird das Kleid hochrutschen. Und was ist mit den Bildern? Wenn Paul mich auf den Arm nimmt?" Selbstverständlich hatte sie im Vorfeld mit den Fotografen genau abgesprochen, wann welche Bilder gemacht werden würden und welche nicht. Es gab einen Plan für jede Minute des Tages und auf dem Weg zur Kirche fieberte Lucy bereits der letzten davon entgegen. Dem Abschied von Braut und Bräutigam, wenn sie in die vergoldete Hochzeitskutsche stiegen und für die nächsten vier Wochen auf den Seychellen abtauchten.

Sie hatte Louise vom Heim abgeholt, was einige böse Nachrichten von Clara zur Folge gehabt hatte. Aber das war Lucy egal. Sie wollte nicht, dass das Mädchen alleine in den abgeschiedenen Ort kam. Außerdem waren Claras Mutter und Schwester am Vorabend eingetroffen und konnten ihr dabei helfen, die letzten entzückten, berührten und überwältigten Gesichtszüge einzuüben.

Als sie vor der Kirche ankamen, trafen sie auf Bens Mutter. Ben und sein Vater würden gemeinsam mit Paul kommen. Lucy begrüßte ihre baldige Schwiegermutter und stellte ihr Louise vor. Sie bemerkte wie Jessica Louises Kleid musterte und sagte, an diese gewandt, schnell: „Dein Kleid ist wunderschön, Lou. Du siehst toll aus."

Das Mädchen strahlte. „Du siehst auch toll aus, Lu.“ Sie kicherte. Jedes Mal, wenn sie beide einander so nannten, kicherte sie wie ein kleines Kind. Lucy nahm sie in den Arm, wobei die Hand, an der ihr Verlobungsring steckte, auf Louises Schulter lag und sich Jessica nur allzu deutlich präsentierte. Bens Mutter deutete darauf und sagte:

„Ach Lucy, wann werdet ihr denn einen Termin für eure Hochzeit festmachen? Ich würde gern meine Jahresplanung fortsetzen und weiß noch immer nicht, welches Datum ich mir dafür vormerken soll.“

„Wir haben uns noch nicht entschieden.“

„Dann solltet ihr das tun. Die passenden Räumlichkeiten müssen gemietet werden. Schon jetzt sind viele für das gesamte Jahr ausgebucht. Es wäre sicher noch möglich, jemanden dafür zu bezahlen, sich etwas anderes zu suchen, aber auch das wird nicht ewig möglich sein. Und nicht nur ich muss mir diesen Tag schließlich freihalten. Du siehst ja, wie viele Personen ihren Terminplan nach so einem Event ausrichten müssen.“

Lucy seufzte. Ja, das sah sie. Und das war auch in etwa der Grund, warum sie bisher keinen Termin hatte festlegen wollen. Sie wollte kein Event. Und sie wollte all diese Menschen nicht auf ihrer Hochzeit. Sie wollte Menschen um sich haben, die sie liebte, und die sie liebten und niemanden, dem sie sich erst würde vorstellen müssen. Sie hatte Ben sogar vorgeschlagen, durchzubrennen, aber er hatte abgelehnt. Es gehörte zu seiner Welt, im Kreise von Geschäftspartnern und entfernten Verwandten zu heiraten und auch wenn er ihren Wunsch nach einer intimen Hochzeit verstehen konnte, wollte er sich nicht gegen diese Tradition stellen. Wenn sie ihn heiraten wollte, dann musste es in dieser Größenordnung passieren.

Nach und nach trafen die Gäste ein. Fanny, eine Cousine achten Grades von Paul und Ben, die in Louises Alter war, nahm sie mit in die Kirche, als Ben und Paul eintrafen. Bens Eltern folgten. Als Lucy schließlich an Bens Arm ebenfalls die Kirche betrat, war sie überrascht. Trotz all ihrer Vorurteile gefiel es ihr. Die Kirche war in ein Meer von weißen Rosen getaucht. Eine begnadete Sängerin sang eine akustische Version von ‚Amazing Grace'. Und als Clara am Arm ihres Vaters den Raum betrat, begannen zwei Violinen den Gesang zu begleiten. Das war unheimlich kitschig, aber es passte hierher und Lucy stiegen Tränen in die Augen. Die Menschen erhoben sich fast ehrfürchtig. Die Atmosphäre war so atemberaubend schön, dass Lucy für einen Moment dachte, dass es vielleicht nur das gewesen war, was Clara gewollt hatte. Was sie in den letzten Wochen und Monaten zu so einem zickigen Nervenbündel gemacht hatte. Vielleicht hatte sie ihr Leben lang davon geträumt, die Hochzeit einer Prinzessin zu feiern. Vielleicht hatte sie als kleines Mädchen Bilder der Kleider von Cinderella, Dornröschen und Prinzessin Diana gesammelt und sich vorgestellt, wie eines Tages *sie* ihren Traumprinzen heiraten würde.

Aber dann kam Clara näher. Und Lucy sah ihr selbstzufriedenes, aber kokettes Lächeln. Ihren Blick, der jeden einzelnen Gast scannte und sie seiner Ehrerbietung versicherte. Die anderen mochten ihr Lächeln als Ausdruck von Glück und Freude deuten, aber Lucy kannte dieses Lächeln. Nein, Clara hatte sich keinen Kindheitstraum erfüllt. Der einzige Wunsch, der hier gerade in Erfüllung ging, war der Wunsch nach Anerkennung. Ihr Ego war befriedigt durch die entzückten und neidischen Blicke der anderen. Lucy verzog das Gesicht. Es würde eine Weile dauern, bevor sie wieder Zeit mit Clara verbringen würde können, ohne an diesen Moment zu denken. Ohne sie auf diesen Moment zu reduzieren. Wenn sich dieses Bild überhaupt jemals aus ihrem Kopf löschen lassen würde.

Der Tag verging so langsam, dass Lucy dreimal die Zeit ihrer Armbanduhr mit der auf ihrem Handy abglich, um sicher zu gehen, dass Erstere nicht stehen geblieben war. Sie war froh über Louises Gesellschaft und den stetigen Nachschub an Champagner. Aus verschiedenen Gründen konnte sie nicht so viel trinken, wie sie es gern getan hätte oder wie es vielmehr nötig gewesen wäre, um das alles zu ertragen, aber der Schwips reichte aus, um sie zumindest etwas aufzumuntern. Ben war fast fortwährend damit beschäftigt, sich mit entfernten Familienmitgliedern und Geschäftspartnern seines Vaters zu unterhalten. Eine Weile hatte sie brav an seinem Arm gehangen und jeden einzelnen neuen Namen zuerst freundlich wiederholt und nach wenigen Minuten wieder vergessen. Aber dann entschuldigte sie sich mit dem Hinweis, dass sie Louise nicht länger allein lassen wollte. Das war Unsinn, denn das Mädchen verstand sich ausgesprochen gut mit Fanny, der Cousine. Aber auch Fanny hatte ihre Pflichten zu erfüllen und wurde, kurz nachdem Lucy zu ihnen gestoßen war, von ihren Eltern zur Begrüßungstour abgeholt.

Lucy flüsterte ihr zu: „Stell dir bei jeder neuen Person vor, wer sie bei Harry Potter wäre. Das macht es etwas erträglicher.“ Das Mädchen lachte und sah Lucy dankbar an.

„Du musstest da wohl auch durch?", flüsterte sie zurück. Lucy nickte nur gequält und strich ihr über den Rücken, als sie ging.

„Lass uns etwas rausgehen. Ich brauche ganz dringend frische Luft."

„Hast du zu viel getrunken?"

„Eher zu wenig."

Mit Louise konnte sie offen reden. Sie war inzwischen eine gute Freundin für Lucy geworden. Durch all die Erfahrungen, die Louise in den wenigen Jahren ihres Lebens hatte machen müssen, war sie reifer als gleichaltrige Mädchen. Lucy fand das schade, aber andererseits hatten sie auch deshalb eine so besondere Beziehung zueinander. Sie verließen das Schloss. Denn natürlich hatte Clara eine so imposante Location gewählt, um ihre Hochzeit zu feiern. Es lag inmitten eines Waldes an einem See. Rund herum waren weite Wiesen mit versteckten Winkeln, einem Labyrinth und Alleen zum Flanieren. Lucy und Louise setzten sich auf eine Bank am See und beobachteten wie die Sonne auf dem Wasser glitzerte. Es war früher Nachmittag und Lucy stellte resigniert fest, dass sie noch nicht einmal den Kuchen hinter sich gebracht hatten.

„Ich habe mit meinem Vater gesprochen. Er würde sich unglaublich freuen, wenn wir beide ihn besuchen kämen." Lucy freute sich, über ein positives Thema zu sprechen. Doch offenbar war es das für Louise nicht.

„Ach ja, das." Das Mädchen wirkte traurig.

„Was ist?"

„Ich habe schon mit Angela gesprochen. Sie erlauben es nicht."

„Was? Warum nicht?"

„Es ist zu weit. Laut Heimordnung darf ich nicht weiter als 300 Kilometer weit wegfahren. Fliegen schon gar nicht.“

„Was?“ Sie legte ihr den Arm um die Schultern. „Ich hätte dich so gern mitgenommen. Soll ich noch mal mit ihr reden?“

„Nein.“ Sie sagte es zu schnell.

„Lou?“

„Nein.“ Ruhiger. „Wir machen etwas anderes, ja?“

Lucy kannte das Mädchen inzwischen gut genug, um zu wissen, dass es keinen Sinn hatte, weiter nachzubohren, wenn sie etwas nicht erzählen wollte. Also ließ sie sie in Ruhe. Wenn sie bereit war, würde sie schon mit ihr sprechen.

„Ja, dann machen wir etwas anderes. Vielleicht fahren wir mal auf ein Schloss.“

Louise musste lachen.

„Oder wir sehen uns eine alte Kirche an.“

„Oder wir rennen durch ein Labyrinth.“ Und bevor Lucy antworten konnte, war Louise bereits auf den Beinen und rannte los. Lucy sprang auf, zog ihre Keilabsatz-High-Heels aus und rannte barfuß hinter ihr her in Richtung des grünen Heckengebildes, das sie für einen Augenblick an Harry und Cedric erinnerte. Sie schüttelte den Kopf und rannte hinein, Louise hinterher. Voldemort konnte auch nicht schlimmer sein als Clara.

Oktober.
Lucys und Bens Wohnung.

Lucy hatte bis zum letzten Moment gebraucht, um den Artikel fertigzubekommen. Sie hatte ganz sichergehen wollen, dass Louise mit dem einverstanden war, was über sie in einem öffentlichen Magazin stand und fast jedes Wort mit ihr zusammen abgesprochen. Und auch Angela hatte ihn noch absegnen müssen. Sie übergab ihn deshalb erst mit Ablauf der Deadline an Phil, den Redakteur des Magazins. Das war nicht ihre Art. Normalerweise beendete sie ihre Artikel schneller, um Zeit für Änderungswünsche zu haben.

Phil hieß eigentlich Philipp, aber er war der Meinung, dass der Name Phil einem Zeitungsredakteur deutlich besser zu Gesicht stand und obwohl seine Mutter jedes Mal die Augenbrauen zusammenzog, wenn jemand ihren Sohn mit dieser Kurzform des Namens ansprach, der zuvor seinem Großonkel gehört hatte, bestand er darauf. Phil rief Lucy nur wenige Stunden, nachdem sie den Artikel per E-Mail an ihn gesendet hatte, an. Er war begeistert. Lucy musste ihr Anliegen, eine Serie daraus zu machen, gar nicht selbst ansprechen. Phil fragte sofort, ob sie noch weitere Kinder kenne, über die sie einen Artikel schreiben könnte. Lucy wusste, dass sie den Auftrag nur dann bekäme, wenn sie ihm eine wirklich gute Story liefern würde. Sie nannte ihm ein paar Kinder, die sie über Louise kennengelernt hatte, aber Phil war nicht angetan und ruderte zurück.

„Ich denke, wir warten erstmal ab, wie der Artikel ankommt." Er machte Anstalten das Gespräch zu beenden. Für so etwas hatte er keine Zeit.

„Nein, warte. Ich hätte da noch einen Vorschlag." Sie zögerte, noch immer unsicher, ob sie diesen Stein ins Rollen bringen wollte. Aber dann sagte sie: „Sein Name ist Marc." Sie erzählte Phil von dem musikalischen Jungen und hörte, wie er aufgeregt immer wieder ‚Ja' raunte. Sie verabredeten, dass Lucy Kontakt zu Marc aufnehmen würde und sie danach die Einzelheiten besprachen.

In Lucys Magen breitete sich ein mulmiges Gefühl aus, als sie das Telefonat beendete. Es waren über zwei Wochen vergangen, seitdem sie Niklas gesehen hatte und bisher hatte es keinen Kontakt gegeben. Das lag an ihr, denn nur sie hatte seine Telefonnummer. Sie kramte in ihrer Tasche nach der Visitenkarte und gab seine Nummer in ihr Handy ein. Sie zögerte den Anruf hinaus. Speicherte die Nummer zuerst unter einem neuen Kontakt, suchte ein Profilbild aus und begann, die restlichen Daten einzutragen. Dann fiel ihr ein, dass ihr Telefon Visitenkarten lesen konnte, wenn sie sie fotografierte. Also löschte sie den Kontakt wieder, suchte im Internet nach einer Anleitung und scheiterte. Nach drei Versuchen gab sie auf und trug die Daten erneut von Hand ein. Als sie bei der E-Mail-Adresse angekommen war, kam ihr eine Idee. Sie öffnete ihr Notebook und begann zu schreiben.

Zehn Minuten nachdem Lucy die E-Mail an Niklas abgeschickt hatte, klingelte ihr Telefon.

„Traust du dich nicht, mich anzurufen?" Er sprach laut.

„Warum schreist du so?" Sie erwiderte seine Lautstärke, ohne es zu merken.

„Warum schreist *du* so?" Er lachte.

Sie erwiderte sein Lachen. „Oh, entschuldige. Wo bist du? Und woher hast du meine Nummer?"

„Ach, hier ist nur eine Baustelle. Warte.“ Es raschelte und augenblicklich wurden die Hintergrundgeräusche leiser. „Und in deiner E-Mail-Signatur stehen alle deine Kontaktdaten.“

„Oh, richtig. Bei euch gibt es Baustellen?“

„Ja, sicher. Die gibt es, ähm … Aber ich bin nicht zuhause.“ Zögerte er?

„Wo bist du denn dann?“

„Ähm … Ich bin in der Stadt.“ Ja, er zögerte.

„In welcher Stadt?“

Jetzt zögerte er lange. Schließlich seufzte er und sagte: „In deiner Stadt.“

Die Information machte einen Umweg über ihren Bauch, in dem plötzlich eine Armada von Bienen oder unidentifizierbarer fliegender Käfer zu einem Flugmanöver angesetzt hatte, bevor sie in ihrem Kopf ankam. Sie hätte vorgeben können, für den Rest des Tages verplant zu sein. Sie hätte so tun können, als wäre es unmöglich, ihn zu treffen. Aber stattdessen fragte sie: „Weißt du schon, wo du zu Mittag isst?“

„Ich nehme an, du sagst es mir gleich?“ Da war ein Lächeln in seiner Stimme.

Sie nannte ihm die Adresse eines guten Spaniers, der zwar nicht mit José mithalten konnte, aber die besten Tapas bot, die man hier bekommen konnte. Sie hatte zwanzig Minuten Zeit und brauchte dreißig, um sich umzuziehen und fertig zu machen. Eilig zog sie ihre Schuhe an, griff nach Jacke, Tasche und Schlüssel, riss die Tür auf und erstarrte. Vor ihr stand ein dunkelhaariger Typ, der nicht viel größer war als sie und dessen Augen sie jeden Morgen im Spiegel sah. Simon. Lucy guckte ihn einen Moment verwirrt an und dann ließ sie ihre Sachen fallen und sprang ihm in die Arme. Er drückte sie an sich.

„Was machst du denn hier?“ Sie schluchzte in seine Schulter.

„Warum heulst du?“

„Weil du mitten am Tag, mitten in der Woche, nach vier Jahren in meiner Tür stehst. Ohne Ankündigung.“ Sie löste sich von ihm und wischte sich die Tränen von der Wange.

Er musterte sie. „Du siehst hübsch aus. Bist du verabredet?“

Sie sah ihn entgeistert an. „Simon!“ Sie schrie fast.

„Was?“ Er lachte. Und sie lachte mit ihm.

„Komm mit. Meine Verabredung wird sich freuen, dich zu sehen.“

Simon hob eine Augenbraue. „Mit wem triffst du dich denn?“

„Das wirst du schon sehen.“ Sie zog ihn an der Hand und er folgte ihr die Treppen hinunter.

Sie nahmen ein Taxi und zehn Minuten später standen sie auf der Straße und sie sah sich nach Niklas um. Lucy sah ihn als Erste und ihr Herz machte einen kleinen Sprung. Einen Moment später entdeckte auch er sie, machte erst einen Schritt auf sie zu und blieb dann mit verblüffter Miene stehen. Er verschränkte die Arme vor der Brust und hob das Kinn. Simon tat es ihm gleich, nachdem er seine erste Überraschung überwunden hatte. Lucy schüttelte lachend den Kopf. Einen Moment später grinste Simon und die zwei Männer rannten aufeinander zu wie kleine Jungs, stießen dabei fast zwei Passanten um und blockierten den Fußweg für die anderen. Niklas rief: „Moni!“ Und Simon antwortete lachend: „Niki!“. Als sie einander erreicht hatten, hob der eine den anderen in die Luft und sie lachten so laut, dass die zum Stehenbleiben gezwungenen Menschen sie nicht länger empört, sondern grinsend anstarrten.

„Ich hab mit deiner Frau gesprochen.“ Niklas hatte den Arm um Simons Schultern gelegt, als sie zurück zu Lucy gingen. Er war immer schon deutlich größer gewesen als ihr Bruder.

„Ich weiß. Hat sie mir erzählt. Sie fand dein Spanisch furchtbar.“

„Du lügst.“

Simon lachte. „Ja. Sie fand es besser als Lucys.“

„Hör auf zu lügen.“ Lucy schlug ihm auf den Arm.

Simon lachte wieder. „Zumindest konnte sie mir sagen, dass du heute hier sein wirst. Gehen wir Tapas essen?“

Sie aßen zwei Stunden. Simon hatte es nach Niklas‘ Anruf geschafft, über seinen Schatten zu springen. Es hatte ein paar Tage gedauert, bis Marita ihm von dem Telefonat erzählt hatte. Zuerst hatte es ihn umgehauen. Aber nach zwei Tagen war er einfach nur dankbar, dass sein Freund diesen Schritt gegangen war. Kurzerhand hatte er einen Flug gebucht und jetzt saßen sie hier zusammen. Lucy und Niklas sagten ihre Termine für den Nachmittag ab. Außerdem textete sie Ben, dass sie auch den Abend mit ihrem Bruder und Niklas verbringen würde. Er würde ohnehin bei ihnen schlafen und Ben würde ihn spätestens beim Frühstück kennenlernen. Aber die nächsten Stunden gehörten ihnen allein.

„Also, was machen wir jetzt?“ Sie standen wieder auf der Straße vor dem Restaurant.

„Ich brauche dringend Bewegung.“ Lucy streckte abwechselnd die Arme in die Luft, beugte sich nach vorne und ließ die Hände auf den Boden fallen.

„Na, dann zeig uns doch mal deine Lieblingsecken, hier. Oder machen wir erst noch eine Runde

Straßen-Yoga? Das ist ja gerade total in, oder?“ Simon sah sie herausfordernd an, als sie sich wieder aufgerichtet hatte.

Sie grinste und warf einen Seitenblick auf Niklas. „Gern, aber Nik kennt hier ja auch viele Ecken.“ Er zeigte keinerlei Emotionen und zuckte mit den Schultern. Also drehte sie nach rechts und ging ohne ein genaues Ziel los.

Lucy erlief sich neue Orte in wenigen Wochen. Sie joggte nicht gern in Parks und hatte deshalb in kurzer Zeit jede Straße im Umkreis von zehn Kilometern rund um Bens Wohnung kennengelernt, nachdem sie zu ihm gezogen war. Manchmal fuhr sie auch in andere Stadtteile, um dort zu laufen. Und wenn sie abends mit Ben oder Freunden unterwegs war, dann fast immer, um ein oder zwei Stunden spazieren zu gehen.

Sie zeigte den beiden einen nahe gelegenen Park, der auf den ersten Blick gewöhnlich und ein bisschen runtergekommen wirkte. Simon warf ihr einen zweifelnden Blick zu, aber er kannte seine Schwester gut genug, um zu wissen, dass sie ihn nicht mit zum Entenfüttern nehmen würde. Lucy hatte den Park zusammen mit Louise entdeckt, als sie das erste Mal gemeinsam laufen waren. Er war nicht besonders groß, aber es gab viele Bäume und er war so verwinkelt, dass man sich leicht verlaufen konnte. Aber Lucy wusste, wohin sie wollte und führte die beiden zu einer versteckten Kletterwand, die zu dieser Zeit kaum jemand nutzte. Eigentlich war es ein drei Meter hoher Klotz, an dessen vier Wänden bunte Klettergriffe geschraubt waren. Zwei der Wände ragten schräg über den Boden, die anderen waren gerade. Sie tobten sich eine Weile aus, auch wenn Lucy in ihrem engen Rock kaum eine Chance hatte, mit den beiden mitzuhalten.

Über Kleinstraßen erreichten sie historische Wohnhäuser, die nahezu vollständig erhalten waren, einen in dieser Stadt vollkommen deplatzierten Surfladen, der sich aber dank eines gut laufenden Online-Shops und eines Experten-Blogs über die besten Surf-Reiseziele Europas schon seit Jahren hielt und einen Coffeeshop, der nicht nur jeden Extrawunsch erfüllte, sondern noch dazu deutlich günstiger und mindestens genauso gut war wie seine großen Konkurrenten. Lucy war so vertieft in die Gespräche mit den beiden und ihre Rolle als Stadtführerin, dass sie erst merkte, wohin sie die Männer führte, als sie nur noch zwei Querstraßen von Louises Heim entfernt waren.

„Kommt, ich will euch jemanden vorstellen."

Als sie das Gelände betraten, sah Lucy Louise bereits von weitem. Sie saß auf ihrem Lieblingsplatz, an eine große Eiche gelehnt, am Rand der Wiese vor dem hellblauen Hauptgebäude mit den weißen und gelben und blauen und grünen Fensterrahmen. Sie hatte ein graues Skizzenbuch, dessen Einband sie selbst mit ihren Illustrationen gestaltet hatte, auf dem Schoß und zeichnete völlig vertieft noch immer an Lucys Porträt.

„Ist das …?", flüsterte Niklas Lucy zu.

„Ja, das ist sie", flüsterte Lucy zurück.

„Wer ist das? Und warum flüstert ihr?" Simon flüsterte nicht. Und beim Klang seiner Stimme schrak Louise auf. Dann erkannte sie Lucy, sprang auf und rannte ihr in die Arme.

„Was machst du denn hier?"

Lucy schob sie ein Stück von sich weg und jetzt sah sie, dass sie geweint hatte. „Was ist los?"

„Ach nichts." Sie wischte sich über die Wangen. „Schau mal, so langsam wird es richtig gut." Sie zeigte Lucy das Porträt.

„Wow. Es wird langsam zu gut.“

„Lass mal sehen.“ Niklas nahm ihr das Buch aus der Hand. Simon stellte sich zu ihm und, als wären sie Mitglieder der Jury eines Zeichenwettbewerbs, fachsimpelten sie über die Qualität des Bildes.

„Ja, du hast recht, Lu. Es wird langsam zu gut. Du bist zwar sehr hübsch. Aber …“ Simon grinste.

Louise unterbrach ihn schlagfertig: „Aber kein Stift der Welt kann deine Schönheit auch nur ansatzweise realistisch abbilden.“ Es war ein Zitat aus einem Film, den sie vor ein paar Wochen gemeinsam gesehen hatten. Eine kitschige, in der Filmszene zudem vollkommen unpassende Äußerung. Sie hatten die Szene mehr als vierzigmal angesehen und jedes Mal waren sie in einen Lachanfall ausgebrochen. Simon sah sie verständnislos an und Louise und Lucy lachten laut auf.

„Hey, ich will mitlachen.“ Da war er wieder. Simon, der Klassenclown, der es nicht mochte, wenn seine Späße zurückfeuerten. Lucy grinste ihn glücklich an.

„Darf ich vorstellen? Das ist Louise, aber ihre Freunde nennen sie Lou.“

„Ah, dann darf ich mich jetzt als deinen Freund bezeichnen.“ Simon reichte ihr die Hand und deutete eine Verbeugung an. „Es freut mich, dich kennenzulernen.“

„Die Feuertaufe hast du bestanden. Und wer bist du?“ Sie sah ihn erwartungsvoll an.

„Ich bin …“

„Warte, deine Augen. Nein, das ist unmöglich. Du bist Simon! Lucys Bruder.“ Louise stand der Mund offen.

„Ah, du hast also schon von mir gehört?“ Er lächelte sie an.

„Ja, das habe ich. Vor allem, dass du megaweit weg wohnst und nie hierherkommst und Lu dich wahnsinnig vermisst und du eine tolle Frau hast. Wo ist sie überhaupt?“ Sie atmete kurz durch, wartete aber nicht auf eine Antwort. Stattdessen drehte sie sich mit großen Augen zu Niklas. „Und du bist dann Nik?“

„Ja, das bin ich. Und nur meine Freunde dürfen mich so nennen.“ Er zwinkerte ihr zu.

Sie lachte. „Was macht ihr denn hier?“

„Hey, wieso muss er nicht durch eine Feuertaufe?“ Simon schmollte noch immer.

Lucy legte ihm mitfühlend den Arm um die Schultern, wuschelte ihm durch die Haare und beantworte Louises Frage. „Ach, wir waren in der Gegend. Ich hab den beiden die Stadt gezeigt und irgendwie hat es uns hierher verschlagen. Da dachte ich, ich stelle meinem Lieblingsmädchen mal zwei der wichtigsten Männer in meinem Leben vor.“ Sie lächelte sie an. „Ich gehe kurz rein und sage Bescheid, dass wir dich zum Eis essen mitnehmen.“

Lucy steuerte auf das Hauptgebäude zu und hörte noch, wie Simon fragte, ob er mehr Bilder sehen könnte. Er würde begeistert sein. Als Kind hatte er stundenlang in Charlottes Atelier gesessen und ihr beim Zeichnen zugesehen. Er selbst hatte es nie versucht.

„Hallo, Lucy!“ Angela, die Heimleiterin kam ihr entgegen, als sie das Haus betrat. „Ich habe euch draußen lachen gehört. Wer sind denn die beiden Männer?“

„Hallo, Angela! Das sind mein Bruder Simon und, ähm, mein, hm … Ein guter Freund. Niklas. Wir wollten Louise zum Eis essen mitnehmen. Ich weiß, es ist etwas spontan, aber …“

„Das ist kein Problem. Nehmt sie mit. Sie hatte keinen guten Tag."

„Ist etwas passiert?"

Die Leiterin zögerte. „Ihre beste Freundin. Sie wurde heute von ihrer Mutter abgeholt."

„Oh nein. Ich werde mit ihr reden."

Angela nickte.

Lucy verabschiedete sich und wandte sich zum Gehen, als die Leiterin sie noch einmal zurückrief. „Ach Lucy, ich wollte nochmal mit dir sprechen."

„Worum geht es?"

„Für Louise war es schwer, zu verstehen, dass du sie nur mit zu deinem Vater nehmen darfst, wenn du eine Patenschaft für sie übernimmst und …"

Lucy stutzte. „Was? Davon hat sie gar nichts gesagt. Sie meinte nur, dass sie nicht mehr als 300 km weit verreisen darf."

Angela runzelte die Stirn. „Ja, das ist richtig. Allerdings gibt es da Ausnahmen."

„Was für Ausnahmen?"

„Darüber müssten wir mal in Ruhe sprechen. Ich habe nicht mehr so viel Zeit heute. Und es ist leider nicht so ganz einfach." Sie blickte nach draußen. „Und die drei warten sicher schon auf dich. Ihr müsst ja auch in einer Stunde zum Essen zurück sein."

Lucy und Angela machten einen Termin für die nächste Woche aus. Zurück im Freien nahm sie Louise zur Seite. „Hey, wie gehts dir? Ich hab das mit Alicia gehört."

Louise schaute sie traurig an. Aber dann lächelte sie. „Jetzt seid ihr ja da. Ich wusste doch, dass sie gehen würde. Nur nicht wann. Das war irgendwie so plötzlich, dass ihre Mutter sie jetzt schon abgeholt hat." Louise hatte keine Mutter, die sie eines Tages abholen würde. Lucy legte ihr den Arm um die Schultern und gemeinsam gingen sie zur Eisdiele.

„Und wisst ihr noch, als Simon die Hosen voller Ameisen hatte?“ Nik und Simon taten alles, um Louise aufzumuntern, und erzählten eine Geschichte nach der anderen.

Louise tränten noch von der letzten Anekdote die Augen und sie bekam nur ein ersticktes ‚Was?‘ heraus.

Niklas erzählte lachend weiter. „Das war im Sommer, wann war das Lu?“

„Ähm, wir waren elf, glaube ich.“

„Ja, genau. Es war eine Woche, bevor die Schule wieder losging und wir verbrachten die Nacht am Strand. Lucy und ich schliefen noch in der Höhle, als Simon schreiend aus dem Wald den Strand heruntergelaufen kam. Er rannte geradewegs ins Wasser.“

„Ja, und zwar vollständig bekleidet. Ich glaube, er hatte sogar eine Sonnenbrille auf.“ Lucy brachte die Worte kaum zu Sätzen zusammen, so sehr lachte sie.

Simon saß ihnen mit verschränkten Armen gegenüber und tat, als würde er schmollen.

„Ja, und Schuhe.“ Niklas‘ Lachen übertönte das von Lucy.

„Aber warum? Was war denn los?“

Niklas warf einen prüfenden Blick auf Simon. Lucy folgte ihm und sah, dass Simon Schwierigkeiten hatte, sein eigenes Lachen zu unterdrücken. Er nickte Niklas unmerklich zu und der sprach weiter. „Er war in den Wald gegangen, hatte sich ein Loch gegraben und darüber gehockt, um, na ja, um die Teile vom Abendessen wieder loszuwerden, mit denen sein Körper nichts hatte anfangen können.“

Louises Augen wurden mit jedem Wort größer.

„Aber leider hatte er dabei übersehen, dass er sein Klo direkt neben, fast sogar in einen Ameisenhaufen gebuddelt hatte." Lucy warf sich lachend nach hinten und wäre fast mit dem Stuhl umgefallen, wenn nicht eine Wand sie aufgefangen hätte.

„Nein!" Louise sah sie ungläubig an.

„Doch. Und während er dort hockte, liefen hunderte von Ameisen in seine Hose."

Simon hatte es aufgegeben und sein Lachen schallte über die Terrasse. „Aber das habe ich erst bemerkt, als ich die Hose wieder hochgezogen hatte und diese kleinen Biester mich angepinkelt haben. Ich bin mal von einer Feuerqualle gebissen worden. Das war ein sanftes Streicheln dagegen."

Louise war erneut in Tränen ausgebrochen und presste hervor: „Wahrscheinlich waren sie sauer, dass du auf ihr zuhause gekackt hast und wollten sich revanchieren."

„Iehh! Meinst du, das war gar kein Pipi?"

„Ich weiß nicht." Das letzte Wort war kaum mehr zu hören. Die wenigen anderen Gäste, die auf der Terrasse saßen, konnten ihr Lachen auch nicht länger unterdrücken und Simon lief rot an, als er bemerkte, dass die peinliche Anekdote fremde Leute unterhielt. Lucy schlug ihm aufmunternd auf die Schulter und drückte ihn an sich. Sie konnte sich nicht daran erinnern, wann sie das letzte Mal so gelacht hatte oder wann sie das letzte Mal so glücklich war.

Kurz vor sechs Uhr bedeutete Lucy Simon und Niklas, dass sie Louise allein zurückbringen wollte. Sie verabschiedeten sich mit herzlichen Umarmungen von dem Mädchen, nahmen ihr das Versprechen ab, sich bald wiederzusehen, und bestellten noch einen Kaffee während Lucy und Louise sich auf den Rückweg zum Heim machten.

„Was ist? Warum kommen sie nicht mit? Dein Bruder ist so witzig und dieser Nik, der sieht echt gut aus. Das hast du irgendwie nicht erwähnt. Warum nicht? Und warum ist er hier? Und warum habt ihr euch überhaupt getrennt? Und warum sprichst du nie über ihn? Ihr versteht euch doch total gut." Louise löcherte sie mit Fragen, aber Lucy wollte jetzt weder über ihren Bruder noch über Nik sprechen. Schon gar nicht über Nik.

„Lou. Stopp. Ich will mit dir reden."

„Das tun wir doch."

Lucy seufzte. „Was hat es mit dieser Patenschaft auf sich?"

Louise wich ihrem Blick aus und beschleunigte ihren Schritt. „Nichts."

„Was muss ich tun, damit du mit mir zu meinem Vater kommen kannst?"

„Ach Lu, es ist schon okay."

Lucy blieb stehen und hielt Louise am Arm fest, damit auch sie stehen blieb.

Louise sah noch immer an ihr vorbei und biss sich auf die Lippen. „Es ist okay."

„Was ist okay? Was muss ich machen?"

„Du müsstest da richtig Verantwortung für mich übernehmen. Einen richtigen Vertrag eingehen. Dich wirklich verpflichten, in gewisser Weise, ach man, na für mich da zu sein."

Sie gingen weiter.

„Das machen sonst nur Leute, die … na ja, die die Kinder sonst, also irgendwann adoptieren wollen." Louise wurde immer leiser.

Lucy wusste nicht, was sie darauf antworten sollte. Sie hatte bisher nicht darüber nachgedacht, dass es diese Option überhaupt gab. Louise war ihr ans Herz gewachsen, fast wie eine kleine Schwester, vielleicht auch wie eine eigene Tochter. Aber eine Adoption? Das war ihr nie in den Sinn gekommen. So lange kannten sie sich schließlich nicht und … Ja, was und? Sie erreichten das Heimgelände. Lucy stoppte nochmals.

„Pass auf. Nächste Woche weiß ich, was genau das bedeutet und dann sprechen wir noch mal darüber."

Louise sah sie erstaunt an. Sie war tatsächlich überrascht. Sie glaubte nicht daran, dass jemand so einen Schritt für sie gehen würde. Sie hatte nie die Erfahrung gemacht, dass jemand sie wirklich wollte. Lucy nahm sie in den Arm und streichelte über ihren Rücken. Louise drückte ihren Kopf an Lucys Schulter und schluchzte. Nach ein paar Minuten schob Lucy sie ein Stück von sich weg, strich ihr eine nasse Strähne aus dem Gesicht und sagte: „Ich hab dich sehr lieb, Lou. Weißt du das?"

Louise schluchzte noch lauter und warf sich wieder in Lucys Arme.

„Das hätte ich dir längst sagen sollen. Du bist ein ganz, ganz tolles Mädchen und ich bin unglaublich froh, dass wir uns vor vier Monaten in dieser Miró- Ausstellung kennengelernt haben. Außerdem kann ich mir keine bessere Quasi-Namensvetterin vorstellen." Sie drückte sie noch einmal an sich und hörte, wie Louise zwischen den vielen Schluchzern ein ‚Ich hab dich so lieb, Lu.' herausbrachte.

Simon blieb ein paar Tage, bevor er weiter zu Oliver fuhr. Niklas musste sich jedoch am nächsten Tag von ihnen verabschieden. Er hatte seine Termine vom Vortag verschoben und musste zurück nach Hause.

Bevor er abfuhr, stellte er den Kontakt zwischen Marc und Lucy her. Er hatte ihm bereits vor zwei Wochen von ihr erzählt und Marc war sofort begeistert gewesen, auch wenn er nicht glaubte, dass es etwas über ihn zu schreiben gab. Aber er freute sich darauf, mit Lucy zu sprechen und ihr zu zeigen, was er konnte.

„Warte nicht wieder zwei Wochen, bevor du dich meldest.“ Niklas umarmte sie zum Abschied. Er und Simon hatten im Gästezimmer übernachtet und sie hatten gemeinsam gefrühstückt. Mit Ben. Die drei Männer hatten sich gut verstanden. Warum auch nicht? Schließlich liebte sie alle drei und zumindest das hatten sie gemeinsam. Trotzdem war es seltsam gewesen, mit Ben und Niklas an einem Tisch zu sitzen. Aber wenn sie diese Freundschaft wollte, musste sie sich daran gewöhnen. Und die Männer auch. Niklas hatte sich auffällig zurückgehalten und er wirkte weniger ungezwungen als am Abend zuvor.

„Du kannst dich ja jetzt auch melden.“ Sie drückte ihn etwas fester an sich und lächelte.

„Das stimmt.“

„Komm gut nach Hause.“ Sie löste sich von ihm und Niklas verabschiedete sich von Simon.

„Wir sehen uns am Wochenende.“ Sie würden zu Oliver fahren. Lucy wäre gern mitgekommen, aber es würde jede Menge Arbeit in dieser Woche liegen bleiben und nächste Woche standen einige Deadlines an.

Ben war bereits in die Praxis gefahren, und als die Tür hinter Niklas ins Schloss fiel, sah Lucy ihren Bruder an. Er sah glücklich aus. Sie lächelte.

„Was ist?“ Er runzelte die Stirn.

Sie lachte. „Komm, hilf mir beim Aufräumen.“

Er bewegte sich nicht.

„Was ist?“ Nun runzelte sie die Stirn.

„Was läuft da?“

„Was meinst du?“ Sie ging zum Esstisch und begann die Teller zusammenzustellen.

„Zwischen dir und Nik. Was läuft da?“

„Nichts.“ Sie sah sich hektisch um, als würde Bens Schatten noch hinter ihr stehen. Simon konnte an ihrer Tonlage ablesen, ob sie log oder die Wahrheit sagte.

„Ach komm schon, Lu. Als wir das letzte Mal gesprochen haben, durfte ich nicht mal seinen Namen aussprechen.“

„Du wolltest seinen Namen genauso wenig hören.“

„Lu?“

„Wirklich Simon, da läuft nichts. Wir versuchen, Freunde zu sein. Das waren wir sehr viel länger, als … Na ja, als dass wir es nicht waren. Oder mehr als das. Oder weniger.“ Sie brachte das Geschirr in die Küche.

Er kam hinter ihr her und bohrte weiter. „Okay, vielleicht jetzt nicht mehr. Aber da war was.“

Sie seufzte. „Du nervst.“

„Was nervt dich? Dass ich so genau weiß, wenn du mir etwas verschweigst?“

„Ja.“

„Na los. Erzähl schon.“

Sie seufzte. „Wir haben uns geküsst. Einmal. In der Höhle.“ Sie hatten ihm am vergangenen Abend alle Einzelheiten über das Unwetter und die Tage davor und danach erzählt. Na ja, fast alle Einzelheiten.

„Geküsst? Mehr nicht.“ Er sah sie herausfordernd an.

„Nein. Oder doch. Ich weiß nicht. Aber wir haben darüber gesprochen. Vielleicht musste das irgendwie passieren und jetzt versuchen wir halt einfach, wieder nur Freunde zu sein.“

Er hob eine Augenbraue. Sein Blick war so skeptisch, als hätte sie ihm erzählt, sie wolle versuchen, einen vegan lebenden Wolf bei sich aufzunehmen.

„Was?“ Lucy wurde wütend. „Bisher klappt es ganz gut. Gib uns eine Chance.“

„Und wann heiratest du Ben?“

Lucy schnaubte. Sie konnte diese Frage nicht mehr hören. „Wenn ich ihn überzeugen konnte, etwa 400 Leute von der Gästeliste zu streichen.“

„Wird das passieren?“ Die Skepsis in seinem Blick wuchs, aber nun sah sie auch einen Funken Mitgefühl.

„Nein. Natürlich nicht. Ich werde mich mit dem Gedanken anfreunden müssen, dass 500 Leute dabei zusehen, wie ich zum Altar stolpere und ich mein ‚Ja, ich will‘ wiederholen muss, weil es beim ersten Mal nur ein unverständliches Krächzen war.“

Er lachte, nahm ihr die Teller aus der Hand, stellte sie auf den Tisch und schloss seine Schwester in die Arme. „Das wird ganz sicher nicht passieren. Du wirst die schönste Braut aller Zeiten sein. Die alten, verbrauchten Weiber werden dich beneiden und ihre Kerle wirst du noch in ihren Träumen begleiten.“

„Simon!“ Sie stieß ihn von sich und verzerrte das Gesicht. „Das ist widerlich! Ich werde keinem von ihnen in die Augen sehen können.“

„Das solltest du auch nicht. Es wird sie nur in ihren Fantasien bestärken.“ Er lachte und freute sich, dass er es mal wieder geschafft hatte, sie aufzuziehen. Und da musste sie auch lachen, warf sich in seine Arme und drückte ihn so fest an sich, wie sie konnte. Augenblicke später ging ihr Gelächter in ein Weinen über. Kein trauriges Weinen. Noch immer schob sich hier und da ein Lachen zwischen die Schluchzer und sie spürte, dass es ihm genauso ging. Er war wieder da. Natürlich, er würde bald abreisen. Aber er war wieder der Simon, den sie kannte, den sie so sehr liebte. Er hatte es geschafft. Er schien es wirklich geschafft zu haben. Sie schob ihn ein Stück von sich, lächelte und sah ihn an. Er wischte sich die Tränen aus dem Gesicht und lächelte zurück.

„Ich hab dich so vermisst." Sie brachte die Worte kaum heraus.

„Ich dich auch." Er drückte sie noch einmal an sich. „Los, räumen wir auf und machen etwas aus diesem Tag."

Zwei Tage später reiste Simon ab und nahm einen Teil von ihr mit. Aber er hatte ihr auch etwas dagelassen. Ein Gefühl, das sie noch nicht in Worte fassen konnte. Er hatte ihr etwas von der Ruhe zurückgegeben, die sie immer begleitet hatte. Von dem Vertrauen, das ihr bis vor vier Jahren den Weg geleitet hatte. Sie hatte einen Teil von sich wiedergefunden, den sie verloren geglaubt hatte.

In der kommenden Woche telefonierte sie viel mit Marc. Der Junge hatte so viel zu erzählen und war dankbar, dass sie ihm zuhörte. Und jedes Mal, wenn sie das Telefonat beendet hatten, tauchten neue Fragen in Lucys Kopf auf.

„Kannst du nicht mal herkommen?" Es war ihr fünftes Gespräch über Video-Telefonie. Lucy sah das Flehen in seinem Blick. Sie überlegte. Warum eigentlich nicht? Sie würde Louise mitbringen und sie könnte Niklas treffen. Sie schafften es tatsächlich, Kontakt zu halten. Sie schrieben fast täglich ein paar E-Mails oder Nachrichten hin und her und Lucy genoss es, von seinem Tag zu hören.

„Weißt du was? Das ist eine tolle Idee. Ich kläre das und vielleicht klappt es schon am Wochenende." Es war Montag. Sie sollte genug Zeit haben, alles zu organisieren.

„Bringst du Louise mit?" Lucy hörte die Hoffnung in seiner Stimme. Sie hatte ihm viel von ihr erzählt und er war immer neugieriger geworden.

„Ich versuche es, okay?" Sie wollte nichts versprechen.

„Okay." Sie sah in seinem Blick und hörte in seiner Stimme, dass er trotzdem schon plante, was er dem Mädchen alles zeigen wollte, und schmunzelte.

„Alles klar, dann versuche ich mal, das zu organisieren. Ich melde mich morgen bei dir. Grüß deine Eltern."

„Bis morgen, Lu." Sie legten auf und Lucy sah auf die Uhr. Es war noch nicht zu spät, um Angela anzurufen. Sie wählte die Nummer des Heims und die Leiterin nahm sofort ab. Sie hatte nichts dagegen. Lucys Herz machte einen Sprung. Zumindest das war unkompliziert möglich. Die Geschichte mit der Patenschaft hatte sich als schwieriger herausgestellt, als Lucy vermutet hatte. Offensichtlich war sie als unverheiratete Frau, die als freiberufliche Journalistin arbeitete, nicht dazu geeignet, die Verantwortung für ein dreizehnjähriges Mädchen zu übernehmen. Würde sie Louise innerhalb der nächsten Monate adoptieren wollen, wäre es leichter gewesen. Sie selbst hatte viel über diese Option nachgedacht. Aber sie konnte sich nicht dazu durchringen, mit Ben darüber zu reden. Sie hatte Angst vor seiner Reaktion. Was, wenn er kategorisch ausschloss, Louise aufzunehmen? Und, was wenn nicht? Was, wenn er sofort mit ihr ins Heim fahren und den Antrag auf Adoption stellen wollte? Lucy würde dem Mädchen zwar gern ein Zuhause geben, aber sie war nicht sicher, ob es die richtige Entscheidung war. Etwas hielt sie davon ab, diesen Schritt zu gehen. Vielleicht lag es daran, dass der Gedanke noch so neu war. Sie hatte sich noch nicht einmal damit beschäftigt, selbst Kinder zu bekommen, auch wenn ihre Schwiegermutter sicher schon eine Liste mit Namen von berühmten Vorfahren parat hatte, die ihr Enkelkind weiterführen sollte. Was auch immer es war, so lieb sie Louise hatte, etwas in ihr sprach gegen diese ganze Adoptionsgeschichte und das machte die Patenschaft zunächst zumindest unmöglich.

Aber das Wochenende würden sie zusammen verbringen können. Lucy rief das Mädchen sofort an und sie war begeistert. Als Nächstes wählte sie Niklas' Nummer.

„Hey, warte einen Moment." Sie hörte, wie er eine Autotür schloss und dann ein paar Schritte machte.

„Kommst du gerade nach Hause?"

„Nein, ähm. Ich gehe schwimmen."

Sie lachte. „Trainierst du für den nächsten Sommer."

„Vielleicht." Sie hörte das Grinsen in seiner Stimme.

„Hättest du mir das jemals verraten?"

„Das habe ich doch gerade gemacht."

„Na ja, aber nur, weil ich dich dabei erwischt habe."

„Wer weiß." Er lachte. „Warum rufst du an? Oder wolltest du nur meine Stimme hören."

Lucy schloss für einen Moment die Augen und lächelte. Sie war dankbar, dass sie wieder so unbeschwert miteinander umgingen. „Ähm, nein. Ich meine, ja. Es ist natürlich immer ein ganz besonderes Ereignis, deine Stimme zu hören, und ich wollte dich sowieso schon fragen, ob du mir nicht ein paar Sprachnachrichten schicken kannst, damit ich dieses Erlebnis immer und immer und immer wieder wiederholen kann. Aber es gibt noch einen Grund. Ich bin am Wochenende bei euch."

„Du kommst Marc besuchen." Er klang nicht überrascht.

„Du hast schon mit ihm gesprochen."

„Ja, er hat mich gerade angerufen."

„Er konnte es wohl nicht abwarten."

„Nein, er war total aufgeregt. Besonders, weil du Louise mitbringst."

„Das wusste er doch noch gar nicht. Na ja, egal. Wir kommen am Freitag und ich dachte, du kannst mir bestimmt ein Hotel empfehlen, das in der Nähe von Marc liegt."

„Hotel? Nein. Ihr wohnt bei mir."

„Was? Nein. Das ist keine gute Idee."

„Warum nicht?"

„Müsstest du da nicht erst Leah fragen?"

„Das ist schon okay. Und außerdem ist es Quatsch, wenn ihr ein Hotel nehmt. Und dann auch noch in der miesesten Gegend hier."

„Nik."

„Komm schon, Lu. Das wird toll. Ich habe hier viel Platz. Wir können UNO spielen und Louise erzählen, wie Simon sich den Arm gebrochen hat, als er Himbeeren gepflückt hat."

Sie lachte. Aber dann wurde sie ernst. „Frag deine Freundin, ob das okay für sie ist."

„Lu, wirklich. Es ist kein Problem."

„Frag sie einfach, okay?"

„Ich melde mich später."

„Alles klar, viel Spaß beim Schwimmen." Sie grinste wieder und legte auf.

Aber dann erstarb das Grinsen. Sie konnte unmöglich drei Tage bei Nik wohnen. Oder doch? Lucy öffnete ihr Notebook und trug Marcs Adresse in die Suchmaske ein. Das war tatsächlich eine miese Gegend. Dort ein Hotel zu nehmen lag vermutlich nicht in Angelas Sicherheitsinteresse. Lucy suchte nach weiteren Hotels und fand ein paar nette Pensionen, die auch nicht weiter weg lagen als Niklas' Haus. Als sie anfing, ihre Daten für die Buchung einzutippen, hörte sie den Schlüssel in der Wohnungstür. Ben kam nach Hause.

„Hey!" Er legte seine Jacke ab, trat hinter sie und gab ihr einen Kuss auf den Nacken. „Was machst du?"

Lucy schloss die Augen und genoss diese Berührung. „Ich buche eine Pension."

„Oh, fahren wir weg?" Sie hörte die Freude in seiner Stimme und es tat ihr leid, ihn enttäuschen zu müssen.

„Ähm, nein. Also, das heißt ja. Aber nicht wir. Also nicht du und ich. Lou und ich fahren diesen Marc besuchen."

„Ah, die Telefonate reichen nicht aus, hm?"

„Nein. Außerdem will ich seine Umgebung, seine Eltern und seine Freunde kennenlernen. Hören, wie er spielt. Wir fahren am Freitag nach Lous letzter Stunde."

„Sie ist vermutlich ganz aufgeregt oder?"

„Ja, sie hat sicher schon alles gepackt." Lucy lächelte.

„Wohnt Marc nicht eher in einer mieseren Ecke?"

„Ja, das meinte Nik auch. Er hat angeboten, dass wir bei ihm wohnen. Aber ich habe eine Pension gefunden, die auch nicht weiter weg von Marcs Wohnung ist als sein Haus."

„Warum willst du nicht bei ihm wohnen?" Ben hatte sich von ihr gelöst und war in die offene Küche getreten. In seiner Stimme lag nicht einmal eine Spur von Misstrauen. Irgendwie enttäuschte sie das. Warum war er denn nicht zumindest ein wenig eifersüchtig? Andererseits wusste er natürlich nicht, was vor wenigen Wochen beinahe passiert war. Kurz verspürte sie den Drang, ihm alles zu erzählen. Aber sie verwarf den Gedanken sofort wieder. Warum sollte sie ihn beunruhigen? Ben hantierte mit der Kaffeemaschine und hielt fragend eine Tasse hoch. Sie nickte. „Ich weiß nicht."

„Wenn er es schon anbietet. Ich finde, es ist eine gute Idee und für Louise ist es eine Abwechslung. Endlich kann sie für ein paar Tage ein richtiges Zuhause haben. Und wenn es auch nur für ein Wochenende ist." Er hatte tatsächlich keine Bedenken, sie ein komplettes Wochenende mit ihrem Ex-Freund verbringen zu lassen. Andererseits würde Leah da sein und Louise war auch dabei. Warum zögerte sie eigentlich? Es würde schön sein, Zeit mit Niklas zu verbringen. Sie konnten einen weiteren Schritt in Richtung Freundschaft gehen und für Louise wäre es tatsächlich eine tolle Erfahrung, ein paar Tage in einem richtigen Haus mit Garten zu wohnen. In diesem Moment piepste ihr Telefon. Eine Nachricht von Niklas:

‚Brich die Buchung ab. Es ist alles geklärt ;)'

Lucy sah erstaunt auf ihr Handy. Woher wusste er das nur immer? Sie seufzte, schloss aber das Browser-Fenster und den Laptop und antwortete: ‚Also gut. Wir sind irgendwann nachmittags da.'

Anstatt zu schreiben, schickte Niklas ihr eine Sprachnachricht. Sie hob das Telefon ans Ohr, um die Nachricht zu hören. ‚Gut, dann kommt direkt ins Popsie. Ich bin da freitags bis sechs. Ich kläre mit Marcs Eltern, dass er an diesem Wochenende etwas weniger Zeit hat.' Er schickte ein zwinkerndes Smiley hinterher.

Lucy schrieb: ‚Popsie?'

Niklas antwortete wieder per Sprachnachricht: ‚Ach so, entschuldige. So heißt der Jugendclub. Also, eigentlich heißt er Mary Poppins‘ aber die Kinder nennen ihn Popsie.‘

Lucy lachte und schrieb: ‚Ach so, okay gut, dann kommen wir dorthin. Schickst du mir die Adresse?‘

Er schickte ihr den Kontakt des Jugendclubs und sie öffnete die Adresse in ihrem Routenplaner. Sie würden zwei Stunden von Louises Schule aus brauchen. Sie schrieb: ‚Ich denke, wir kommen gegen drei an.‘

Niklas: ‚Super. Schreib mir noch, was Lou gern mag.‘

Lucy: ‚Wir gehen einfach gemeinsam einkaufen.‘

Niklas per Sprachnachricht: ‚Alles klar. Dann bis Freitag. Und pack deine Schwimmsachen ein. Ich fordere Revanche.‘

Lucy verlor die Lust zu schreiben und schickte ebenfalls eine Sprachnachricht: ‚Ich wusste, du trainierst nur, weil du es nicht ertragen konntest, gegen mich zu verlieren. Bis Freitag.‘ Sie grinste und packte das Handy zur Seite.

Ben schaute aus der Küche zu ihr rüber, die Kaffeemaschine mahlte die Kaffeebohnen gerade frisch und er musste sehr laut sprechen, damit sie ihn verstand. „Was ist so lustig?“

„Nik. Er … er konnte es nicht ertragen, dass ich ihn im Schwimmen geschlagen habe.“ Sie antwortete in der gleichen Lautstärke, aber bei den letzten Worten war die Maschine leiser geworden und ihre Stimme schallte durch die Wohnung. Sie hielt irritiert inne und sprach dann leiser weiter: „Jetzt trainiert er und fordert am Wochenende Revanche.“

Ben zog die Augenbrauen hoch. „War er denn jemals schneller als du?“

„Ja, mit fünf." Lucy lachte. Sie schrieb Louise, dass sie Badesachen einpacken sollte, und legte das Telefon dann endgültig zur Seite, um den Abend mit Ben zu verbringen.

Vor sechs Jahren.
Flughafen Paris Charles de Gaulle.

Auf dem Flughafen herrschte die übliche Geschäftigkeit eines Freitagnachmittages. Lucy war inzwischen daran gewöhnt. In den letzten zwölf Monaten war ihr so manches vertraut geworden. Sie hatte mehr Zeit damit verbracht, Sicherheitskontrollen zu passieren, als an der Supermarkt-Kasse anzustehen. Sie kannte die kürzesten Wege von den Gates zum Taxistand von mindestens zwanzig Flughäfen und wusste, wo sie dort die saubersten Toiletten, den besten und günstigsten Kaffee und die entspanntesten Sitzplätze mit WLAN-Zugang finden konnte. Nach ihrem Artikel über das Kinderprojekt in Bolivien erhielt sie von dem Londoner Magazin mindestens einmal im Monat einen weiteren Auftrag, der sie in die verschiedensten Teile der Welt führte. Die Reporterin, die sie beim ersten Mal vertreten hatte, war langfristig ausgefallen. Ihr Magen-Darm-Infekt hatte sich als Fehldiagnose herausgestellt. Inzwischen war sie Mutter eines kleinen Williams.

John, der Fotograf, war noch immer Teil von Lucys Team. Anfangs war er nicht sonderlich begeistert darüber gewesen, mit einer Anfängerin zusammenarbeiten zu müssen. Offenbar hatte er einige schlechte Erfahrungen mit Reportern gemacht, die noch nicht lange dabei waren. Aber sie hatte ihn überzeugen können und inzwischen kamen sie gut miteinander zurecht. Lucy arbeitete gern mit ihm. Seine Bilder waren einzigartig und jedes einzelne berührte sie. Mit seinen

Fotos drückte er aus, was sie mit ihren Worten nicht zu sagen vermochte oder wofür in einem Artikel kein Platz war.

Lucy ließ ihren Blick über die Leute schweifen. Sie hatte sich noch an etwas anderes gewöhnt. Zwischen all den Menschen, die von Geschäftsterminen auf dem Weg nach Hause waren oder sich zu Wochenendtrips aufmachten, suchte sie nach dem einen vertrauten Gesicht. Sie sah ihn nicht sofort. Ein französisches Paar, das vor ihm lief, stritt sich lautstark. Offenbar, so viel verstand Lucy, hatte die Frau eine Tasche in den Handgepäck-Fächern des Flugzeuges liegen gelassen. Der Mann war etwas größer als Lucy. Seine Frau war eigentlich nicht größer als er, ragte aber in ihren pinkfarbenen 12 Zentimeter hohen Jimmy Choos deutlich über ihn hinaus. Er versuchte, den Größenunterschied durch eine hohe Lautstärke zu kompensieren. Und durch Beleidigungen, die Lucy nur teilweise verstand. Seine Frau antwortete ihm ebenso laut und mit gleichwertigen Beleidigungen, was den vermeintlichen Vorteil ihres Mannes zunichte machte. Lucy war so gebannt von der Szene, dass sie Niklas erst bemerkte, als er einen Schritt von ihr entfernt stehen blieb, seine Tasche zu ihrem Koffer und ihrer Notebooktasche auf den Gepäckwagen stellte und sie sanft küsste. Dann folgte er ihrem Blick. „Meinst du, das sind wir in zehn Jahren?“

Sie hatte die Augen geschlossen, als sich seine Lippen auf ihre gelegt hatten und genoss noch für einen Moment den Nachhall dieser Berührung. Als die Worte schließlich zu ihr durchdrangen, riss sie die Augen auf und sah ihn empört an. „Ich werde niemals solche Schuhe tragen.“

„Mh … warum nicht? Mir würde da schon die ein oder andere Gelegenheit einfallen.“ Er zog sie an sich und ließ seine Hand über ihren Rücken zu ihrem Po gleiten. Sie hob den Blick und grinste ihn an. „Na, dann weißt du ja jetzt, was du mir zum Geburtstag schenken kannst. Oder besser noch, ich weiß, was ich dir schenke.“ Er legte ihr lachend den linken Arm um die Schultern, küsste sie noch einmal und schob dann mit der rechten Hand den Gepäckwagen in Richtung Ausgang.

Eine Szene dieser Art spielte sich seit einem Jahr alle drei bis vier Wochen ab, auch wenn die Flughäfen und die Nationalität des streitenden Ehepaares wechselten. Es war ein schlechter Zeitpunkt gewesen, eine Beziehung zu beginnen. Aber es nicht zu tun, war beiden nicht in den Sinn gekommen. Und irgendwie funktionierte es. Niklas arbeitete noch immer für die Organisation, die das Kinder- und Jugendprojekt in Bolivien betreute. Er reiste aber nun zwischen mehreren Projekten hin und her und protokollierte die Fortschritte, die Erfolge, Rückschläge und wie die Gelder, die sich hauptsächlich aus Spenden zusammensetzten, ausgegeben wurden. Auf diese Weise sollte für die Geldgeber, die Öffentlichkeit und auch die Organisation selbst mehr Transparenz in die Arbeit der Freiwilligen gebracht und dem Vorwurf vorgegriffen werden, die Spenden würden in die falschen Hände geraten, veruntreut werden oder man würde damit verschwenderisch umgehen. Niklas war frei genug in seiner Zeiteinteilung, um sich zwischen den Projekt-Kontrollen mit Lucy treffen zu können. Und so verbrachten sie fast jeden Monat drei bis vier, manchmal auch fünf Tage an den verschiedensten Orten der Welt miteinander. Manchmal, so wie dieses Mal, war es nur eine Nacht. Aber es war eine Nacht in Paris.

Zehn Minuten später fuhren sie mit dem Taxi auf der Autoroute du Nord in Richtung Stadtkern. Es war noch hell, und als sie schließlich den Boulevard des Maréchaux erreichten, konnte Lucy einen ersten Blick auf die französische Architektur und die Menschen in den Pariser Straßen werfen. Sie fuhren direkt zu ihrer Unterkunft, einer kleinen Pension in einer Seitenstraße der Rue de Grenelle im siebten Arrondissement. Als sie die weinrote Tür erreichten, die in das cremefarbene Haus mit den weißen Fensterläden und den typisch französischen Balkons führte, dämmerte es bereits. Es war Januar und die Sonne ging früh unter in diesem Teil der Welt. Sie brachten die Koffer aufs Zimmer und duschten. Sie liebten sich, bevor sie den Abend in den Straßen von Paris verbrachten und bevor Lucy am nächsten Morgen wieder zurück nach London und Niklas in ein Dorf im Westen Afrikas reiste. Und bevor es für die nächsten Wochen wieder von der Qualität der Internetverbindung abhängen würde, ob sie das Gesicht des anderen sahen oder nur Textnachrichten und E-Mails austauschen konnten.

Oktober.
Louises Schule.

Um 12 Uhr stand Lucy vor Louises Schule. Freitags endete der Unterricht früher. Dafür begann er bereits um halb acht und an drei Tagen in der Woche hatte Louise acht Stunden und war nicht vor vier Uhr zurück im Heim. Es hatte kaum zum Stundenende geklingelt, als das Mädchen bereits aus dem Schulgebäude gerannt kam. Unbeholfen, denn sie zog einen Koffer hinter sich her, bei dessen Anblick es Lucy schwerfiel, nicht in lautes Lachen auszubrechen. „Hast du für mich mitgepackt?"

Louise sah sie nur verständnislos an.

„Oder hast du einfach alle deine Sachen eingepackt. Ich meine, für den Fall, dass Marc dein Märchenprinz ist und dich sofort heiraten möchte."

„Lu! Was erzählst du denn da?"

Lucy reagierte nicht auf ihre Frage. „Oder hast du mich falsch verstanden und für eine Acht-Wochen-Expedition ins Himalaja-Gebirge gepackt."

„Häh?"

„Oder, nein. Warte. Wir reisen in der Zeit zurück und begleiten Jake Epping bei dem Versuch, Lee Harvey Oswald zu töten. Aber ich weiß nicht, ob wir damit überhaupt durch den Kaninchenbau kommen. Außerdem könnten wir auffallen mit so viel modernem Zeugs. Und hast du von Al überhaupt genug Geld bekommen oder zumindest die Aktienkurse von 1958 auswendig gelernt? Oder nein warte, sie sind da drin richtig?"

„Lu? Was zum Teufel meinst du? Wer ist Jake Epping?"

Lucy lachte und deutete auf den Koffer, in dem Platz genug war, um die Sachen einer vierköpfigen Familie unterzubringen, die für zwei Wochen in den Ski-Urlaub fährt.

„Ach so.“ Louise grinste. „Ich wusste doch nicht, was ich alles brauche. Da ist auch mein ganzer Zeichenkram drin.“

Lucy nahm Louise den Koffer ab und legte ihr den Arm um die Schultern. „Ich mach doch nur Spaß. Aber vielleicht hätte ich Bens Auto nehmen sollen.“ Lucy sah zweifelnd zwischen ihrem Kleinwagen und dem grauen Trolley hin und her. Louise streckte ihr die Zunge raus, nahm ihr den Koffer wieder ab und verstaute ihn auf der Rückbank. Dafür brauchte sie zwei Anläufe, weil er ihr beim ersten Versuch aus der Hand rutschte und auf den Fuß fiel.

„Können wir dann losfahren?“ Ihr Gesicht war noch immer schmerzverzerrt und sie rieb sich über den Spann des rechten Fußes, während Lucy, sich die Hand vor den Mund haltend, ins Auto stieg.

Louise wurde mit jedem Kilometer, den sie fuhren, aufgeregter. Sie hatte in der Nacht kaum schlafen können und stellte Lucy hunderte von Fragen. Sie fragte Dinge, die sie längst wusste. Wird Marc im Popsie (dabei lachte sie, denn sie fand den Namen zu komisch) sein? Hat er Geschwister? Hat er eine Freundin? Und dann plötzlich wechselte sie von Marc zu Niklas.

„Wie war es eigentlich, mit Niklas aufzuwachsen?“

„Haben dir die Jungs da nicht genug Geschichten erzählt?“

„Nur die lustigen, nehme ich an. War er jemals wie ein Bruder für dich?“

Lucy musste darüber nachdenken. „Nein. Nein, das war er nicht. Es war immer anders zwischen uns. Aber er war mir immer genauso wichtig wie Simon."

„Und als er zu euch gezogen ist? War es da anders?"

Lucy dachte an die Nacht nach der Beerdigung und an die folgenden Wochen. An ihr Gespräch am Strand und Niklas warme Jacke. „Nein. Es war immer einzigartig zwischen uns."

„Aber warum hattet ihr denn dann solange keinen Kontakt?"

„Es ging einfach nicht." Sie dachte an all die Nächte, in denen sie wach gelegen und versucht hatte, sich mit Schreiben, Sport oder mit Spaziergängen durch mehr oder weniger gefährliche Straßen abzulenken. Sie dachte daran, wie sie irgendwann angefangen hatte, mit Clara durch die Clubs zu ziehen und die Musik, der Alkohol, das Tanzen und der wenige Schlaf, der immer noch mehr gewesen war, als in den Monaten zuvor, schließlich geholfen hatten. Wie sie es dann endlich geschafft hatte, alles aus ihrem Leben zu verbannen, was sie an Niklas erinnerte und es wieder möglich gewesen war, zu atmen. Zumindest hatte sie sich das eingebildet.

Louise fragte unbeirrt weiter: „Wieso hast du ihn nie geheiratet?"

„Er hat mich nie gefragt." Das war nur die halbe Wahrheit, aber sie konnte jetzt nicht darüber reden. Ein Kloß bildete sich in ihrem Hals und sie war froh, dass Louise nicht weiter nachfragte.

Das Mädchen gähnte. „Und wie lange ist er mit dieser Leah zusammen?"

Lucy schluckte. Richtig. Leah. „Ich habe keine Ahnung."

„Aber wenn sie zusammen wohnen, müssen sie schon eine Weile zusammen sein. Meinst du, er wird sie bald heiraten?“ Ein Stich. So tief, dass Lucy für einen Moment nicht atmen konnte. Es gab Dinge, über die sie nicht nachdenken wollte. Es noch immer nicht konnte. All das war noch zu neu und die Vorstellung, dass Niklas sein Leben mit einer anderen Frau verbringen würde, hatte sie noch nicht zugelassen. Nicht, dass sie diese Frau sein wollte. Das hatten sie geklärt. Und sie hatte Ben. Sie wollte die Frau an Bens Seite sein. Und Niklas sollte genauso glücklich sein wie sie. Eine Familie gründen, wie er selbst nie eine eigene hatte. Aber der Gedanke daran war noch zu viel.

Sie wartete einen Moment, bis der Atem wieder frei fließen konnte, und sagte dann: „Ja vielleicht.“ Sie blinkte rechts und verließ die Autobahn, um zu einer Raststätte zu fahren. „Wir sollten etwas essen.“

Nach der Pause wurde Louise ruhiger und schlief ein. Bis dahin hatte Lucy gar keine Gelegenheit gehabt, ihre eigene Aufregung zu bemerken. Und nun, da Louise keine Fragen mehr stellte, übernahm Lucys Kopf diese Aufgabe. Wo würden sie schlafen? Würden sie wieder so um einander herumschleichen wie anfangs bei ihrem Vater? Und dann die Fragen, die sie nicht denken wollte: Wie würde es sein, ihn mit Leah zu sehen? Und wie würde diese Frau sein, die Niklas so sehr zu lieben schien, dass er ein Haus mit ihr teilte und die so cool war, seine Ex-Freundin im Haus zu dulden?

Lucy bemerkte kaum, dass das Navi sie in eine kleine Stadt und schließlich zum Jugendclub führte und sie erschrak, als das Gerät ihr mitteilte, dass sie ihr Ziel erreicht hatten. Sie parkte, stellte den Motor aus, ließ sich tief einatmend in den Sitz zurückfallen, nahm ihr Handy aus der Halterung und schrieb Ben eine Nachricht, dass sie angekommen waren. Er antwortete sofort mit einem Smiley und wünschte ihr ein schönes Wochenende. Er war selbst auf einem Kongress und sie würden kaum Zeit zum Telefonieren finden. Lucy sah aus dem Fenster. Das Popsie lag inmitten einer Hochhaussiedlung. Die Häuser wirkten fast alle alt und heruntergekommen, aber manche waren vor kurzem saniert worden. Die Menschen, die vorbeikamen, hatten düstere Mienen auf den Gesichtern. Viele liefen gebeugt, einige zogen Einkaufstrolleys hinter sich her. Die Jüngeren hielten ihr Handy so dicht vor die Augen, dass sie unmöglich etwas anderes um sich herum wahrnehmen konnten.

Der Jugendclub wirkte völlig deplatziert in dieser Tristesse. Es war nur ein Flachbau ohne Obergeschoss von vielleicht 200 Quadratmetern Innenfläche. Aber er war bunt bemalt und rund herum standen Spielgeräte und Kinder rannten durcheinander. Die zwei Seiten des Clubs, die Lucy sehen konnte, waren mit unterschiedlichen Techniken gestaltet. Das Graffiti auf der langen Gebäudeseite zeigte, in Anlehnung an seinen Namen, eine Szene aus Mary Poppins. Auf der kurzen Seite waren hunderte Handabdrücke in allen Größen zu sehen.

Sie war so in Gedanken versunken, dass sie nicht merkte, wie sich jemand dem Auto näherte. Es klopfte an die Scheibe. Lucy schrak zusammen und Louise öffnete blinzelnd die Augen. Lucy sah zur Seite und erblickte Niklas' lachendes Gesicht. Ihr Herz machte einen Sprung. Louise war sofort hellwach, riss die Tür auf und wollte rausspringen, aber sie hatte vergessen, sich abzuschnallen, und knallte zurück in den Sitz. Sie grinste Lucy schief an, schnallte sich ab und rannte um das Auto herum, um Niklas zu umarmen. Er nahm das

Mädchen hoch und wirbelte sie einmal herum. In diesem Moment kam Marc zu ihnen gelaufen. Lucy atmete tief durch und stieg aus dem Auto.

„Hey!“ Sie umarmte Niklas zur Begrüßung. Er hielt sie fest und küsste sie auf die Wange. Die Stelle begann sofort zu kribbeln und sie widerstand dem Impuls, mit der Hand darüberzustreichen. Schnell drehte sie sich zu Marc. Sie war nicht sicher, ob sie auch ihn einfach so umarmen sollte. Aber er nahm ihr diese Entscheidung ab und schloss sie in die Arme. Sie drückte ihn an sich. Er war groß, größer als sie. Dunkle Haare hingen ihm in die Augen. Er strich sie sich aus der Stirn und lächelte sie offen an. „Es ist so toll, dass ihr endlich da seid. Kommt, ich zeige euch unsere Popsie.“ Er sah Louise fragend an, sie nickte und die beiden rannten los. Niklas grinste Lucy an und sie folgten ihnen. Das gesamte Gelände war liebevoll aufgebaut und gepflegt. In einem Raum erledigten manche Kinder Hausaufgaben. Ein paar Jugendliche halfen den Kleineren bei Matheaufgaben und eine junge Frau im Studentenalter erklärte den älteren englische Grammatik.

„Seit wann gibt es diesen Club? Es wirkt alles so neu.“

„Popsie gibt es seit Jahrzehnten, aber wir haben hier einiges verändert im letzten Jahr. Wir bekommen einige öffentliche Fördergelder und es gibt ein paar private Spender. Fast alle Mitarbeiter arbeiten ehrenamtlich und die Kinder helfen mit, das Gelände sauber zu halten und sie reparieren, was kaputt geht. Es gibt regelmäßig Workshops, in denen sie lernen, wie man eine kaputte Bank wieder auf Vordermann bringt oder den Rasen mäht. Dafür kommen Eltern und Großeltern am Wochenende oder nachmittags vorbei und teilen ihr

Wissen." Lucy war begeistert. „Ich glaube, ich werde nicht nur über Marc, sondern über all das hier schreiben. Das ist unglaublich toll, Nik!"

Er lächelte sie dankbar an. „Ich hab viel gelernt in den Slums. Dort gibt es so gut wie keine Förderung und wenn nicht jeder mit anpackt, dann haben solche Projekte keine Chance. Hier ist es einfacher. Und die Kinder sind so dankbar, dass sie einen Ort haben, an dem sie dem Alltag entfliehen können. Sie können hier essen. Wenn sie sich das nicht leisten können, dann erledigen sie etwas, wie beim Abwasch oder den anderen bei den Hausaufgaben zu helfen. Dadurch, dass sie selbst mit anpacken, merken sie, dass sie etwas bewirken können. Dass es nicht egal ist, womit sie ihre Zeit verbringen. Es funktioniert gut, denn jeder profitiert davon."

Sie blieben für drei Stunden dort. Marc stellte Louise seinen Freunden vor und Lucy half ein paar Kindern bei ihren Hausaufgaben. Als sie versuchte, einem Mädchen eine Grammatik-Aufgabe zu erklären, hörte sie aus dem Nebenzimmer eines von Marcs Stücken. Sie lächelte. Das Mädchen lächelte auch. „Es ist so schön, wenn Marc sein Keyboard dabei hat und darauf spielt."

Lucy sah sie erstaunt an. „Du meinst, er spielt gerade?" Sie dachte, Nik hätte eine der CDs mit Marcs Musik eingelegt. Das Mädchen nickte und Lucy entschuldigte sich bei ihr, um zu dem Jungen zu gehen.

Marc saß am Fenster. Das Keyboard stand auf einem alten Schreibtisch und Marc saß auf einem Holzstuhl davor. Lucy setzte sich leise auf ein Sofa neben ihm. Er blickte auf, ohne das Spiel zu unterbrechen, und lächelte. Sie lächelte zurück und beobachtete ihn. Seine dunklen Haare fielen ihm in die Augen und er warf immer wieder den Kopf zur Seite, um freie Sicht zu haben. Es schien ihn nicht in seinem Spiel zu stören, aber Lucy hatte das Gefühl, dass es ihn nervös machte. Sie stand auf, trat zu ihm und holte eine Haarklammer aus ihrer Handtasche. „Darf ich?" Er sah sie skeptisch an, nickte aber. Sie grinste und steckte ihm die Strähne fest. Er spielte weiter und nach kurzer Zeit machte er die gleiche Kopfbewegung wie zuvor. Als ihm auffiel, dass sie jetzt unnötig war, sah er zu Lucy. Ihre Blicke trafen sich und sie brachen in Gelächter aus.

„Was ist denn hier los?" Niklas und Louise kamen in den Raum. „Und wie siehst du denn aus?" Er grinste in Marcs Richtung. „Lässt du dir Stylingtipps von Lu geben?"

„Sehr witzig." Er machte Anstalten die Klammer aus den Haaren zu nehmen, aber Louise hielt ihn davon ab. „Ich hab das schon oft bei Jungs gesehen. Aber manche nehmen einfach ein Band. So wie dieser Fußballer, der vor ein paar Jahren so berühmt war und ein Spice Girl geheiratet hat und überall in Unterwäsche zu sehen war. Vielleicht magst du das ja lieber. Ich hab eins im Auto."

„Ja, natürlich hast du das. In diesen Koffer passt eine ganze Raumstation, groß genug für Juri Gagarin und Neil Armstrong." Louise warf ihr einen zornigen Blick zu und Lucy streckte ihr die Zunge entgegen.

„Spielst du noch etwas für uns?" Lucy sah Marc bittend an.

Er lächelte und stimmte ein weiteres seiner Stücke an. Lucy ließ sich ins Sofa sinken und schloss die Augen. Sie spürte, wie sich Louise und Niklas neben sie setzten.

„Schön, dass ihr hier seid." Niklas flüsterte ihr ins Ohr und ein Schauder überlief sie. Ihr Kopf fiel auf seine Schulter und seine Hand legte sich auf ihren Arm. So saßen sie und hörten, wie Marc es schaffte, auf dem alten Keyboard, dessen Klang gerade einmal entfernt an ein Klavier erinnerte, diese wunderschöne Musik zu spielen, die jede einzelne von Lucys Zellen zu erreichen schien. Was würde er wohl auf einem Klavier oder zumindest einem guten Piano vollbringen können? Das Stück endete. Lucy öffnete die Augen und sah in Marcs Gesicht. Er war unsicher. Er hatte Angst, dass es ihr nicht gefallen hatte. Sein Blick war der eines kleinen Kindes, das fragt, ob es gut genug war.

Sie lächelte, trat zu ihm und umarmte ihn. „Das war unglaublich schön." Ihre Stimme kratzte etwas und erst jetzt bemerkte sie, dass sie Tränen in den Augen hatte.

„Warum heulst du denn dann?"

Lucy haute ihm sanft gegen den Arm. „Weil du so schön spielst, Witzbold." Sie sah auf die Uhr. Es war kurz vor sechs. Nach und nach kamen nun die anderen Kinder herein und verabschiedeten sich. Als auch die Mitarbeiter gegangen und alles aufgeräumt war, verließen sie das Popsie. Es dämmerte bereits.

„Na los, das bringen wir erst mal zu dir nach Hause." Niklas deutete auf das Keyboard, das Marc unter dem Arm trug. Er hatte nicht mal eine Tasche dafür.

Der Junge verzog das Gesicht. „Ach, das kann ich allein machen." Er wollte nicht, dass sie mitkamen, das war offensichtlich.

Lucy hatte bereits mit seinen Eltern gesprochen. Das heißt, mit seiner Mutter hatte sie ein paar Mal telefoniert. Sie hatte ihr versprochen, vorbeizukommen. Und Marc hatte viel von seinem Vater erzählt und auch von ihrer Wohnsituation. Und Niklas kannte die Familie ebenfalls gut. Warum wollte er nicht, dass sie mitkamen? Sie sah ihn forschend an. Er hatte den Blick gesenkt, schaute aber ein paar Mal verstohlen in Louises Richtung.

Lucy kam ihm zu Hilfe. „Wisst ihr was, Marc und ich bringen schnell das Keyboard nach Hause. Und ihr zwei könnt euch überlegen, wohin wir danach gehen, um etwas zu essen.“ Und an Nik gewandt sagte sie „Vielleicht kann Lou dir auch ein paar Tipps geben, was ihr mit dieser leeren Wand dort anstellen könnt.“

Ohne auf eine Antwort zu warten, hakte sie sich an Marcs freiem Arm unter und zog ihn in die Richtung, die er zuvor eingeschlagen hatte. Die Wohnung war nur fünf Minuten entfernt und lag in einem Hochhaus, dessen Fassade vor ein paar Jahren erneuert worden war und nun in bunten Farben erstrahlte. An Fenstern und Balkons waren unzählige Satellitenschüsseln montiert und häufig noch die Weihnachtsbeleuchtung des vergangenen Jahres. Vielleicht auch aus dem Jahr davor. Sie erreichten den Hauseingang mit der Nummer 176. Lucy blickte nach oben und ihr wurde schwindelig. Auf dem Klingelschild standen 21 Etagen. Dass es in so einer kleinen Stadt so große Häuser gab, überraschte sie. Marc schloss die Tür auf. Der Eingang war sauber, die Geländer im Treppenhaus mindestens dreißig Jahre alt und der Fahrstuhl kaputt. „Sechste Etage, richtig?“ Er sah sie überrascht an. „Dein Name stand auf dem Klingelschild.“ Er lächelte und nickte.

Sie stiegen die Treppen hinauf. In der dritten Etage kam ihnen ein Mann in Lucys Alter entgegen. Er trug eine schwarze Jogginghose mit einem großen, weißen Schriftzug an der linken Seite, ein enges, schwarzes T-Shirt, unter dem sich deutlich seine Brust- und Armmuskeln abbildeten und strahlend weiße Turnschuhe. Er hatte eine Zigarette zwischen den Lippen, das Telefon am Ohr und sah sie finster an, als er an ihnen vorbeihastete. Lucy schluckte. Gab es denn hier niemanden, der lächelte?

Sie erreichten Marcs Etage und er schloss die Wohnungstür auf. Wärme strömte Lucy entgegen und sie traten in einen kleinen aber liebevoll dekorierten Eingangsbereich. An den Wänden hingen Fotos der Kinder und ein Plan, auf dem Termine, Stundenpläne und Arbeitszeiten der einzelnen Familienmitglieder verzeichnet waren. Die Möbel waren schlicht aber geschmackvoll und alles wirkte sauber und gepflegt. Sie wusste nicht, was sie erwartet hatte, aber Lucy war überrascht. Im nächsten Moment kamen zwei kleine, etwa sechsjährige Mädchen in den Flur gerannt. Jeder von ihnen baumelten zwei geflochtene Zöpfen an den Seiten herunter. Sie hatten die gleichen dunklen Augen wie ihr Bruder und auch ihnen hing der Pony ins Gesicht. Als sie Lucy sahen, blieben sie abrupt stehen und blickten sie mit großen Augen an. Ihre Münder klappten auf und enthüllten große Lücken in den oberen Zahnreihen. Marc wollte Lucy seinen Schwestern vorstellen, aber die zwei rannten kichernd und mit wild fliegenden Zöpfen zurück in die Wohnung. Er verdrehte die Augen, doch Lucy lachte. Sie zogen die Schuhe aus und gingen ihnen nach.

„Mama, wo bist du?“ Aus der Küche waren Geräusche zu hören und Marc bedeutete Lucy, ihm zu folgen. Der Weg führte sie durch das Wohnzimmer der Familie. Es war so gemütlich, dass sich Lucy am liebsten auf die Couch geworfen hätte, um ein Buch zu lesen.

In einer Ecke des Raumes, direkt unter dem Fenster neben der Balkontür saßen Marcs Schwestern an einem Kindertisch und bastelten. Und auch hier fanden sich unzählige Bilder der Familie an den Wänden und auf Regalen.

Aus der Küche drang Musik und Lucy konnte Marcs Mutter singen hören. Als sie um die Ecke bogen, sah sie eine dunkelhaarige Frau mit rosigen Wangen und einem Lächeln im Gesicht. Sie tanzte durch die Küche, während sie Geschirr in die Schränke einsortierte. Als sie die zwei Ankömmlinge sah, erschrak sie und ihre Wangen wurden noch röter. Aber dann lächelte sie wieder, trocknete sich die Hände an einem Geschirrtuch ab und trat auf die beiden zu. Sie umarmte Lucy herzlich, was nicht ganz einfach war, denn in ihrem Bauch wuchs das nächste Familienmitglied heran. „Es ist so schön, dich endlich kennenzulernen. In der letzten Woche hat Marc nur von dir gesprochen. Nun ja, von dir und Louise. Wo ist sie eigentlich?“

In diesem Moment hörte Lucy wie abermals ein Schlüssel in der Wohnungstür gedreht und diese geöffnet und wieder geschlossen wurde. Wieder rannten die Zwillinge in den Flur und wieder kamen sie kichernd zurück. Lucy hörte drei verschiedene Stimmen und runzelte die Stirn. Ein kräftiger Mann mit buschigen dunklen Augenbrauen, einem ordentlich getrimmten Vollbart und leuchtend blauen Augen trat ins Wohnzimmer. Und hinter ihm folgten Niklas und Louise. „Schaut, wen ich gefunden habe.“ Marcs Vater grinste. Auch er umarmte Lucy zur Begrüßung und sie musste sich auf die Zehenspitzen stellen, um die Umarmung zu erwidern. Dann legte er seinem Sohn den Arm um die Schultern und küsste seine Frau liebevoll auf den Mund.

Sie blieben zum Essen. So hatte Lucy die Gelegenheit, Marcs Zimmer zu sehen und mit seiner Familie zu sprechen. Sie alle liebten es, wenn er spielte. Wie seine Mutter ihr bereits in einem Telefonat erzählt hatte, belastete es sie und Rick, dass sie Marc finanziell nicht besser unterstützen konnten. Marcs Mutter verdiente als

Krankenschwester nur wenig und konnte wegen der Schwangerschaft momentan gar nicht arbeiten. Dadurch fehlten der Familie die Zuschläge für die Nachtschichten. Marcs Vater arbeitete als Mechaniker in einer Autowerkstatt. Abends saß er an einem kleinen Schreibtisch im Wohnzimmer und lernte. Zuerst für den verpassten Schulabschluss und als er den erreicht hatte, erarbeitete er sich nach und nach die Qualifikationen, um studieren zu können. Es würde noch ein paar Jahre dauern, bis er als Ingenieur in den Beruf einsteigen könnte, aber er arbeitete hart daran und Lucy war beeindruckt von seinem Durchhaltevermögen.

Noch beeindruckender aber war es, zu beobachten, wie dankbar er und seine Frau für das waren, was sie hatten. Sie schliefen im Wohnzimmer, damit Marc und die Mädchen jeweils ein eigenes Zimmer hatten. Die Familie hatte kein Auto und der Fernseher war ein altes Röhrenmodell und mindestens 20 Jahre alt. Stattdessen standen überall Bücher. Alte Ausgaben, vermutlich aus Bücherkisten oder von Flohmärkten. Lucy entdeckte Jules Verne, Mark Twain und Charles Dickens aber auch Bildbände von Picasso und Dalí und Biografien von Winston Churchill, Helmut Schmidt und Marlene Dietrich. Eine bunte Mischung und sie ertappte sich immer wieder dabei, wie sie das Regal scannte und sich gedanklich Notizen machte, um die Bücher später selbst in dem kleinen Buchladen in ihrer Straße zu bestellen. Und immer war aus irgendeinem Zimmer Musik zu hören.

Gegen neun verließen sie die Wohnung. Auf dem Weg zum Auto schwieg Lucy. Auch auf der Fahrt zu Niklas' Haus sagte sie nichts. Louise beendete ihren anfänglichen Redeschwall schnell, als sie merkte, dass Lucy dafür nicht in der Stimmung war. Sie versuchte Niklas' Rücklichtern zu folgen, verlor sie aber aus den Augen, als ein Lastwagen zwischen sie fuhr. Wahrscheinlich war er abgebogen, ohne dass sie es bemerkt hatte, denn sie konnte ihn nirgends entdecken. Sie fuhr an den Straßenrand und programmierte seine Adresse ins Navi ein. Als sie ihr Telefon aus der Tasche nahm, um Niklas eine Nachricht zu schreiben, dass sie ihn verloren hatten, aber bereits wieder auf dem Weg waren, erschrak sie. Sie hatte 15 verpasste Anrufe, mehrere Sprachnachrichten und unzählige Textnachrichten von Phil und Ben. Sie sah auf die Uhr. Es war fast zehn. Während sie noch überlegte, ob sie den Redakteur an einem Freitagabend um diese Zeit anrufen sollte, klingelte das Telefon wieder. Sie nahm ab.

„Phil, was ist los?"

„Hast du dein Telefon im Auto liegen lassen?" Er klang eher amüsiert als sauer.

„Nein, der Ton war aus. Was ist los? Ist alles in Ordnung?"

„Ja mehr als das. Ist Louise bei dir?"

„Ja, das ist sie."

„Na, dann mach mal den Lautsprecher an."

Lucy nahm das Telefon vom Ohr und drückte auf das Lautsprechersymbol. Louises fragenden Blick beantwortete sie mit einem Schulterzucken.

„Alles klar. Was ist los?"

„Hallo! Ich höre mit jetzt." Louise lehnte sich nach vorne, damit er sie besser verstand und sie selbst kein Wort verpasste.

„Hallo Louise. Es ist schön, mal deine Stimme zu hören. Also Mädels, passt auf. Euer Artikel ist eingeschlagen wie eine Bombe." Richtig. Der Artikel kam heute raus. Lucy hatte es vollkommen vergessen.

„Wie eine Bombe? Was heißt das?“ Louise rutschte auf ihrem Sitz hin und her und starrte aufgeregt Phils Profilbild an. Es war eine Imitation von Walter Burns inklusive Hut und Vierziger Jahre Telefon. Selbstverständlich in schwarz-weiß. Phil hatte tatsächlich etwas Ähnlichkeit mit Cary Grant, auch wenn er das verschmitzte Lächeln noch üben musste. Und das tat er. Lucy hatte ihn schon mehrfach dabei ertappt, wie er vor dem Spiegel stand und sich selbst angrinste.

„Ich musste eine Praktikantin dafür abstellen, dass sie die Anrufe entgegennimmt und eure E-Mails beantwortet. Und ich konnte sie erst vor einer Stunde nach Hause schicken. Sie hat dir die interessantesten Sachen weitergeleitet.“ Lucy sah zu Louise und hob eine Augenbraue.

„Was genau wollten denn die ganzen Leute?“, fragte sie vorsichtig.

„Helfen. Alle wollen helfen. Dir. Deinem Kinderheim. Allen ambitionierten Künstlern. Manche wollen deine Bilder kaufen, Mädchen. Eine Frau, ich glaube, sie ist Dozentin, nein Professorin für Kunst an irgendeiner Uni, hat angeboten, einmal im Monat zu dir zu kommen, um dir und all deinen Freunden, die auch Interesse an Kunst haben, etwas darüber zu erzählen. Eine andere hat dich eingeladen, dir Zeichenunterricht zu geben. Sogar Kinder haben angerufen und gefragt, ob sie dir ein paar Zeichenmaterialien zu Weihnachten schenken dürfen.“

Sie waren sprachlos. Sekundenlang starrten sie das Handydisplay an und verarbeiteten Phils Sätze. Es war Louise, die als erste wieder Worte fand: „Glauben Sie, dass der Artikel über Marc auch so einen Effekt haben wird?“ Lucy schmunzelte. Louise kam es gar nicht in den Sinn, zuerst an sich zu denken.

Nun war es Phil, der schwieg. Aber dann lachte er und sagte: „Na du bist mir ja eine. Hast du mir überhaupt zugehört? Da erzähle ich dir, wie die Leute dich überschütten wollen mit ihren Zuwendungen …“

Louise unterbrach ihn erschrocken. „Oh nein, ich will nicht undankbar erscheinen. Das ist unglaublich toll! Ich kann es wirklich überhaupt nicht glauben. Und, wenn das möglich ist, will ich all das unbedingt machen und vielleicht könnte ich den Kindern im Gegenzug ein bisschen was beibringen. Das ist so unglaublich lieb. Aber wissen Sie …“

„Lässt du das mal bitte mit dem Sie? Ich bin Phil. Wenn du ‚Sie‘ sagst, dann fühle ich mich wie 50.“ Er war 53, aber Lucy wies ihn lieber nicht darauf hin.

„Ähm, okay. Gut. Also, weißt du, Phil, wir waren gerade bei Marc und er lebt in dieser superkleinen Wohnung in dieser gruseligen Gegend. Mit zwei Schwestern. Bald bekommt er noch einen Bruder. Seine Mama kann deswegen erst mal nicht arbeiten gehen und sein Vater hat diesen Job, aber, aber da verdient er nicht viel und lernt jeden Tag, um mal einen besseren Job haben zu können. Und Marc ist so gut. Wenn er spielt, dann, dann …“

„Dann fühlt es sich an, als würde man fliegen.“ Lucy fand die Worte, die Louise fehlten.

Sie sah sie an und strahlte. „Ja genau, es ist, als würde man fliegen. Aber er hat nur dieses alte Keyboard mit einem superschlechten Klang. Und er hat keinen Unterricht. Und …“ Sie redete so schnell, dass sich ihre Stimme fast überschlug. Phil unterbrach sie und schwieg dann einen Moment.

„Er hat nicht mal ein richtiges Piano, hm? Wir schauen mal, okay? Aber jetzt bist du erst mal dran mit feiern.“

Zehn Minuten später, in denen sie ausführlich Phils Neuigkeiten besprochen hatten, parkten sie vor Niklas' Haus. Lucy stieg aus dem Auto und fand sich vor einer wunderschönen alten Villa wieder, die um die Wende des 19. Jahrhunderts gebaut worden sein musste. Niklas hatte sie kommen hören und trat aus dem Haus. „Hat dein Navi euch in die falsche Richtung geschickt?"

„Entschuldigen Sie bitte, mein Herr. Aber ich suche meinen Freund Niklas. Arbeitet er vielleicht in diesem Schloss?"

Niklas lachte. „Es ist weniger luxuriös, als es von außen erscheinen mag, Mylady." Er kam die kleine Treppe hinunter, schritt über einen steinernen Weg durch den Garten und öffnete ein eisernes Tor. Es quietschte ein bisschen, so als würde es sich beschweren, jetzt noch gestört zu werden. Er trat zu ihnen ans Auto und half Louise, den Koffer aus dem Kofferraum zu heben. „Ah, jetzt verstehe ich die Anspielung auf Juri und Neil."

„Sehr witzig." Louise wollte ihm den Koffer aus der Hand reißen, aber er hielt ihn fest. „Aber du hast etwas untertrieben, Lu."

Lucy sah zweifelnd zwischen Niklas hin und dem Koffer her. „Habe ich das?"

„Ja, das hast du. Die Sowjets und die Amis hatten ganz unterschiedliche Ausrüstungen. Vielleicht hätten sie damals doppelt gebraucht, was sie sich heute teilen können." Er lachte und Lucy stimmte ein.

„Manno, jetzt hört doch mal auf damit." Aber Louise konnte sich ein Grinsen nicht länger verkneifen. Lucy legte ihr einen Arm um die Schulter und gab ihr einen

Kuss auf die Wange. Dann wandte sie sich an Niklas. „Also gut, dann erklär mal, wie du zu diesem Häuschen gekommen bist."

„Ach, hier in der Gegend ist es nicht schwer, sich so was zu leisten. Der Typ, der mir vom Popsie erzählt hat, hat früher in dieser Straße Zeitungen ausgetragen. Ich hab ihn in Kambodscha kennengelernt. Wir haben da ein paar Monate zusammen gearbeitet. Eigentlich wollten wir den Club zusammen wieder aufbauen. Und wir wollten das nicht nur hier machen. Wir wollten durch die Kleinstädte ziehen und so viele Clubs wie möglich wieder auf- oder neu bauen." Er hievte den Koffer die Steintreppe hoch und trat ins Haus.

„Und dann?" Louise folgte ihm durch die alte hölzerne Tür.

„Dann hat er sich in eine Japanerin verliebt. Ich bin mit Leah hierher gekommen und habe mir die Orte angesehen, von denen er mir erzählt hatte. Einige der Häuser in dieser Straße standen zum Verkauf, aber dieses wollte ich sofort haben. Auch wenn man ihm deutlich ansieht, dass es eine Weile her ist, seit sich jemand darum gekümmert hat."

Lucy trat als Letzte ins Haus und erkannte, was er meinte. Hier gab es viel zu tun. Der Fußboden war bereits abgeschliffen und die Wände frisch gestrichen. Treppe und Fenster benötigten aber dringend einen Handwerker. Dennoch, die Villa hatte solch einen Charme, dass Lucy sich sofort wohlfühlte. Sie bewunderte die Architektur und war so in Gedanken vertieft, dass Louises Stimme sie aufschreckte. „Ach ja, Leah. Wo ist denn deine Freundin überhaupt?" Lucy sah sich suchend um. Richtig, wo war sie?

„Sie ist nicht hier. Sie … ähm … sie hatte einen wichtigen Termin."

„Oh. Schade, ich hätte sie gern kennengelernt. Kommt sie später?“

„Nein, das Haus gehört uns.“ Er griff wieder nach Louises Koffer und bedeutete ihr, ihm zu folgen. Er führte sie die Treppe hinauf. Doch Lucy blieb wie angewurzelt stehen. Leah war nicht hier. Sie würden bis Sonntag allein in diesem Haus sein. Irgendwie war sie erleichtert. Andererseits … Nein, es gab kein andererseits. Sie waren Freunde und auf diese Weise würden sie einfach noch mehr Gelegenheit haben, nun ja, um Freunde zu sein.

„Kommst du?“, rief Louise ihr vom oberen Ende der Treppe aus zu. Lucy rannte die Stufen hoch, um ein paar der Stresshormone loszuwerden, und sie knarrten bedenklich unter ihren Schritten. Sie durchquerten einen kleinen Flur, der mit einem weichen Teppich ausgelegt war und an dessen Wänden gerahmte Fotografien hingen. Sie zeigten die verschiedensten Ecken der Welt und Lucy erkannte einige der Bilder wieder. Vor ihr erzählte Louise Niklas aufgeregt von Phils Anruf. Am Ende des Flurs hielten sie vor einer Tür, die wie alle anderen auf dieser Etage vor Jahren, vielleicht auch Jahrzehnten einmal weiß gestrichen worden war. Die Farbe bröckelte an einigen Stellen ab und war über die Zeit deutlich dunkler geworden. Hinter der Tür aber lag ein Zimmer, wie Lucy es nur aus Filmen kannte. Es hatte große Fenster, die Decke war mit Stuck verziert und der Holzboden war auch hier frisch geschliffen und poliert. An den Fenstern hingen bodenlange, bordeauxrote Vorhänge. Und es standen nur wenige Möbel im Raum, was ihn noch größer erscheinen ließ.

Louise, die gerade dabei gewesen war, Niklas zu erzählen, dass Phil auch etwas für Marc tun wollte, stockte und bekam den Mund, der noch vom letzten

Wort offen stand, nicht mehr zu. Dieses Zimmer war größer als der Aufenthaltsraum auf ihrer Etage. Sie wandte sich zu Niklas und umarmte ihn stürmisch. „Danke! Das ist so, so, so, so toll."

Er lachte und drückte sie an sich. „Packst du aus, Lou. Dann zeige ich Lu ihr Zimmer." Er runzelte die Stirn. „Sagt mal, wie soll das eigentlich funktionieren? Ich kann euch doch nicht beide beim gleichen Namen nennen."

Lucy und Louise sahen einander an und brachen in Gelächter aus. „Hm, du bist der erste mit diesem Problem. Aber du bekommst das hin. Außerdem ist es gar nicht der gleiche Name. Du sprichst ihn etwas anders aus. Hör mal: Lu." Lucy machte eine bedeutungsvolle Pause. „Und Lou." Sie stupste lachend gegen seinen Oberarm und zog ihn aus dem Raum.

„Das klingt genau gleich."

„Nein, das tut es nicht. Du musst nur richtig hinhören. Wir hören den Unterschied."

Niklas blieb stehen, tat, als würde er ein Bild gerade rücken, und sagte dann laut: „Lu?"

„Ja?" Louise und Lucy antworteten gleichzeitig. Und Lucy musste lachen.

„Ich nehme an, ich habe jetzt beide Namen falsch ausgesprochen."

„Ja, genau. Du musst wirklich noch üben." Sie hörte Louise aus dem Zimmer kichern und grinste Niklas an. „Nun will ich aber mein Zimmer sehen. Bekomme ich auch so ein Prinzessinnenbett?"

Er legte ihr den Arm um die Schulter und Lucy versuchte zu ignorieren, wie gut sich diese Berührung anfühlte. „Du, meine Liebe, kannst es dir vor dem Ofen in einem der leeren Kartoffelsäcke bequem machen, sobald du die Asche zusammengefegt hast." Lucy atmete scharf ein und schubste ihn von sich. Er hatte es kommen sehen, stolperte nur leicht und fing sich lachend und mit Leichtigkeit wieder auf.

Sie gingen die Treppe hinunter, durchschritten den Eingangsbereich und bogen dann durch eine Tür in den hinteren Teil des Hauses ab. Hinter einer bereits abgeschliffenen, aber noch ungestrichenen Tür, lag Lucys Zimmer. Es war ebenso schön, wie das von Louise. Die Decken waren hier im Erdgeschoss allerdings noch höher und die großen Fenster zeigten auf den Garten. Genau genommen war es eine verwilderte Wiese, auf der ein paar Bäume standen. Zumindest war es das, was Lucy in dem schwachen Lichtschein, den das Haus nach draußen warf, erkennen konnte. „Du hast hier noch eine Menge zu tun, wenn du abends nach Hause kommst." Er lächelte. Natürlich war das nichts Negatives für ihn. Niklas hatte nie still sitzen können. Er brauchte immer ein Projekt, um das er sich kümmern konnte. Und die Arbeit am Haus war vermutlich ein angenehmer Ausgleich zu den vielen Geschichten, die er jeden Tag von den Kindern hörte und besonders zu denen, die er nicht hörte. Er stellte ihre Tasche aufs Bett und sie öffnete den Reißverschluss, um auszupacken. Er machte keine Anstalten, wieder aus dem Zimmer zu gehen, sondern setzte sich in einen Sessel neben dem Fenster und beobachtete sie.

„Siehst du mir jetzt beim Auspacken zu?"

„Es ist schön, dass ihr hier seid." Lucy nickte. Ja, das war es. Sie lächelte ihn an und sah, wie er müde zurücklächelte. Er schloss die Augen und lehnte sich zurück, während sie die Sachen aus ihrer Tasche in der kleinen Kommode neben der Tür unterbrachte. Ein kleines Bad schloss an das Zimmer an und Lucy ging hinein, um ihre Waschutensilien dort unterzubringen und sich etwas frisch zu machen. Sie schloss die Tür, zog ihr Kleid über den Kopf und begann sich zu waschen, sah aber bald ein, dass ihr das nicht reichte. Es dauerte eine Weile, bis das Wasser warm genug war und für eine Minute hockte sie fröstelnd in der alten Badewanne. Das Badezimmer war vor etwa zwanzig Jahren saniert worden, aber man hatte versucht, einen nostalgischen Charme zu erhalten. Die Wanne stand frei im Raum und die Armaturen glänzten golden. Als das Wasser schließlich warm wurde, entfuhr ihr ein leises „Mist." Sie hatte keine frischen Sachen mit ins Bad genommen. Als sie ins Handtuch gewickelt vor dem Spiegel stand, schüttelte sie den Kopf. In diesem Aufzug konnte sie unmöglich zurück ins Zimmer gehen. Also zog sie den BH und das dünne Strickkleid wieder an und ging zurück ins Zimmer.

Niklas saß noch immer in seinem Sessel und er war eingeschlafen. Lucy betrachtete ihn einen Moment, nahm sich dann frische Unterwäsche und Strümpfe und ging leise aus dem Zimmer. Sie wollte ihn ein paar Minuten schlafen lassen und in dieser Zeit nach Louise sehen. Doch als sie an deren Zimmertür ankam und leise anklopfte, bekam sie keine Antwort. Sie öffnete vorsichtig die Tür und lächelte. Das Mädchen lag auf dem Bett, um sich herum verteilt ihr Skizzenbuch, drei Bleistifte, ein Anspitzer und ein Radiergummi. Louises Kopf lag auf einem neu begonnenen Schattenriss, den Bleistift hatte sie noch in der Hand. Lucy hob Louises Kopf vorsichtig an, legte die Zeichensachen auf einen kleinen Tisch am Fenster und schaffte es, das Mädchen unter die Bettdecke zu befördern, ohne es zu wecken. Sie streichelte ihr über die Haare, gab ihr einen Kuss auf die Stirn und schaltete das Licht aus. Als sie sich zum

Hinausgehen wandte, hätte sie vor Schreck fast aufgeschrien. Im Türrahmen stand Niklas. Ein Lächeln lag auf seinen Lippen.

„Möchtest du auch schlafen gehen?“

Lucy sah auf die Uhr. Es war fast halb elf. „Nein, eigentlich nicht.“ Sie war nicht müde. Es war ein langer Tag gewesen, ja, aber sie war dennoch nicht müde. Sie war aufgekratzt und die Erlebnisse des Nachmittags spielten sich wie ein Film immer wieder in ihrem Kopf ab. Die Fahrt mit Louise, die Zeit mit den Kindern, Marc am Keyboard, das Abendessen mit Marcs Familie und schließlich Phils Anruf. Und immer wieder Niklas. Für einen Augenblick dachte sie daran, sich mit dem Laptop in ihr Zimmer zu setzen und alles aufzuschreiben. Doch dann schüttelte sie den Kopf. Nein, hier winkte eine andere Gelegenheit. Und sie wollte es nicht versäumen, mit Niklas allein zu sein. Mit ihm zu reden, ihm nahe zu sein. Als Freunde. Sie hob den Blick und sah, dass er lächelte. Wieder gingen sie die Treppen gemeinsam hinunter und Niklas führte sie ins Wohnzimmer, das direkt neben ihrem Schlafzimmer lag.

Es war untertrieben, diesen Tanzsaal als Zimmer zu bezeichnen. Denn von der Größe her hätte er sicher ausgereicht, einer kleineren Gesellschaft Platz für eine Soirée mit Foxtrott-Einlage zu bieten. Und vermutlich war der Raum genau dafür mindestens bis in die Zwanzigerjahre hinein genutzt worden. Nun wirkten die wenigen Möbelstücke in dem riesigen Raum verloren. Die Wände waren weiß gestrichen und dienten auch hier als Galerie für Niklas’ Fotos. Der Raum war nicht rechteckig geschnitten, sondern hatte an der Fensterseite einen runden Verlauf. Die dreiflügeligen Fenster waren alt und Lucy konnte spüren, wie der Wind durch die Ritzen zog, als sie nähertrat, um in den Garten zu blicken. Von hier aus konnte sie etwas mehr erkennen. Ein paar Meter vor dem Fenster stand ein Springbrunnen. Es war ein Steinbecken mit einem Durchmesser von etwa zwei Metern. In der Mitte erhoben sich, eine Säule bildend, drei aufeinander stehende Steinschalen.

„Er funktioniert. Er war so ziemlich das Einzige hier, was sofort funktioniert hat." Lucy zuckte zusammen. Sie war so versunken gewesen in ihre Gedanken, dass sie selbst das Knarren des alten Parketts nicht gehört hatte.

Er reichte ihr ein Glas Wein und sie drehte sich zu ihm. „Dieses Haus ist wunderschön."

Er lächelte. „Soll ich den Kamin anmachen?" Es war viel zu spät, aber sie nickte und beobachte ihn dann dabei, wie er Anzünder und etwas Holz aufschichte und innerhalb weniger Minuten ein gemütliches Feuer entfachte. Es stand eine kleine Sitzecke etwa zwei Meter vom Kamin entfernt und Lucy ließ sich in einen der riesigen Sessel fallen. Sie zog die Beine an und kuschelte sich in eine Wolldecke, die über der Armlehne hing. Niklas setzte sich vor den Sessel und lehnte sich dagegen. Hätte Lucy ihre Hand ausgestreckt, hätte sie durch seine Haare streichen können. Sie widerstand und hielt stattdessen das Weinglas mit beiden Händen umklammert. Für ein paar Minuten, es mochten zwei oder zwanzig gewesen sein, schwiegen sie und schauten auf das Feuer, dessen wohlige Wärme sich vor ihnen ausbreitete.

„Sie ist ein tolles Mädchen." Niklas durchbrach die Stille.

„Ja, das ist sie."

„Du hast sie sehr gern, oder?"

„Ja." Sie schluckte.

„Hast du mal darüber nachgedacht, sie …"

„Sie zu adoptieren?“

„Ja.“

Lucy schwieg. Angela hatte noch eine weitere Möglichkeit gefunden. Wenn Ben die Patenschaft mit ihr gemeinsam übernahm, gab es Hoffnung. Aber Lucy wusste nicht, ob Ben dies tun würde. Sie wusste, dass er Kinder wollte. Aber einen Teenager aus einem Kinderheim? Widerstand regte sich in ihr, als sie Louise in diese Schublade steckte. Aber es war nicht ihre Schublade. Es war das, was Bens Familie über Mädchen wie Louise dachte und obwohl sie wusste, dass er sie mochte, war sie sich fast sicher, dass er sich hier nicht gegen die Meinung seiner Mutter und der anderen Verwandten stellen würde. Die philanthropischen Aktivitäten der Familie gingen nicht über das Besuchen von Spendengalas und die Weihnachtsgeschenke für das Kindermädchen und die anderen Angestellten hinaus. Und warum sollte er sich in so einer Sache auf Lucys Seite stellen, wenn er ihr nicht einmal bei der Hochzeit ein Mitspracherecht einräumte?

„Lu?“

„Ich … Ich kann …“ Ihre Stimme brach. Tränen stiegen ihr in die Augen. Als sie die Reaktion ihres Körpers wahrnahm, wurde ihr erst bewusst, wie traurig sie darüber war. Er sah zu ihr auf, sah die Verletzlichkeit in ihrem Blick.

„Lu.“ Er stellte sein Glas auf den Tisch, nahm ihr das ihre aus der Hand, um es dazu zu stellen, und setzte sich neben sie. Sie ließ ihren Kopf an seine Brust fallen und gab es auf, die Tränen zurückzuhalten. Er hielt sie fest, streichelte ihr über den Kopf und schwieg. Sie ließ sich fallen. Es dauerte etwas, bis sie sich beruhigte, und als sie es schließlich schaffte, war das Feuer bereits in ein kleines Flackern übergegangen. Niklas machte Anstalten aufzustehen, um Holz nachzulegen, aber Lucy hielt ihn fest, zog die Decke über seinen Körper und kuschelte sich noch enger in seine Arme. So saßen sie und beobachteten, wie die Flammen kleiner wurden, und als schließlich nur noch ein Glühen zurückblieb, waren sie eingeschlafen.

Vor vier Jahren.
Eiscafé in der Stadt.

„Wie lange wollt ihr eigentlich noch so weitermachen?“ Anna leckte die Sahne von ihrem Löffel.

„Was meinst du?“ Lucy wollte gerade die Spitze ihrer herzförmigen Waffel abbeißen, an der eine Mischung aus Vanilleeis, Schokoladensoße und Sahne klebte. Sie saßen in einem kleinen Café ein paar Straßen von Annas und Tims Wohnung entfernt. Es standen nur wenige, mit frischen Blumen dekorierte und in sommerlichen Pastellfarben lackierte Metalltische auf dem schmalen Bürgersteig. Alle waren besetzt und an der Eisausgabe hatte sich eine Schlange von etwa 20 Erwachsenen und Kindern gebildet. Es war Juli und die Hitze des Sommers hatte einen neuen Höhepunkt erreicht.

„Seit anderthalb Jahren seht ihr euch alle paar Wochen. Wie lange soll das denn gut gehen?“

Lucy lachte.

„Was? Was ist denn daran lustig?“

„Dein Timing.“

„Was meinst du?“ Anna war abgelenkt. Ihr Löffel war auf den Boden gefallen und sie musste sich anstrengen, um sich aus ihrem Stuhl hochzuhieven. Sich einfach danach zu bücken war mit dem dicken Bauch, den sie seit ein paar Monaten vor sich hertrug, unmöglich. Gerade als Lucy aufsprang und ihr helfen wollte, hielt Anna den Löffel triumphierend in die Höhe. „Noch kann ich mich bewegen.“ Sie lachte und rückte das geblümte Sitzkissen auf ihrem Stuhl zurecht, bevor sie sich wieder setzte.

„Sehr bald kannst du dich auch wieder bücken." Lucy stupste mit dem Finger gegen den Bauch, in dem ihr Patenkind heranwuchs. Der kleine Mensch antwortete mit einem Tritt gegen genau diese Stelle. Lucy legte ihre Hand darauf und wartete, dass sich die Bauchdecke noch einmal hob, aber nichts passierte. Sie stupste noch einmal dagegen und wieder bekam sie eine direkte Antwort.

„Hey, lass sie schlafen."

„Nein, lass mich mit ihr …" Lucy erstarrte. „Mit ihr? Sie? Es wird ein Mädchen?"

Anna strahlte und nickte. Lucy sprang wieder auf, rannte um den Tisch und umarmte sie. Dann stupste sie wieder gegen den Bauch, aber die Kleine hatte keine Lust mehr mit ihr zu spielen. Lucy hockte sich hin, legte ihren Kopf an Annas Bauch und flüsterte so leise, dass Anna es unmöglich hören konnte: „Ich werde dir wohl von nun an täglich vorlesen müssen, damit du mit mir spielst, wenn du da endlich rauskommst. Und ich werde dafür sorgen, dass du auch die ganzen Jungssachen ausprobierst. Die sind nämlich viel spannender."

„Hey! Was flüsterst du da? Hast du etwa jetzt schon Geheimnisse mit meiner Tochter?"

Lucy hob den Kopf und sah sie grinsend an. Dann stand sie auf, umarmte Anna noch einmal und ging zurück zu ihrem Stuhl. Als sie sich wieder gesetzt hatte, sah Anna sie erwartungsvoll an.

„Was ist?"

„Konzentrier dich, Lu. Was meinst du mit Timing? Und du hast meine Frage nicht beantwortet. Wie lange wollt ihr noch so durch die Gegend tigern und einander nur auf einem Bildschirm oder in einem beliebigen Hotel sehen?"

„Das war fies. Wir haben sehr hohe Ansprüche bei

der Wahl unserer Hotels. Und außerdem haben wir sehr viele, sehr schöne Orte kennengelernt."

„Ja, das mag ja sein. Aber so wollt ihr doch nicht ewig weitermachen. Ich weiß, wie sehr du Nik vermisst. Also?"

Lucy nahm einen Löffel Eis in den Mund, bevor sie antwortete. Als sie die Mischung aus Schokoladeneis und Sahne extra lange in ihrem Mund hatte zergehen lassen und endlich runtergeschluckt hatte, sagte sie: „Nun, Nik und Tim sind vermutlich gerade dabei, die Räume in unserer neuen Wohnung auszumessen."

Anna machte große Augen. „Wie bitte? Wo?"

„Hmmm … So etwa fünf Minuten von dem Café entfernt, in dem wir Eis essen waren und wo du mir erzählt hast, dass mein Patenkind ein Mädchen wird. Wie soll sie eigentlich heißen? Wolltest du deine Tochter nicht immer Mia nennen?"

Anna sah sie mit großen Augen an. Ihre Hand, die gerade eine Ladung Eis auf den Löffel geladen hatte, erstarrte in der Luft. „Lu, was sagst du da?"

„Wir ziehen zusammen." Lucy genoss es, ihre Freundin auf die Folter zu spannen.

„Wo-hin?" Anna hielt noch immer den Löffel in der Hand, von dem das Eis nun begann, herunterzutropfen. Sie bemerkte es und steckte ihn zurück in den Eisbecher.

„Dahinten." Lucy zeigte mit ihrer Waffel in Richtung Osten, wo eine Kreuzung zwei Kleinstraßen mit restaurierten Altbauten verband. Am Rand säumten hohe Bäume die Straße.

„Lu! Wir wohnen dort hinten."

Lucy grinste. „Stimmt. Wir jetzt auch."

Heute.
Die alte Villa.

Ein Geräusch weckte sie. Vielleicht war es der Wind, der durch die undichten Fenster pfiff oder ein Knacken in den alten Holzbrettern des Fußbodens. Sie brauchte einen Moment, um sich zu orientieren. Als sie erkannte, wo sie war, schlug sie die Augen auf. Im Kamin glimmte noch immer etwas Glut. Sie versuchte die Stellung der Zeiger auf der Uhr zu erkennen, die auf dem Kaminsims stand, aber es gelang ihr nicht. Sie zog ihr Handgelenk unter der Decke hervor, um die Zeit auf ihrer Armbanduhr abzulesen, machte dabei aber eine so ungeschickte Bewegung, dass sie Niklas weckte. Er gähnte, zog sie enger an sich und gab ihr einen Kuss auf die Haare. Lucy vergaß die Uhrzeit und schmiegte sich in seine Umarmung.

Er sagte nichts. Sein rechter Arm lag um ihre Schultern und seine Hand streichelte sanft die Haut an ihrem Ellenbogen. Mit der linken Hand zog er die Decke höher, sodass sie Lucy bis zum Kinn reichte und ihm bis zur Brust. Als er die Hand wieder ablegte, landete sie unter der Decke auf ihrem Oberschenkel. Durch den Stoff ihrer dünnen Strümpfe spürte sie die Wärme seiner Finger überdeutlich, fast wie ein Glühen. Von dieser Stelle aus begann sich ein Kribbeln durch ihren Körper auszubreiten. Sie schloss wieder die Augen und hoffte, das Kribbeln würde vorbeigehen und sie würde einfach wieder einschlafen. Oder hoffte es nicht. Sie war nicht sicher. Sie dachte daran aufzustehen, den Moment zu beenden. Sie konnte ins Bett gehen und weiterschlafen. Doch dieses Kribbeln. Sie wollte nicht, dass es aufhörte. Sie wollte seine Wärme nicht verlassen.

Als die Hand auf ihrem Oberschenkel schwerer wurde und Niklas' Daumen begann, über die Spitze der Strümpfe zu streichen und ein neuerlicher Schauer durch ihren Körper lief, schrie etwas in ihrem Kopf und forderte sie auf, aufzustehen, die Situation zu verlassen, zu beenden, was hier möglicherweise gerade begann. Aber die Stimme war zu leise, sie kam aus weiter Ferne und hatte nicht die Kraft, sich gegen das Tosen der Wellen zu stellen, die von Niklas' Hand ausgehend durch und über ihren Körper rollten. Sie bewegte sich noch immer nicht, aber ihr Atem wurde schwerer und ihr Herz raste inzwischen so sehr, dass Niklas es unmöglich nicht bemerken konnte.

Er verstärkte den Griff seiner Hand und streichelte erst wenige Millimeter, dann Zentimeter über ihr Bein. Der Daumen berührte jetzt ihre nackte Haut und eine neue Welle erfasste Lucys Körper. Eine Gänsehaut breitete sich auf ihrem Bein aus. Niklas spürte es und strich mit dem Daumen darüber. Dann ließ er die restlichen Finger folgen und seine Hand schob sich zärtlich, vorsichtig, unter den Rock ihres Kleides und zeitgleich legten sich seine Lippen sanft auf ihre Stirn. Ihr wurde heiß. Ohne dass sie Kontrolle darüber gehabt hätte, griffen ihre zitternden Finger nach seinem T-Shirt und ihre Hand schob sich darunter. Sie streichelte die weiche Haut an seinem Bauch, strich mit dem Daumen auf der Linie unter seinem Bauchnabel über den weichen Haarflaum entlang bis zur Schnalle seines Gürtels und für einen Moment unter den Stoff seiner Jeans. Er stöhnte leise auf und sie hob den Kopf.

Noch bevor sie ihn ansehen konnte, spürte sie seine Lippen auf ihrem Mund. Sie zitterten. Genau wie ihre. Er küsste sie sanft, strich mit den Lippen über ihre, öffnete sie leicht und verharrte dann einen Moment.

Ihre Blicke trafen sich oder hätten es getan, wenn es nicht so dunkel gewesen wäre. Aber Lucy spürte seinen Blick. Ihr Herz schlug heftig gegen ihre Brust. Sie wollte das hier. Jetzt in diesem Moment wollte sie nichts anderes, als ihn zu küssen. Sie zog die Hand unter der Decke hervor und legte sie an seinen Hinterkopf. Für einen Moment ließ sie nur ihre Finger durch seine Haare gleiten. Doch dann zog sie seinen Kopf näher an ihren, bis ihre Lippen sich wieder trafen. Er stöhnte leise auf und dann küsste er sie wieder. Fordernd diesmal. Das Zittern war verschwunden und sie gab sich seinem Kuss hin, erwiderte ihn und verlor sich darin. Ihre Hüften schoben sich näher an ihn und seine Hand war an ihrem Po angelangt. Ein Finger glitt unter den Stoff ihres Slips, doch bevor er weiter vordrang, hob Niklas sie auf sich. Sie stöhnte auf, als sie spürte, wie erregt er war. Seine Hände lagen jetzt auf ihren Hüften und drückten sie an ihn.

An diesem Punkt waren sie bereits vor einigen Wochen gewesen. Sie hatte sich immer wieder gefragt, was wohl geschehen wäre, wenn ihr Vater eine Stunde später losgefahren wäre. Sie hatte sich immer einzureden versucht, dass sie froh darüber war, dass sein Timing sie davor bewahrt hatte, mit Niklas zu schlafen. Sie hatte immer daran glauben wollen, dass er sie vor einer großen Dummheit bewahrt hatte und dass sie dankbar dafür war. Und wahrscheinlich stimmte das auch. Aber diese Gedanken waren jetzt, hier in diesem riesigen Sessel, dessen Sitzfläche nun viel zu weich war, und vor der glimmenden Asche der verbrannten Holzscheite, verschwunden. Jetzt wollte sie nicht gerettet werden.

Seine rechte Hand fuhr ihren Rücken empor. Seine Arme umschlangen sie. Und ohne den Kuss zu unterbrechen, stand er auf, die Decke fiel zu Boden und er machte einen großen Schritt darüber. Sie schlang Arme und Beine um seinen Körper und er trug sie in ihr Zimmer. Seine linke Hand öffnete den Reißverschluss ihres Kleides, noch ehe sie die Tür erreicht hatten und die rechte schob sich unter ihren Slip, als er sie in den Raum trug.

Er schloss die Zimmertür und sie hörte, wie er den Schlüssel im Schloss drehte, als er sie dagegen drückte. Ihre Füße glitten auf den Boden. Für einen Moment standen sie einander so dicht gegenüber, dass sie spürte, wie sein Bauch sich schnell hob und senkte, als er ein- und ausatmete. Sie war selbst außer Atem. Als er sie wieder küsste, schob sie ihre Hände unter sein Shirt und zog es ihm über den Kopf. Sie löste sich von seinen Lippen und küsste seine nackte Brust. Seine Hände strichen über ihren Rücken. Er schob ihr das Kleid über die Schultern und es fiel zu Boden. Sie öffnete seinen Gürtel, die Knöpfe der Jeans. Als auch die zusammen mit seinem Slip zu Boden gefallen war, griff er um Lucys Taille, hob sie wieder hoch und trug sie zum Bett.

Die Laken waren kalt. Das Mondlicht fiel auf ihre Körper und sie beobachtete ihn dabei, wie er ihr den Slip über die Beine zog und dann seinen Kopf an der Innenseite ihrer Oberschenkel entlang nach oben schob. Seine Lippen liebkosten die Haut durch die Spitze der Strümpfe. Als sie auf nackte Haut trafen, schauderte sie und er strich langsam, zu langsam und zu sanft weiter zwischen ihre Beine. Als sein Mund endlich sein Ziel erreicht hatte, drückte sie seinen Kopf gegen ihr Becken. Nun strichen seine Hände an den Innenseiten ihrer Beine entlang und der Daumen der rechten Hand drang ohne Vorwarnung in sie ein. Die linke Hand schob sich unter ihren Po und drückte ihr Becken noch näher an sein Gesicht. Sie stöhnte. Sie glaubte zu spüren, wie er lächelte, fühlte seine Zunge, die saugenden Bewegungen seiner Lippen, das Stoßen seines Daumens, das ihr Verlangen mehr verstärkte als stillte. Und als sie glaubte, es nicht länger auszuhalten, löste er die Hände und seinen Mund, schob sich auf sie, zwischen ihre Beine und drang in sie ein. Lucy stöhnte wieder auf. Sie wollte sich auf ihn drehen, doch er hielt sie fest, hielt ihre Hände in die Kissen gedrückt und stieß in sie. Einmal, zweimal. Beim dritten Mal drückte sie ihre Hüften seinem Becken entgegen und beschleunigte die Bewegung. Sie kam so plötzlich, dass sie für einen Moment nicht atmen konnte. Dann ließ sie sich fallen, schlang die Beine um sein Becken und drückte ihn an sich. Als sie zur Ruhe kam, ließ er sich auf die Unterarme neben ihrem Kopf sinken, gab ihre Hände frei und für einen Moment schauten sie sich in die Augen. Er lächelte und strich ihr eine nasse Strähne aus der Stirn. Dann begann er wieder, diesmal langsam, seine Hüften zu bewegen. Stieß nun erst sanft, dann kräftiger in sie. Sie griff nach seinem Kopf und küsste ihn. Ihre Beine umklammerten noch immer sein Becken. Seine Bewegungen wurden schneller, wilder, schließlich wieder kontrollierter und als auch er kam, ließ sie sich ein zweites Mal fallen.

So blieben sie liegen. Das Gewicht seines Körpers drückte sie in die Laken und sie konnte noch immer kaum atmen. Doch sie wollte nicht, dass er sich rührte, wollte diesen Moment in die Länge ziehen. Sie hörte seinen Atem an ihrem Ohr, fühlte ihn an ihrem Hals und strich ihm sanft durch die Haare, über den Rücken, den Po. Er schmiegte sich an sie, drehte ihr den Kopf zu und stupste sie sanft mit der Nase an. Ihre Augen waren noch immer geschlossen und jede seiner Berührungen löste ein weiteres Schaudern in ihr aus. Sie spürte seine

Lippen an ihrem Hals, seine Hand, die sich unter ihren Po schob, sein Arm unter ihren Schultern. Er drehte sie auf sich und sie schliefen ein zweites Mal miteinander.

Bis zum Morgengrauen lagen sie auf den weichen Laken und sahen einander an. Ab und zu strich er ihr eine Strähne aus dem Gesicht. Von Zeit zu Zeit küsste sie sanft seine Lippen, seine Stirn, seine Wange. Ihre Hände fanden immer wieder den Körper des anderen und zwei weitere Male liebten sie sich. Ihre Lippen brannten und sie war erschöpft. Aber sie konnte den Blick nicht von ihm wenden, konnte nicht aufhören ihn zu streicheln, ihn zu küssen. Sie wollte nicht einen einzigen Augenblick verpassen.

Als der Morgen dämmerte und sie durch die alten Fenster hörten, wie die ersten Vögel ihren Gesang anstimmten, küsste er sie ein letztes Mal, stand auf und zog sich an. Sie beobachtete ihn. Das Mondlicht schien seit ein paar Stunden nicht mehr auf sie hinab, aber ihre Augen hatten sich an die Dunkelheit gewöhnt und das zarte Licht des Morgens warf ausreichend Helligkeit durch die großen Fenster. Angezogen trat er zu ihr und kniete vor dem Bett nieder. Er streichelte über ihr Gesicht und gab ihr einen letzten Kuss. „Schlaf gut." Es war ein Flüstern. Ein sanftes Flüstern, das wie ein Schlaflied in ihre Ohren drang. Die Müdigkeit übermannte sie, ihre Augen wurden schwer und sie gab dem Schlaf schließlich erschöpft nach.

Oktober. Der Morgen.
Die alte Villa.

Lucy hörte Musik, Stimmen und ein Klappern. Und dann lachte jemand. Mit geschlossenen Augen versuchte sie, sich zu orientieren. Sie war nackt. Teile ihres Körpers pulsierten und ihre Lippen brannten wie Feuer. Die Erinnerung an die vergangene Nacht schwemmte wie eine warme Dusche in ihr Bewusstsein. Sie ließ die Augen geschlossen und verweilte in dieser Erinnerung. Dann atmete sie tief durch und lächelte. Als sie die Augen öffnete, hielt sie für einen Moment inne. Dieser Raum war unbeschreiblich schön. Er war lichtdurchflutet und auch hier war die Decke mit Stuck verziert und die Fenster zeigten auf den Teil des Gartens, der seitlich vom Haus lag. Lucy kuschelte sich noch einmal in das warme Bett, zählte dann aber leise bis Fünf und sprang auf.

Sie sammelte die verstreuten Sachen auf und ging ins Bad, um zu duschen. Sie ließ sich Zeit, zögerte den Moment hinaus, in dem sie Niklas in die Augen sehen würde. Vielleicht bereute er die Nacht. Er hatte in dem Haus mit ihr geschlafen, in dem er mit seiner Freundin wohnte, das er mit ihr zusammen gekauft hatte. Ja, vielleicht bereute er, was passiert war. Bereute sie es? Sie unterdrückte den Impuls, an Ben zu denken. Sie wollte sich den Fragen nicht stellen, die dann aufkommen würden. Nicht jetzt. Es würde zu sehr weh tun. Vor Montag würden sie nicht miteinander sprechen. Und sie wusste selbst nicht, was hier passierte oder passiert war und Ben in diese Rechnung zu bringen, stellte sie vor eine unlösbare Aufgabe.

Zwanzig Minuten später stand sie mit nassen Haaren in der Tür zur Küche und beobachtete wie Niklas Louise erklärte, was sie beachten musste, um das perfekte Omelette zu braten. Das Mädchen hörte so aufmerksam zu, dass man hätte meinen können, er erkläre ihr, wann sie den roten Knopf im Oval-Office zu drücken hatte und wann nicht. Lucy schmunzelte und sah den beiden eine Weile zu. Sie bemerkten sie erst nach mehr als einer Minute. Louise rannte zu ihr und umarmte sie stürmisch. „Du hast aber lange geschlafen. Stehst du nicht sonst immer so superfrüh auf? So um fünf oder so?“ Sie sah sie prüfend an. „Aber das hast du wohl gebraucht. Du siehst toll aus.“ Sie war zu jung, um zu wissen, wo die roten Lippen herkamen. Und Lucy war dankbar, keine Fragen dazu beantworten zu müssen. Sie hätte das Mädchen nicht anlügen wollen. Wahrscheinlich hätte sie es nicht einmal gekonnt.

„Danke“, sagte sie und lächelte etwas schief. „Hast du gut geschlafen?“

„Ja! Dieses Bett ist so groß und so weich. Aber ich bin schon ein paar Stunden wach. Nik und ich waren sogar schon einkaufen.“

„Wirklich?“

„Ja. Das haben wir ja gestern nicht mehr gemacht. Und ich war schon fleißig.“ Sie deutete auf einen kleinen Holztisch unter dem Fenster, auf dem ihr Skizzenbuch lag. „Komm, ich zeig dir, was ich gezeichnet habe.“ Sie zog sie an der Hand zu dem Tisch, vorbei an Niklas, der nach Lucys anderem Handgelenk griff und sie so aufhielt. Er gab ihr einen Kuss auf die Wange, zu nah am Mund.

„Guten Morgen.“ Ein Schauder überlief sie. Sie lächelte und streichelte, für Louise unmerklich, mit dem Daumen über seine Handfläche.

„Guten Morgen.“ Und an das Mädchen gewandt: „Nun zeig mal her.“

Sie setzten sich an den Tisch, während Niklas Tomaten, Gurken und Paprika abwusch. Lucy öffnete das Skizzenbuch und sah … Niklas. Sie schenkte Louise ein anerkennendes Lächeln. „Wow, das ist gut, Lou. Das ist richtig gut.“

„Ich wollte es ihr abkaufen, aber sie findet es nicht perfekt genug. Ich hab versucht, ihr zu erklären, dass man Perfektion halt nicht kopieren kann, aber sie bestand darauf, dass sie einfach nicht gut genug gezeichnet hätte.“ Niklas grinste. Lucy suchte nach einer passenden Antwort. Aber bevor sie eine fand, klingelte es an der Tür. Louise sprang auf und rannte aus der Küche. Lucy sah fragend zu Niklas.

„Wir haben Marc zum Frühstück eingeladen.“ Sie hörten, wie die Tür aufgerissen wurde und Louise, die sofort zu erzählen begann. Und Marc, der kaum zu Wort kam, während er seine Chucks und Jacke auszog. Lucy grinste Niklas an, unsicher. Doch er erwiderte ihr Grinsen nicht, sondern kam auf sie zu, zog sie zum Stehen und küsste sie. „Guten Morgen.“ Sie erstarrte, erwiderte dann aber den Kuss und lehnte für einen Moment ihre Stirn gegen seine. Als sie Marcs und Louises Schritte durch den Flur in Richtung Küche kommen hörte, löste sie sich von ihm, setzte sich zurück auf den Stuhl und hoffte, dass ihre Wangen einen unauffälligen Hautton behalten hatten. Einen Augenblick später steckten die zwei die Köpfe durch die Tür. „Ich zeige Marc mein Zimmer, äh das Zimmer, in dem ich schlafe. Ist das okay?“ Sie wartete nicht auf eine Antwort, nahm ihr Skizzenbuch vom Tisch und rannte zurück in den Flur. Marc blieb einen Moment im Türrahmen stehen, ging dann in die Küche, um Niklas und

Lucy zu begrüßen. Als er sich aus der Umarmung von ihr löste, sah er sie stirnrunzelnd an und blickte dann unschlüssig zwischen ihr und Niklas hin und her. Offenbar wusste *er*, woher so rote Lippen kamen.

„Marc, kommst du?" Louise stand wieder im Türrahmen und trat ungeduldig von einem Fuß auf den anderen.

„Ähm, ja klar." Er warf einen letzten Blick auf Lucy und folgte Louise dann kopfschüttelnd in ihr Zimmer.

Lucy sah zu Niklas, der inzwischen damit beschäftigt war, das Gemüse zu schneiden. Sie stellte sich neben ihn, nahm sich ein Messer und legte eine Tomate vor sich auf ein Brett. „Er hat es gesehen."

„Was hat er gesehen?"

„Nik."

Er sah sie von der Seite an. „Unsinn … woran …"

Sie deutete auf ihre Lippen.

„Hm …"

„Das ist alles?"

„Ja, das ist alles."

„Mehr willst du dazu nicht sagen?" Sie hob das Messer und deutete damit auf ihn.

„Nein, mehr will ich dazu nicht sagen." Vorsichtig drückte er die Klinge an der stumpfen Seite zurück aufs Brett.

„Nein?"

„Nein."

„Nicht?"

„Wirklich nicht." Er schmunzelte.

„Ab…" Er küsste sie und unterbrach damit, was auch immer sie hatte sagen wollen.

Lucy schob ihn erschrocken von sich und warf einen Blick zur Tür.

„Sie sind oben."

„Ich weiß. Trotzdem."

Dann schwiegen sie. Lucy wagte keinen neuen Versuch, ihn wegen Marcs Reaktion anzusprechen. Und auch nicht auf den Kuss, den sie noch immer auf ihren Lippen spürte. Oder auf die vergangene Nacht oder die Art, wie er sie immer wieder von der Seite ansah. Sie hatte Angst zu zerstören, was hier gerade passierte, denn, das wusste sie, sobald sie anfangen würde, darüber zu reden, oder auch nur nachzudenken, würde sich ein Rattenschwanz an Fragen durch ihren Kopf schlängeln und dafür war sie noch nicht bereit.

Sie würde sich morgen damit auseinandersetzen. Sie würde diesen Tag genießen. Sie würden für diesen einen Tag der Realität entfliehen. Sie wusste, dass das nicht fair war. Sie wusste, dass sie es sich leicht machte und es morgen bereuen würde, die kleine Stimme in ihrem Kopf, die versuchte zu ihr durchzudringen, zu ignorieren.

„Denkst du noch immer über Marc nach?" Niklas unterbrach das Schneiden und sah sie an.

Sie zögerte, erwiderte dann seinen Blick und lächelte. „Ja, ich meine nein. Ach, ich will nicht nachdenken." Sie ließ das Messer aus der Hand aufs Brett gleiten, ging zum Radio und drehte die Musik lauter. „Wo essen wir?"

Es war fast elf, als sie mit dem Frühstück fertig waren. Lucy saß danach mit Marc auf einer Couch am Fenster. Louise und Niklas kümmerten sich ums Aufräumen und so hatte Lucy die Gelegenheit, Marc noch ein paar Fragen zu stellen. Je mehr sie sich mit dem Jungen und seiner Familie beschäftigte, desto mehr mochte sie ihn und wollte ihm helfen. Es war Anfang November. Der Artikel würde in wenigen Wochen erscheinen. Genau zu

Beginn der Weihnachtszeit. Würde er einen ähnlichen Effekt auf die Leute haben, wie die Geschichte über Louise? Lucy hoffte es. Zumindest würde sie ihm ein richtiges Piano schenken. Sie hatte schon daran gedacht, das Klavier aus dem Haus ihres Vaters zu holen, aber in der kleinen Wohnung der Familie war dafür weder Platz, noch würde es den Nachbarn sonderlich gefallen, wenn Marc stundenlang spielte. Zumindest nicht diesem ominösen Typen mit den schwarzen Klamotten.

„Ich glaube, ich hab alles." Nach einer Stunde blätterte sie durch ihre Notizen, sah zu Marc und lächelte ihn an. „Ich könnte ein Buch über dich schreiben." Am liebsten würde sie das tun.

Er lächelte unsicher. „So interessant bin ich nicht." Lucy hob eine Augenbraue. Sie wollte etwas sagen, aber in diesem Moment hörten sie ein Lachen aus dem Garten. Lucy sah nach draußen. Niklas und Louise arbeiteten sich durch das Unkraut, das die Wiese bedeckte. Lucy sah wieder zu Marc. „Komm, wir helfen ihnen."

Bis zum Nachmittag hatten sie nicht einmal die Hälfte geschafft. Marc musste ab vier Uhr auf seine Schwestern aufpassen und zog nach dem Mittagessen los. Lucy wollte ihn fahren, aber er lehnte ab. Er mochte das Busfahren, sagte er. Lucy vermutete, dass er diese so seltene Zeit mit sich allein genoss, und versuchte nicht, ihn umzustimmen. Stattdessen fuhr sie mit Louise und Niklas ins Schwimmbad. Er hatte tatsächlich trainiert, aber noch immer war er zu langsam für sie. Er versuchte dreimal, sie zu schlagen, während Louise am Beckenrand stand und den Schiedsrichter mimte. „Du hast keine Chance, Nik." Louise grinste ihn an, als er das dritte Mal völlig außer Atem am Rand anschlug. Er ließ sich geschlagen und theatralisch nach hinten ins Wasser sinken und trieb dort für einen Moment. Louise tauschte einen Blick mit Lucy, sprang ins Wasser und zusammen stürzten sie sich auf ihn. Aber er hatte den Angriff kommen sehen, packte beide und zusammen gingen sie unter. Als sie wiederauftauchten, stand die Bademeisterin mit strengem Blick am Rand und bedeutete ihnen, das Becken zu verlassen.

Louise zog sich kichernd als Erste aus dem Wasser. Als Lucy ihr folgen wollte, spürte sie Niklas' Hand an der Innenseite ihres Oberschenkels. Es war nur ein kurzes Streifen, aber es ließ sie erstarren und jagte zugleich ein Kribbeln durch ihren gesamten Körper. Sie drehte sich nach hinten und bedeutete ihm kopfschüttelnd, aufzuhören. Er grinste sie herausfordernd an, stemmte die Hände auf den Beckenrand, aber bevor er sich nach draußen zog, kam er mit dem Mund dicht an ihr Ohr. „Atme, Lu." Sie erlangte ihre Fassung zurück, gab ihm grinsend einen Schubs, sodass er zurück ins Becken fiel und zog sich vor ihm aus dem Wasser.

Vor vier Jahren.
Niks und Lucys Wohnung.

Es klingelte. Es klingelte wieder. Es klingelte wieder und wieder. Und dann klopfte es. Vielmehr hämmerte es gegen die Tür. Es dauerte eine Weile, bis sich die Geräusche nicht mehr mit Lucys Traum von einem Flugzeug vermischten, das in die Südsee unterwegs war und auf dem mehr und mehr riesige, bunte Vögel rumhackten, die eigentlich nicht bösartig aussahen, aber mit ihrem Gehacke das Klingeln der ‚Gurt anlegen'-Anzeigen auslösten. Als sie schließlich erkannte, dass die Geräusche aus einer anderen Welt stammten und die Welt, in der sie verwirrt nach den nicht vorhandenen Gurten an ihrem Sitz suchte, nur ein Traum war, riss sie die Augen auf. Ihre Hand fasste auf die andere Bettseite, als ihr einfiel, dass Niklas das Wochenende mit Tim bei einem alten Freund verbrachte. Sie schaltete die Lampe auf dem Nachttisch an und sah auf die Uhr. Es war 03:22 Uhr. Sie zog sich einen Morgenmantel über und ging durch den lang gestreckten Flur der Altbau-Wohnung zur Wohnungstür. Neben dem Hämmern und dem Klingeln hörte sie eine verzweifelte Stimme, die ihren Namen rief. Lucy öffnete die Tür und Anna fiel ihr fast in die Arme.

„Wie lange brauchst du denn?" Anna ging an ihr vorbei in die Wohnung und bog ins Badezimmer ab. Sie stützte sich schwer atmend aufs Waschbecken. „Und wer hat eigentlich diese Klingeln erfunden, bei denen man ewig warten muss, bis man das nächste Mal klingeln kann? Früher konnte man einfach den Knopf gedrückt halten und Sturm klingeln."

„Ich … ähm … Ich hab keine Ahnung. Was ist los? Und wieso hast du nicht einfach aufgeschlossen?“ Lucy kämpfte damit, die Augen offen zu halten. Ein letzter bunter Vogel schwirrte durch ihren Kopf und ihre Hände wollten noch immer nach den Bauchgurten suchen. Und dann raste die Erkenntnis über sie.

„Oh mein Gott! Wir müssen dich ins Krankenhaus bringen.“

„Ich glaube, dafür ist es zu spääääät.“ Eine Wehe verzerrte Annas Worte zu einem Schrei.

„Was?!“ Jetzt war es Lucy, die schrie. Sie rannte zurück ins Schlafzimmer und holte ihr Handy. Sie wählte den Notruf und orderte einen Krankenwagen. Dann wählte sie die Nummer ihres Vaters. Er nahm nicht ab. Sie wählte wieder.

„Wo ist dein Telefon?“

„Was?“

„Gib mir dein Handy!“

„Tasche.“

„Welche Tasche?“ Sie sah sich suchend um.

„Flur.“ Erst jetzt bemerkte Lucy die kleine schwarze Reisetasche, die Anna im Flur hatte fallen lassen. Sie kramte darin herum, bis sie schließlich das Telefon gefunden hatte. Sie entsperrte es und wählte Tims Nummer.

„Lu, das Baby will raus. JETZT!“

„Aber nicht in unserem Badezimmer.“ Sie griff den Erste-Hilfe-Kasten und alle sauberen Handtücher, die sie tragen konnte, und feuchtete zwei davon an. Irgendwie hielt sie beide Telefone zwischen Schulter und Ohr fest, trug die Handtücher über dem Arm und schlang den anderen Arm um Anna, die sich schwer atmend mitziehen ließ. Eines der Telefone rutschte nach unten, aber sie konnte es mit den Handtüchern abfangen. Im Schlafzimmer angekommen, legte Lucy die Handys mit aktiviertem Lautsprecher aufs Bett und breitete ein paar Handtücher davor und ein paar darauf aus.

„Anna??" Tims panische Stimme ertönte aus Annas Telefon.

„Ja, Baby." Anna versuchte, entspannt zu klingen. Es klappte nicht.

„Oh mein Gott. Du bekommst das Baby."

„Ja, und zwar jetzt. In unserem Schlafzimmer. Du bist auf Lautsprecher." Lucy half Anna, sich auf die Handtücher zu knien. Sie stützte die Ellenbogen auf das Fußende des Bettes, den Kopf in den Händen.

„Was?! Nein, das ist zu früh. Es sind noch drei Wochen."

„Es ist nicht zu früh." Lucy betrachtete Anna. Sie trug ein langes schulterfreies Top. Und Unterwäsche. „Du musst den Slip ausziehen."

„Schneid ihn kapuuuuuutt." Eine weitere Wehe und Tims Stimme aus Annas Handy, der versuchte, seiner Frau beizustehen.

Endlich beantworte Charlotte den Anruf auf Olivers Telefon. „Lu, was ist los? Ist alles in Ordnung?" Lucy musste einen weiteren Schrei von Anna abwarten, bevor sie antwortete.

„Lucy?"

„Anna bekommt das Baby. Jetzt! Wir sind allein." Sie schnitt mit einer Schere aus dem Erste-Hilfe-Kasten die Seitenteile des Slips durch. Er war nass. Die Fruchtblase war schon geplatzt.

Charlotte war sofort hellwach. „Moment, ich gebe dir deinen Vater." Einen Moment später war er selbst am Telefon. „Hast du einen Krankenwagen gerufen?"

„Ja, aber sie brauchen etwa fünfzehn Minuten. Es gab einen großen Unfall."

Tim stöhnte auf. Sie legte dieses Telefon näher an Annas Kopf, damit er besser mit ihr sprechen konnte. Anna wand sich und der Slip fiel zu Boden. Lucy brauchte keine Hebamme zu sein, um zu sehen, dass der Muttermund bereits komplett geöffnet war.

„Oh Gott! Ich glaube, ich sehe den Kopf."

„Was?", schrie Tim auf, aber dann besann er sich und versuchte Anna ermutigende, motivierende und liebevolle Worte zu sagen. Lucy war nicht sicher, dass sie auch nur ein einziges davon aufnehmen konnte. Im Hintergrund hörte sie Niklas, der mit jemandem sprach und einige weitere Geräusche. Sie machten sich fertig, um nach Hause zu fahren.

„Okay. In welcher ..."

Anna unterbrach Olivers Worte. „Lu, sie will raus. Ich kann nicht mehr warten."

„Dann los." Lucy hatte einmal dabei zugesehen, wie ihr Vater ein Baby auf die Welt gebracht hatte und zweimal hatte sie geholfen, während sie für einen Artikel in Asien arbeitete. Trotzdem war sie froh, dass Oliver und auch Charlotte ihr über den Lautsprecher sagten, wie sie vorgehen musste. Anna begann zu pressen und der Kopf des Babys dehnte ihre Haut so stark und so schnell, dass sie an zwei Stellen riss. Lucy schluckte. Aber sie hatte keine Zeit darüber nachzudenken, denn schon sah sie nicht mehr nur Haare, sondern den kompletten Kopf, ein kleines, verschmiertes Gesicht, Ohren und einen kleinen, faltigen Hals. Sekunden später schob sich Mias kleiner Körper in Lucys Arme und sie schrie. Sie schrie laut. Wütend über die plötzliche Kälte und die Helligkeit und den fehlenden Körperkontakt. Aus den Telefonen jubelten Charlotte, Oliver, Tim und Niklas und riefen Willkommensgrüße.

Anna blieb schwer atmend auf das Bett gestützt knien und drehte sich dann langsam zu ihrer Tochter. Lucy hob den Kopf und beobachtete ihre Freundin. Für einen Augenblick sah sie das Mädchen nur an, dann hob auch sie den Blick. Sie hatte Tränen in den Augen, wirkte fassungslos und dann lächelte sie Lucy an. Sie tauschten einen langen Blick und schließlich streckte Anna die Arme nach ihrer Tochter aus. Lucy gab ihr das Baby, wischte sich mit dem Unterarm die eigenen Tränen von der Wange und half den beiden aufs Bett. Sie wischte sich die Hände an einem der feuchten Handtücher sauber, deckte die beiden mit frischen Tüchern zu und legte Annas Telefon auf das Kopfkissen. Dann nahm sie ihr eigenes Handy ans Ohr. Oliver begann, ihr weitere Instruktionen zu geben, und erklärte, wie sie die Nachgeburt begleiten sollte, als es an der Tür klingelte. Der Krankenwagen war da.

Oktober.
Lucys Auto. Auf dem Weg in die Stadt.

Louise schlief. Der Regen prasselte auf die Frontscheibe und die Scheibenwischer hatten Mühe, die Sicht nach vorn freizuhalten. Aus den Lautsprechern klang die Stimme von David Nathan, der Stephen Kings ‚Der Anschlag' las. Louise hatte es unbedingt hören wollen, um zu wissen, was es mit Jake Epping, Al, dem Kaninchenbau und Lee Harvey Oswald auf sich hatte. Lucy schaltete es aus und wechselte zu einem Musiksender. Es war noch hell. Sie waren nach dem Frühstück losgefahren, damit Louise noch Zeit haben würde, sich für die Schule am nächsten Tag vorzubereiten. Marc hatte wieder mit ihnen gegessen und während er und Louise sich im Garten verabschiedet hatten, hatte Niklas sie wieder geküsst. Sie hatte ihn nicht daran gehindert und sie hatte ihm nicht gesagt, dass sie das nicht tun konnten. Das hatte sie auch nicht in der Nacht getan, bevor er wieder im Morgengrauen aus dem Zimmer gegangen war.

Sie hatte keine Ahnung, wie es jetzt weitergehen sollte. Und sie war wütend auf sich selbst. Wütend, dass sie nicht darüber gesprochen hatten. Wütend, dass sie ihm nicht gesagt hatte, dass das Wochenende zwar sehr schön war, sich so etwas aber nicht wiederholen dürfe. Wütend, dass sie es überhaupt so weit hatte kommen lassen. Und er hatte auch nichts gesagt. Er hatte sie einfach nur geküsst. Und sie hatte diesen Kuss genossen und jetzt saß sie im Auto und fuhr in ihr zwei Stunden entferntes Zuhause, ohne zu wissen, wie es weitergehen sollte. Aber vielleicht gab es da jetzt auch nichts zu wissen. Vielleicht würde sie einfach abwarten müssen, wie sich die Dinge entwickelten. Sie musste Anna anrufen. Sie brauchte jemanden, mit dem sie darüber reden konnte. Am liebsten hätte sie es sofort getan. Aber sie wollte nicht, dass Louise erfuhr, was in den letzten Tagen passiert war.

Anderthalb Stunden später hielt sie vor Louises Heim, weckte das Mädchen und brachte es bis zu seinem Zimmer. Und nach einer weiteren Stunde parkte sie vor ihrem eigenen Wohnhaus und hatte sich dagegen entschieden, Anna anzurufen. Sie musste selbst herausfinden, was das alles zu bedeuten hatte. Niemand konnte ihr dabei helfen und wenn sie ehrlich war, hatte sie Angst, dass Anna etwas sagen könnte, was sie nicht hören wollte. Oder das sie noch nicht bereit war, zu hören. Sie würde ein paar Tage Zeit nur für sich brauchen und war froh, dass Ben erst am Mittwoch zurück sein würde.

Doch als sie die Wohnungstür aufschloss, war diese nicht verriegelt. Hatte sie vergessen, abzuschließen? „Hallo?“ Lucy schob die Tür vorsichtig auf und sah sich um. Sie runzelte die Stirn. Es roch nach gebratenem Fisch und Knoblauch. Wieso roch es nach gebratenem Fisch und Knoblauch? Und da tauchte Ben im Flur auf und strahlte sie an.

„Überraschung!“

Lucy versuchte, zu lächeln, schaffte es aber nicht.

„Hey, was machst du denn schon hier?“

„Na du siehst ja begeistert aus.“ Er umarmte sie.

„Ich hab einfach nicht mit dir gerechnet.“ Sie erwiderte die Umarmung, löste sich aber schnell wieder von ihm und versuchte sich noch einmal an einem Lächeln.

„Die Redner waren sterbenslangweilig und auch sonst war der Kongress furchtbar schlecht organisiert. Ich wollte lieber bei dir sein.“ Lucy schluckte und versuchte, nicht schuldbewusst auszusehen.

Er war bereits seit einem Tag zurück und hatte sie wieder einmal überraschen wollen. Er hatte Louises Nummer auf ihrem Schreibtisch gefunden und ihr geschrieben. Sie hatte ihm gesagt, wann sie wieder zuhause sein würden. Deshalb war das Essen, dessen wunderbarer Duft in der Wohnung hing, bereits fertig. Lucy stellte ihre Sachen ins Schlafzimmer und ging ins Bad, um sich frisch zu machen. Zumindest war es das, was sie Ben sagte. Tatsächlich brauchte sie einen Moment, eigentlich einen ganzen Monat, um sich zu sammeln. Sie sah in den Spiegel. Sie sah müde aus und ihre Lippen waren immer noch viel zu rot. Sie nahm einen Pflegestift aus dem Schrank, der die Lippen weiß färbte. Er sollte vor UV-Strahlen schützen, und als sie ihn gekauft hatte, hatte sie keine Ahnung gehabt, dass sie wie Jack Frost aussehen würde, wenn sie ihn benutzte. Jetzt kam er ihr gelegen.

„Was ist denn mit deinen Lippen?“ Ben sah sie amüsiert an, als sie zurück aus dem Bad in die Küche kam.

„Ich hab den falschen Pflegestift gegriffen.“ Lügen. Sie hasste es, zu lügen. Aber es war nur eine halbe Lüge, denn als sie den Stift im Sommer gekauft hatte, hatte sie ja tatsächlich den falschen gegriffen. Sie wischte mit dem Handrücken über ihren Mund. „Besser?“ Ben runzelte die Stirn und kam zu ihr. Das war nicht der Effekt, den sie hatte provozieren wollen. Er trat vor sie und wischte ihr mit dem Daumen über die Lippen. Lucy erstarrte und wusste nicht, was sie tun sollte. Als er sie küsste, brannten ihre Lippen und sie dachte an Niklas. Und anstatt den Kuss zu erwidern, drehte sie den Kopf zur Seite und umarmte ihn. Was hatte sie nur getan?

Lucy hatte weder Appetit noch Hunger. Trotzdem war sie froh darüber, dass sie sich hinter ihrem Teller verstecken und ihren Mund mit etwas füllen konnte. Ben erzählte von seinem Kongress, den langweiligen Rednern, die über Themen sprachen, die ihn nicht interessierten, der schlechten Location, in der die Heizung ausgefallen war und die nicht genug Sitzplätze für alle Beteiligten bot. Er erwartete nicht, dass sie etwas sagte und dafür war sie dankbar. Als alle Anekdoten erzählt waren, schwiegen sie für einen Moment. Dann seufzte er und sagte: „Auf der Suche nach Louises Nummer habe ich etwas gefunden." Lucy hielt erschrocken inne.

„Einen Antrag für eine Patenschaft."

Sie atmete erleichtert auf. „Es geht nur darum, etwas mehr Verantwortung für Lou zu übernehmen, damit ich mal mit ihr zu meinem Vater fliegen kann. Aber es funktioniert sowieso nicht."

„Warum nicht?"

„Weil eine alleinstehende, freischaffende Journalistin nicht vertrauensvoll genug ist."

„Da war noch ein Zettel dabei." Er hatte Angelas Notiz gelesen.

„Das ist aber nicht sehr nett, so in meinen Sachen zu stöbern."

„Er ist mir in die Hände gefallen. Entschuldige." Er griff nach ihrer Hand. „Dort steht, dass es leichter wäre, wenn wir den Antrag gemeinsam stellen."

Lucy schwieg.

„Warum hast du mir nichts davon erzählt?"

Sie zögerte. „Weil ich nicht gedacht hätte, dass du so etwas mitmachen würdest.“

Seine Augen weiteten sich.

„Es ist eine große Verantwortung und du kennst sie kaum.“ Seine Reaktion verwirrte sie. Hatte sie ihn so falsch eingeschätzt?

Er schwieg noch immer.

„Es ist okay. Ich kann sie schließlich so oft sehen, wie ich möchte.“

Er atmete tief ein, stand dann auf und holte den Antrag vom Sekretär im Wohnbereich. Er legte ihn vor ihr auf den Tisch. Seine Unterschrift sprang ihr in die Augen. Seine geschwungene, Bilderbuch-Unterschrift auf der Linie, direkt auf der Linie, unter der ‚Lebensgefährte‘ stand. Lucy brauchte einen Moment bis sie realisierte, was das bedeutete. Tränen schossen ihr in die Augen und sie brachte es nicht fertig, den Blick zu heben und ihn anzusehen.

„Vielleicht kann sie Weihnachten mit uns verbringen.“ Er stand hinter ihr. Seine Hand lag auf ihrer Schulter. Seine Stimme war sanft. Er setzte sich neben sie und nahm sie in den Arm. Sie ließ es geschehen und war selbst unfähig eine Bewegung, einen Schritt in seine Richtung zu machen. „Ich will, dass du mir so etwas erzählst. Ich will doch wissen, was dir wichtig ist, was dich bewegt.“ Er klang ehrlich bestürzt. Doch seine Worte machten sie wütend. Ihr Atem beschleunigte sich und in ihrem Kopf spielten Maria Sharapova und Serena Williams mit ihren Gedanken Tennis. Maria fragte: ‚Wenn er das wirklich wollte, sollte er dir vielleicht ein Mitspracherecht bei der Gästeliste deiner eigenen Hochzeit geben.‘ Und Serena antwortete: ‚Du hast ihn einfach so verurteilt, ohne überhaupt nach seiner Meinung zu fragen.‘

Maria: ‚Er hat nie irgendwelches Interesse an Louise gezeigt, warum jetzt?‘

Serena: ‚Du hast gerade das Wochenende mit deinem Ex verbracht, während er früher nach Hause kommt, um für dich zu kochen.‘

Maria verlor den Ball.

Aufschlag Serena: ‚Du hast mit einem anderen Mann geschlafen, während er seine Unterschrift unter dieses Formular gesetzt hat.‘

Maria: ‚Er hat dich nicht mal gefragt, ob du überhaupt wolltest, dass er unterschreibt.‘ Ein schwacher Ball.

Serena kam nicht mehr zu Wort, denn Bens Stimme unterbrach sie: „Hey, was ist los?“ Sie war in Tränen ausgebrochen. Er wollte sie ein Stück von sich schieben, um sie anzusehen, doch sie klammerte sich an ihn. Sie weinte und er hielt sie fest, obwohl er nicht wusste, warum sie weinte. Und sie konnte es ihm nicht sagen. Sie wollte es ihm nicht sagen. Vielleicht hätte sie es tun sollen. Aber die Worte fanden nicht den Weg zu ihrem Mund.

Er streichelte ihren Rücken, küsste ihren Nacken, flüsterte ihr Worte zu, die sie unter ihrem Schluchzen nicht verstand und nach und nach beruhigte sie sich. Was war bloß los mit ihr? Sie war keine Heulsuse. Sie hatte seit Jahren nicht mehr so viel geweint wie in den vergangenen Wochen. Es gelang ihm, sich von ihr zu lösen, nur so weit, dass er sie ansehen konnte. Er wirkte besorgt. „Was ist los?“ Sie schüttelte nur den Kopf, küsste ihn auf die Wange und ging ins Bad, um die verlaufene Schminke und all die Schuld abzuwaschen. Es gelang ihr nicht. Die Wimperntusche war wasserfest und hinterließ einen schwarzen Schatten unter ihren Augen. Und die Schuld hämmerte weiter immer wieder dieselbe Frage in ihren Kopf: Was hatte sie nur getan?

Vor vier Jahren.
Das Haus am Meer.

Am Horizont war der Himmel noch dunkel. Aber über Lucy färbte der Sonnenaufgang die Wolken bereits lila, im Osten pink. Es war der Tag nach Weihnachten. Der Sand war gefroren und an einigen Stellen lag Schnee. Aber obwohl es fast täglich schneite, bildete sich keine dichte Schneedecke. Der Wind trug sie immer wieder ab. Trug den Schnee, der über Nacht fiel, aufs Wasser hinaus, wo er für einen einzigen Moment auf den Wellen schwamm und sich dann darin auflöste. Vom Ufer aus hatte sich etwa fünf, an manchen Stellen fünfzehn oder zwanzig Meter weit aufs Meer hinaus eine unebene Eisfläche gebildet. Das war geschehen, bevor der Wind kam und jetzt vermochte er es nicht mehr, das Wasser an diesen Stellen zu bewegen und das Eis zu brechen. Lucy tastete mit dem Fuß auf eine gefrorene Welle, erkundete die Dicke der Eisdecke. Sie war stabil genug, um sie zu tragen. Sie wagte sich ein paar Meter vor und blieb dann stehen.

Das Gefühl, auf dem Wasser zu stehen, überwältigte sie jedes Mal aufs Neue. Und anders als auf dem Surfbrett, tosten jetzt keine Wellen um sie herum, die sie im nächsten Moment verschlingen konnten. Diese Perspektive strahlte eine Ruhe aus, die sie auf dem Brett nie erlebte. Doch sie fühlte sich auch haltloser. Das Brett gab ihr immer ein Gefühl der Sicherheit. Das Eis aber konnte jederzeit brechen. Sie wusste nicht, wann sie auf eine Stelle trat, die zu dünn war, um ihr Gewicht zu tragen, wann das Eis, das gerade noch so stabil wirkte, plötzlich nachgab. Es war ein anderes Gefühl der Freiheit, als durch die Wellen zu gleiten. Auf dem Brett forderte die Natur all ihre Sinne. Eine falsche Bewegung und sie fiel ins Wasser. Und doch, auf dem Eis zu stehen, fühlte sich riskanter an. Vielleicht, weil sie mehr Kontrolle abgeben musste. Und vielleicht, weil die Ruhe den Gedanken zu viel Raum gab. Denn auch wenn die reale Welt erst wieder vom Ufer aus erreichbar schien, wollten die Gedanken an diese Realität sie nicht loslassen. Oder vielleicht war sie es, die nicht aufhören konnte, zu denken. Es nicht wollte, auch wenn die Gedanken ihr die Kraft raubten, sie auslaugten.

„Lucy." Charlottes Stimme durchbrach die Stille, die keine war, weil der Wind zu heftig wehte, jedes andere Geräusch verschluckte und selbst ein ohrenbetäubendes Rauschen und Tosen erzeugte. Er hatte auch die Tränen von ihrem Gesicht geweht und sie mit brennenden Augen und dem Gefühl zurückgelassen, dass etwas raus musste, was sie nicht rauslassen konnte. Noch nicht rauslassen wollte. Sie hörte Schritte hinter sich auf dem Eis und drehte sich schlagartig um. Charlotte trat vorsichtig auf die Eisfläche. Ihr blasses Gesicht wirkte im Zwielicht der Dämmerung noch schmaler, noch farbloser. „Komm schon, hilf mir! Du weißt, wie ungeschickt ich mich auf dem Eis anstelle." Lucy wollte sie davon abhalten, das Eis zu betreten, besann sich dann aber und eilte zu ihr. Warum sollte sie ihr diesen Moment nehmen? Charlotte sah sie lächelnd an, wischte ihr dann eine Träne von der Wange, die es geschafft hatte, dem Wind zu trotzen, und hakte sich bei ihr unter.

Und gemeinsam gingen sie auf das vereiste Meer hinaus, aufmerksam auf jedes Geräusch horchend, auf jeden Hinweis achtend, dass das Eis nicht robust genug war, sie beide zu tragen. Aber es hielt.

„Du hattest schon immer ein Gespür für die besten Momente an diesem Strand." Sie standen etwa sechs

Meter vom Ufer entfernt. Lucy hatte den Arm um Charlotte gelegt, die so klein wirkte wie ein Kind. Früher war es Charlottes Arm gewesen, der um Lucys Schultern lag und sie an sich gezogen hatte. Sie hatten oft gemeinsam hier gestanden. Am Ende eines Tages, den sie am Strand verbracht hatten, an dem Charlotte sie beim Surfen gezeichnet, sie im warmen Sand gelegen und unzählige Gespräche geführt hatten. Und dann hatten sie der Sonne dabei zugesehen, wie sie im Meer zu versinken schien. Als sie klein war, hatte Lucy immer auf das Zischen gewartet, das doch zu hören sein musste, wenn so ein großer Feuerball ins Wasser fiel. Charlotte hatte sich dann neben sie gekniet und gemeinsam hatten sie gewartet. Und manchmal, da war es tatsächlich zu hören gewesen. Wenn der Wind gut stand. Wenn sie den Atem anhielten. Und wenn nicht gerade eine Möwe vorbeiflog und die Stille mit ihrem Lachen durchbrach.

Als sie älter wurde, hatten sie hier gesessen, an einen der großen Steine gelehnt, die am Strand verteilt lagen, als hätte jemand sie zufällig hingeworfen. Dann hatte Lucy ihr erzählt, was sie bewegte und Charlotte hatte zugehört. Und manchmal war es Charlotte, die Lucy ihr Herz ausschüttete und dann hatte Lucy zugehört. Ein paar Wochen nachdem Niklas' Großeltern gestorben waren, hatten sie hier gesessen, in Regenjacken, mit nackten Füßen und einer Thermoskanne gefüllt mit heißem Tee. Und Charlotte hatte darüber gesprochen, dass sie selbst nie eine Mutter hatte und wie viel sie von Victoria gelernt hatte und dass sie nicht wusste, wie sie den Tag ohne sie bewältigen sollte. Und Lucy hatte ihr davon erzählt, dass sie mit ihrem besten Freund ihr erstes Mal erlebt hatte und keine Ahnung hatte, wie sie jetzt mit ihm umgehen sollte und er es offenbar auch nicht wusste. Sie war die Einzige. Bis zu diesem Tag war sie der einzige Mensch, dem Lucy davon erzählt hatte. Und sie war es gewesen, die gesagt hatte, dass ihre Zeit kommen würde.

In diesen Momenten war sie, auch wenn es ihr nicht bewusst war, dankbar, dass die Frau, die sie auf die Welt gebracht hatte, nicht dazu imstande gewesen war, bei ihr zu bleiben. Sie hätte Charlotte nicht gegen einen anderen Menschen eintauschen können. Sie hätte sie um nichts in der Welt hergeben wollen. Und nun würde sie es tun müssen. Sie verstärkte die Umarmung und legte ihren Kopf an den von Charlotte. „Wir sollten reingehen.“ Aber sie bewegten sich nicht. Sie blieben stehen, bis die Farben des Sonnenaufgangs verblassten und graue Wolken einen weiteren verschneiten Dezembertag ankündigten.

November.
Maria, ein Restaurant in der Stadt.

„Wie viele von diesen Kindern kennst du noch?“ Lucy saß mit Phil beim Mittagessen. Der Artikel über Marc war in der vergangenen Woche erschienen und hatte eine ebenso, fast noch größere Resonanz erreicht, wie jener über Louise. Phil hatte beiden Kindern eine eigene Unterseite auf der Magazin-Website eingeräumt. Jeder konnte nun online Louises Zeichnungen bewundern und sich Videos von Marc beim Klavierspielen ansehen. Und die Leute taten es. In großer Zahl. Die Besucherzahlen schossen in die Höhe und Phil war völlig aus dem Häuschen, als Lucy ihm erzählte, dass sich immer mehr talentierte Kinder, deren Eltern, Geschwister oder Freunde bei ihr meldeten. Es war nicht einfach, jene herauszufiltern, die so außergewöhnlich waren wie Marc und Louise. Anfangs dachte sie, dass es wohl niemanden geben würde, der sie ansatzweise so inspirieren konnte, wie diese beiden. Aber natürlich gab es sie. Lucy hatte in den vergangenen Wochen bereits drei weitere Kinder gefunden, über die sie schreiben wollte. Sie erzählte Phil von der Tänzerin Sarah, dem Geschichtenschreiber Alexander und der Sängerin Sophie. Er war wahnsinnig aufgeregt und bestellte Champagner beim Kellner. Lucy hob eine Augenbraue. Es war halb eins und sie war oft genug mittags mit Phil zum Essen gegangen, um zu wissen, dass er Alkohol erst nach 18 Uhr überhaupt in Betracht zog. „Was ist der Anlass?“ Er schob ihr ein Blatt Papier zu. „Was ist das?“ Sie sah ihn fragend an, bevor sie einen Blick darauf warf.

„Das sind die Spenden, die für deinen Pianisten bei uns eingegangen sind.“ Lucy schluckte. Es war mehr, als

Marcs Vater in einem Jahr verdiente. Außerdem waren Sachwerte und andere Zuwendungen aufgelistet. Ein Klavier, Klavierunterricht von einem Konzertpianisten, ein Stipendium an einer Musikschule und ein Online-Dienst für Musiknoten spendete eine lebenslange Mitgliedschaft. Sie hatten sich, in Absprache mit Louise und Marc und ihren Erziehungsberechtigten, dazu entschieden, nicht alle Spenden direkt an die Kinder und ihre Familien weiterzuleiten, sondern stattdessen einen Fonds aufzubauen, der verschiedene Projekte unterstützte. Die Kinder hatten ein Mitspracherecht bei der Auswahl der Projekte und wurden selbst durch den Fond unterstützt. Der Champagner kam und Lucy leerte das erste Glas fast in einem Zug. Damit hatte sie nicht gerechnet. Sie sah Phil an, der breit grinste. „Also, wie viele kennst du noch?"

„Ein paar." Lucy grinste zurück. Endlich, so schien es ihr, hatte sie wieder etwas gefunden, womit sie anderen Menschen helfen konnte. In den vergangenen Jahren hatte sich ihr journalistisches Wirken auf das Schreiben von Kolumnen und aus ihrer Sicht belanglosen Artikeln beschränkt. Sie hatte sich noch nicht einmal auf ein Thema festlegen können. Sie hatte diese Belanglosigkeit gebraucht, keine Frage. Aber es hatte immer etwas gefehlt und nun war sie froh, wieder eine Aufgabe gefunden zu haben, mit der sie anderen helfen konnte. Sie besprachen die kommenden Ausgaben und Lucy freute sich darauf, die nächsten Monate mit den Kindern verbringen und ihre Geschichten erzählen zu können. Sie brauchte dieses Gegengewicht zu all den anderen Dingen in ihrem Leben, die ihr fast jede Nacht den Schlaf raubten. Sie brauchte etwas Gutes, etwas, dass sie zu sich selbst führte, fernab der Lügen, der Unsicherheit und des schlechten Gewissens, das sie erfolglos versucht hatte, zu verdrängen. Nicht einmal ihr wöchentlicher Yoga-Kurs vermochte das momentan. Spätestens in der Tiefenentspannung zum Ende der Stunde schossen ihr all die Gedanken durch den Kopf, die sie tagsüber durch Arbeit und alle möglichen anderen Aktivitäten stillzuschalten versuchte. Wann immer sie zur Ruhe kam, waren sie wieder da. Serena und Maria. Und sie schienen zu trainieren, denn ihr Spiel wurde ausgeglichener und Lucy wusste immer weniger, für wen sie sich den Sieg mehr wünschte.

Bens Unterschrift war noch immer die einzige auf dem Antrag. Er fragte nicht danach. Und sie konnte sich nicht dazu durchringen, selbst zu unterschreiben. Dabei wollte sie es so sehr. Aber etwas hinderte sie daran. Es erschien ihr falsch, ihn gemeinsam mit Ben einzureichen. Nicht, nachdem sie und Nik … Sie musste es ihm erzählen. Aber dann fragte sie sich wieder, warum sie das tun sollte. Es war über einen Monat her. Niklas hatte mehrfach versucht, sie anzurufen, aber sie hatte sowohl seine Anrufe, seine E-Mails und auch alle anderen Nachrichten von ihm ignoriert. Sie war beschäftigt. Mit dem Artikel, den Kindern und Jessica drängte darauf, einen Termin für die Hochzeit festzulegen. Fast täglich rief sie an oder stand vor der Tür und zeigte Lucy Bilder von möglichen Orten für die Trauung und die Feier. Alle groß und prächtig und alle so, wie Lucy sie sich nicht für ihre Hochzeit wünschte. Und auch Jessica war nicht zufrieden, denn die größten und prächtigsten waren bereits seit April ausgebucht. Lucys Vorschlag einfach ein Jahr später zu heiraten, um den tollsten aller tollen Orte buchen zu können, löste aber nur einen Schwächeanfall bei ihrer zukünftigen Schwiegermutter aus. Vermutlich erforderte er auch einen Besuch bei ihrem Entspannungstrainer.

Ben zeigte sich von der Hartnäckigkeit seiner Mutter unbeeindruckt. Und auch wenn Lucy ihn nach einem solchen Besuch völlig entnervt anrief und ihn bat, mit Jessica zu sprechen, schien ihn das kalt zu lassen. Offenbar hielt er die komplette Planung für Frauensache. Oder er wollte einfach nicht darüber sprechen. Oder nicht für eine Seite Partei ergreifen.

„Dieses Ehepaar … die mit dem Klavier. Sie wollen es persönlich übergeben und ich hätte dich gern dabei. Ich möchte, dass du einen Artikel für die Website darüber schreibst und ich glaube, sie würden dich gern kennenlernen." Lucy brauchte einen Moment, um Phils Worten zu folgen.

„Ich soll dabei sein?" Sie sah ihn schockiert an.

„Du siehst aus, als würde ich dich zum allmonatlichen Opferfest eines Kannibalenstammes schicken. Als Opfer." So in etwa fühlte es sich an.

Sie seufzte. „Wann denn?"

„Nächste Woche. Sprichst du das mit deinem Freund ab. Vielleicht können wir den Jungen überraschen."

Lucy hatte keine Wahl. Sie besprachen die Details und eine halbe Stunde später verließen sie das Restaurant. Es schneite. Aber es war zu warm. Der Schnee schmolz, sobald er den Boden berührte. Phil bot ihr an, sich ein Taxi zu teilen, doch sie lehnte ab. Die frische Luft und der kalte Schnee waren genau das, was sie jetzt brauchte. Die Champagnerflasche hatte kopfüber im Kühler gestanden, als Phil die Rechnung bezahlt hatte und Lucy fühlte sich benebelt. Sie lief ein paar Straßen weit, ohne ein Ziel zu haben. Schließlich nahm sie das Handy aus der Tasche und wählte Niklas' Nummer. Er nahm nicht ab. Sie steckte das Telefon zurück in die Tasche und dachte darüber nach, ein paar Weihnachtseinkäufe zu erledigen. Aber sie hatte keine Lust auf all die

Menschen, und der Champagner floss noch immer in ihren Adern, auch wenn der größte Teil der Blubberblasen sich bereits zu einer Party in ihrem Kopf zusammengefunden hatte. Warum nahm er nicht ab? Sie versuchte es noch einmal. Dieses Mal wartete sie auf die Mailbox. „Hallo hier ist Niklas. Ihr wisst, was zu tun ist." Was für eine dämliche Ansage. Der Klang seiner Stimme aber brachte ihr Herz zum Rasen. Sie legte auf. Vielleicht war es besser, ihn nicht erreicht zu haben. Sie konnte ihm später eine E-Mail schreiben. Sie schaltete das Telefon aus, atmete tief durch und schlug den Weg nach Hause ein. Es würde eine Weile dauern zu Fuß.

Als sie schließlich die Wohnungstür aufschloss, kam ihr Ben entgegengerannt. „Wo warst du?" Er klang besorgt. „Du bist ja völlig durchnässt."

„Ich bin nach Hause gelaufen." Warum war er so aufgeregt?

„Du bist gelaufen? Aus der Maria? Warum?"

„Was ist denn so schlimm daran? Was ist los?"

„Ist dein Telefon ausgeschaltet, ich konnte dich nicht erreichen."

Oh. „Ja, das ist es. Der Akku war leer." Warum log sie? „Warum bist du so aufgeregt?"

„Ich hab mir Sorgen gemacht. Du wolltest vor Stunden zurück sein." Lucy sah auf die Uhr. Er hatte recht. Es war fast sieben. Sie hatte vier Stunden gebraucht. „Entschuldige. Ich bin gelaufen."

„Ja, das sagtest du schon." Er sah sie verständnislos an. „Aber warum? Dort draußen tobt ein Schneesturm."

„Es ist kein Schneesturm. Ich brauchte einfach Bewegung und frische Luft. Phil hat Champagner bestellt." Jetzt fiel es ihr selbst schwer, zu verstehen, warum sie die Strecke hatte laufen wollen. Das

Schneetreiben war tatsächlich immer stärker geworden und irgendwann war die Temperatur gefallen und eine weiße Schicht hatte sich über Autos, Straßen und Bäume gelegt. Und irgendwie hatte es diese weiße Masse geschafft, in ihren Kopf zu dringen und sich dort beruhigend und kühlend auf all die Gedanken zu legen. Serena und Maria spielten nicht auf einem verschneiten Platz.

„Du brauchst eine heiße Dusche." Er half ihr beim Ausziehen. Sie war bis auf den Pulli durchnässt. „Nein, weißt du was, ich lasse dir ein Bad ein." Er hängte ihre Jacke auf einen Bügel und ging ins Badezimmer. Lucy schälte sich aus den nassen Sachen und hörte wenig später ein Rauschen. Ihre Haut war kalt und sie freute sich auf das heiße Wasser. Sie würde das Hörbuch weiterhören, für das sie momentan so wenig Zeit fand. Sie kramte das Telefon aus der Tasche und schaltete es ein. 28 verpasste Anrufe. Sie löschte alle, ohne sie näher anzusehen, schaltete das Handy auf stumm und ging ins Bad.

Ben wartete bereits auf sie. Er hatte das Licht gedimmt. Es roch nach Lavendel und ein leichter warmer Nebel lag in der Luft. Er hatte das Ladegerät in die Steckdose neben dem Fensterbrett gesteckt und streckte die Hand aus, damit sie ihm das Telefon gab. Als er es an das Netzteil anschloss, runzelte er die Stirn.

„Meintest du nicht, der Akku sei leer?"

Lucy erstarrte und das schlechte Gewissen kroch ihren Nacken empor.

„Ist er das nicht? Ich hatte versucht, jemanden anzurufen und danach war es aus." Wenigstens die Hälfte davon war nicht gelogen.

Er schien ihr zu glauben und nahm sie in den Arm, küsste ihre nassen Haare und die Stelle unter ihrem Ohr, die nur er kannte. Seine Hände streichelten über ihre nackte, kalte Haut und Lucy ließ sich in seine Umarmung fallen. Er hob ihren Kopf und küsste sie sanft. Seine Hand glitt über ihren Rücken zu ihrem Po und er drückte ihre Hüften gegen die seinen. Sein Kuss wurde fordernd. Und sie spürte seine Erregung. Sie hatten seit dem Wochenende bei Niklas nicht miteinander geschlafen und Lucy konnte ihn nicht länger hinhalten und sie wollte es auch nicht. Sie erwiderte seinen Kuss und ihre Hände glitten zu seiner Hose. Er kam ihr zuvor, ließ seine Sachen zu Boden fallen, hob sie hoch und drückte sie gegen die Badezimmerwand. Lucy stöhnte auf, als er in sie drang. Sie spürte sein Verlangen, die Sehnsucht und die Erleichterung. Seine Küsse wurden wilder und er bewegte sich schnell in ihr. Lucy ließ sich in seine Bewegungen fallen, krallte sich an ihn und ihre Erregung wuchs. Der Schnee bedeckte noch immer ihre Gedanken und sie genoss die Wärme seines Körpers, den festen Griff seiner Hände. Er kam schnell und sie mit ihm. Erschöpft legte er seinen Kopf auf ihre Schulter. Er drückte sie noch immer gegen die Wand. Sie spürte seinen Atem stoßweise an ihrem Hals, hörte ihren eigenen schnell und ungleichmäßig aus ihrem Mund strömen. Er hob den Kopf und sah sie an. Glücklich. Er lächelte, küsste sie liebevoll und ließ sie ebenso sanft auf die Füße sinken, als es klingelte. Sie seufzte entnervt. „Das ist sicher deine Mutter."

„Sie soll wieder gehen." Lucy sah ihn überrascht an. Es klingelte wieder. „Ich werde ihr sagen, dass sie sich anmelden soll, bevor sie vorbeikommt. Aber nicht jetzt. Ich mache dir einen Tee und du gehst da rein und hörst endlich dein Buch weiter." Er deutete auf die Badewanne und küsste sie sanft. Es lag so viel Liebe in diesem Kuss. So viel Erleichterung und so viel Hingabe.

Sie schloss die Augen und die Welt um sie herum verschwamm in diesem einen Kuss. Sie hörte nicht, wie seine Mutter ein weiteres Mal klingelte und nahm kaum wahr, wie er das Badezimmer verließ. Sie musste ein paar Mal tief durchatmen bevor ihre Beine sie wieder ohne die Unterstützung der Wand, an die sie noch immer lehnte, tragen konnten. Sie öffnete die Augen und sah ihr Spiegelbild an der gegenüberliegenden Wand. Sie war nackt und ihre Haut war noch immer rot von der nassen Kälte der vergangenen Stunden. Ihre Haare hingen in nassen Strähnen über ihr Gesicht und unter den Augen hatte sich ein dunkler Streifen von verschmierter Wimperntusche gebildet. Sie wischte mit dem Daumen darüber und strich sich die Haare aus dem Gesicht. Es half nichts. Der Spiegel zeigte noch immer die gleiche Frau und sie wandte sich ab. Ben brachte ihr den Tee und ihre kabellosen Kopfhörer. Sie lächelte ihn müde an, setzte sie auf und ging zu ihrem Handy, um das Hörbuch einzuschalten. Dann ließ sie sich in das warme Wasser gleiten.

Die fiktive Geschichte verdrängte alle realen aus ihrem Kopf. Serena und Maria schienen dem Plot ebenso aufmerksam zu folgen und stellten keine Fragen. Sie genoss diese Flucht, und als ihr Körper die Wärme des Wassers mehr und mehr aufnahm, begann sie, sich zu entspannen. Sie trank den Tee und ließ ihre Hände so über die Schaumberge gleiten, dass sie unzerstört blieben. Plötzlich wurde das Hörbuch unterbrochen. Jemand rief sie an. Das Telefon lag zu weit entfernt, als dass sie den Anrufer hätte identifizieren können. Sie konnte ihn mit den Kopfhörern auch nicht unterdrücken und so wartete sie geduldig, bis er aufgab. Oder eher sie, denn wahrscheinlich war es Jessica. Doch sie tat es nicht. Nach zwei Minuten klingelte das Telefon wieder. Etwas entnervt ignorierte Lucy die Störung ein weiteres Mal. Vergebens. Beim dritten Mal nahm sie ab. Sie rechnete fest damit, Jessicas Stimme zu hören, und hatte schon die passenden Worte auf den Lippen, um sie abzuwimmeln, aber es war Niklas, der sagte: „Du gehst tatsächlich ran." Mehr nicht und Lucy brauchte einen Moment, um die Fassung wieder zu finden.

„Hey." Sie richtete sich auf und das Wasser schlug kleine Wellen, die gegen den Rand der Wanne klatschten.

„Wo bist du?" Er hatte es gehört.

„In der Badewanne." Hatte sie das tatsächlich gesagt? Serena wachte auf.

„Störe ich dich?" Er klang unsicher.

„Ja, das tust du." Sie wollte es so sagen, wie sie es früher gesagt hätte, aber es gelang ihr nicht.

„Okay. Ruf mich einfach später an."

„Nein, warte. Was willst du?"

„Was willst *du*?" Er klang verwirrt.

„Was?" Jetzt war sie verwirrt.„Du hast doch mich angerufen." Moment, nein, natürlich. Sie hatte ihn angerufen. Noch bevor sie Ernest Henry Shackleton nachgeeifert hatte und durch die städtische Antarktis marschiert war. „Stimmt. Entschuldige." Sie war nicht sicher, wofür sie sich entschuldigte. Dafür, dass sie ihn seit über fünf Wochen ignorierte oder dafür, dass sie soeben mit Ben geschlafen hatte. Denn, auch wenn es Unsinn war, sie hatte das Gefühl, als müsste sie sich dafür bei ihm entschuldigen. „Geht es dir gut? Dein Telefon war stundenlang ausgeschaltet."

„Ähm, ich bin ein paar Stunden durch die Stadt gelaufen. Phil und ich hatten Champagner zum Essen und der musste raus."

„Ein paar Stunden? Ich dachte, bei euch wäre der Winter eingebrochen."

„Ähm, ja. Das ist er auch. Direkt auf mich und durch meine Klamotten."

„Ah, deswegen die Badewanne. Konntest du dich schon aufwärmen?" Sie schluckte und dachte an Bens warme Hände auf ihrer durchgefrorenen Haut. An seinen Mund auf ihren zitternden Lippen und daran, wie es sich angefühlt hatte, als er sie gegen die Wand gedrückt hatte. Und dann mischten sich in diese Erinnerung Bilder von Niklas. Seine Küsse auf dem Sessel, seine Hände um ihren Po, als er …

„Bist du noch da?"

Lucy schluckte wieder. „Klar." Ihre Stimme brach. Sie räusperte sich.

„Wollen wir später sprechen?" Später, nein. Sie musste das hinter sich bringen.

„Nein, alles gut. Also pass auf. Es sieht aus, als käme der Weihnachtsmann dieses Jahr etwas früher zu Marc und seiner Familie und auch zu Popsie. Also ins Popsie. Und offensichtlich bin ich einer seiner Wichtel." Und sie erzählte ihm von den Spenden, von Phils Plan aus der Klavier-Übergabe ein Event zu machen. Niklas fehlten die Worte und er versprach, alles so zu organisieren, dass Marc nichts mitbekam. „Danke, Lu."

„Ich habe nichts getan, Nik."

„Oh doch, das hast du. Und das weißt du auch."

„Marc ist ein unheimlich toller Junge. Jeder hätte über ihn schreiben können."

„Du bist aber die Erste, die sich wirklich für ihn interessiert hat."

„Nein, ich bin nicht die Erste." Sie schwiegen.

„Wirst du Louise mitbringen?"

„Ja, ich denke schon. Wenn Angela nichts dagegen hat. Sie muss ja aus der Schule raus für einen Tag."

„Bleibt ihr über Nacht?" Er fragte es vorsichtig.

„Nein." Hatte er die Botschaft verstanden?

„Lu, wir müssen über das Wochenende reden." Sie schwieg. Was sollte sie dazu sagen? Jetzt. Hier. Ben ein paar Zimmer weiter. Und sie war nackt. Natürlich konnte er das nicht sehen. Aber er wusste es. Und sie sah es. Und wenn sie sich schon emotional ausziehen würde, wollte sie zumindest ihren Körper durch ein T-Shirt und eine Hose bedecken.

„Lu. Hast du mich gehört?" Er klang müde.

„Ja, ich weiß." Wieder Schweigen.

„Ich kann dich nicht noch einmal verlieren." Sie hörte, wie er schluckte und spürte, wie ihr selbst die Tränen in die Augen traten.

„Das … das wirst du nicht", sagte sie leise. „Aber …" Sie wollte sagen, dass sich das Wochenende nicht wiederholen durfte. Sie wollte ihm sagen, dass sie Ben liebte und dass sie ihm unrecht getan hatte. Nicht nur indem sie mit Niklas geschlafen hatte. Sondern auch, weil sie ihm unterstellt hatte, er würde sich nicht für Louise, nicht für sie selbst interessieren. Weil sie ihm unterstellt hatte, er würde nach der Pfeife seiner Mutter tanzen und weil sie an seiner Liebe, an ihrer Beziehung gezweifelt hatte. Aber sie kam nicht dazu, denn in diesem Moment öffnete Ben die Tür, um nach ihr zu sehen. „Ich melde mich morgen bei dir. Dann besprechen wir die Einzelheiten, ja?" Ihr Ton war nun geschäftsmäßig und sie hoffte, dass er erkannte, dass sie nicht länger frei sprechen konnte.

„Okay. Aber ich meine, was ich gesagt habe."

„Ja, ich auch. Wir sprechen morgen." Und sie meinte es. Sie würde mit ihm sprechen. Sie würde ihm sagen, dass sie Ben heiraten wollte. Dass sie sich mit ihm ein Leben aufbauen wollte. Dass das Wochenende wunderschön war, aber ein Ausflug in die Vergangenheit. Sie würde ihm sagen, dass sie ihn liebte, aber dass sie seine Freundschaft wollte und dass es nicht gut gehen konnte, wenn da mehr wäre als das. Dass es gegenüber Leah und Ben nicht fair wäre, schon jetzt nicht mehr war und dass sie das nicht länger tun konnte. Sie nahm die Kopfhörer ab und tauchte unter, damit Ben die Tränen auf ihren Wangen nicht sah und um sich einen Moment zu sammeln.

Als sie wieder auftauchte, lehnte er auf dem Rand der Badewanne und sah sie an. „Ist alles okay?“ Sie konnte ihm nicht in die Augen sehen, nahm die Shampoo-Flasche und begann ihre Haare zu waschen. „Ja, alles okay. Das war Nik. Marc bekommt ein Klavier gespendet. Also eigentlich bekommt es das Popsie. Und Phil will daraus nächste Woche eine große Übergabeaktion machen.“ Sie massierte das Shampoo in ihre Haare. Länger, als es nötig gewesen wäre, aber so konnte sie die Augen geschlossen halten.

„Ein Klavier? Wow, das ist toll!“

„Ja, und nicht nur das. Jede Menge Geld und Klavierunterricht und …“

„Ich möchte auch etwas spenden.“

„Was?“ Jetzt öffnete sie die Augen doch. Das war ein Fehler, denn sofort lief ihr das Shampoo hinein. Ben sah es, verzog das Gesicht, drehte das Wasser an und reichte ihr die Duschbrause, damit sie den Schaum abspülen konnte. Als sie wieder klar sehen konnte, fragte sie noch einmal: „Du willst was tun?“

„Na etwas spenden. Wie wäre es zum Beispiel mit so einem Stage Piano? Du meintest doch, er hätte nur dieses schlechte Keyboard zuhause. Ich will mir gar nicht vorstellen, wie es um meine Pianistenkünste bestellt wäre, wenn ich auf so einem Ding hätte üben müssen." Ben hatte, wie sein Bruder, das erste Mal mit sechs Jahren im Klavierunterricht gesessen. Lucy schluckte. Wie hatte sie ihn nur so falsch einschätzen können.

„Ja, das stimmt." Sie ließ das Wasser ab, spülte den Schaum von ihrem Körper und stieg aus der Wanne. Er reichte ihr ein Handtuch. Sie griff danach, schlang es um sich und wickelte sich ein zweites um den Kopf. Dann blieb sie vor ihm stehen, sah ihm in die Augen und sagte: „Ich liebe dich!" Er lächelte glücklich, nahm sie, nass wie sie war, in den Arm und küsste sie wieder so innig, dass sie den Boden unter den Füßen zu verlieren schien. Er löste das Handtuch von ihrem Körper, hob sie hoch und trug sie ins Schlafzimmer. Sie schliefen noch einmal miteinander und lagen danach lange Seite an Seite, schweigend und als gäbe es nichts Wichtigeres als so dazuliegen und den anderen zu spüren. Serena und Maria schienen etwas Besseres zu tun zu haben und Lucy genoss die Stille in ihrem Kopf und um sich herum, die Wärme von Bens Körper, seine Hand, die sanft über ihre Haut strich und das Geräusch seines Atems, das ihr versicherte, dass er da war, dass es ihn gab. Und sie merkte kaum, wie sie aus dieser Stille in einen traumlosen Schlaf glitt.

November.
Lucys Auto. Die Fahrt zum Popsie.

„Können wir wirklich nicht über Nacht bleiben? Ach bitte, ich kann bestimmt zwei Tage Schule verpassen. Ich bin gut. Ich kann das alles nachholen.“ Louise saß neben ihr im Auto, ihr Skizzenbuch auf dem Schoß und einen besonders weichen Bleistift in der Hand. Die letzte Stunde hatte sie damit verbracht, einen Schattenriss von Lucy anzufertigen. In den vergangenen Wochen zeichnete sie Schattenrisse von allem und jedem. Die letzten Seiten ihres Skizzenbuchs waren gefüllt mit schwarzen Silhouetten von Angela, Marc, Niklas und den Amseln, die oft auf ihrem Fensterbrett saßen, weil Louise ihnen genau deshalb Futter in einer kleinen blauen Schale hinstellte. Sie zeichnete Schattenrisse von ihrem Schreibtisch, dem Weihnachtsbaum im Eingangsbereich des Heims, von Steinen, die sie auf dem Gehweg fand und manchmal auch von ihrem Mittagessen, das aus diesem Grund immer häufiger kalt in ihrem Magen landete. Und nun hatte sie in den letzten sechzig Minuten etwa acht Seiten mit Lucys geschwärztem Profil gefüllt. Sie war nicht zufrieden.

In vier Stunden würde Marc aus der Schule kommen. Danach war er mit Niklas im Popsie verabredet, um ihm dabei zu helfen, Getränke für den Club einkaufen zu fahren. Zumindest war es das, was Marc glaubte. Lucy sah auf die Zeitanzeige neben dem Tacho. Es war zehn Uhr. Der LKW, der das Klavier brachte, würde in zwei Stunden da sein, etwa eine Stunde später als sie und Louise. Und auf ihrem Rücksitz lag, in einem Karton verpackt, ein Piano. Ben war am Tag nach dem

Schneesturm auf dem Heimweg von der Praxis in ein Musikgeschäft gegangen und hatte es zusammen mit dem passenden Holzständer, einem Paar Kopfhörern und einem Metronom gekauft. Sogar an einen verstellbaren Klavierhocker hatte er gedacht. Er hatte drei Stunden in dem Geschäft verbracht und ein Dutzend Instrumente Probe gespielt, um das perfekte Piano zu finden. Und das hatte er dann gleich zweimal gekauft. Der Zwilling des Gerätes auf Lucys Rücksitz stand in ihrem Wohnzimmer und seit fünf Tagen spielte Ben jeden Abend darauf, während sie schrieb oder las.

„Wie oft muss ich diese Frage beantworten, damit du aufhörst, sie zu stellen?“

„Na, so oft bis du ja sagst.“ Louise machte einen Schmollmund und streckte ihr dann die Zunge raus. Lucy imitierte sie und beide lachten.

„Ich hab es dir doch erklärt.“

„Ja, ja. Ich hab Schule, du musst arbeiten. Aber Angela hätte bestimmt nicht Nein gesagt.“

„Ich bin sicher, dass sie das getan hätte. Und außerdem macht es kaum einen Unterschied. Marc kann nicht einfach die Schule schwänzen, nur weil du da bist. Den heutigen Abend verbringen wir mit ihm und seiner Familie. Wir bleiben so lange, dass du die Rückfahrt verschlafen wirst, dann stecke ich dich bei uns ins Bett, du frühstückst morgen früh mit uns und ich fahre dich zur Schule.“

„Aber wir könnten morgen den Nachmittag zusammen verbringen. Bestimmt hat er gar keine Zeit, das Piano aufzubauen und ich werde ihn nicht darauf spielen hören.“

„Das Piano bauen wir jetzt sofort mit seinem Vater auf. Ich denke schon, dass du ihn darauf spielen hören wirst.“

„Aber nicht so lange. Und außerdem könnte ich ihn zur Schule bringen und wieder abholen."

Lucy seufzte übertrieben und drehte am Lautstärkeregler des Autoradios. Louise sah sie empört an. „Hast du jetzt die Musik lauter gestellt, um mich nicht mehr hören zu müssen?" Sie schrie, um den Boss zu übertönen, der gerade ‚I'm a long gone daddy in the USA.' brüllte.

„Ja", schrie Lucy zurück.

„Das ist, pädagogisch betrachtet, aber nicht besonders erfindungsreich und wertvoll schon gar nicht."

„Das muss es ja auch nicht sein. Hauptsache es hilft." Lucy sah zur Seite und streckte ihr nun selbst die Zunge entgegen.

Louise versuchte weiter, empört auszusehen, aber nach zwei Sekunden durchbrach ein Grinsen die ernste Miene. Sie öffnete ihr Skizzenbuch wieder und zeichnete für den Rest der Fahrt fiese Schattenrisse von Lucy. Einen mit einer Warze auf der Stirn, einen anderen mit Schlangen auf dem Kopf und einen mit einer Nase, die C.D. Bales Konkurrenz gemacht hätte. Jedes Mal, wenn sie eine Zeichnung fertiggestellt hatte, schaltete sie die Musik aus und zeigte Lucy triumphierend ihr Rachebild.

So verging die Zeit und Lucy war erstaunt, als sie in die Straße zum Popsie einbog. Sie parkte dieses Mal vor Marcs Haustür und klingelte wie verabredet bei seinen Eltern. Rick kam die Treppe herunter und fast im selben Moment, in dem er die Tür öffnete, rief Louise: „Nik!" Lucy schrak zusammen und einer der großen Schmetterlinge schlug heftig mit den Flügeln gegen ihren Magen. Warum passierte das immer noch? Sie hatten nicht über das Wochenende gesprochen. Als sie am nächsten Tag die Einzelheiten der Klavierübergabe besprochen hatten, hatte sie es nicht über sich gebracht, das Thema anzusprechen. Und er auch nicht. Vielleicht hatte er es vor, aber mitten im Gespräch hatte Ben gemeinsam mit einem Mitarbeiter aus dem Musikgeschäft die Wohnung betreten und Lucy hatte auflegen müssen. Sie begrüßte zunächst Marcs Vater und drehte sich dann zu Niklas um. Louise hing in seinen Armen und er drückte sie liebevoll an sich. Sie wechselten ein paar Worte, die Lucy nicht verstand. Louise nickte eifrig und lachte dann. Als sie sich von ihm löste und zu Marcs Vater ging, sah Niklas Lucy an. In seinen Augen standen hundert Fragen. Vielleicht fand der nächste Grand Slam zwischen Serena und Maria in seinem Kopf statt. Sie ging zu ihm, küsste ihn auf die Wange und legte ihre Arme um seinen Nacken. Er strich ihr mit den Händen über den Rücken und drückte sie an sich. Ihr Herz beschleunigte seine Arbeit und Lucy ließ sich, nur für einen Moment, in die Umarmung fallen. Er gab ihr einen Kuss auf die Haare und löste sich dann von ihr.

Marcs Vater und Louise standen bereits am Auto und begutachteten die Pakete. Louise hatte die Arme um den Körper geschlungen und vor ihrem Gesicht bildeten sich dichte Wölkchen, als sie ausatmete. Niklas warf einen Blick auf die Rückbank und pfiff anerkennend. „Da habt ihr euch aber ganz schön ins Zeug gelegt?"

Lucy sah ihn verwundert an. „Was meinst du?"

Niklas' wirkte erstaunt und er senkte die Stimme. „Weißt du, was das Ding kostet? Wer hat das gekauft?"

„Nein. Ben hat es ausgesucht." Lucy hatte ein ungutes Gefühl. Ben hatte es übertrieben. Sie hatte ihn gefragt, aber er wollte ihr keinen Preis nennen. Sie hätte stutzig werden sollen, als er für sich selbst genau das gleiche Piano gekauft hatte. Sie hätte danach googeln sollen. „Du?"

„Dafür könnte Marc auch mit seiner kompletten Familie ein paar Wochen ans Mittelmeer fahren."

Lucy erstarrte. „Nein!"

„Du hattest wirklich keine Ahnung, oder?"

„Nein, das hatte ich nicht. Woher weißt *du* denn sowas?"

„Ich schaue Marc ab und zu mal über die Schulter, wenn er im Internet surft." Er zwinkerte ihr zu.

„Das können wir nicht annehmen." Marcs Vater mischte sich ins Gespräch.

„Doch, natürlich könnt ihr das! Ben hat sich das Gleiche gekauft und wenn er glaubt, Marc hätte es verdient, auf so etwas zu spielen, dann soll er das auch tun." Aus dem Augenwinkel sah sie, wie sich Niklas' Miene änderte. Er war beeindruckt. Hatte er gedacht, dass Ben sich nur aufspielen wollte? Lucy wusste, dass das nicht stimmte. Er war einfach überzeugt davon, dass jeder es verdient hatte, mit den besten Materialien zu arbeiten. Er hätte sich nicht wohl dabei gefühlt, Marc ein, aus seiner Perspektive, mittelmäßiges Gerät zu schenken. Für ihn spielte der Preis keine Rolle. Er wollte sich nicht aufspielen. Er wollte so helfen, wie er es konnte. Sie sah, dass auch Niklas es so verstand. Er nickte ihr zu.

Lucy ging voran ins Treppenhaus, um sich gegen die Tür zu stemmen und sie aufzuhalten. Die Halterung war defekt und verhakte nicht mehr zuverlässig in der Verankerung. Als sie die Haustür erreichte, hörte sie Louise fragen: „Wo ist eigentlich Leah? Kommt sie später?" Lucy horchte auf und verlangsamte ihre Schritte, um Niklas' Antwort mithören zu können. „Nein, sie ähm … sie wird nicht kommen." Louises Antwort wurde durch ein vorbeifahrendes Auto verschluckt. Lucy runzelte die Stirn und trat ins Haus.

Versteckte Niklas seine Freundin vor ihr? Oder wollte er vermeiden, dass Leah ihn und Lucy zusammen sah? Was auch immer der Grund war, sie war erleichtert, dass sie diesem Zusammentreffen ein weiteres Mal entging.

Sie brauchten fast eine Stunde, um das Piano aufzubauen. Es mussten einige Möbel umgestellt werden, weil es deutlich mehr Platz einnahm als das alte Keyboard. Lucy saß mit Marcs Mutter in der Küche, während Louise den Männern in Marcs Zimmer aufmerksam dabei zusah, wie sie das alte Keyboard gegen das High-End-Gerät austauschten, den Ständer aufbauten und eine Halterung für die Kopfhörer an die Wand schraubten. Als Niklas die Abdeckung vom Piano nahm, um die Installation zu testen, klingelte sein Telefon. Der LKW stand vor dem Popsie. Louise quietschte und gemeinsam gingen sie zum Club, um das Klavier in Empfang zu nehmen.

Zwei Stunden später saß Lucy gemeinsam mit Marcs Eltern, den Zwillingen, Louise, Niklas, dem älteren Ehepaar, das das Klavier gespendet hatten und ein paar von Marcs Freunden und zwei Mitarbeitern hinter zugezogenen Vorhängen im Popsie in dem Raum, in dem Marc vor ein paar Wochen für sie gespielt hatte. Sie warteten darauf, dass er aus der Schule kam. Louise stand neben ihr und wippte ungeduldig von einem Fuß auf den anderen.

„Hör auf damit. Du machst mich ganz nervös." Lucy flüsterte und boxte ihr sanft mit dem Ellenbogen in die Seite.

„Ich bin schon nervös." Louise schaffte es nicht, zu flüstern, und Niklas hielt sie mit einem ‚Psst' dazu an, leise zu sein. In diesem Moment öffnete sich mit einem leichten Quietschen die Eingangstür des Clubs. Lucy hörte Schritte, jemand ließ etwas schweres auf den Boden fallen und ging dann weiter durch den Raum. Louise kicherte und auch die Zwillinge wurden unruhig. Im Nebenraum wurde der Kühlschrank geöffnet und Marcs Stimme erklang: „Nik? Wo steckst du? Fahren wir gleich los?“

„Ich bin hier. Kommst du mal?“ Nik antwortete ihm, während sich Louise beide Hände auf den Mund presste.

„Ja, klar. Sekunde.“. Der Kühlschrank wurde wieder geschlossen und Sekunden später öffnete Marc die Tür. Helles Licht drang in den Raum. Marc blinzelte und fragte in die Dunkelheit: „Was ist hier los? Wo sind denn alle heute?“

Bevor sich seine Augen an das wenige Licht gewöhnen konnten, wurden die Vorhänge aufgezogen und alle schrien zusammen: „Überraschung!“. Marc erstarrte. Es dauerte einen Moment, bis er zwischen all den Menschen das schwarz glänzende Klavier mit den drei goldfarbenen Pedalen entdeckte. Die Tastaturabdeckung war geöffnet und über den Tasten glänzte in goldenen Buchstaben der Name ‚Zimmermann‘. Ein ebenfalls goldener Streifen prangte darüber und der Klavierlack spiegelte seine Familie, seine Freunde und ihn selbst.

Er sah sein erstauntes Gesicht. Sein Mund stand offen. Er schloss ihn, schluckte und sah einen nach dem anderen an. Sein Blick verharrte zunächst bei Lucy und dann bei dem unbekannten Ehepaar, die ihn so freudestrahlend ansahen. Die Frau hatte Tränen in den Augen. Er löste sich aus seiner Starre und schaffte es, zu sprechen: „Was ist hier los?“ Niklas legte ihm den Arm um die Schultern, führte ihn zu dem fremden Pärchen und stellte die drei einander vor. Marc blickte die beiden noch immer verwirrt an. „Ja, aber … Was ist hier los? Kann mir das mal einer erklären?“ Lucy tat es. Sie trat zu ihnen und erzählte Marc von der Resonanz, die der Artikel über ihn ausgelöst hatte.

Der ältere Herr schaltete sich ein: „Ich habe den Artikel gelesen und danach mehrere Stunden damit verbracht, mir die Videos von dir anzusehen. Die ganze Zeit stand dieses alte, ungenutzte Ding dabei in Sichtweite.“ Er blickte wehmütig zu dem Klavier und strich zärtlich über das Holz. „Weißt du, früher, da habe ich selbst viel gespielt. Genau wie du habe ich eigene Stücke komponiert. Ich bin allein und gemeinsam mit einer Sängerin und einem Saxofonisten aufgetreten. Wir haben sogar Schallplatten rausgebracht. Das Klavierspielen war mein Lebensinhalt. Bis vor zehn Jahren. Dann wollten meine Finger immer weniger und seit zwei Jahren kann ich gar nicht mehr spielen.“ Marc schluckte bei dieser Vorstellung und befühlte unbewusst seine eigenen Finger.

„Mir nützt dieses Klavier leider nur noch als schmerzhafte Erinnerung an eine Zeit, in der ich mit der gleichen Leidenschaft spielte, die ich sehe, wenn ich mir deine Videos anschaue. Du hast ein großes Talent, mein Junge, und es ist uns eine Ehre, dich dabei zu unterstützten.“ Marc schluckte wieder. Er sah den Mann mit den grauen Haaren, dem guten Anzug und den vielen Falten um die Augen verständnislos an. „Was wollen Sie damit sagen?“

Der Mann lachte, legte ihm den Arm um die Schultern, führte ihn an das Klavier und setzte ihn auf den schwarzen Hocker mit der burgunderfarbenen Polsterung. „Ich möchte, dass du dieses Klavier spielst. Jeden Tag, wenn du hierherkommst. Es gehört dir.“

Marc erstarrte. Er stand sofort wieder auf, sah dem Mann in die Augen und sagte: „Das kann ich nicht. Ich kann das nicht annehmen. Das ist zu viel." Er warf hilfesuchend einen Blick zu seinen Eltern. Aber sie nickten ihm ermutigend zu. Der Mann lächelte mild und nun gesellte sich seine Frau zu ihnen. „Weißt du, du tust uns damit einen Gefallen. Es ist bitter, jeden Tag damit konfrontiert zu werden, dass man etwas nicht mehr tun kann, was man so liebt. Ich selbst habe nie gelernt, zu spielen. Wir schleichen schon viel zu lange um dieses Ding rum. Und wir können den Platz gut brauchen. Es wäre schön, wenn du uns ab und zu ein Video schickst, uns teilhaben lässt. Aber der Ausdruck in deinem Gesicht war es bereits wert, dir dieses Geschenk zu machen."

Marc schluckte und auch wenn er sichtlich dagegen kämpfte, liefen ihm Tränen über die Wangen. Die Frau nahm ihn in den Arm. Und jetzt kam Louise, die es nicht länger aushielt, auf ihn zu gerannt und sagte so laut, dass auch die Leute auf der Straße es hatten hören müssen: „Und jetzt hab dich nicht so und spiel uns endlich was vor. Bitte!" Sie drückte ihn zurück auf den Hocker und umarmte ihn von der Seite. Er sah sie, noch immer fassungslos, an, und dann, ganz langsam, schlich sich ein Lächeln auf seine Lippen.

Er schloss die Augen, atmete tief durch und versuchte sich zu sammeln. Er spürte die weiche Polsterung der Sitzfläche, den festen Boden unter seinen Füßen. Niklas hatte den Hocker bereits auf seine Größe eingestellt. Sein Herz raste, doch als sich seine Finger auf die Tasten legten, verschwand die Aufregung fast komplett. Er war zuhause. Dies war seine Welt. Mit geschlossenen Augen begann er die ersten Takte von einem seiner Stücke zu spielen. Die Tasten waren schwer, massiv. Er brauchte einen Moment, um sich daran zu gewöhnen. Schließlich öffnete er die Augen, sah sein Spiegelbild in dem reflektierenden Korpus und spielte.

Sie blieben bis zum späten Nachmittag im Popsie. Marc spielte und spielte und spielte. Seine Finger konnten sich kaum sattfühlen an der Berührung der Tasten. Er spielte eigene Stücke und zahlreiche anderer Komponisten. Er kannte die meisten auswendig und brauchte die Noten, die seine Mutter ihm mitgebracht hatte, nur, um sich für ein anderes Lied zu entscheiden. Nachdem sich das Spender-Ehepaar bereits am späten Nachmittag verabschiedet und Marc das Versprechen abgenommen hatte, Videos zu schicken, gingen Niklas, Louise und Lucy gemeinsam mit Marcs Familie in deren Wohnung. Er vermied es, in sein Zimmer zu gehen. Nachdem er stundenlang auf einem richtigen Klavier gespielt hatte, hatte er vermutlich keine Lust zurück zu dem kleinen Instrument zu kehren, das ihm über die letzten Jahre mehr oder weniger treue Dienste geleistet hatte. Er würde es mit anderen Augen sehen und es vermutlich kaum noch benutzen wollen.

Aber Louise schob ihn zu seiner Tür und er gab entnervt nach. Sie standen alle hinter ihm, als er das Licht einschaltete, sich in seinem umgeräumten Zimmer orientierte und schließlich an der Wand unter dem Fenster, zwischen Kleiderschrank und Schreibtisch, die weiße Holz-Klaviatur des E-Pianos entdeckte. Er konnte sich nicht bewegen. Mit einer Stimme, die mehr ein Kratzen war, fragte er: „Was ist das?“

Lucy wollte antworten, doch Niklas kam ihr zuvor: „Lucys Verlobter hat sich ein neues E-Piano geleistet und er dachte, warum nicht gleich zwei nehmen.“

Sie zog die Augenbrauen zusammen, so, dass sich eine kleine Falte auf ihrer Stirn bildete, und sah ihn verärgert an. „Nein, er wollte dir eine Freude machen, hat drei Stunden in einem Musikladen verbracht und schließlich das beste Piano ausgesucht, das er finden konnte. Und weil er selbst spielt, hat er sich das Gleiche gekauft."

Marc drehte sich um und sah sie an, als hätte sie ihm gerade erklärt, Bill Gates vermache ihm einen Teil seines Vermögens. Einen sehr großen Teil. Sie hatte natürlich keine Ahnung, wie jemand aussieht, dem das passiert, aber Marcs Gesichtsausdruck kam dem vermutlich sehr nahe. „Lu, dieses Teil kostet …"

„Ja, ich weiß." Sie hatte es inzwischen gegoogelt. „Aber, es ist okay, glaub mir. Er liebt die Musik und er hat gesehen, wie du spielst. Ich glaube, er hätte gern noch mehr getan. Weißt du, er war nie den Problemen ausgesetzt, denen du jeden Tag begegnest. Es gab nie etwas, was er nicht haben konnte und ich denke, dass er von diesem Privileg etwas zurückgeben will, es mit dir teilen möchte. Du hast es verdient, Marc."

Er hatte Tränen in den Augen, schritt schnell durch den Raum auf sie zu und nahm sie fest in die Arme. „Wie soll ich dir nur jemals für all das danken?" Es war ein Flüstern.

Jetzt traten auch ihr Tränen in die Augen und als sie antwortete, war ihre Stimme genauso leise wie seine. „Das tust du gerade." Sie drückte ihn fest an sich und schob ihn dann ein Stück weg. „Und jetzt probier das Ding endlich aus. Es hat eine Bedienungsanleitung mit fünf Trillionen Seiten." Und er tat es. Louise ließ sich auf sein Bett fallen, schloss die Augen und lauschte aufmerksam. Die Zwillinge verzogen sich nach ein paar Minuten in ihr Zimmer und auch die Erwachsenen gingen nach den ersten zwei Stücken ins Wohnzimmer und in die Küche, um das Abendessen vorzubereiten. Marcs Mutter wollte sich partout nicht von Lucy helfen lassen und spannte stattdessen ihren Mann ein.

„Mist!“ Niklas sprang von dem Sessel auf, in der er sich gerade hatte fallen lassen.

„Was ist los?“ Lucy, die auf dem Sofa neben ihm saß, ließ das Wasserglas, das sie soeben zum Trinken hatte ansetzen wollen, wieder sinken.

„Mein Telefon. Es liegt noch im Popsie. Ich gehe kurz noch mal rüber.“ Er wandte sich zum Gehen. Als er die Wohnzimmertür erreicht hatte, hielt er einen Moment inne und drehte sich dann wieder zu ihr um. „Kommst du mit?“

Sie zögerte einen Moment, stellte dann aber das Wasserglas auf den pinkfarbenen Bügelperlenuntersetzer und stand auf, um ihm zu folgen. Als sie an Marcs Zimmer vorbeikamen, rief sie: „Wir gehen noch mal kurz ins Popsie. Nik hat sein Telefon vergessen.“

Marc sprang sofort von seinem Piano auf. „Ach, das kann ich doch machen.“

Lucy hob die Hand, damit er sich wieder setzte. „Nein, ein bisschen Bewegung ist genau das Richtige. Wir sind gleich wieder da.“

Auf dem Weg durch die inzwischen dunklen Straßen, die nur von gelbem Laternenlicht erhellt wurden, schwiegen sie. Erst als die schwere Glastür hinter ihnen zugefallen war und sie an dem schmalen Holztresen standen, der den kleinen Küchen- und Barbereich vom Rest des Aufenthaltsraumes abgrenzte, begann Lucy zu sprechen. Sic hatte sich die Worte über Stunden, nein über Tage, hinweg zurechtgelegt, aber jetzt fiel es ihr schwer, sie laut auszusprechen. „Nik, können wir reden?“

Er war hinter den Tresen getreten und durchsuchte die Fächer unter der Theke nach seinem Telefon. Jetzt schaute er auf und als er ihren ernsten Gesichtsausdruck sah, hielt er inne und richtete sich wieder auf. Anstatt zu antworten, nickte er nur. Langsam. Auch sein Gesicht war jetzt ernst.

„Ähm, okay … Das ist nicht leicht." Sie wich seinem Blick aus und starrte an die Wand hinter ihm. Dort waren Regale angebracht, in denen dutzende unterschiedliche Gläser standen. Ihre Hände begannen zu zittern und sie legte sie auf dem Tresen mit verschränkten Fingern ab, damit er es nicht sah. „Dieses Wochenende. Es war … es war wirklich … Es war schön, mit dir Zeit zu verbringen. Und auch …" Sie zögerte, sah ihn dann doch an und versuchte, in seinem Gesicht zu lesen. Doch seine Miene blieb unverändert, sein Blick war noch immer ernst. „Es war schön … Es war schön, dir noch einmal so nah zu sein. Ich … ich habe das gebraucht. Und ich denke, du auch." Sie machte eine Pause, damit er etwas sagen konnte, doch er schwieg. Seine Augen fixierten sie und sie sah, dass er die Lippen zusammenkniff. Aber er sagte nichts. Sie atmete tief durch. Warum druckste sie so rum? Sie wusste doch, was sie wollte. Sie blickte ihm direkt in die Augen und sprach schneller. „Aber es war nur ein Ausflug in die Vergangenheit. Wir hätten das nicht tun sollen. Es war ungerecht gegenüber Ben und auch gegenüber Leah. Sie können nichts dafür, dass etwas hinter uns liegt, was uns irgendwie eingeholt hat. Und es hat ja nichts mit dem zu tun, was jetzt ist." Sie wartete wieder, dass er etwas sagte, aber er stand noch immer schweigend vor ihr. Sie zögerte, bevor sie fortfuhr. Etwas in ihr sträubte sich dagegen, das auszusprechen, was sie sagen wollte. Aber schließlich gab sie sich einen

Ruck. „Ich liebe Ben. In den letzten Wochen da … da ist mir wieder klar geworden, warum. Ich will ihn nicht verlieren und bestimmt geht es dir mit Leah genauso." Wieder keine Antwort, aber jetzt wich er ihrem Blick aus, die Lippen noch immer aufeinandergepresst. „Aber dich will ich auch nicht verlieren. Ich möchte, dass wir Freunde sind. So, wie wir es so lange waren. Bekommen wir das hin?"

Er sah sie wieder an, undurchdringlich. Sein Blick traf sie irgendwo tief in ihrem Innern, aber sie hielt ihm stand, wehrte den Stich ab. Sie fühlte deutlich das Schlagen in ihrer Brust, als sie auf seine Antwort wartete und wieder stieg die Angst in ihr auf. Was, wenn er das nicht wollte? Was, wenn er diese Freundschaft nicht mehr wollte? Was, wenn er … wenn er mehr wollte? Aber das war Unsinn. Er hatte Leah und schließlich war er es gewesen, der …

„Okay." Seine Stimme durchbrach ihre Gedanken. Noch immer ließ er sich nicht anmerken, wie ihre Worte auf ihn gewirkt hatten. Sie hätte ihn fragen können. Sie hätte fragen können, wie er wirklich darüber dachte, was er fühlte. Ob er mit Leah darüber sprechen würde, es vielleicht schon getan hatte. War es nicht das, was eine Freundschaft ausmachte? Dass man über solche Sachen sprach? Aber sie tat es nicht. Er beugte sich wieder hinter den Tresen und nach ein paar Sekunden hielt er ihr mit einem Grinsen, das irgendwie anders war, sein Telefon entgegen. „Na bitte. Lass uns zurückgehen."

Vor drei Jahren.
Niks und Lucys Wohnung.

Es war eine kleine schwarze Schachtel. Zwischen Fitnesshandtuch und Kopfhörern lag dieses winzige Kästchen und starrte Lucy an. Es war mit Samt überzogen. Schwarzer Samt, der in dem wenigen Licht, das durchs Fenster hereinschien, glänzte und schimmerte. Sie nahm es in die Hand und befühlte die weiche Oberfläche. Es war schwer. Schwerer als man es von so einer kleinen Schachtel erwarten würde. Lucy strich mit dem Finger über die Stelle, an der der obere Teil der Box auf den unteren traf und eine Vertiefung bildete. Ihr Fingernagel schob sich dazwischen.

„Lu, hast du es gefunden?" Niklas' Stimme kam aus dem Nebenraum. Sie warf die Box zurück in seine Sporttasche und schloss den Reißverschluss.

„Nein, ich hab noch nicht nachgesehen. Entschuldige." Was bedeutete das? Vielleicht nichts. Vielleicht bewahrte er die Box nur für einen Freund auf.

„Es ist in der Seitentasche der blauen Jacke." Warum hatte er das nicht gleich gesagt? ‚Holst du mir mal mein Telefon aus der Tasche, bitte?' Wer denkt denn da an die Jackentasche? Dann hätte sie die Schachtel nicht gesehen und müsste jetzt nicht darüber nachdenken, was sie zu bedeuten hatte. Was sollte das überhaupt? Sie hatten seit Monaten nicht über die Zukunft gesprochen. Oder über die Gegenwart. Oder über die Vergangenheit. Sie sprachen über nichts, was über den Wocheneinkauf, die Wahl des Restaurants, in das sie abends zum Essen gingen, und die ersten Krabbelversuche von Mia hinausging. Mit Simon hatte sie das letzte Mal am Tag von Charlottes Beerdigung gesprochen. Er war in der

Nacht danach ohne ein Wort des Abschieds aufgebrochen und keiner von ihnen wusste, wo er jetzt gerade war. Mit ihrem Vater telefonierte sie einmal in der Woche, aber auch mit ihm sprach sie nur über Mia oder das Wetter. Es war alles anders, seit Charlotte gestorben war. Es war schnell gegangen. Damit hatten sie nicht gerechnet. Simon war nur drei Tage vor ihrem Tod angekommen und er hatte die Frau, die er sein Leben lang mehr geliebt hatte, als jeden anderen Menschen auf der Welt, nur noch als schwaches Abbild ihrer selbst erleben können. Lucy und Niklas waren bereits einige Wochen vor ihm eingetroffen. Aber niemand hatte damit gerechnet, dass es so schnell gehen würde. Das war vor sechs Monaten.

„Hey, ist alles okay?“ Sie erschrak. Niklas stand plötzlich hinter ihr. „Die Jacke hängt vorne.“

Sie antwortete nicht. „Lu?“ Er drehte sie zu sich und als er sah, dass sie weinte, schon wieder weinte, nahm er sie in die Arme. Das musste er oft tun seit den vergangenen Weihnachtsfeiertagen,. Sie löste sich von ihm und wischte sich die Tränen aus dem Gesicht.

„Ähm …“ Sie blinzelte und ihr Blick fiel auf ihr Notebook, das aufgeklappt auf dem Bett lag. Das E-Mail-Programm war geöffnet und das Logo des Magazins, für das sie gelegentlich Artikel schrieb, leuchtete auf. „Ich habe eine Anfrage für eine Reportage in Südkorea. Ich … ähm … ich denke, ich werde sie annehmen.“

Niklas sah sie fassungslos an. „Wann?“

„Es ist ziemlich kurzfristig. Eine andere Journalistin hat abgesagt. Es geht in zwei Tagen los.“ Sie hatte nicht annehmen wollen. Sie war gerade dabei gewesen, die Absage zu formulieren, als er sie gebeten hatte, ihm sein Telefon zu bringen. Als sie zusammengezogen waren, hatten sie diesen Abschnitt beendet. Zu lange hatten Flughäfen und Hotelzimmer und schlechte Internetverbindungen ihren Alltag und ihre Beziehung bestimmt. Aber jetzt konnte sie nicht länger hierbleiben. Nicht zwischen Charlottes Bildern an der Wand, dem Teppich, den sie eines Tages auf einem Überraschungsbesuch mitgebracht hatte und den leeren Gesprächen mit dem einzigen Menschen, den sie jetzt brauchte. Und nun war da auch noch diese schwarze Schachtel.

Sie wusste nicht einmal mehr, ob es Niklas war, der nicht mehr zu ihr durchdrang oder ob *sie* ihn nicht mehr rein ließ. Das schwarze Kästchen, das verborgen in der Tasche hinter ihr lag, machte diese schmerzhafte und traurige Situation unerträglich, obwohl es das Gegenteil hätte bewirken sollen. Und Lucy war zu gefangen, um sich einzugestehen, warum. Sie sah ihm nicht in die Augen. Auch das war zu viel. Stattdessen ging sie zu ihrem Laptop und tippte eine Antwort an das Magazin. Er sagte nichts, sah ihr einen Moment lang zu, zumindest glaubte sie das, und verließ schließlich den Raum. Lucy ließ sich aufs Bett fallen, nachdem sie den ‚Senden'-Button gedrückt hatte, vergrub den Kopf in den Händen und weinte leise, bis sie irgendwann einschlief.

Als sie wieder aufwachte, war es dunkel. Niklas lag neben ihr. Er hatte den Laptop zur Seite gestellt, sie zugedeckt und sich hinter sie gelegt. Er war wach. Das hörte sie an der Art, wie er atmete, spürte es an seinem Herzschlag. Seine Hand begann sie zu streicheln. Er wusste, dass sie aufgewacht war. Sie drehte sich zu ihm und strich ihm über die Wange. Die Bartstoppeln bremsten ihre Finger. Auch er hatte geweint, seine Wange war noch immer nass. Dann küsste sie ihn, wie sie es seit Monaten nicht getan hatte. Sie schliefen miteinander. Und für diesen einen Moment vergaß sie die vergangenen Wochen, die Bilder an der Wand und das Kästchen in der Sporttasche. Ihn zu spüren, die Haut an seinem Bauch mit dem leichten Haarflaum auf ihrer glatten Haut, seine Lippen auf ihrem Mund, der vom Weinen noch immer brannte. Sein Blick, den sie in der Dunkelheit nur erahnen konnte, den sie aber so oft gesehen hatte, dass das Bild in ihrem Kopf so detailreich war, wie das Original. Seine Hände, die sie so fest fassten, als würden sie sie nicht nur in diesem Augenblick festhalten wollen. Lucy ließ sich fallen und zögerte das Ende soweit hinaus, wie sie konnte. Auch Niklas hielt immer wieder inne, hielt auf, was sie schließlich zwingen würde, sich dem zu stellen, was da unausweichlich vor ihnen lag.

November.
Lucys Auto. Rückfahrt in die Stadt.

Lucy fuhr langsam. Die Scheibenwischer liefen auf höchster Stufe und schafften es dennoch kaum, die Sicht freizuhalten. Der für den morgigen Tag angekündigte Schnee staute sich auf ihrer Windschutzscheibe, bedeckte die Straßen und zwang sie im Innenstadttempo über die Schnellstraße zu fahren. Sie waren, gegen Louises Protest, sogar früher losgefahren, als sich abgezeichnet hatte, dass das Wetter bereits heute Abend umschlagen würde. Aber schon beim Losfahren malten die ersten Schneeflocken kleine Eisblumen auf die Scheibe und nach zwanzig Minuten sahen die Gebäude am Straßenrand aus wie kleine, gepuderzuckerte Pfefferkuchenhäuschen. Niklas, Ben und auch Louise drängten Lucy, umzukehren und am nächsten Tag nach Hause zu fahren. Aber Lucy weigerte sich. Zur Not würde sie in einem Hotel auf dem Weg übernachten. Die nächsten Tage sollte sich das Wetter nicht ändern und jetzt hatten sie die Straße fast für sich allein. Außerdem …

Louise drehte den Kopf zur Seite. Sie schlief seit einer halben Stunde. Seit einer Stunde waren sie unterwegs und hatten erst ein Viertel der Strecke geschafft. Jetzt war es neun Uhr und vor zwölf würden sie nicht ankommen. Aber Lucy war froh über diese Auszeit. Die Straße erforderte ihre volle Konzentration und dennoch hatte sie Gelegenheit, die vergangenen Stunden zu reflektieren.

Sie war froh darüber, klare Fronten mit Niklas geschaffen zu haben. Sie stand hinter ihrer Entscheidung. Sie wollte Ben heiraten und sie wollte Niklas‘

Freundschaft. Es tat gut, ihn anrufen zu können. Mit ihm zu lachen und zu wissen, wie es ihm ging und was er machte. Sie waren so viel länger nur Freunde gewesen, als dass sie …

Lucy musste bremsen. Vor ihr hatte ein Auto für einen Moment die Kontrolle verloren und schlingerte gefährlich von einer Seite der dreispurigen Straße zur anderen. Der Fahrer schaffte es, den Wagen wieder in die mittlere Spur zu bringen und geradeaus weiterzufahren. Lucy drosselte das Tempo auf Kleinstraßenniveau und stellte sich auf eine lange Nacht hinter dem Steuer ein. Das Auto vor ihr erhöhte die Geschwindigkeit und sie hoffte, ihn nicht im nächsten Straßengraben wiederzusehen.

Ihre Gedanken wanderten zurück zu dem Gespräch mit Niklas. Mit ein paar Stunden Abstand klang sein ‚Okay' seltsam, wirkte sein Grinsen aufgesetzt. Und im restlichen Verlauf des Abends hatte er kaum ein Wort mit ihr gesprochen, das nicht mit dem Wetter oder ihrer Heimfahrt zusammenhing. Aber hatte er wirklich etwas anderes erwartet? Und wenn ja, was? Heimliche Treffen alle paar Wochen? Oder hatte er gehofft, sie würde sich von Ben trennen? Aber was war mit Leah? Lucy wurde bewusst, dass sie gar nicht hatte reden wollen. Sie wollte nicht wissen, wie er zu all dem stand. Sie wollte nicht, dass er etwas anderes wollte als sie. Sie wollte nicht, dass ihr Heile-Welt-Konstrukt zusammenbrach, weil es nicht zu seinem passte. Sie wollte, dass alles so lief, wie sie sich das ausgemalt hatte. Sie wollte die Kontrolle behalten. Sie wollte darüber entscheiden, welchen Weg ihr Herz ging. Wie sollte sie es anders schützen können? Und dafür musste Niklas so denken, wie sie. Was aber, wenn er das nicht tat? Was, wenn er nur deshalb nichts gesagt hatte, weil er wusste, dass er sie dann verlieren würde? Aber das passte nicht zu ihm. Er hielt seine Gedanken nicht zurück und wenn er etwas wollte, dann sagte er das auch. Da war sie wieder. Maria, die heute Abend solo Fragen gegen eine Wand schlug. Und Lucy wusste die Antworten nicht, wollte sie nicht wissen.

Sie erreichten eine Tankstelle. Lucy nutzte die Zeit an der Kasse, um Ben ihren aktuellen Standort zu senden und ihn zu bitten, Louises Bett vorzubereiten. Mit einem Kaffee in der Hand ging sie zurück zum Auto, in dem das Mädchen noch immer schlief. Lucy holte eine Decke aus dem Kofferraum und kuschelte sie darin ein. Sie strich ihr eine Strähne aus dem Gesicht und betrachtete sie für einen Moment. Sie hatten den Antrag eingereicht. Aber, aus unerfindlichen Gründen, gab es keine Chance, dass er bewilligt wurde, bevor sie und Ben nicht heirateten. Bis dahin würde alles so bleiben, wie es war. Zumindest aber hatte ihnen Angela zugestanden, Weihnachten gemeinsam zu verbringen. Lucys Vater würde in die Stadt kommen und er und Louise würden fünf Tage mit ihnen verbringen.

Es dauerte vier weitere Stunden, bis sie das Auto vor der Haustür parken konnte. Als sie endlich den Motor ausschaltete, fiel die Anspannung der Fahrt von ihr und die Müdigkeit übermannte sie. Lucy schloss die Augen, lehnte sich zurück und erschrak, als im nächsten Moment jemand gegen die Scheibe klopfte. Es war Ben. Ben, der sie besorgt ansah und bereits auf dem kurzen Weg vom Haus zum Auto eine beachtliche Schneeflockensammlung auf Kopf und Schultern angehäuft hatte. Er öffnete zuerst die Tür zum Fond und holte ihre Jacke. Lucy stieg aus, schlüpfte hinein und ließ sich in seine Arme fallen. „Warum bist du denn noch wach?“

Er drückte sie an sich. „Glaubst du, ich kann schlafen, wenn du bei diesem Wetter unterwegs bist?“

Aus dem Auto kam ein lautes Gähnen. „Sind wir schon da?“

Weihnachten vor 3 Jahren.
Ein kleiner Flughafen.

Lucy hatte vergessen, an welchem Flughafen sie sich befand. Es war die dritte Zwischenlandung auf einem 14-Stunden-Flug. Durch starke Schneefälle an ihrem eigentlichen Zwischenstopp, dem eigentlich einzigen Zwischenstopp, musste ihr Flug umgeleitet werden und sie war zwei weitere Male zwischengelandet. Dadurch würde sich ihre Reise um zwölf Stunden verlängern. So der Plan. Bisher stand das Flugzeug, das sie zu ihrem Vater und zu Niklas bringen sollte, noch unbeladen vor dem Fenster hinter ihr. Alle Sitzplätze, es waren nicht besonders viele, waren bereits besetzt gewesen, als Lucy hier ankam. Offenbar waren mehrere Flüge hier gestrandet. Sie hatte sich in der Nähe einer Heizung unter eben diesem Fenster auf ihre Jacke gesetzt, hatte ihren Vater angerufen und sich einen Kaffee, der erstaunlich gut war, und ein Sandwich, das erstaunlich schlecht war, geholt. Sie hatte ihre Bestellung auf Spanisch aufgegeben, richtig. Also konnte sie maximal ein paar Stunden von Zuhause entfernt sein. Sie hatte überlegt, ein Auto zu mieten, aber die Fahrzeit würde auch ohne das Schneetreiben zu lang sein. In der Mitte der Wartehalle stand ein Weihnachtsbaum. Es war Heiligabend. Auch wenn die Bezeichnung ‚Abend' erst in ein paar Stunden zutreffen würde. Noch war es die Dunkelheit der vergangenen Nacht, die durch die Fenster eindrang.

Lucy holte seufzend ihr Notebook aus der Tasche. Sie klappte es auf, aber nichts geschah. Der Akku hatte die vielen Wartehallen nicht überstanden. Sie sah sich nach einer Steckdose um, konnte aber keine entdecken. Also klappte sie den Computer wieder zu und verstaute ihn zurück in der schwarzen Ledertasche. Ein Geschenk von Niklas. Er hatte sie ihr vor genau einem Jahr geschenkt. Am vergangenen Weihnachten. Lucy schluckte. Die Bilder von ihr und Charlotte auf dem Eis schossen ihr in den Kopf, wie so oft in den letzten Stunden, Tagen, Wochen und Monaten. Und wie so oft erinnerte sie sich an diesen einen Moment danach. Diesen einen Moment der Hoffnung. Diesen einen Moment, in dem sie überzeugt gewesen war, Charlotte würde es schaffen können. Sie waren aus der Kälte des Wintermorgens zurück ins Haus gekehrt. Es war erfüllt von Wärme, Musik und den Stimmen der Menschen, die sie liebte. Sie hatten gefrühstückt und sich dann zu fünft vor den Kamin gesetzt. Mit dicken Wollpullis, die Victoria vor vielen Jahren für sie gestrickt hatte. Niklas hatte hinter Lucy auf dem Boden gesessen, an einen Sessel gelehnt, und Lucy hatte den Kopf auf seine Brust gelegt, während er ihren Arm streichelte. Sie hatte eine Tasse Kakao in der Hand gehalten. Es war der einzige Tag im Jahr, an dem sie Kakao trank. Einfach, weil sie es schon als Kinder getan hatten und es eine der Traditionen gewesen war, die Charlotte geliebt hatte. An diesem Tag nahm sie kein Fertigpulver. Sie bereitete die heiße Schokolade selbst zu. Mit Puderzucker, echtem Kakaopulver, geriebener Orangenschale, Vanille, Zimt und Kardamom. Sie kochte die Milch im Topf auf und packte für jeden genau die richtige Anzahl an Marshmallows in die Tassen.

Lucy wusste noch, dass im Hintergrund Musik lief. Sie konnte sich nicht mehr an das Lied erinnern, aber es war fröhlich und sie erinnerte sich an das Lachen, das sich mit der Musik vermischte. Charlottes Lachen. Sie lachte über eine von Olivers Geschichten über die verrückten Dinge, die sie und Niklas und Simon als Kinder angestellt hatten. Er erzählte gern davon. Lucy hatte vergessen, welche Geschichte es war. Sie ärgerte sich darüber, so viele Details dieses besonderen Augenblicks, dieses letzten unbeschwerten Moments, schon jetzt, nur ein Jahr später, nicht mehr zu wissen. Sie hatte versucht, es aufzuschreiben. Immer wieder. Aber nach wenigen Sätzen war es zu schwer. Sie schweifte ab und hinderte sich selbst daran tiefer in diesen vergangenen Moment einzutauchen, um nicht vom Schmerz überrannt zu werden. Aber etwas würde sie nie vergessen. Das Gefühl der Hoffnung. Jetzt fühlte es sich anders an. Es hatte seine Bedeutung verloren, denn nun wusste sie, die Hoffnung war vergebens gewesen. Bevor das Jahr zu Ende gegangen war, hatte sie mit Niklas, Simon und ihrem Vater vor Charlottes leerem Bett gestanden und der Boden unter ihren Füßen hatte einer nicht enden wollenden Leere Platz gemacht. Seither fiel sie und fand keinen Halt.

Von einem Tag auf den anderen war alles anders. Simon war gegangen ohne Abschied. Ihr Vater hatte sich in die Arbeit gestürzt und war jeden Tag, nachdem er die Praxis geschlossen hatte, noch ein paar Stunden, manchmal bis in die Nacht hinein, manchmal bis zum nächsten Morgen, in die Klinik gegangen, um dort zu helfen. Lucy hatte bleiben wollen, aber sie sah ihn kaum und sie wusste, dass er Zeit brauchte. Zumindest hoffte sie es. Und sie konnte nicht länger täglich an der dunklen Holztreppe vorbeigehen und die vielen Bilder ignorieren, die überall im Haus verteilt hingen. Sie konnte den Weg zum Strand nicht länger meiden und sie konnte nicht mehr um den Türrahmen zwischen Küche und Diele herumschleichen, in den Charlotte für sie und Simon und Niklas jedes Jahr neue Kerben ins Holz geritzt hatte. Also waren sie nach Hause gefahren. Aber auch dort fühlte sich alles falsch an. Und dann hatte sie das schwarze Kästchen gefunden und den Auftrag angenommen. Und dann, vier Tage nachdem das Taxi sie nach diesem Auftrag wieder vor ihrer Haustür abgesetzt hatte, hatte sie einen weiteren in Russland angenommen. Es folgte eine vierwöchige Reportage-Reise durch China, Vietnam und Sri Lanka und ein dreiwöchiger Job in Japan. Und plötzlich war sie wieder mehr auf Flughäfen unterwegs als in den Supermärkten und Cafés rund um ihr Zuhause. Es dauerte ein paar Monate bis Niklas aufhörte zu warten. Aber schließlich war auch er immer öfter nicht zuhause, wenn sie einen kurzen Zwischenstopp in ihrer Wohnung machte. Und dieses Mal war es anders. Sie sahen einander eher zufällig, als dass sie es planten. Zuerst wusste sie nur selten nicht, wo er gerade war. Aber in letzter Zeit war aus diesem ‚selten' eher ein ‚in der Regel' geworden. Heute hatte der erste Tag seit sieben Wochen sein sollen, an dem sie sich sahen. Sie hätte am vergangenen Abend landen sollen – vor sieben Stunden. Niklas würde bereits morgen wieder abreisen.

Lucy sah aus dem Fenster. Die Dunkelheit wich nur langsam dem neuen Tag. Es hätte längst hell genug sein müssen, um zu erkennen, was jenseits der Rollbahnen lag. Aber dicke Wolken verdunkelten den Himmel und gerade als sie sich wieder vom Fenster abwenden wollte, sah sie die erste Schneeflocke langsam vom Himmel zum Boden schweben. Fünf Minuten später kratzten die Lautsprecher in der Wartehalle und jemand erklärte zuerst auf Spanisch und schließlich in gebrochenem Englisch, was Lucy nicht hören wollte. Heute würde kein Flugzeug, diesen Flughafen verlassen. Es wurde mit starken Schneefällen, Sturm und zwischenzeitlichen Hagelschauern gerechnet. Lucy schloss die Augen, lehnte sich an die Wand und versuchte, die aufkommenden Tränen hinunterzuschlucken. Wie es aussah, würde sie eintreffen, wenn Niklas abflog. Wenn sie Glück hatten, sahen sie sich noch für einen Kaffee auf dem Flughafen. Sie griff in ihre Tasche und kramte nach ihrem Telefon. Sie fand es und versuchte, das Display einzuschalten. Aber auch dieser Akku hatte die lange Reisezeit nicht überstanden. Entnervt und gegen einen neuen Kloß im Hals kämpfend sah sie sich nach einem Münztelefon um. Es dauerte eine Weile, bis sie am anderen Ende der Halle drei blaue öffentliche Telefone entdeckte. Lange Menschenschlangen hatten sich davor gebildet. Sie würde mindestens eine halbe Stunde anstehen müssen, um an einen Apparat zu kommen. Zweifelnd sah sie zwischen ihren Sachen und den Fernsprechern hin und her. Sie würde ihren Platz verlieren. Und die kleine Wartehalle war bereits jetzt so voll, dass die Leute auf dem Boden mitten im Gang saßen. Und es strömten immer mehr gestrandete Menschen hinein. Niemand konnte vorhersagen, wann der Flugbetrieb wieder aufgenommen werden und welcher Flieger zuerst starten würde. Sie würde warten und später jemanden fragen, ob sie sein Telefon benutzen dürfte, um eine Nachricht an ihren Vater zu schreiben. Sie lehnte sich zurück und schloss die Augen, bereit, die nächsten Stunden so zu verbringen, als sie ihren Namen hörte.

„Lucy? Hey Lucy! Was machst du denn hier?“ Überrascht öffnete sie die Augen und sah in ein lachendes, bekanntes Gesicht, dem dunkle Locken in die Stirn fielen und auf dessen Nase die so vertraute, schwarz gerahmte Brille saß. Ein Fotoapparat baumelte an einem rot-schwarzen Band um seinen Hals. John.

„Ich verpasse Weihnachten.“ Sie lächelte gequält zurück. Er hockte sich neben sie, schob sich die Kamera auf den Rücken und schloss sie in die Arme.

„Aber warum sitzt du hier rum? Komm mit in die Lounge.“

„Was?! Es gibt eine Lounge? Auf diesem Mini-Flughafen? Das ist ein Witz, oder? Ich sitze hier seit Stunden rum.“

„Na wenigstens hattest du einen Fensterplatz. Aber nun komm, ab in die Welt der Vielflieger.“ Er reichte ihr lachend die Hand, griff nach ihrem Handgepäckkoffer und zog sie zum Stehen und dann hinter sich her.

„Ich wollte ein paar Bilder von den Menschenmassen machen und plötzlich taucht dein Gesicht vor meinem Objektiv auf. Bist du auf dem Weg nach Hause?“

„Ja, aber wie es aussieht, werde ich es wohl heute nicht mehr schaffen.“

„Nein, mein Flug nach London ist auch gestrichen. Fürs Erste zumindest.“ Sie erreichten eine Treppe, die Lucy von ihrem Fensterplatz nicht hatte sehen können. In der Etage oberhalb der Wartehalle eröffnete sich eine andere Welt. Auch hier waren viele Menschen unterwegs. Aber es war deutlich ruhiger und kein Vergleich zu den Menschenmassen im Erdgeschoss. Sie zeigte der Dame am Eingang ihre Vielfliegerkarte und folgte John zu seinem Platz. Die Lounge war nicht so repräsentativ wie an größeren Flughäfen, aber es gab bequeme Sessel, Tische und, wie Lucy erleichtert feststellte, Steckdosen. Die meisten Geschäftsleute reisten nicht mehr an Heiligabend und so war die Lounge zwar nicht leer aber auch nicht voller als an normalen Wochentagen. Die Fenster waren fast bodentief und reichten bis zur Decke. Man blickte auch hier auf die Rollbahn, die inzwischen von einer dünnen weißen Schicht überzogen war. Gelbe Räumfahrzeuge mit orange-farbenen Warnleuchten machten sich bereit, die erste Schneedecke beiseitezuschieben.

Lucy ließ sich in die kleine Couch fallen, an der John seine Sachen zurückgelassen hatte. Sie holte ihr Handy aus der Laptop-Tasche und schloss es an eine Steckdose an, als John zwei Tassen Kaffee auf den Tisch stellte. „Kein Zucker. Viel Milch." Er grinste sie an. „Hast du Hunger?"

„Nein, danke. Ich habe gerade etwas gegessen." Ihr Telefon gab ein Signal und Lucy schaltete es ein. Sie wollte gerade beginnen, eine Nachricht an Oliver zu tippen, als sie sich besann und den Text an Niklas schickte:

‚Hey Nik, ich sitze fest. Es fängt gerade an zu schneien und vor morgen früh geht kein Flugzeug. <3 Es tut mir leid.'

Die Antwort kam in weniger als einer Minute. ‚Dann sehen wir uns wohl erst nächstes Jahr.' Keine Smileys, kein Gruß. Lucy spürte wieder Tränen in sich aufsteigen. Warum hatte sie nicht angerufen? Immerhin würde es das erste Weihnachten sein, an dem sie sich nicht sahen. Das erste Weihnachten ohne Charlotte. Und ohne Simon, der sich nicht meldete. Sie wollte Niklas' Nummer wählen, aber ihr Telefon war noch nicht ausreichend geladen, um es vom Strom zu nehmen und mit John in Hörweite, wollte sie dieses Gespräch nicht führen. Also tat sie nichts.

Vielleicht hätte es einen Unterschied gemacht, wenn sie ihm geantwortet hätte. Wenn sie ihm gezeigt hätte, dass er ihr fehlte und es ihr nicht egal war. Vielleicht hätte diese kleine Geste alles aufhalten können. Aber sie tat nichts. Sie saß nur da, starrte ins Leere und kämpfte gegen die Tränen. Sie war müde. Von den vielen

Flughäfen, den vergangenen Monaten an immer wieder anderen Orten. Von den vielen Emotionen des letzten Jahres. Mehr noch von denen, die sie nicht zuließ, als von denen, die ihr schlaflose Nächte voller Tränen bereitet hatten. Wann hatte sie *das* überhaupt das letzte Mal zugelassen?

„Ist alles okay?" Sie wollte ‚Nein' sagen. Sie wollte endlich mit jemandem sprechen, der nicht genauso verletzt und traurig war wie sie selbst. Aber sie konnte es nicht. Anstatt zu antworten, lächelte sie gequält und griff nach der Kaffeetasse. „Alles okay. Ich wäre nur gern zuhause." John legte ihr den Arm um die Schultern und Lucy ließ ihren Kopf auf seine Brust fallen. Sie war überrascht, wie gut es tat, sich an jemanden anlehnen zu können. „Erzähl mir, woher du gerade kommst." Sie stellte die Tasse zurück auf den Tisch, zog die Schuhe aus und legte die Beine auf das kleine Sofa, dankbar, dass sie zwischendurch die Strümpfe gewechselt hatte. Sie lehnte sich wieder an ihn und schloss die Augen und während er von den Reisen der letzten Monate erzählte, fiel sie erschöpft in einen traumlosen Schlaf.

Ein lautes Lachen weckte sie. Es dauerte eine Weile bis sie sich orientiert und erkannt hatte, in wessen Armen sie lag. Lucy schreckte hoch und weckte damit John, der ebenfalls eingeschlafen war. „Entschuldige. Wie spät ist es?"

Er nahm die Brille ein Stück hoch, rieb sich die Augen und sah auf die Uhr. „Halb zwölf."

Lucy zog die Schuhe an und griff nach ihrem Telefon und ihrer Tasche. „Ich suche mal ein WC."

„Gleich da vorne.“ John deutete mit dem Finger in Richtung der Tür, durch die sie gekommen waren und neben der Schilder den Weg zur nächsten Toilette auswiesen.

Sie ließ sich Zeit und machte sich frisch. Sie war dankbar für den Moment der Ruhe, auch wenn sie ein schlechtes Gewissen gegenüber all den anderen Menschen in der Wartehalle hatte, die vermutlich ähnlich lange an den Waschräumen anstehen mussten, wie an den öffentlichen Telefonen. Sie war allein und das einzige Geräusch kam vom rauschenden Wasser. Mit gebürsteten Haaren, einem aufgefrischten Make-up und geputzten Zähnen (zum Glück gab es dafür Zahnputz-Sets spendende Automaten an Flughäfen), fühlte sie sich deutlich besser, auch wenn man ihr die inzwischen wohl 20 Stunden, die sie bisher unterwegs war, deutlich ansah. Wie lange würde diese Reise noch dauern? Sie ließ sich in den Sessel fallen, der den Waschbecken gegenüberstand, nahm das Telefon aus der Tasche und wählte Niklas‘ Nummer. Sie musste mit ihm sprechen. Ihm sagen, wie traurig sie war, ihn nicht sehen zu können. Sie würde ihn fragen, wo er als Nächstes sein würde und ihm hinterher reisen. Es dauerte eine Weile, bis sich ihr Telefon ins Netz eingeloggt hatte und seine Nummer wählte. Aber statt des vertrauten Signaltons erklang nur eine elektronische Stimme, die sie darauf hinwies, dass der Teilnehmer nicht erreichbar war. Auch auf die folgenden zehn Versuche antwortete nur diese Stimme. Hatte er seine Mailbox ausgeschaltet?

Die Stunden vergingen. Irgendwie. Sie aßen, lasen, erzählten und versuchten etwas Bewegung zu finden, was schließlich nur noch allein möglich war, wenn sie ihren Platz nicht aufgeben wollten. Auch die Lounge war mit der Zeit immer voller geworden. Es landeten zwar keine Flugzeuge mehr, weil die Rollbahnen inzwischen voller Schnee waren, aber es gab noch immer Menschen, die für diesen Tag einen Flug gebucht hatten und nach dem Check-in hier landeten. Kommunizierte denn niemand, dass es ungewiss war, wann der Flugbetrieb wieder aufgenommen werden würde? Als Lucy von einer Runde durch den Flughafenbereich zurückkehrte, war es bereits Abend. John saß an ihrem Tisch und sah die Bilder durch, die er über den Tag verteilt auf dem Flughafen gemacht hatte. Auf dem Tisch vor ihm standen eine Flasche Wein und zwei Gläser. Er deutete darauf und sagte: „Frohe Weihnachten."

Lucy ließ sich neben ihn auf das Sofa fallen. „Ja. Frohe Weihnachten." Zumindest war sie nicht allein.

„Sag mal, hast du nicht Lust, einen Artikel über all das zu schreiben?" Er sah weiter die Bilder durch.

„Über das hier?" Sie machte eine ausladende Geste mit den Händen.

„Ja, ich habe bereits eine Anfrage dafür und habe auch schon angedeutet, dass ich da jemanden wüsste, der vielleicht die Worte zu meinen Bildern schreiben würde." Er grinste sie an.

„Ach, wüsstest du da jemanden?" Lucy grinste zurück. Es war zwei Jahre her, seit sie zuletzt zusammen gearbeitet hatten und sie hatte bereits auf dem zweiten Zwischenstopp angefangen, sich Notizen zu machen, um eventuell einen Artikel über das weihnachtliche Flugchaos zu schreiben.

„Hast du Lust?" Er öffnete die Flasche und füllte die Gläser.

„Ja, gern." Lucy holte ihren gelben Notizblock aus der Hosentasche und wedelte damit vor seinen Augen herum. „Ich hätte da auch die eine oder andere Beobachtung gemacht. Vielleicht hast du ja davon ein Foto? Zeig mal."

„Ich wusste, du bist vorbereitet. Leider habe ich kein Notebook dabei. Wir können uns die Bilder also nur auf dem kleinen Display hier ansehen." Er deutete auf die Kamera.

„Aber ich." Lucy holte ihren Laptop, der inzwischen geladen war, aus der Tasche und suchte nach einem Card Reader. Eine Minute später erschienen Johns Bilder auf dem Display. Wie immer hatte er die Menschen und ihre Emotionen so fesselnd eingefangen, dass Lucy kaum merkte, als ihr eigenes Porträt auf den Bildern erschien. Nachdenklich, genervt, noch auf dem Boden vor dem Fenster sitzend. Zwischen all den Menschen, die jetzt noch immer dort unten hockten, während sie hier gemütlich auf einem Sofa saß und Wein trank. Das schlechte Gewissen ergriff sie ein weiteres Mal und sie stellte ihr Glas auf den Tisch.

Sie verbrachten Stunden damit den Artikel zu planen und als sie das Notebook schließlich schlossen, war es ruhig geworden in der Lounge. Licht erschien nur noch von wenigen Lampen, die auf den Tischen standen, den Notausgangszeichen und der Bar, die auf der gegenüberliegenden Seite des Raumes lag. Draußen erhellten Laternen die weiße Schneedecke und es waren noch immer Räumfahrzeuge unterwegs. Aber das Schneetreiben wurde nicht weniger. Es würde noch ein paar Stunden dauern, bis hier das nächste Flugzeug abhob. Lucy sah seufzend auf ihr Telefon. Es war nach Mitternacht. Sie hatte mehrfach versucht, Niklas zu erreichen. Jedes Mal, wenn sie zu einer Runde aufgebrochen war oder wenn John unterwegs war, hatte sie seine Nummer gewählt. Zuletzt war es ihr egal gewesen, dass John es mitbekam. alle zwanzig Minuten hatte sie es erneut versucht. Und jedes Mal, wenn die elektronische Stimme seine Abwesenheit verkündete, hatte sie ihm Nachrichten geschrieben. Bisher hatte ihn keine erreicht. Lucy konnte nur mutmaßen, warum. Sie hätte ihren Vater anrufen können, was sie auch tat. Aber sie fragte nicht nach Niklas und Oliver erzählte nichts. Sie wollte ihn damit nicht belasten. Und vor allem wollte sie ihm gegenüber nicht eingestehen, dass etwas nicht stimmte.

Oliver trauerte noch immer und vermutlich würde er das sein Leben lang tun. Auch er hatte sich das gesamte Jahr über in die Arbeit geflüchtet. Nachdem er in den ersten Wochen fast jede Minute in der Praxis oder Klinik verbracht hatte, hatte er irgendwann die Praxis an einen jüngeren Arzt übergeben und war für verschiedene Organisationen in der Welt unterwegs gewesen, um Kinder zu behandeln, die sich den Weg zum Arzt nicht leisten konnten. Lucy verstand ihn gut. Abstand war das Einzige, was ihr half, auch wenn es nicht nur der räumliche Abstand war, den sie suchte. Nachdem sie zuerst die eigene und Niklas‘ Mutter, dann Niklas‘ Großeltern und jetzt Charlotte verloren hatte, war es einfacher, sich von den Menschen zu distanzieren, die sie liebte. Wenn sie ihr Herz verschloss, würde der Schmerz über einen weiteren Verlust vielleicht nicht so groß sein.

„Wir sollten schlafen." John lehnte sich auf der Couch zurück, rekelte sich und sah Lucy müde an. Dann stand er auf und ging in Richtung Waschraum, um sich die Zähne zu putzen. Lucy tat es ihm gleich. Die Gefahr, dass ihnen jemand den Platz wegnahm, schien vorüber. Die meisten schliefen bereits und seit Stunden hatte kein weiterer Fluggast die Lounge betreten. Offenbar schickten sie die Leute nun doch vor dem Check-in nach Hause. Sie versuchte es noch ein letztes Mal auf Niklas' Telefon. Diesmal klingelte es. Sie wartete, aber der Anruf blieb genau wie fünf weitere unbeantwortet. Was, wenn es zu spät war? Was, wenn er aufgegeben hatte? Sie brauchte eine Weile, um die Tränen zu unterdrücken und sich einzureden, dass er einfach schon schlief. Als sie zurück in die Lounge kam, trug John gerade eine Decke zu ihrem Tisch. Sie sah zweifelnd auf das kleine Sofa, auf dem kaum einer von ihnen ausreichend Platz zum Schlafen finden würde. Sie blickte sich um. Die anderen schliefen vorwiegend im Sitzen. Manche Pärchen hatten es irgendwie geschafft, sich gemeinsam auf ähnlich große Sofas zu legen. Lucy hoffte, dass es in der großen Halle ebenfalls warm genug sein würde. „Ich nehme den Boden."

„So ein Unsinn. Du bist deutlich länger unterwegs als ich. Ich kann im Sitzen schlafen."

„Ohne dich würde ich jetzt da unten in der Wartehalle sitzen und nicht schlafen können, weil ich Angst hätte, jemand würde mir meine Sachen klauen oder weil ständig irgendjemand niest oder schnarcht oder flucht oder weil ein Kind einfach keine Lust mehr hat, sein Schlafzimmer mit hunderten anderen Leuten zu teilen." Sie überlegte. John war ein guter Freund. Sie kannten sich seit Jahren. Warum sollten sie nicht nebeneinander schlafen? Also schafften sie es irgendwie, sich gemeinsam auf das Sofa zu legen. Es fühlte sich seltsam an, einem anderen Mann so nah zu sein. Und gerade, als sie dachte, dass sie so nie würde einschlafen können, nicht nur wegen der ungemütlichen Position, sondern vor allem, weil es so unangemessen und falsch zu sein schien, dass dieser Mann nicht Niklas war, übermannte sie die Müdigkeit.

Der Schlaf währte nicht lang. Nach vier Stunden wurden sie von einer Durchsage geweckt. Lucy schrak auf und ihr Kopf stieß mit Johns zusammen. Sie rieb sich die Stirn. „Was hat sie gesagt?"

„Es gibt neue Flugpläne." In diesem Moment kam ein Mitarbeiter der Lounge zu ihnen und gab ihnen eine Flugliste. Lucy suchte nach ihrer ursprünglichen Flugnummer.

„Mein Flieger geht um neun." Sie sah auf die Uhr. „In drei Stunden."

„Meiner um zehn."

Eine weitere Durchsage erklärte den Passagieren, dass das Boarding normal ablaufen würde und sie nichts weiter zu tun hätten als zu warten. Lucy ging ins Bad, um sich frisch zu machen. Als sie wieder kam, stand bereits Frühstück auf dem Tisch und John hatte die Decke zurückgebracht. Sie aßen und planten die letzten Einzelheiten des Artikels. Lucy würde im Flugzeug beginnen, ihn zu schreiben und ihn dann per Mail an John schicken.

Als ihr Flug aufgerufen wurde, erhob sich auch John, um sie zu begleiten. Sie stellte sich in die Schlange, die sich bereits an der Ticket-Kontrolle gebildet hatte und sah immer wieder auf ihr Telefon. Bisher hatte Niklas nicht geantwortet, ihre Nachrichten noch nicht gelesen. Sie hatte zwei weitere Male versucht, ihn zu erreichen und ihm dann geschrieben, wann ihr Flugzeug landen würde. Vielleicht traf sie ihn am Flughafen. Vielleicht hatten sie noch ein paar Stunden. Vielleicht könnte sie einfach mit ihm in das nächste Flugzeug steigen und ihn begleiten, wohin auch immer er unterwegs sein würde.

Kurz bevor sie an der Reihe war, nahm John sie zur Seite, um sich zu verabschieden. Er nahm sie in den

Arm und als er sich von ihr löste, stieß jemand sie von hinten an und plötzlich waren sich ihre Gesichter so nah, dass sich ihre Nasenspitzen berührten. Und dann berührten sich auch ihre Lippen. Sie wusste nicht einmal, von wem die Initiative ausging. Aber sie küssten sich. Zu lange. Es gab keine Schmetterlinge und kein Gefühl des Verlangens. Es war ein Kuss, den sie sich später nur mit ihrer Erschöpfung und der Intimität der vergangenen Stunden und der Sehnsucht nach der Nähe eines anderen Menschen erklären konnte. Es passierte einfach und Lucy realisierte erst, was gerade geschah, als eine Durchsage, der Aufruf eines weiteren Fluges, sie aus dem Moment riss. Sie stieß John von sich und bereute es unmittelbar. Er konnte schließlich nichts für all das. „Es tut mir leid."

Er nahm sie nochmals in die Arme. „Ihr bekommt das wieder hin." Inzwischen musste es fast unmöglich sein, die Tränen aufzuhalten, aber sie blieben hinter einer Glaswand zurück. Sie löste sich aus der Umarmung, küsste ihn auf die Wange und ging wortlos zu der Flugbegleiterin mit dem blauen Halstuch, die die Szene genau beobachtet hatte, denn Lucy war der letzte Passagier in der Schlange. Sie schenkte ihr einen mitfühlenden Blick und gemeinsam gingen sie die Gangway zum Flugzeug entlang.

Dezember.
Ein anderes Weihnachten am Flughafen.

Am Abend vor Weihnachten betrat Lucy gemeinsam mit Louise das Flughafengebäude, um ihren Vater abzuholen. Der Artikel über Sarah, die Tänzerin, war bereits auf Phils Schreibtisch und die Entscheidung gefällt, aus all den Geschichten ein Buch zu machen.

„Ist er das? Ist er das?“ Louise sah Oliver zuerst und zeigte wild gestikulierend in seine Richtung. Und als Lucy nickte, strahlte sie, zog Lucy hinter sich her und ging auf ihn zu. Als sie vor ihm stand, schien sie einen Moment unsicher zu sein, wie sie ihn begrüßen sollte, aber dann umarmte sie ihn so herzlich, dass Außenstehende glauben mussten, Lucy und ihre Tochter holten den Großvater des Mädchens ab. Ben würde noch ein paar Stunden in der Praxis zu tun haben und die drei beschlossen, sich die Zeit mit einem Bummel durch die weihnachtlich dekorierte Stadt zu vertreiben. Sie gingen zum Weihnachtsmarkt, aßen gebrannte Mandeln, und als Ohren und Nase die Farbe von kandierten Äpfeln angenommen hatten, gingen sie in Louises und Lucys Lieblingscafé gleich neben der Galerie, in der sie sich kennengelernt hatten.

„Aber, davon hat er gar nichts erzählt.“ Lucy balancierte zwei Cappuccino-Tassen und eine weiße heiße Schokolade in einem braunen Keramikbecher und drei kleine mit Wasser gefüllte Gläser auf einem Holztablett. Louise und Oliver hatten einen gerade frei werdenden Tisch mit gemütlichen Sesseln am Fenster gesichert, während sie zum Tresen gegangen war, um ihre Bestellung aufzugeben. Sie schob das Tablett vorsichtig auf den kleinen Holztisch und verteilte die Tassen. „Wer hat was nicht erzählt?“ Sie lehnte das Tablett gegen die Wand und setzte sich in einen der grünen Sessel mit dem weißen Blütenmuster, das in jedem anderen Raum lächerlich und altmodisch gewirkt hätte.

„Na Niklas.“ Louise nahm ihre Tasse in die Hand, nippte daran und stellte sie blitzartig mit verzerrtem Gesichtsausdruck wieder zurück auf den Tisch. Lucy unterdrückte ein Lachen und reichte ihr eines der Wassergläser. Es war jedes Mal das Gleiche. Sie konnte es einfach nicht abwarten und verbrannte sich dann den Mund.

Oliver sah sie besorgt an. „Alles okay?“

„Hm-hm.“ Louise hielt sich den Mund und nickte.

„Und was hat er nicht erzählt?“

Louise trank einen Schluck Wasser und befühlte ihre Zunge. „Na, dass er und Leah sich getrennt haben.“ Lucy, die gerade dabei war, ihren Cappuccino umzurühren, erstarrte, hob den Blick und sah ihren Vater fragend an.

„Vor drei Monaten.“ Sie war froh, dass sie bereits saß und die heißen Getränke sicher auf dem Tisch standen.

Oliver sah sie erstaunt an. „Du wusstest es auch nicht?“

„Nein.“ Mehr brachte sie nicht heraus.

„Aber, wart ihr nicht …“

„Ja.“

„Zweimal waren wir da in den letzten Monaten.“ Louise war empört. „Und du hast doch bestimmt oft mit ihm telefoniert.“ Ja, das hatte sie. Aber sie sprachen nicht über Leah und auch nicht über Ben. Drei Monate. Zorn stieg in ihr auf. Das bedeutete, dass sie sich unmittelbar nach der Gedenkstein-Setzung getrennt hatten. Hatte er sie verlassen? Oder sie ihn? Und warum? Die ganze Zeit hatte er ihr etwas vorgemacht. Er hatte mit ihr geschlafen, nachdem er sich von Leah getrennt hatte. Er hatte sie in dem Glauben gelassen, auch er würde seine Freundin betrügen, was es nicht besser gemacht hatte, aber … Warum hatte er ihr nichts gesagt? Sie dachte an ihr Gespräch im Popsie. Er hatte sie davon reden lassen, ihre Beziehungen zu retten, während er gar keine mehr hatte. Lucy war außer sich und kurz davor, das Café zu verlassen und ihn anzurufen, oder noch besser direkt in die alte Villa zu fahren, um ihn zur Rede zu stellen. Aber das konnte sie nicht. Sie konnte sich ihrer Wut nicht hingeben und sie konnte sie gegenüber Louise und ihrem Vater auch nicht offen zeigen. Also tat sie das Einzige, was ihr einfiel. Sie wechselte das Thema.

„Na ja, er wird es schon noch erzählen." Sie wandte sich an Oliver. „Hast du Charlies Rezeptbuch mitgebracht?" Sie hatte ihn mehrfach daran erinnert und er hatte ihr bereits ein Foto davon geschickt, wie das in Leder gebundene Buch in seinem Koffer, eingebettet zwischen T-Shirts und weihnachtlich verpackten Geschenken lag. Aber er verstand den Wink, nickte ihr zur Antwort zu und begann Louise zu erzählen, wie Simon und Charlotte sich im Dezember vor zwanzig Jahren dazu verpflichtet hatten, über zwei Wochen hinweg täglich 100 Kekse zu backen. Es war für einen guten Zweck. Sie verkauften sie jeden Morgen vor der Schule und spendeten das Geld für die Ausstattung der Bibliothek. Lucy erinnerte sich noch gut daran, wie enthusiastisch die beiden in das Projekt gestartet waren und zu Beginn noch jeden Keks einzeln verziert hatten. Am Ende der zwei Wochen stellten sie nur noch Teig her und portionierten ihn in 100 mehr oder weniger gleich große Stücke. Für mehr als ein Jahr konnte keiner von ihnen weder Kekse, noch Kuchen, noch Schokolade ansehen, geschweige denn essen. Niklas hatte … Niklas. Die Stimme ihres Vaters verschwand hinter ihren Gedanken und hinter der neu aufflammenden Wut. Sie griff in ihre Tasche nach dem Telefon, um ihn zur Rede zu stellen. Da sprang Louise auf und rief: „Hi-hier, hier sind wir.“ Lucy folgte ihrem Winken und sah Ben in der Tür stehen.

Es waren schöne Feiertage. Lucy genoss es, ihren Vater und Louise um sich zu haben. Die beiden verstanden sich auf Anhieb und Oliver hatte ihr einige von Charlottes alten Zeichenutensilien mitgebracht, die sie sofort ausprobierte. Er vermied es jedoch, ihr von Charlies Atelier zu erzählen, das seit ihrem Tod darauf wartete, wieder einem Künstler zur Verfügung zu stehen. Er wollte ihr keine falschen Hoffnungen machen. Immerhin war noch immer nicht klar, wann sie es mit eigenen Augen würde sehen können. Als sie das Mädchen nach vier Tagen gemeinsam mit Oliver zurück ins Heim brachte, kam es Lucy falsch vor. Louise gehörte zu ihnen. Sie gehörte nicht in ein Kinderheim, so schön die Bäume auf dem Gelände auch gewachsen waren und so lieb die Betreuer auch mit ihr umgingen. Und als sie sah, wie sich Oliver von ihr verabschiedete, fasste sie einen Entschluss.

Weihnachten vor 3 Jahren.
Rückflug.

Lucy hatte einen Platz am Gang. Auf den Plätzen um sie herum saßen Menschen, die mindestens seit dem vergangenen Abend in der überfüllten Halle gewartet hatten. Sie wirkten erschöpft, bei vielen waren die Nerven zum Zerreißen gespannt und einige schliefen bereits, bevor das Flugzeug auf die Rollbahn fuhr. Die nette Flugbegleiterin von der Ticketkontrolle und ihre Kollegen versuchten alles, um einen normalen Ablauf zu ermöglichen und den Passagieren mit Verständnis zu begegnen. Sie hatten selbst seit Stunden warten müssen, ihre Familien an Weihnachten nicht sehen können und hatten die Verspätung und die Zustände in der Wartehalle so wenig zu verschulden wie die Passagiere selbst. Trotzdem wurden sie immer wieder Opfer verschiedenster Beleidigungen und Vorwürfe. Ein Mann, den Lucy bereits von ihrem vorherigen Flug kannte, verlangte lautstark nach einer finanziellen Entschädigung für die verlorene Zeit und den verpassten Flug und die, wie er sagte, ‚menschenunwürdigen' Zustände auf dem Flughafen. Als die Stewardess von der Ticketkontrolle ihm erklärte, dass er dies leider nicht mit ihr besprechen könne, da sie hier keine Entscheidungskompetenzen hätte, wurde er handgreiflich, packte sie an den Armen und zog sie zu sich, um ihr etwas ins Gesicht zu zischen, was Lucy nicht verstehen konnte. Er kam aber gar nicht dazu, alles zu sagen, was ihm auf der Seele brannte, denn der Passagier neben ihm schritt ein, und befreite die Frau aus seinem Griff.

Lucy notierte die Szene und die anderen Beobachtungen in ihrem Notizbuch. Da war eine Mutter mit zwei kleinen Kindern, die geduldig aus einem dicken Buch vorlas. Das Buch sah neu aus, aber es waren nur noch wenige Seiten übrig und Lucy vermutete, dass sie es am Flughafen gekauft hatte oder, dass es ein Geschenk war, was die Kinder vorzeitig hatten auspacken dürfen. Vermutlich hatten sie die vielen Seiten in den letzten 24 Stunden gelesen. Eine ältere Frau, die Lucy aus der Lounge kannte, verteilte Kaugummis an die Passagiere um sich herum, die diese dankbar annahmen. Und ein junges Pärchen, sie konnten kaum älter als 18 sein, schlief, eng umschlungen, ein paar Sitze schräg hinter ihr.

Sobald es möglich war, holte Lucy ihr Notebook aus der Tasche und begann den Artikel zu schreiben. Es dauerte nicht lange und sie hatte den ersten Entwurf beendet. Nach einem Kaffee überarbeitete sie den Text und stellte eine E-Mail an John fertig. Die E-Mail würde erst abgeschickt werden, wenn sie sich das nächste Mal in ein Netzwerk einloggte, aber sie wollte die Sache abschließen. Als sie den Laptop zuklappte, ertönte eine Ansage des Piloten, in der er die baldige Landung ankündigte, über das Wetter informierte und sich vielmals für die vielen Missstände der vergangenen Tage entschuldigte. Die meisten Passagiere waren inzwischen eingeschlafen und wurden durch die Ansage nicht geweckt. Auch der Mann, der so aggressiv auf die Flugbegleiterin losgegangen war, hatte sich von seinem Sitznachbarn, einem Kaffee und einem Stück Kuchen beruhigen lassen. Die beiden waren in ein angeregtes Gespräch vertieft und lachten sogar von Zeit zu Zeit. Lucy mutmaßte, dass ihn neben den blankliegenden Nerven vor allem Koffeinentzug und ein Zuckertief und das Fehlen eines menschlichen Ankers in diese Rage gebracht hatten. Sie lehnte sich zurück und sah aus dem Fenster. Außer Wolken konnte sie jedoch nicht viel erkennen. Und jetzt, ohne die Ablenkung des Artikels, kehrten ihre Gedanken zu John zurück und diesem unerwarteten Kuss. Die Situation war überspannt gewesen, ja. Sie war unsicher, müde, emotional völlig aus der Bahn geworfen. Sie konnte hunderte dieser Erklärungen finden. Aber am Ende blieben es nur Ausreden und Entschuldigungen. Es hätte nicht passieren dürfen. Und ihr war bewusst, dass es nicht passiert wäre, wenn etwas zwischen ihr und Niklas nicht komplett schieflaufen würde. Natürlich war ihr das nicht erst jetzt klar geworden. Aber der Kuss hatte sie mit unbarmherziger Härte darauf gestoßen, dass es möglicherweise zu spät war, um ihre Beziehung zu kämpfen. Dass sie zu lange gewartet hatte. Sich zu lange versteckt hatte. Zu lange davon gelaufen war. Das Flugzeug tauchte in die Wolken und setzte zur Landung an und Lucys Herz begann zu rasen, ihre Hände zitterten und sie spürte wieder, wie Tränen in ihr aufstiegen. Was, wenn es zu spät war?

Sie erwartete nicht, dass ihr Koffer mit ihr geflogen war und hastete an der Gepäckausgabe und den wartenden Menschen vorbei. Aber als der rot-glänzende Hartschalenkoffer als zweites aus der Luke kam, um auf dem Gepäckband seine erste Runde zu beginnen, griff sie danach und rannte, so gut es noch ging, nachdem sie ihr Handgepäck am Tragegriff des Koffers befestigt hatte, zum Ausgang. Sie hatte die Sicherheitskontrolle passiert und rannte noch immer, nun durch die Eingangshalle in Richtung Taxistand, als sie ihn sah. Sie hatte nach der Landung zweimal versucht, ihn zu erreichen. Ohne Erfolg. Und nun stand er etwa zehn

Meter von ihr entfernt an einem Kaffeewagen und nahm gerade einen braunen Pappbecher entgegen. Er sah sie in dem Moment, als er sich zum Gehen wandte. Er wirkte nicht überrascht. Er wirkte enttäuscht. Nein, nicht enttäuscht. Er wirkte, als hätte er sie lieber nicht gesehen. Hatte er der Begegnung aus dem Weg gehen wollen? Sie ging auf ihn zu, langsam und unsicher. Er lächelte nicht und sie hatte keine Ahnung, welchen Ausdruck ihr Gesicht gerade machte. Ihr Herz raste. Es war sieben Wochen her. Sie wollte ihn küssen, doch er drehte sich weg. Tränen stiegen in ihr auf, aber wieder schaffte sie es, sie wegzudrücken.

„Hey! Ich bin so froh, dass wir uns noch sehen." Sie legte ihre Hand auf seinen Arm und wartete darauf, dass er antwortete, aber er sagte nichts.

„Wann geht dein Flug?"

„In zwei Stunden."

„Trinken wir einen Kaffee?"

Er hielt seinen Pappbecher nach oben und sah an ihr vorbei.

Lucy warf einen Blick auf die Schlange, die sich an dem Coffeeshop gebildet hatte. „Teilst du mit mir?" Er sog die Luft hörbar ein und nickte. Er ging voraus und Lucy folgte ihm, ihren Koffer hinter sich herziehend. Im hinteren Teil der Wartehalle fanden sie zwischen zwei Snack-Automaten und ein paar öffentlichen Telefonen ein paar Stühle, die jemand dort stehen gelassen hatte.

„Ich hab versucht, dich anzurufen."

„Mein Telefon lag in irgendeiner Ecke und hatte keinen Empfang." Er saß ihr gegenüber, die Beine breit aufgestellt, die Unterarme auf die Oberschenkel gestützt, den Kaffee zwischen den Händen. Und er sah sie nicht an. Er starrte auf den Becher in seiner Hand und die

Knöchel an seinen Fingern wurden weiß, so sehr klammerte er sich an ihn. Lucy war überrascht, dass er ihn nicht zerdrückte.

„Später hat es geklingelt."

„Da habe ich geschlafen. Oliver hatte es in die Küche gelegt, damit ich es nicht vergesse."

„Ich hab dir Nachrichten geschrieben."

„Ich kann so nicht weitermachen."

Eine Schlinge legte sich um ihren Hals. Sie brauchte nicht zu fragen, womit er nicht weitermachen konnte. Sie hatte recht gehabt. Es war zu spät. Sie öffnete den Mund, um etwas zu antworten, aber er kam ihr zuvor: „Wie geht es John?"

Wie kam er denn jetzt auf John? Das war das Letzte, worüber sie reden wollte. Andererseits … Sie musste es ihm sagen. Es war vermutlich der denkbar schlechteste Zeitpunkt, aber sie konnte es nicht für die nächsten Wochen, vielleicht Monate, vor ihm verstecken.

„Wir haben uns geküsst." Sie bereute ihre Worte sofort. Warum hatte sie das gesagt? Warum jetzt? Und warum so? Er starrte noch immer in seinen Becher, aber sie hörte, wie er schnaubte. Es war ein ‚natürlich musste das passieren'-Lachen. Lucy wollte ihre Hand auf seinen Arm legen, aber er schüttelte sie weg. Dabei schwabbte der Kaffee über und tropfte auf den grauen, glänzenden Naturstein-Boden zwischen seinen Füßen. Jemand hatte ihn vor Kurzem gewischt.

„Nik, lass es mich erklären."

„Du musst nichts erklären, Lucy." Lucy. Er nannte sie Lucy.

„Doch sicher. Weil es nichts bedeu…"

Er hob den Kopf und fixierte sie. „So ein Unsinn. Natürlich bedeutet es was. Und da sind noch hundert andere Dinge, die etwas bedeuten. Dass du nicht früher geflogen bist. Dass du in den letzten sieben Monaten acht Mal einen Weg gefunden hast, ein verabredetes Treffen nicht einzuhalten. Dass du an unserem Geburtstag nicht da warst. Ich weiß schon nicht einmal mehr, wo du an diesem Tag überhaupt warst. Ich weiß manchmal nicht, ob es bei dir gerade Tag oder Nacht ist." Seine Stimme wurde lauter und er machte eine Pause, um sich zu beruhigen.

Die Tränen erreichten wieder die Glaswand. Sie sah sie deutlich, aber sie schafften es nicht, sie zu durchbrechen. Sie wich seinem Blick aus.

„Ich weiß, dass du trauerst. Das tun wir alle. Doch offenbar können wir das nicht gemeinsam."

Noch immer keine Tränen. Sie konnte nicht weinen und sie konnte nicht antworten. Sie saß nur da und starrte an ihm vorbei.

„Ich kann das nicht mehr."

Sie hatte sich geirrt. Es war nicht leichter, jemanden zu verlieren, von dem man sich distanziert hatte. Sie sah die verpassten Momente des letzten Jahres so deutlich vor sich, als hätte jemand anderes ihr Leben gelebt. Und sie sah das Leben, das sie hätte haben können, wenn sie anders mit all dem hätte umgehen können. Aber sie hatte es nicht gekonnt. Und konnte es noch immer nicht. Deshalb sagte sie nichts.

Ihre Augen blieben trocken. Niklas gab ihr den Kaffeebecher. Sie sah ihn an. Seine Augen waren rot. Er würde weinen. Warum konnte sie es nur nicht? Warum hielt sie ihn nicht auf? Er strich ihr über die Wange, ließ seine Hand einen Moment darauf ruhen, küsste sie auf die Stirn und stand auf. Und dann ging er. Er ging und sie blieb einfach sitzen. Sie starrte in die Richtung, in der noch vor wenigen Augenblicken sein Gesicht gewesen war. Sie hatte keine Ahnung, wie lange sie so saß und versuchte zu verstehen, was hier gerade passiert war. Aber ihr Kopf wiederholte nur immer wieder seine Worte: ‚Ich kann das nicht mehr.'. Der Kaffee wurde kalt, die Tropfen auf dem Boden waren inzwischen getrocknet. Um sie herum hatte sich eine dunkle Kontur gebildet. Und noch immer schafften es die Tränen nicht, die Scheibe zu durchbrechen. Sie konnte sich erst aus der Starre lösen, als ihr jemand eine Hand auf die Schulter legte und sie sanft zum Stehen zog. Es war ihr Vater. „Komm, wir fahren nach Hause."

Januar.
Lucys und Bens Wohnung

„Der 5. Mai. Bitte sag mir, dass ihr kommt." Simon schwieg. Aber sie konnte beinahe hören, wie er mit sich rang.

„Bist du wirklich sicher?"

„Bitte was?"

„Lu ... Nik war hier. Über Weihnachten, an Silvester."

„Ich weiß. Aber ich will nicht ihn, sondern Ben heiraten." Wieder schwieg er. Lucy wurde wütend. Es war Ende Januar. Sie hatte weder auf Niklas' Weihnachtsgrüße, noch auf seine Wünsche für das Neue Jahr reagiert. Sie ignorierte seine Anrufe und war kurz davor, seine Nummer zu blockieren. „Schreib es dir einfach auf, ja. Ich muss jetzt los. Wir telefonieren. Grüß Marita ganz lieb von mir." Bevor er antworten konnte, legte sie auf. Sie vermisste die alten schnurgebundenen Telefone, deren Hörer man nach einem Telefonat wie diesem hatte auf die Gabel knallen können.

Warum machte sie das alles nur so wütend? Sie entschied sich für einen Lauf um den Block, um den Kopf freizubekommen. Es klappte nicht. Auch nach zwei Stunden und 20 Kilometern konnte sie Simons Frage in Leuchtbuchstaben in ihrem Kopf lesen. ‚Bist du wirklich sicher?'. Selbstverständlich war sie sicher. Ja, im letzten Herbst war sie vielleicht etwas verwirrt gewesen, aber durch seine Lügen hatte Niklas auch die letzte Hoffnung zerstört. Nicht, dass sie noch gehofft hatte. Aber wenn ein winzig kleiner Teil von ihr es doch getan haben sollte, hätte Niklas diese Hoffnung mit seinen Lügen zerstört. Also, ja, natürlich war sie sicher.

Sie war nicht Elizabeth Tyler. Sie wollte genau einmal heiraten und dann verheiratet bleiben. Und zwar mit Ben.

Es dämmerte bereits, als sie die Wohnungstür wieder aufschloss und im Eingangsbereich zwei Paar Damenschuhe vorfand, die definitiv nicht ihr gehörten. Vermutlich hätte sie sich in dem einen Paar, dessen Absatz in einem Latte-Macchiato-Glas hätte stehen können, die Füße gebrochen und mit dem anderen, das weniger Fuß bedeckte, als eine Badeschlappe, in der Januarluft ein paar Zehen verloren. Aber sie wusste genau, von wem diese Schuhe waren und überlegte für einen Moment, ihren Lauf zu einem Marathon zu erweitern. Claras Lachen drang aus dem Wohnzimmer zu ihr. Lucy zog seufzend die Schuhe aus und öffnete die Tür zum Wohnraum. „Hey, ich gehe duschen und komme dann zu euch."

Sie waren gekommen, um über die Hochzeit zu sprechen. Das taten sie mehrmals pro Woche, seitdem Lucy sich nach Weihnachten auf dem Nachhauseweg von Louises Heim für einen Hochzeitstermin entschieden hatte. Sie wollte das noch immer nicht. Diese riesige Veranstaltung. Doch ihren Vorschlag, durchzubrennen und noch vor Silvester zu heiraten, hatte Ben abgelehnt. Lucy hatte das nicht überrascht und sie arrangierte sich mehr und mehr mit dem Gedanken, für einen Tag Prinzessin zu spielen. Sie würde es für Louise tun. Für das Mädchen war sie bereit, ein Kleid zu tragen, für das sie, würde sie es selbst bezahlen, einen Monat arbeiten müsste. Sie würde fünfhundert Leuten, von denen sie fünf kannte, die Hand schütteln, über Stunden hinweg penibel darauf achten, nicht zu stolpern, nichts Dummes zu sagen und die richtige Gabel für den jeweiligen Gang zu finden.

Und sie war sogar bereit, Jessica und Clara in ihrem Wohnzimmer zu dulden und mit ihnen zwischen zwanzig verschiedenen Cremetönen jenen auszuwählen, der für Servietten angemessen war und dennoch zum Herbstzeitlosenviolett der Kerzen passte. Sie war bereit, darüber zu beraten, ob Bens Cousin fünften Grades, väterlicherseits, neben den Großneffen des angeheirateten Onkels mütterlicherseits, gesetzt werden konnte. Denn, wie der Zufall so will, waren die jeweiligen Familien vor fünfzig Jahren und bevor Bens Mutter seinen Vater geheiratet hatte, bereits einmal verschwägert gewesen und damals war die ganze Geschichte ziemlich hässlich ausgegangen. Sie war bereit, darüber zu diskutierten, ob die klassische Gangfolge eingehalten werden sollte oder man auf die Suppe würde verzichten können. Auf Claras Hochzeit hatten nach dem Essen ‚zahlreiche' (es waren zwei) Gäste Suppenflecken auf der Kleidung gehabt und dies sollte tunlichst vermieden werden. Das Menü mit der kalten Vorspeise zu beginnen, erschien ihnen aber wiederum unpassend. Sie war bereit, darüber zu entscheiden, ob sich Pfingstrosen, da saisonal im Mai gut erhältlich, für die Tischdekoration oder gar den Brautstrauß eigneten oder man einen Versuch mit Orchideen wagen sollte.

Und eigentlich traf sie nicht eine dieser Entscheidungen. Es schien ihr, als hätte sie nicht einmal bei ihrem Hochzeitskleid ein Mitspracherecht. Sie saß nur dabei und ließ Clara und Jessica ihre Gespräche aus dem Vorjahr wiederholen. Es war ihr nur recht und als sie frisch geduscht zu ihnen trat und all die Farbkarten vor ihnen liegen sah, setzte sie sich schicksalergeben zu ihnen und ließ sich informieren über die vielen Ideen und Entschlüsse, über die sie in den vergangenen

Stunden beraten hatten. Sie hatten irgendwann aufgehört, nach ihrer Meinung zu fragen. Inzwischen gingen sie sogar ohne sie zur Hochzeitsplanerin und Lucy fühlte sich wie eine Schauspielerin, die die Rolle der Braut erfüllte. Wahrscheinlich würden sie mit kleinen Kreuzen aus Klebeband auf dem Boden die Stellen markieren, an denen sie stehen zu bleiben hatte.

März
Marcs Auftritt.

Die Wochen vergingen. Lucy veröffentlichte weitere Artikel und die Resonanz blieb hoch. Marc besuchte sie an einem Wochenende Ende Februar und erklärte Ben, was das E-Piano alles konnte. Er hatte die Bedienungsanleitung inhaliert, jedes einzelne YouTube-Video darüber mehrfach verschlungen und die Testmeinungen zu dem Gerät unzählige Male gelesen. Seine Aufnahmen bewegten sich nun fast auf Profi-Niveau und Ben ermunterte ihn, sie an Veranstalter und Cafés zu senden, um endlich auftreten zu können. Und das tat er. Er brannte dutzende CDs und brachte sie persönlich zu jeder Adresse, bei der er die geringste Chance sah, dass die Menschen dort sich für seine Musik interessieren könnten. Und zwei Wochen nachdem sie ihn in den Bus zurück nach Hause gesetzt hatte, hatte er den ersten Auftritt ergattert. Er würde auf einem klassischen Konzert, auf dem sich drei weitere junge, aufstrebende Musiker präsentierten, spielen. Eigentlich standen die teilnehmenden Künstler bereits seit Monaten fest, aber ausgerechnet der Pianist hatte sich den Arm gebrochen, als er seiner kleinen Schwester auf dem Spielplatz zeigen wollte, wie man sich einhändig in drei Metern Höhe an einer Stange hangeln kann. Das Mädchen war vermutlich auf lange Sicht befreit von dem Wunsch, Akrobatin zu werden und so sehr Marc mit dem anderen Jungen litt und ihm wünschte, dass er bald wieder selbst spielen konnte, war er doch dankbar für diese Chance. Und er wollte, dass Lucy und Louise dabei waren. Er hatte auch Ben und das ältere Ehepaar, das ihm das Klavier geschenkt hatte, gebeten zu kommen. Aber so kurzfristig waren keine Karten mehr verfügbar gewesen. Das Konzert war ausverkauft und Lucy hatte nur dank ihres Presseausweises, ihrer Vorgeschichte mit Marc und dem Versprechen, auf der Website des Magazins einen Artikel zu schreiben, zwei Karten für sich und Louise ergattern können.

Der Veranstaltungsort lag am Rande von Marcs Heimatstadt. Lucy und Louise fuhren, in schicke Kleider gehüllt, gemeinsam zu der kleinen Konzerthalle. Sie gehörte zu einer Musikhochschule und fasste etwa 500 Zuhörer. Marcs Eltern und Niklas warteten bereits, als sie das Auto dem Parkservice übergaben und den roten Teppich zum Eingang entlang schritten. Lucy war beeindruckt. Hier wurde groß aufgefahren. Sie hoffte, dass Marcs Nerven all dem Stand halten würden. Sie begrüßte seine Mutter mit einer langen Umarmung und erkundigte sich nach den Zwillingen und ihrem kleinen Bruder, der erst wenige Wochen alt war. Eine Freundin passte auf die drei Kinder auf und Marcs Mutter war kein bisschen nervös deswegen. Zumindest zeigte sie es nicht. Dann wandte Lucy sich zu Rick, der sie ebenfalls sofort in die Arme schloss. Sie ignorierte Niklas, der sie angespannt musterte. In der Aufregung fiel sonst niemandem auf, dass Lucy in ihrer Begrüßung eine Person ausgelassen hatte und gemeinsam betraten sie die Eingangshalle und schließlich den Konzertsaal, um ihre Plätze einzunehmen.

Sie konnten nicht zusammensitzen. Niklas und Marcs Eltern hatten die drei Plätze in der zweiten Reihe erhalten, die die Familie des verhinderten Jungen reserviert hatte. Lucy und Louise würden weiter hinten sitzen. Sie betrat den Saal, nachdem sie sich als Mitglied der Presse angemeldet hatte, und scannte die Reihen nach Louise. Doch statt ihr entdeckte sie Niklas. Sie stockte und wollte auf dem Absatz kehrtmachen, aber er hatte sie gesehen.

„Solltest du mit dem Ding da nicht bessere Plätze bekommen?“ Er deutete auf den Presseausweis, den sie noch immer in der Hand hielt. Er war nervös. Sie hörte die Unsicherheit in seiner Stimme.

„Warum sitzt du hier, Nik?“

„Louise sollte den besseren Platz haben.“ Sie war sicher, dass dies nur ein Teil der Wahrheit war. Aber sie wollte kein Gespräch anfangen. Auch nicht darüber. Sie sah auf die Uhr. Es würde noch fünfzehn Minuten dauern, ehe das Konzert begann. Das würde sie nicht aushalten. Sie musste dieser Situation, sie musste Niklas, entfliehen.

„Willst du dich nicht setzen?“

„Nein. Noch nicht.“ Sie wandte sich zum Gehen.

„Wo gehst du hin?“ Er ließ nicht locker. Die Wut kochte in ihr auf. All die ungesagten und tausende Male gedachten Worte schrien in ihrem Kopf und wollten endlich laut ausgesprochen werden. Wollten endlich sein Gehör finden. Aber nach außen blieb sie ruhig. Sie schaffte es sogar, zu lächeln, und sagte freundlich: „Ich komme gleich wieder.“ Dann wandte sie sich zum Ausgang und ging.

Er stand auf und folgte ihr. Und gerade als sie in den Gang, der zur Damentoilette führte, einbog, hielt er sie an der Schulter fest. Sie drehte sich nicht um, war aber genauso unfähig, seine Hand wegzuschieben oder einfach weiterzugehen. Ihr Atem beschleunigte sich und sie wartete angespannt, dass etwas geschah. Zu mehr war sie nicht im Stande. Um sie herum wuselten die Menschen wie Ameisen. Das Gemurmel der Gespräche schien in Wellen an ihr vorüberzuziehen und ab und an fing sie einen Wortfetzen oder einen Satz auf. ‚Dieser Marc‘, ‚aufgeregt‘, ‚ganz schön was aufgefahren‘. Es schien ihr, als würden sie ewig so stehen, aber es waren nur Sekunden. Dann realisierte Niklas, dass sie nicht weitergehen und sich auch nicht umdrehen würde. Er trat, die Hand noch immer auf ihrer Schulter, vor sie. Sie blickte an ihm vorbei, sah sehnsüchtig durch die Menschen hindurch zu dem Piktogrammmädchen. Er löste die Hand von ihrer Schulter, griff stattdessen die Finger ihrer linken Hand und zog sie weiter, weg von den Menschen, weg von der rettenden Damentoilette, hinein in einen weiteren Gang, an dessen Ende eine Metalltreppe in den oberen Teil des Gebäudes führte. Sie wollte ihm nicht folgen, aber die Wut paralysierte sie und sie konnte nicht anders, als hinter ihm herzugehen. Unter der Treppe lagerten Bühnenutensilien und es gab einen Notausgang links davon. Hierhin verirrten sich keine Gäste und das war auch ganz offensichtlich nicht vorgesehen. Sie waren allein. Die Geräusche aus dem anderen Gang waren nur noch gedämpft zu hören. Ohne seine Hand von ihrer zu lösen, baute er sich wieder vor ihr auf. Sie blickte an ihm vorbei, nicht bereit für diesen Moment. Mit der freien Hand hob er sanft ihr Kinn an. Sie schloss die Augen. Sie wollte ihn nicht ansehen. Sie konnte es nicht. Tränen der Wut stiegen in ihr auf und sie wollte ihn anschreien. Aber stattdessen blieb sie einfach nur vor ihm stehen. Mit geschlossenen Augen.

Er strich ihr über die Wange und dann küsste er sie. Lucy riss die Augen auf und stieß ihn, mit von Wut genährter Kraft und mit beiden Händen, von sich. Er taumelte ein paar Schritte zurück und Lucy drehte bereits in Richtung des anderen Ganges, aber wieder hielt er sie fest. Das war zu viel. Sie blieb stehen, riss sich los und wandte sich um, um ihm direkt ins Gesicht sehen zu können. „Was willst du?“ Sie hatte die Lautstärke unter Kontrolle. Anstatt zu schreien, was ihr wesentlich besser getan hatte, zischte sie ihn an.

„Mit dir reden.“

Sie schnaubte. „Ist dir wieder eingefallen, wie das geht?“ Plötzlich war sie froh, dass er ihr gefolgt war. Sie musste all das loswerden, was seit Monaten in ihr brodelte.

„Was meinst du?“ Das war nicht sein Ernst, oder? Er hatte keine Ahnung? Er hatte tatsächlich keine Ahnung, warum sie ihn ignorierte? Wie viele Nachrichten mochte er noch gesandt haben, nachdem sie ihn blockiert hatte?

„Kein Wort hast du gesagt.“ Tränen stiegen ihr in die Augen. Ihre Stimme brach. Die Wut kam mal wieder mit Tränen. Sie hatte sich damit abgefunden, auch wenn das genau die Momente waren, in denen sie es hasste, Tränen zu zeigen. Wenigstens hatte sie, in dem Wissen, dass Marcs Spiel sie sicher zum Weinen bringen würde, wasserfestes Augen-Make-up gewählt. „Du hast mit mir geschlafen und es nicht für nötig gehalten, mir zu sagen, dass du deine Beziehung bereits beendet hattest. Du hast mich meinen Verlobten betrügen lassen, mich in dem Glauben gelassen, dass du das Gleiche gemacht hast. Die ganzen Telefonate. Keinen Ton hast du gesagt. Du hast Louise und mich angelogen, wenn wir gefragt haben, warum sie nicht da war. Als wir im Popsie standen und ich dir gesagt habe, wir könnten es Ben und Leah nicht antun …“ Sie schnaubte „Dabei war sie längst kein Thema mehr für dich. Du hast mich glauben lassen, du würdest mit ihr zusammen sein wollen, anstatt … dabei stimmte das gar nicht. Du hast mich glauben lassen, es gäbe keine Chance für uns.“ Lucy stockte. Sie hatte zu viel gesagt. Sie hatte die Kontrolle verloren. Sie wollte nicht, dass er sah, wie verletzt sie war. Und schon gar nicht, dass er wusste, dass ein kleiner Teil von ihr noch immer gehofft hatte. Auch wenn ihr selbst das erst jetzt so richtig bewusst wurde.

Er hörte zu. Sagte nichts. Er ließ sie zum Ende kommen. Ließ es zu, dass alle Worte ihren Weg nach draußen fanden. Und als sie fertig war, zog er sie an sich. Und sie ließ es zu. Sie ließ es zu, dass er ihr über den Rücken strich, ihren Nacken küsste und sie fest an sich drückte. Er hielt sie im Arm und alles, was er erwiderte, war: „Es tut mir leid."

„Warum?" Sie schluchzte.

„Ich konnte dich nicht noch einmal verlieren. Ich hatte eine scheiß Angst davor, du könntest … Egal wie, ich wollte dich in meinem Leben. Ich … ich hätte dich nicht anlügen sollen." Und das war genug. Sie schmiegte sich an ihn und er hielt sie so fest, dass es ihr schwerfiel, zu atmen. Sie wollte sich lösen. Sie wollte zurück. Zurück zur Wut. Zurück zu dem Moment, in dem sie sich hatte weismachen können, dass sie ihn nicht mehr wollte. Doch stattdessen ließ sie sich in seine Umarmung fallen. Stattdessen ließ sie es zu, dass er wieder ihren Kopf hob. Stattdessen ließ sie es zu, dass er sie küsste. Und sie ließ es zu, dass er sie unter die Treppe zog. Sie war es, die seine Hose öffnete, nachdem er sie auf einen Schrank gehoben und ihr Kleid nach oben geschoben hatte. Er machte sich nicht die Mühe, ihr den Slip auszuziehen, sondern schob ihn beiseite und drang mit einem einzigen Stoß in sie ein. Sie stöhnte auf und umklammerte seinen Nacken, seinen Rücken, damit er näherkam, sie seinen Körper vollständig spüren konnte. Er umfasste ihren Po und sie drückte ihr Becken näher an das seine, folgte seinen Bewegungen und kam so plötzlich, dass sie aufschrie. Er verschloss ihre Lippen mit einem Kuss und kam dann selbst so heftig, dass nun sie verhindern musste, dass er die Aufmerksamkeit anderer auf sie lenkte. Erschöpft sank er über ihr zusammen. In diesem Moment ertönte die Glocke, die die Konzertbesucher darauf hinwies, dass sie nun ihre Plätze einnehmen mussten. Niklas strich sanft mit seinen Lippen über ihren Mund. Er lächelte. „Wir sollten …“ Er beendete den Satz nicht, strich ihr über die Wange und löste sich von ihr.

Lucy konnte kaum glauben, dass seit ihrer Flucht aus dem Konzertsaal erst fünfzehn Minuten vergangen waren. Sie verschwand in der Damentoilette und versuchte, ihr Äußeres wiederherzustellen. Wenigstens hatte das Make-up einigermaßen gehalten. Sie strich mit einem Tuch über die verwischten Stellen, legte den Lippenstift neu auf und hoffte, dass Niklas davon keine Spuren behalten hatte. Warum hatte sie sich nur für eine Hochsteckfrisur entschieden? Sie löste die Haarklammern, die noch nicht herausgefallen waren und kämmte sich mit den Fingern durch die Strähnen. Nicht so glamourös wie zuvor, aber besser als frisch aus dem Bett. Es musste reichen. Sie richtete ihr Kleid und drehte sich in alle Richtungen, um zu überprüfen, ob alles so saß, wie es sitzen sollte. Dann ließ sie kaltes Wasser über ihre Arme laufen, in der Hoffnung, es würde ihren Körper abkühlen und das Rot aus ihren Wangen verschwinden lassen. Es funktionierte nicht. Aber die Konzentration auf ihr Äußeres ließ sie das Innere ignorieren. Serena und Maria brannten darauf, ein neues Spiel zu beginnen, doch Lucy wollte ihnen nicht dabei zusehen. Die zweite Glocke ertönte. Sie warf noch einen letzten Blick in den Spiegel und hastete dann zurück in den Saal.

Eine Moderatorin hatte gerade die erste Künstlerin angekündigt. Ein junges Mädchen von vielleicht 14 Jahren betrat gemeinsam mit ihrem Cello die Bühne. Sie trug ein goldfarbenes Abendkleid und farblich passende Schuhe. Es hätte kitschig wirken können, aber die gesamte Atmosphäre passte zu ihrem Aufzug. Das Licht war stark gedämpft und nur ein einziger auf sie und ihr Cello gerichteter Spot erhellte die Bühne. Das Mädchen nahm Platz, positionierte das Instrument zwischen ihren Beinen, legte den Bogen an, atmete tief durch und begann Bachs ‚Suite für Cello Nr. 1' zu spielen. Lucy beeilte sich, neben Niklas Platz zu nehmen. Er lächelte ihr zu und sie erwiderte sein Lächeln. Sie hatte erwartet, sich nach dem, was gerade passiert war, nicht auf das Bühnengeschehen konzentrieren zu können, aber das Spiel des Mädchens fesselte sie ab dem ersten Takt. Die Suite gehörte zu Lucys Lieblingsstücken und sie hatte gemeinsam mit ihrem Vater, der Bach verehrte, bereits mehrere Konzerte besucht, auf denen es gespielt wurde. Binnen Sekunden zog das Spiel sie so in den Bann, dass sie kaum merkte, wie Niklas ihre Hand nahm und erst dann wieder losließ, als der letzte Ton verklungen war und die Besucher einen tosenden Applaus anstimmten. Fast alle erhoben sich von ihren Plätzen und das Mädchen, sichtlich gerührt und überrascht von der Reaktion des Publikums, erhob sich ebenfalls und verbeugte sich, mit dem Cello und dem Bogen in der rechten Hand, mehrfach.

Es traten zwei weitere Musiker auf die Bühne, bevor Marc an der Reihe war. Eine Sängerin, die ‚La luce langue' aus Verdis Macbeth sang und ein Junge mit einer Klarinette, der das ‚Adagio' aus dem Konzert für ‚Klarinette und Orchester A-Dur KV 622' von Wolfgang Amadeus Mozart spielte. Lucy war hingerissen und gleichzeitig erleichtert, dass es einen Videomitschnitt zu dem Konzert geben würde, denn sie war außerstande sich Notizen zu machen. Den anderen Zuschauern erging es ähnlich, denn jeder Auftritt wurde mit langem Beifall und Standing Ovations honoriert. Schließlich wurde die Bühne für Marc vorbereitet. Lucy hatte erwartet, dass er sein E-Piano aufbauen würde. Stattdessen wurde ein Flügel für ihn herangerollt. Als er die Bühne betrat, konnte sie seine Anspannung bis zu ihrem Platz hin spüren. Aber da war noch etwas anderes. Ein kaum merkliches, zartes Lächeln lag in seinen Mundwinkeln. Er freute sich auf den Auftritt. Er war stolz, nach diesen begabten Musikern spielen zu dürfen. Und als er den Knopf seines schwarzen Jacketts öffnete, unter dem er ein weißes Hemd trug, und sich setzte, hielt sie den Atem an.

„Ich konnte ihm gerade noch das Basecap ausreden. Von einer Anzughose hat er sich leider nicht überzeugen lassen." Niklas' flüsternde Stimme und sein warmer Atem lösten einen Schauder in ihr aus und sie drückte seine Hand etwas fester.

Marc trug Jeans und, auffällig saubere, Chucks. Lucy schmunzelte. Er ließ sich nicht verbiegen. „Er sieht toll aus", flüsterte sie in Niklas Ohr und nahm zufrieden wahr, wie nun er leicht schauderte. Für einen Moment legte sie ihren Kopf auf seiner Schulter ab. Als Marc zu spielen begann, richtete sie sich wieder auf, um ihn genau sehen zu können und stutzte. Auch Niklas stutzte. Alle stutzten. Sie hörte ein leises ‚Nein' von Niklas. Marc hatte sich verspielt. Er hatte nicht nur eine Note falsch gespielt, sondern einen kompletten Takt. Er unterbrach sein Spiel. Den Kopf nach unten gesenkt, legte er die Hände auf die Knie und atmete tief durch. Dann hob er den Kopf wieder, wandte sich dem

Publikum zu und lächelte ein unsicheres, liebenswürdiges Lächeln. „Bitte entschuldigen Sie. Dies ist mein erster Auftritt vor einem Publikum wie Ihnen und ich bin etwas nervös. Wenn Sie es mir erlauben, würde ich es gern noch einmal versuchen.“ Lucy sah sich um. Sie sah lächelnde, wohlwollende Gesichter und hier und da ein Nicken. Und dann applaudierten sie. Er hatte die Zuschauer gewonnen. Lucy hatte Tränen in den Augen und hoffte, dass er dieses Mal zeigen konnte, was in ihm steckte.

Er hatte sich für Chopins ‚Klavierkonzert Nr. 2‘ entschieden. Lucy hatte es ihn mehrmals spielen gehört und sie hielt den Atem an, als er die Finger ein weiteres Mal auf die Tasten legte und die ersten leisen Töne spielte. Niklas hielt noch immer ihre Hand. Sein Griff war fest. Er war mindestens genauso aufgeregt wie Marc. Aber das war unnötig. Denn dieses Mal schien er durch das Stück zu schweben. Es schien, als wollte er nach dem anfänglichen Fauxpas noch mehr zeigen, was in ihm steckte. Noch mehr rausholen und das Stück so spielen, wie nie zuvor. Lucy hätte gern die Augen geschlossen, doch sein Anblick fesselte sie. Er hatte die Welt um sich herum vergessen. Seine Augen waren geschlossen und hin und wieder schüttelte er den Kopf, um die Haare aus der Stirn zu bekommen. Eine vertraute Bewegung. Er wirkte so angekommen, so zuhause, zufrieden und voller Leidenschaft. Er schien geboren zu sein für diesen Moment. Für Momente wie diesen. Als der letzte Ton verklang, war es so still im Saal, dass man hätte annehmen können, das Publikum hätte den Raum zwischenzeitlich verlassen. Marc öffnete zaghaft die Augen und sah unsicher in die Menge. Niklas erhob sich als Erster und begann zu klatschen. Lucy sah, dass er Tränen in den Augen hatte. Sie stand gemeinsam mit dem Rest der Zuschauer auf und applaudierte so sehr, dass ihre Handflächen brannten. Marc erhob sich ebenfalls, verbeugte sich und war sichtlich gerührt von der Reaktion des Publikums. Er verließ, noch immer unter dem Applaus der Menschen, die Bühne und Lucy sah, wie Louise, anstatt sich zurück auf ihren Platz zu setzen, hinter ihm her rannte und so die Abmoderation verpasste.

Eine halbe Stunde später trafen sie die beiden im Eingangsbereich wieder. Nachdem sie Marc gratuliert hatten und ihm immer wieder versichert hatten, dass der falsche Takt am Anfang seinem Auftritt nichts genommen, ihm vielmehr die Sympathie des Publikums gesichert hatte, nahm Lucy Louise zur Seite. „Du bist mir eine. Verlässt einfach das Konzert."

„Na, ich konnte ihn doch nach dem Auftritt nicht allein hinter die Bühne gehen und noch eine halbe Stunde warten lassen. Hast du nicht gesehen, wie geflasht er war?" Lucy zog sie an sich und gab ihr einen Kuss auf die Stirn. Louise musterte sie: „Was ist mit deinen Haaren passiert?"

„Was meinst du?" Lucy wusste genau, was sie meinte.

„Sie sind offen. Wo ist deine Frisur hin?"

„Ach, ich hab eine Haarklemme verloren und dann hat sich die komplette Frisur aufgelöst." Das stimmte.

„Hm. Mist. Das sah so schön aus." Lucy bekam ein schlechtes Gewissen angesichts so viel Leichtgläubigkeit und Vertrauen. Zwar hatte sie nicht direkt gelogen, aber es fühlte sich genau so an. Louise bemerkte ihre Nachdenklichkeit, fehlinterpretierte sie allerdings. „Oh, nein. Nicht falsch verstehen. Du siehst auch so schön aus. Wunderschön." Lucy lächelte gequält und war dankbar, als Marcs Mutter sie ansprach und aus der Situation erlöste.

Sie gingen gemeinsam essen. Es war eines dieser Restaurants, die zwar eine unheimlich schicke Inneneinrichtung hatten, aber keine Kellner. Man stellte sich an einer Station an, um das Essen zu bestellen, erhielt ein Ding, das vibrierte, sobald das Essen abholbereit unter einer Wärmebrücke stand, und setzte sich damit hin, um zu warten. Es gab fünf Stationen, eine für Pasta, eine für Fleisch, eine für Fisch, eine für Vegetarisches und eine für Desserts. Offenbar hatte es einen großen Teil der Konzertbesucher hierher verschlagen, denn der Laden füllte sich schnell. Louise stellte sich gemeinsam mit Marc an die Pasta-Station, Marcs Eltern zum Fisch und Lucy folgte Niklas zur längsten Schlange an der Fleisch-Station, obwohl sie darauf keinen Appetit hatte. Es standen etwa zehn Leute vor ihnen und bald bildete sich eine ebenso lange Schlange hinter ihnen.

Lucy versuchte sich in Small-Talk: „Und ich dachte, die meisten Leute essen inzwischen nur noch Grünzeug."

Niklas grinste sie an. „Nur 3 % der Bevölkerung sind Vegetarier."

„Ist das so?"

„Keine Ahnung. Hab ich mal irgendwo gelesen."

„Hm."

„Lu?"

„Ja."

„Ich bin ja überzeugt davon, dass Übung den Meister macht, aber auf deine Small-Talk-Fähigkeiten scheint das nicht zuzutreffen."

„Wir müssen reden." Sie rückte jetzt näher an ihn heran und flüsterte in sein Ohr, als könnte dieser eine Satz die Aufmerksamkeit aller Umstehenden auf sie lenken und sie verraten. Aber der Geräuschpegel um sie herum war inzwischen so angeschwollen, dass nicht einmal die Person hinter ihnen ein Gespräch in normaler Lautstärke hätte verstehen können. Trotzdem legte er seinen Arm um ihre Schultern, zog sie an sich und flüsterte ihr leise ins Ohr: „Jetzt?“ Wieder dieser Schauder. Wie machte er das? Lucy begutachtete die Schlange vor ihnen. Sie würden sicher noch weitere fünfzehn Minuten hier stehen. Sie sah nach hinten. Wenn sie sich jetzt aus der Schlange lösten, würden sie danach doppelt so lange warten müssen. Dann hätten die anderen ihr Essen bereits beendet, bevor ihr Pager überhaupt aktiviert war.

Sie lehnte sich wieder zu ihm: „Nein.“ Sie dachte einen Moment nach. „Was machst du morgen?“ Es war gefährlich, das wusste sie. Aber sie wollte dieses Gespräch weder flüsternd in einer Schlange, in der sie alle zwei Minuten aufrücken mussten, noch zwischen der Bestätigung ihrer Rindersteak-Bestellung durch eine Studentin mit viel zu hoher Stimme und dem aufdringlichen Blinken, Vibrieren und Piepen dieser zweckentfremdeten Airhockey-Scheibe führen.

„Mich mit dir zum Frühstück treffen?“

Da Niklas am nächsten Tag ohnehin in der Stadt sein würde, verabredeten sie sich für 10 Uhr im ‚Chapleene‘, einem Café, das sie beide von früher kannten und das sie noch heute ab und zu mit Louise besuchte, wo sie aber nicht Gefahr lief, jemanden zu treffen, den sie kannte. Bis dahin würde sie wieder einmal darüber nachdenken müssen, was all das zu bedeuten hatte. Warum konnte sie nicht von ihm lassen? Sie wartete darauf, dass Serena und Maria das nächste Turnier begannen. Doch die Stimmen in ihrem Kopf blieben stumm. Überhaupt war etwas anders dieses Mal. Aber sie konnte es nicht greifen. Nicht hier, nicht in all dem

Gewusel, nicht mit Niklas so dicht neben sich, dass sie die Haut seines Unterarms auf ihrem spüren konnte, obwohl sie einander nicht berührten. Allein das ließ keinen klaren Gedanken zu. Sie brauchte Abstand, wenn auch nur für eine Nacht. Und trotzdem, jetzt in diesem Moment genoss sie die Nähe zwischen ihnen und, ohne darüber nachzudenken, griff sie nach seiner Hand und lehnte ihren Kopf an seinen Oberarm. Er drückte ihre Hand und küsste sie aufs Haar. Der Moment währte nur kurz, denn ein paar Sekunden später durchbrach die schrille Stimme der Studentin hinter dem Tresen Lucys Gedankenwelt mit einem viel zu lauten und piepsigen: „Der nächste, bitte."

März
vor dem Chapleene.

Sie war zu früh. Viel zu früh. Noch mehr zu früh, da sie normalerweise immer zu spät kam. Es war halb zehn. Niklas erwartete sie sicher erst in einer knappen Stunde. Sie wusste nicht, was sie tun sollte. Das ‚Chapleene' öffnete erst um zehn Uhr. Ohnehin, eine halbe Stunde allein dort drinnen zu sitzen, hätte sie nicht durchgestanden. Im Sommer gab es auf der Sonnenterrasse mit Blick auf den kleinen See genug Ablenkung. Aber heute hätte sie wohl nur die Speisekarte auswendig gelernt. Oder auch nicht, denn ihre Nervosität hätte den Versuch vermutlich nach wenigen Zeilen scheitern lassen. Warum hatte sie Phil nicht vorher angerufen? Sie war auf dem Weg hierher in der Redaktion vorbeigefahren, um den nächsten Artikel mit ihm zu besprechen. Aber er hatte ein Meeting mit einem wichtigen Anzeigenkunden und sie hatte das Gebäude nach wenigen Minuten wieder verlassen.

Und nun stand sie hier. Genau genommen, saß sie hier. In ihrem Auto. Und es schneite. Es war Mitte März und es schneite. Noch schmolzen die Schneeflocken auf der warmen Windschutzscheibe. Aber würde sie noch weitere dreißig Minuten hier sitzen, wäre der Wagen mit einer dünnen Schneeschicht bedeckt. Und schon jetzt schwand die Wärme der Sitzheizung und die Luft um sie herum wurde kalt. Sie könnte einen Spaziergang machen. Ein paar Straßen weiter gab es eine kleine Buchhandlung, die aber, wie ihr gerade einfiel, auch erst um zehn Uhr öffnete, wie so ziemlich jeder Laden hier in der Gegend. Lucy seufzte. Ein Spaziergang täte ihr trotzdem gut. Sie zog ihre Jacke an, nahm ihre Tasche vom Beifahrersitz, griff nach ihrem Handy und öffnete die Tür. Zumindest nahm sie den Türgriff in die Hand. Es war aber nicht sie selbst, die die Tür öffnete, sondern Niklas.

„Geht deine Uhr vor?“ Er grinste sie an.

„Sehr witzig. Und was machst du schon hier?“

„Ich hatte immerhin einen zwei Stunden Fahrweg. Ich wollte nicht zu spät kommen.“ Er half ihr aus dem Auto und küsste sie auf die Wange, als sie neben ihm stand. Einen Moment zu lang. Er schlug die Tür zu und sah zum Café hinüber. „Sie öffnen noch immer erst um zehn, hm?“

„Ja, laufen wir ein Stück?“ Er nickte und sie gingen in Richtung des Buchladens. „Wie war deine Fahrt?“

Er sah sie etwas spöttisch von der Seite an. „Wirklich Lu? Small Talk? Noch ein Versuch?“

Seine direkte Art tat ihr gut. Sie griff nach seinem Arm, hakte sich unter und seufzte. „Ich finde das hier ganz schön schwer.“

„Was genau findest du schwer?“ Er sah sie nicht an. Vielleicht war es das Beste, dieses Gespräch jetzt zu führen und nicht an einem kleinen Holztisch, an dem sie darauf achten mussten, wie viel von ihrem Gespräch die Tischnachbarn mitbekommen würden. Vielleicht würde es leichter sein, ihm zu sagen, was sie ihm sagen wollte, wenn sie sich dabei nicht gegenübersaßen und er nicht jeden ihrer Gesichtszüge interpretieren würde. Und wenn sie nicht sofort die Reaktion auf ihre Worte in seinen Augen ablesen konnte. Sie hatte die gesamte Rückfahrt, die gesamte Nacht und den Morgen über nachgedacht. Jedes Mal, wenn sie es geschafft hatte, einzuschlafen, rissen sie wilde Träume aus dem Schlaf und sie lag wieder für ein oder zwei Stunden wach und dachte nach. Erst als sie am nächsten Morgen aus der

Dusche stieg, wusste sie, was dieses Mal anders war. Es war nicht das schlechte Gewissen, Ben betrogen zu haben. Das hatte sie getan und sie wusste, wie sehr es ihn verletzen würde, würde er jemals davon erfahren. Aber es war nicht dieses Gefühl, das sie beschäftigte. Es war etwas anderes. Sie war so sicher gewesen, dass es Ben war, den sie wollte. Ihn und Louise. Warum hatte sie das alles schon wieder aufs Spiel gesetzt?

Ben hatte bereits im Bett gelegen, als sie die Tür aufschloss, schlief aber noch nicht. Sie hatte versucht, sich normal zu benehmen, sich nicht anmerken zu lassen, wie aufgewühlt, unsicher und verwirrt sie war. Aber natürlich klappte das nicht. Er hatte sie, nicht misstrauisch, aber besorgt, gefragt, ob alles in Ordnung sei. Und sie hatte ihren Zustand mit Gewissensbissen so groß wie Vulkankrater darauf geschoben, wie emotional Marcs Auftritt gewesen sei und wie müde sie selbst sei und wie traurig es gewesen sei, Louise nicht einfach mit nach Hause nehmen zu können nach so einem Abend. Sie hatte nicht gelogen. Aber sie hatte vieles nicht gesagt. Und das, was sie gesagt hatte, erklärte ihren Zustand nicht einmal annähernd.

Aber Ben vertraute ihr und er war wahrscheinlich zu müde, um Zweifel an ihren Aussagen zu haben. Und er hatte gesagt, dass es ja nicht mehr lange dauern würde, bis Louise endlich bei ihnen war und dass er Marc selbst gern einmal vor Publikum spielen sehen würde. Er hatte sie einfach in den Arm genommen, obwohl sie wenige Stunden zuvor … Aber das wusste er nicht. Es fühlte sich falsch an, ihm nichts zu erzählen. Seine Umarmung fühlte sich falsch an. Aber sie hatte diese Vertrautheit gebraucht. Mit Ben war immer alles leicht gewesen. Es war leicht, sich in ihn zu verlieben, auch wenn sie dafür eine Weile gebraucht hatte. Es war leicht, mit ihm zu leben und zu reden und zu reisen und zu träumen. Nicht ein einziges Drama hatte sich in ihrer gemeinsamen Zeit ereignet. Sie fühlte sich sicher mit ihm. Er war ein Bilderbuch-Mann. Dass er auch eine Bilderbuch-Schwiegermutter lieferte, war ein anderes Thema. Und jetzt in diesem Moment wollte Lucy sich in diese Leichtigkeit fallen lassen. Sie wollte nicht darüber nachdenken, warum sie Niklas nicht loslassen konnte. Sie wollte sich für diese Leichtigkeit entscheiden. Und gegen die Unsicherheit mit Niklas. Denn das wäre es doch. Unsicher. Sie hatten es schon einmal nicht geschafft und es hatte ihr das Herz gebrochen. Mehr noch als alles andere. Sie konnte es dieser Gefahr nicht ein weiteres Mal aussetzen. Vielleicht wünschte sich ein Teil von ihr, dass sie es schaffen würden. Aber der andere Teil, der, der sich unter der Bettdecke versteckte und vor Angst zitterte, war lauter und ihm wollte sie folgen.

Die gesamte Nacht über dachte sie darüber nach, wie sie Niklas würde sagen können, dass sie so nicht weitermachen konnten. Dass das nicht noch einmal passieren konnte. Dass sie Ben heiraten würde. Dass sie es trotzdem schaffen mussten, nur Freunde zu sein. Sie dachte darüber nach, wie er auf diese Ankündigung reagieren würde. Würde er verletzt sein? Hatte er Leah nur wegen ihr verlassen? Was wollte er überhaupt? Würde sie ihn diesmal zu Wort kommen lassen? Würde er den Kontakt wieder abbrechen? Würde sie ihn ein weiteres Mal verlieren? Würde sie das durchstehen? Sie war so sicher, dass der Fehler darin bestanden hatte, mit Niklas zu schlafen. Immerhin hatte sie damit Ben hintergangen. Ihre gemeinsame Zukunft aufs Spiel gesetzt.

Aber dann war da dieser Song. Sie hatte unter der Dusche gestanden. In ihrem Kopf waren die Worte und

Sätze für Niklas fertig formuliert. Sie hatte sie sogar aufgeschrieben, und gleich wieder gelöscht, damit Ben sie nicht zufällig finden würde. Aber dieses Lied. Sie hatten es als Kinder gehört. Einen ganzen Sommer lang waren sie zu diesem Lied aufgewacht. Es hatte aus den Boxen am Strand geschallt und wenn sie im Haus waren, stand der CD-Player auf ‚Repeat' und das Lied lief zehnmal, manchmal öfter nacheinander. Und, ohne dass der Text irgendeinen Bezug zu ihren Gedanken gehabt hatte, erkannte sie plötzlich, was dieses Mal anders war. Sie hatte das Gefühl, sich selbst betrogen zu haben.

Ohne seine Frage zu beantworten, fragte sie: „Was willst du Nik?" Ihre Stimme war sanft, unsicher, fast schüchtern. Er hörte es, blieb stehen und stellte sich vor sie. Und dann küsste er sie. Sanft und liebevoll. „Ich will das hier. Dich. Uns." Er sah sie unsicher an. „Und du? Was willst du?"

Wieder antwortete sie nicht auf seine Frage: „Ich habe Angst." Ihre Stimme zitterte.

Er strich ihr über die Wange. „Wovor?"

Sie sah ihn an. Sein Gesicht verschwamm, als sich ihre Augen mit Tränen füllten. „Was, wenn wir einfach nicht …"

„Was?"

„Wenn wir einfach nicht zusammengehören? Was, wenn wir unsere Chance hatten und es einfach nicht sein soll? Was, wenn wir nur einfach nicht loslassen können?" Seit Stunden gingen ihr diese Fragen durch den Kopf. Und die ganze Zeit über war sie nicht sicher gewesen, in welche Richtung das Gespräch gehen würde. Eigentlich wusste sie es noch immer nicht.

„Ich war ein Idiot, Lu. Ich hätte dich niemals an diesem Flughafen sitzen lassen sollen. Ich … ich hätte mit dir reden sollen. Ich hätte immer wieder versuchen sollen, mit dir zu reden. Aber ich … ich konnte einfach nicht. Ich war zu …“

Sie unterbrach ihn. „Aber, was … was, wenn es dieses Mal wieder so einen Punkt gibt? Was, wenn es ein Fehler ist, wenn …“ Sie beendete die Frage nicht.

Er sah sie ungläubig an. Seine Stimme war unsicher, er schluckte. „Wenn was ein Fehler ist? Was willst du, Lu?“

„Aber dann … Was, wenn es kein Fehler ist?“

Er fragte noch einmal: „Was Lu? Wenn was kein Fehler ist? Was willst du?“

Dies würde alles verändern. Sie atmete tief durch und brachte nur einziges Wort heraus. Ohne Zittern. „Dich.“

Einen Augenblick lang sah er sie nur an. Er wirkte fassungslos. Schneeflocken fielen auf sein Gesicht, schmolzen sofort wieder und hinterließen Tropfen, die langsam an seiner Haut heruntерglitten. Die Kirchturmglocken schlugen zehn Uhr. Lucy fuhr ihm mit den Fingern über die Wange. Sie strich ihm die nassen Haare aus dem Gesicht und sah ihm ernst in die Augen. Ganz langsam hoben sich seine Mundwinkel und ein Lächeln trat in sein Gesicht. Sie hatte noch immer Angst. Aber die Angst wich nach und nach etwas anderem. Einem anderen Gefühl. Hoffnung. Sie legte den Kopf schief und erwiderte sein Lächeln. Und da lachte er, hob sie hoch in die Luft, machte eine volle Drehung mit ihr, stellte sie wieder ab und küsste sie sanft und liebevoll. Tränen standen in seinen Augen. Sie grub ihre Hände in seinen Rücken und seine schneenassen Haare und drückte ihn an sich.

März
Die Straße vor Bens Praxis.

„Lass uns bitte nach Hause fahren."

„Nein, ich will es jetzt wissen. Worüber willst du reden?" Sie standen vor Bens Praxis. Nur hin und wieder waren Hundebesitzer oder ein paar Geschäftsleute auf dem Gehweg der kleinen Straße unterwegs. Lucy hatte vom Café aus hierher laufen wollen, aber auf halben Weg hatte Phil sie angerufen und sie hatte ihn nicht abwimmeln können. Also war sie erst in die Redaktion gelaufen, hatte vollkommen unkonzentriert einen Artikel über Joshua besprochen, der jeden Abend so lange Bälle gegen eine Hauswand schlug, bis die Nachbarn aus den Fenstern brüllten, er solle endlich aufhören. Und eine Stunde später war sie hierher gekommen. Und dann, obwohl seit Mittag keine Sprechzeit mehr war und Ben sich jetzt nur noch mit Papierkram beschäftigte, hatte sie eine weitere Stunde lang vor der Tür auf ihn gewartet. Sie hatte es nicht fertiggebracht, die Treppe des Altbaus in die dritte Etage hochzusteigen und seinen Mitarbeitern zu begegnen. Also hatte sie gewartet. Als er schließlich die schwere Holztür mit den großen Glasfenstern öffnete, war er überrascht gewesen, sie zu sehen. Ein breites Lächeln hatte sich auf seinem Gesicht gebildet und er hatte sie umarmen wollen, aber sie hatte ihn von sich geschoben und ihm gesagt, dass sie mit ihm reden wolle, mit ihm reden müsse. Und sein Lächeln war verschwunden.

Warum sie überhaupt hergekommen war, wusste sie nicht mehr. Aber auf offener Straße, unter den Blicken seiner Sprechstundenhilfe, die, das erkannte Lucy am erleuchteten Fenster, noch immer über den Abrechnungen saß, wollte sie dieses Gespräch nicht führen.

„Nein, nicht hier."

„Warum bist du dann hier? Komm schon. Es ist dir doch wichtig. Irgendwas war gestern Abend schon. Was ist los?" Er war verunsichert.

„Ben, bitte. Ich hätte überhaupt nicht herkommen sollen."

„Aber du bist hier. Warum bist du nicht hochgekommen?"

„Können wir bitte nach Hause fahren? Oder irgendwo anders hin. Ich …"

Er trat einen Schritt auf sie zu. „Nein. Ich will jetzt wissen, was los ist." Verzweiflung trat in seine Stimme und in seine Mimik. Und es brach ihr das Herz, ihn so zu sehen und zu wissen, dass sich seine Angst bestätigen würde.

Sie schluckte, atmete tief ein und so langsam sie konnte, wieder aus. „Ich kann dich nicht heiraten."

„W-was?" Es dauerte ein paar Sekunden, bis er diese Worte verarbeitet hatte. Aber dann lächelte er. Er wirkte erleichtert. „Es ist dir zu groß. Clara und meine Mutter haben es übertrieben. Sie lassen dich nichts entscheiden. Ich hätte längst merken müssen, dass du dich damit nicht wohlfühlst. Ich werde mit meiner Mutter reden. Ich bin sicher, wir können …"

Sie hob die Hand, um ihn zu unterbrechen. „Nein. Nein. Nein."

Er sah sie verständnislos an.

Sie atmete noch einmal tief durch, sah ihm in die Augen und sagte: „Ich möchte dich nicht heiraten."

Er erstarrte. Seine Lippen öffneten sich, aber bevor er etwas sagte, schloss er den Mund wieder.

Lucy zögerte. Hinter ihr raste ein LKW so dicht vorbei, dass der Luftzug ihre Haare verwehte. Er öffnete wieder den Mund, aber der Lärm übertönte seine Stimme.

„… einen anderen.“ Sein Blick war fragend, aber sie hörte die Wut in seinen Worten.

„Ben.“ Gedanklich hatte sie hunderte Erklärungen immer wieder durchgespielt, aber jetzt in diesem Moment schien keine davon passend.

„Wer ist es?“ Die Straße war nun ruhig. Die Ampel am anderen Ende musste auf Rot geschaltet haben.

Sie zögerte und überlegte noch immer, wie sie ihn dazu bringen konnte, nach Hause zu fahren und dort zu reden.

„Lucy, wer ist es?“

Sie schloss die Augen. Sie spürte ihren Herzschlag an ihrem Hals und befühlte die Stelle, um den Druck zu mindern. Als sie die Augen wieder öffnete, sah sie, dass Ben noch einen Schritt näher gekommen war. Er fixierte sie und fragte noch einmal: „Wer ist es? Jetzt sag es mir endlich!“

„Nik.“ Ihre Stimme war nur ein Kratzen.

„Natürlich.“ Er lachte kurz und scharf auf. „Ich hätte es wissen müssen. Seit wann?“ Seine Stimme wurde lauter. Die Passanten auf der Straße schauten sie im Vorbeigehen an. Lucy wich ihren Blicken aus und konzentrierte sich weiterhin auf Bens Gesicht. Sie wollte ihn nicht verletzen, auch wenn daran kein Weg vorbeiführte. Aber hier? Und jetzt? Das hatte er nicht verdient. Was hatte sie sich nur dabei gedacht, herzukommen?

„Ben. Bitte, lass uns woanders darüber reden.“

„Seit wann, Lucy?“ Jetzt schrie er fast, obwohl die Straße ruhig war.

Sie schloss die Augen und atmete tief durch. „Ich werde dir alles erzählen, aber nicht hier und nicht jetzt."

Er machte noch einen Schritt auf sie zu und in seinen Augen, in seiner Mimik lag neben der Enttäuschung und der Verzweiflung und der Wut eine Spur von Manie. Er verlor die Geduld und die Kontrolle. Lucy legte ihm eine Hand auf den Arm, versuchte, ihn zu beruhigen. Hinter ihr nahm der Verkehr wieder Fahrt auf. Ben schob ihren Arm beiseite, beugte sich weiter zu ihr vor. Er stand jetzt so nah, dass sie seinen Atem spüren konnte. „Seit wann geht das, Lucy?" Er zischte sie an. Tränen traten in seine Augen.

„Bitte. Ben, bitte, rufen wir ein Taxi. Ich möchte zuhause darüber reden. In Ruhe."

„In Ruhe? Willst du mich verarschen?" Sie hatte ihn noch nie so reden gehört. „Glaubst du, es wird auch nur einen Funken besser, wenn kein beschissener Schnee auf unsere Köpfe fällt, während du mir erklärst, dass du mich mit deinem Ex betrogen hast und mich jetzt für ihn verlässt?" Aus dem Augenwinkel nahm Lucy wahr, wie ein älteres Ehepaar mit ihrem Hund auf der einen und ein junges Mädchen mit ihrem Handy in der Hand auf der anderen Seite stehenblieben, um der Szene zu folgen.

„Nein, natürlich nicht." Sie schluckte und Tränen traten ihr in die Augen.

Da packte Ben sie bei der Jacke und zog sie zu sich heran. „Dann sag mir jetzt, wie lange das schon geht!" Er brüllte. Sein Atem war heiß auf ihrer kalten Haut. Und hinter diesem Brüllen hörte sie, wie der ältere Herr etwas rief, aber seine Worte gingen unter im Lärm der Autos.

Lucy wurde wütend und versuchte, seinem Griff zu entkommen. „Ich will jetzt nach Hause."

„Seit wann?" Er zog sie dichter zu sich heran. Ihre Nasen hätten sich berührt, wenn Lucy nicht ihren Kopf zurückgehalten hätte. Sie versuchte sich von ihm loszureißen, aber sein Griff war zu fest. Sie stemmte sich gegen ihn und sah ihm wieder in die Augen. Auf seiner Stirn hatten sich tiefe Falten gebildet. Sie hatte ihn noch nie so wütend gesehen. Eigentlich hatte sie ihn noch nie überhaupt wütend gesehen. Es hatte keinen Zweck. Sie würde es ihm jetzt sagen müssen. „Seit wir bei meinem Vater waren."

Sein Griff löste sich so plötzlich, als wäre ihre Jacke mit einem Mal in Flammen aufgegangen. Als hätte seine Hand sämtliche Kraft verloren. Als wüsste er nicht mehr, warum er sie überhaupt festhielt. Lucy war nicht darauf vorbereitet. Sie hatte noch immer versucht, sich von ihm loszureißen, sich gegen ihn gestemmt, als er ihre Jacke losließ. Und jetzt, als der Widerstand weg war, taumelte sie unkontrolliert zurück, stolperte und fiel nach hinten. Verzerrt hörte sie den Schrei des Mädchens, das Quietschen von Bremsen und das Bellen eines Hundes. Sie sah Bens Gesicht, entsetzt, einen Schrei auf den Lippen, seine Hand nach ihr ausgestreckt. Sie sah das ältere Paar, das im Begriff war, zu ihr zu rennen. Sie sah, das Licht im Fenster der Sprechstundenhilfe. Sie sah die Schneeflocken im Schein der Laterne. Aber nichts bewegte sich. Es war, als würde sie ein Foto betrachten. Als würde die Zeit für diesen einen Moment innehalten, damit sie sich alles in Ruhe ansehen konnte. Aber dann riss der Aufprall sie zu Boden. Und alles wurde schwarz.

März
Dunkelheit.

Immer wieder wechselte ihr Bewusstsein zwischen der alles betäubenden Dunkelheit und dem Grau, in dem das monotone Geräusch ihr einen Anker gab, an den sie sich klammern konnte. Und nach und nach wurden die schwarzen Phasen seltener und die grauen Phasen wurden heller. Und mit der Helligkeit kamen weitere Geräusche. Stimmen. Und Schritte. Waren da Schritte? Ja, es waren Schritte. Schritte und Stimmen. Weit entfernt und sie klangen genauso dumpf, wie dieses andere Geräusch. Und dann näherte sich eine Stimme. Und das Grau wurde noch heller. Wie ein Computergrau aus den 80ern. Und auch den 90ern? Bis wann hatten Computer diese schreckliche Farbe? Oder waren sie beige? Die Stimme sprach durch eine dicke Stoffschicht. Oder Wasserschicht. Kein Wort drang zu ihr durch und wieder kehrte das Schwarz zurück.

Beim nächsten Mal kam das helle Computergrau schneller. Es wurde fast ein Weiß. Die Stimme war weg, dieses gleichmäßig erklingende Geräusch noch da. Genauso monoton, genauso beruhigend. Und plötzlich durchfuhr sie ein Schmerz. Es war unmöglich, zu sagen, wo er herkam. Ihr gesamter Körper wurde davon ergriffen und für einen Moment schien das Schwarz wiederzukommen. Aber sie schaffte es, sich dagegen zu wehren, sich auf das Geräusch zu konzentrieren, und den Schmerz. Und allmählich schwächte das Gefühl, mit tausend Fleischermessern malträtiert zu werden, ab und sie konnte ihre Sinne auf andere Dinge lenken. Denn noch etwas war anders dieses Mal. Was war es? Ja, da war jetzt eine Berührung. Etwas berührte ihre Hand.

Eine andere Hand. Sie spürte die einzelnen Finger, die fremde Haut. Es war eine sanfte, zarte Berührung. Kein Streicheln. Die andere Hand lag ruhig auf der ihren. Sie lag einfach nur da. Sie war warm und groß. Sie versuchte, ihre eigene Hand zu bewegen, die Berührung zu erwidern. Es funktionierte nicht. Ihre Hand, es war die linke, lag unter der anderen wie ein Stein. Sie versuchte, die rechte Hand zu bewegen. Sie fühlte sich seltsam schwer an, aber sie schaffte es, einen einzelnen Finger, den kleinen, zu heben. Der Schmerz in diesem Teil ihres Körpers wurde stärker, aber sonst geschah nichts. Sie versuchte wieder, einen Finger der linken Hand zu heben, den Daumen. Diesmal klappte es. Sie berührte einen Teil der fremden Hand. Es war hart, ein bisschen scharfkantig. Ein Fingernagel. Jetzt regte sich die andere Hand. Die, die auf ihrer lag. Und nicht nur die Hand regte sich. Ein Geräusch. Und dann wieder eine Stimme. Aber wieder verstand sie nichts. Noch immer war da Watte in ihren Ohren, die verhinderte, dass irgendein Geräusch klar zu ihr durchdringen konnte. Und wieder kam das Schwarz zurück.

Beim dritten Mal war das Weiß nicht mehr rein. Schattierungen mischten sich darunter. Das gleichmäßige Geräusch war jetzt klarer. Es war ein Piepsen. Die fremde Hand war noch da. Genauso warm, genauso weich. Sie versuchte wieder, einen Finger zu bewegen. Es klappte sofort. Die andere Hand verstärkte, noch immer sanft, ihren Griff. Sie hörte ein Kratzen. Nein, eher ein Scharren. Metall, das über etwas gezogen oder geschoben wurde. Jemand schob einen Stuhl über den Boden. Und dann wieder eine Stimme. Diesmal war sie klar und sie klang nah.

„Lu!“ Sie kannte diese Stimme. Sie versuchte zu antworten. Sie öffnete den Mund, aber alles, was sie zustande brachte, war ein Kratzen. Es klang fremd. Ähnlich wie der Stuhl, als er über den Boden gescharrt war. Und ihr Hals fühlte sich an, als hätte jemand alle Feuchtigkeit aus ihm gesaugt. Sie öffnete die Augen. Zu schnell. Grelles Licht blendete sie und sie schloss sie sofort wieder. Nach ein paar Sekunden wagte sie den nächsten Versuch, blinzelte mehrmals und schließlich formten sich vor ihren Augen die Schatten und Lichter zu Formen, Gegenständen und zu … „Nik!" Wieder dieses fremde Kratzen statt ihrer eigenen Stimme. Aber er schien sich darüber zu freuen, denn er lächelte. Sie sah sich vorsichtig um. Noch immer schmerzte jeder Quadratzentimeter ihres Körpers. Zu dem Piepsen gehörte ein Monitor, mit Zahlen und Lichtern und gleichmäßig gezackten Linien. In ihrem Gesicht steckten Schläuche und ihr rechter Arm war eingegipst. Aber neben ihr, da saß Niklas. Niklas mit roten Augen. Niklas mit einem Drei-Tage-Bart. Einem unnatürlich langen Drei-Tage-Bart. Niklas, der lächelte. Niklas, der ihr sanft über die Wange strich. So sanft, als wäre sie ein rohes Ei, dem man die Schale genommen hatte. Sie wollte über seine haarige Wange streicheln, aber sie konnte den Arm nicht weiter als ein paar Zentimeter heben.

Plötzlich öffnete sich die Tür und jemand trat in den Raum. „Lucy, na endlich, auf Sie haben wir schon gewartet. Ich bin Rebecca. Aber nennen Sie mich ruhig Becky. Das macht hier jeder. Wie geht es Ihnen? Dieses Licht ist grässlich, oder? Was tut Ihnen weh? Soll ich Ihnen mal was gegen die Schmerzen bringen?" Eine fröhliche, vollbusige Krankenschwester mit rosigen Wangen und blonden Haaren, die sie zu einem Knoten gebunden hatte, trat an ihr Bett, kontrollierte die Werte auf dem Monitor und schrieb sie auf ein Blatt. Lucy brachte ein kratziges ‚Hi' heraus und versuchte zu lächeln.

Die Schwester lächelte ein breites Grinsen zurück. „Sie haben sicher Durst, hm?" Lucy nickte, oder versuchte es. Becky verstand die Geste, musste sie aber vertrösten. „Erst müssen wir mal diese Schläuche loswerden und ein Arzt muss einen Blick auf Sie werfen."

Es dauerte ein paar Stunden bis insgesamt drei Ärzte ihren Zustand überprüft und sie für stark genug befunden hatten, die Schläuche zu entfernen, und sie selbst etwas trinken durfte. Als ihr Körper zeigte, dass er mit all dem umgehen konnte, wurde sie auf eine andere Station verlegt. In der Zwischenzeit waren ihr Vater und Simon gekommen. Simon, der mehrere tausend Kilometer entfernt wohnte, saß neben Niklas auf einem zweiten Stuhl. Auch er hatte rote Augen und einen Drei-, nein Zehn-Tage-Bart. Wie hatte er so schnell hier sein können? Oder …? Lucy hatte nicht gewagt zu fragen, wie lange sie in diesem Bett gelegen hatte. Sie hatte gar nichts gefragt. Und niemand hatte ihr etwas gesagt, das über den Zustand ihres Körpers hinausging. Sie wusste, dass zwei ihrer Rippen und das rechte Bein gebrochen waren. Auch der rechte Arm hatte eine, wenn auch nur leichte, Fraktur. Ihre Lunge war zum Teil kollabiert. Die Schulter war geprellt und sie hatte eine schwere Gehirnerschütterung erlitten. Dadurch hatte sie das Bewusstsein verloren. Als Becky ihr das mitgeteilt hatte, wollte sie nichts mehr wissen. Aber dann fiel ihr Blick auf eines der Krankenblätter. Das Datum stand in der rechten oberen Ecke. Gut lesbar mit einem grünen Kugelschreiber notiert. Aber das konnte nicht stimmen. Marcs Konzert war am 13. März gewesen. Am 14. März hatte sie sich morgens mit Niklas getroffen. Und nachmittags … Die Bilder waren zurückgekommen. Die Schneeflocken im Licht der Laterne, Bens Gesicht, voller Entsetzen. Das Mädchen mit dem Handy in der Hand und der ältere Mann, der seine Frau am Arm packte. Sie sah nach draußen. Da war kein Schnee. Die Bäume waren noch immer kahl, aber sie sah Menschen in T-Shirts durch den Krankenhaus-Park laufen.

„Welcher Tag ist heute?“ Die Schwester, eine andere, sie hieß Lisa, hatte das Zimmer soeben verlassen. Nach Stunden waren sie endlich allein. Niklas, Simon und ihr Vater saßen um ihr Bett herum. Keiner antwortete.

„Nun sagt schon, welcher Tag ist heute?“ Ihre Stimme war fast wieder die alte.

Oliver schloss für einen Moment die Augen, auch seine waren rot, und atmete tief durch. „Der 28. März.“ Lucy schluckte. „Du bist seit zwei Wochen hier.“

April.
Krankenhaus.

„Wann kannst du nach Hause?“ Anna saß an ihrem Bett. Sie war allein gekommen. Ohne Mia und ohne Tim.

„Wenn meine Werte passen.“

„Wann wird das sein?“

Lucy wusste es nicht. Aber wo sollte sie auch hin? Sie durfte nicht fliegen und die Fahrt zu Niklas’ und auch zum Haus ihres Vaters war zu weit. Und ihre eigene Wohnung. Die, in der sie mit Ben gewohnt hatte, war zwar leer, aber sie konnte einfach nicht dorthin zurück.

„Und wie geht es dann weiter? Und hast du … Nun ja, hast du mit ihm gesprochen? Mit Ben, meine ich?“

Lucy zögerte einen Moment. „Ja. Er hat vor ein paar Tagen angerufen.“ Noch immer dachte sie viel über dieses Gespräch nach.

Anna schwieg, aber ihr Blick war fragend.

„Es war seltsam. Alles. Seine Stimme. Ich wusste kaum, was ich sagen sollte.“ Er hatte den Krankenwagen gerufen. Er hatte Erste Hilfe geleistet. Er hatte Niklas angerufen. Ihren Vater. Und Anna. Er war dem Krankenwagen hinterhergefahren und im Krankenhaus geblieben bis Niklas nach zehn Minuten den Flur der Notaufnahme entlang gerannt kam. Dann, nachdem er ihm alles erklärt hatte, hatte er in Louises Heim angerufen und darum gebeten, sie mit einem Taxi abholen zu dürfen. Er hatte sie ins Krankenhaus gebracht, auch ihr alles erklärt. Und danach war er zur Polizei gegangen. Aber sie hatten ihn wieder weggeschickt. Es sei ein Unfall gewesen. Er hatte versucht, ihnen zu erklären, dass es nicht passiert wäre, wenn er sie nicht an der Jacke gepackt hätte. Wenn er sie nicht losgelassen hätte. Wenn er auf sie gehört hätte und mit ihr nach Hause gefahren wäre. Wenn er sie nicht zu einer so großen Hochzeit gezwungen hätte. Wenn er der Mann gewesen wäre, den sie verdient, den sie gebraucht hatte. Die Polizistin war sehr verständnisvoll gewesen. Sie hatte ihm einen Kaffee gebracht und ihm erklärt, dass es nichts gäbe, wofür sie ihn verhaften könnte. Sie hatte ihm auch erklärt, dass ihn vermutlich niemand ausreichend bestrafen würde können, damit er sich selbst verzieh. Er müsste es allein schaffen. Aber das konnte er nicht.

Also war er am nächsten Tag zurück ins Krankenhaus gegangen. Er hatte gehofft, sie würden ihn anschreien. Er hatte gehofft, Niklas würde ihn schlagen. Aber niemand machte ihm Vorwürfe, auch wenn ein kleiner Teil von ihnen es vielleicht gern getan hätte. Schließlich ist es leicht, einen Schuldigen zu suchen, und auch zu finden, wenn so etwas passiert. Und vielleicht hätten sie es getan, wenn … Aber sie lebte. Sie lebte, weil Ben schnell gehandelt, sich aus seiner Starre gelöst und sie versorgt hatte. Louise war auf ihn zugerannt, mit zerzausten Haaren, verweintem Gesicht und hatte sich in seine Arme geworfen. Er war auf die Knie gesunken, obwohl sie auf diese Weise viel größer war als er. Er hatte sie gehalten, während sie schluchzend in seine Schulter geweint hatte.

Und Niklas. Niklas hatte ihn nicht geschlagen. Er hatte neben ihnen gestanden, als er Louise im Arm hielt und nachdem sie sich beruhigt und von ihm gelöst hatte und Ben wieder hatte aufstehen können, war er zu ihm getreten und hatte ihn umarmt. Er hatte ‚Danke' gesagt und ‚Es tut mir leid, Mann.'. Und dann hatten sie geweint. Ben hatte seit Jahrzehnten nicht mit einem anderen Mann geweint. Zuletzt mit Paul, am Grab der Großmutter. Aber hier hatte er gestanden, mit dem Mann, der dafür verantwortlich war, dass er jetzt war, wo er war. Dass er die Frau, die er liebte, verloren hatte. Und, obwohl er Niklas gern gehasst hätte, war er vor allem dankbar für diesen Moment der Verbundenheit.

Dann hatte er die Stadt verlassen. War zum Landhaus seiner Eltern gefahren. Er rief täglich an und fragte nach Lucys Zustand. Er hatte seine Sachen aus der Wohnung bringen lassen und betont, sie solle dahin zurückkehren und bleiben, solange sie wolle, sobald sie dies konnte.

Eine Schwester betrat das Zimmer, überprüfte Lucys Werte, wies darauf hin, dass das Mittagessen gleich serviert werden würde, und verschwand wieder. Lucy schloss die Augen. Sie hatte noch immer Schmerzen, besonders im Bereich der Rippen. Aber sie hatte darauf bestanden, die Dosis an Schmerzmitteln soweit wie möglich zu reduzieren. Der Nebel der ersten Tage hatte sich nur langsam gelichtet und es hatte eine Weile gedauert, bis ihre Gedanken wieder klar wurden. Sie wollte nicht wieder in diese Dämmrigkeit zurück.

„Und Nik?“, fragte Anna vorsichtig, aber sie lächelte.

„Ich hätte damals auf dich hören sollen.“

„Auf mich? Was habe ich denn gesagt? Wann?“

„Na damals, auf dem Spielplatz.“

„Was? Ach so. Ich habe dich nur gefragt, ob du es Ben erzählen würdest.“

„Ach komm schon, Anna. Das war doch keine Frage.“

„Es war eine Frage. Und du wusstest selbst nicht, was du wolltest. Und wahrscheinlich brauchtet ihr diese Monate. Besonders du. Also, was ist jetzt mit euch?“

Lucy lächelte. Niklas war der Erste, der morgens kam und der Letzte, der abends ging. Und jeden Abend verhandelte er mit den Schwestern darüber, ob er nicht die Nacht über bleiben konnte. Er versuchte, sie mit Blumen, Schokolade und seinem Charme zu bestechen, aber er hatte keinen Erfolg. Also machte er das Beste aus den elf Stunden Besuchszeit, die ihm blieben. Er frühstückte mit ihr, las ihr vor, aß mit ihr zu Mittag und zu Abend. Er brachte immer wieder neue Videos von Marc mit, der inzwischen zwei weitere Auftritte gehabt hatte und fast täglich ein Stück für Lucy aufnahm. Sie sahen gemeinsam Filme, lagen, soweit das möglich war, nebeneinander in Lucys Bett und sprachen über all das, über das sie in den letzten Jahren nicht hatten sprechen können. Es war eine reinigende Zeit, irgendwie.

Anna deutete ihr Lächeln, ohne auf eine Antwort zu warten. „Ah. Und wie geht es weiter mit euch?"

Lucy ließ sich in die Kissen zurückfallen. „Wir werden sehen."

April.
Ein Pavillon im Krankenhauspark.

„Heirate mich!" Er sprach die Worte leise. Es war fast ein Flüstern. So nah an ihrem Ohr, dass ihr ein Schauder über den Rücken lief. Ihr Kopf lag auf seiner Schulter, er hatte den Arm um sie gelegt und seine Hand streichelte sanft die kleine Stelle über ihrem Ellenbogen, die so empfindlich war und die der Gips gerade noch freiließ. Sie saßen im Park des Krankenhauses an einem kleinen Teich mit einem Pavillon aus rot und weiß gestrichenem Holz in der Mitte. Ein Steg führte dorthin und es gab mehrere ebenfalls rot und weiß gestrichene Bänke. Es war ein schönes Rot. Dunkel und voll. So wie das eines kalifornischen Cabernet Sauvignons. Und das Weiß wirkte so frisch, als wäre die Farbe erst vor wenigen Wochen aufgetragen worden. Die Sonne schien. Ein paar Enten schwammen auf dem Teich und eine Amsel sang von einem nahe gelegenen Baum zu ihnen herüber. Wahrscheinlich, sehr wahrscheinlich, sang sie weniger für sie als für ein Amselweibchen, das entfernt auf einem anderen Baum saß und eine angemessene Zeitspanne abwartete, in der das Männchen um sie warb, bevor es seinem Gesang endlich nachgab. Die Notknöpfe an den Pavillon-Wänden und der Blick auf den weißen Bettenhaus-Neubau mit den blauen Fensterrahmen trübten die Idylle etwas, aber Lucy war froh, endlich etwas anderes sehen zu können als die vier Wände ihres Zimmers und die Tapeten der Untersuchungsräume.

Sie hob ihren Kopf von seiner Schulter und sah ihn an. Die Frage hallte in ihrem Kopf wider und sie fragte sich, ob sie sie sich nicht nur eingebildet hatte. Und dann holte er etwas aus seiner Tasche. Lucys Blick folgte der Bewegung. Es war eine kleine schwarze Box. Es war *die* kleine schwarze Box. Sie griff mit der gesunden Hand nach seinem Handgelenk und sah ihn an. Er lächelte. Sie musste ihren Mund bewusst schließen, um zurückzulächeln, aber er fiel sofort wieder auf, als er die Schachtel öffnete. Die silberne, ineinander verschlungene Blume, verziert mit unzähligen kleinen Steinen und mit dem bezaubernden Saphir in der Mitte. Die zwei fein geschliffenen Silberstreifen, die sich auf der Hälfte des Ringes vereinten. Sie strich sanft über die Oberfläche des Diamanten, umkreiste die Blume mit ihrem Finger, erfühlte die Inschrift. „Mein Ring", flüsterte sie voller Ehrfurcht. Dann runzelte sie die Stirn und sah ihn wieder an. „Wie ist das möglich? Wo hast du ihn gefunden?"

„Hast du gehört, was ich gefragt habe?" Sein Blick war halb empört und halb belustigt.

Seine Frage erreichte sie gar nicht. „Nik, das ist mein Ring. Mein Ring aus Sizilien. Aus diesem kleinen, staubigen Antiquitätenladen. Das ist der Verlobungsring von Sophia Loren. Wo zum Teufel hast du ihn gefunden?"

Er lachte. „Hey, ich habe dich etwas gefragt."

Sie blickte von der Schachtel auf, wieder in seine Augen. Er sah so glücklich aus. „Ich habe dich auch etwas gefragt." Sie grinste ihn an. „Bekomme ich den Ring, wenn ich ‚Ja' sage?"

„Du würdest mich heiraten, nur, um den Ring zu bekommen?"

„Seit über zehn Jahren träume ich von diesem Ring." Und sie dachte: ‚Von dir träume ich länger.' „Wo hast du ihn gefunden?"

Er seufzte. „Ich habe ihn gekauft. Zusammen mit den Ohrringen."

Sie erstarrte. War das möglich?

„Aber … aber, Nik! Der Ring hat … Er war unfassbar teuer."

„Wirst du mir jemals antworten?"

Sie hörte ihn gar nicht und starrte auf den Ring. Ihr Herz raste und für einen Moment fragte sie sich, ob vielleicht alles anders gekommen wäre, wenn sie damals den Mut gefunden hätte, die schwarze Box zu öffnen. „Du hast diesen Ring seit über zehn Jahren. Und er war auch schon vor vier Jahren in dieser Schachtel", sagte sie leise und mehr zu sich selbst. Dann sah sie wieder auf. „Und woher wusstest du, dass …"

Er hob ihr Kinn an, damit sie ihn ansah. „Was meinst du? Vor vier Jahren?"

„Ich hab die Schachtel gefunden …"

Sein Blick verfinsterte sich. „Wann?"

„Nik …" Sie strich ihm über die Wange.

Er versuchte zu lächeln. Lucy atmete tief durch. „An dem Tag, an dem ich die Reportage in Südkorea angenommen habe. Ich hatte dein Handy gesucht. In deiner Sporttasche."

Sein Blick wurde weich und er schloss sie in die Arme. Aber sie schob ihn sanft von sich. Diese eine Frage brannte seit vier Jahren in ihr und sie wollte endlich eine Antwort. „Hattest du … Wolltest du …"

Er unterbrach sie: „Ja. Aber … Ich … Der Ring war seit Monaten in dieser Box. Kurz bevor wir von Charlies Krankheit erfahren haben … Ich bin zu ihnen gefahren, um …"

„Um sie um ihren Segen zu bitten?", flüsterte sie voller Ehrfurcht. Ihr Körper bebte und Tränen traten ihr in die Augen.

„Ja." Er lächelte. „Aber ich kam gar nicht dazu. Ich überraschte sie bei einem Gespräch mit einem von Olivers Freunden aus der Klinik. Ein Onkologe. Sie hatten mich nicht kommen gehört und er erklärte Charlie gerade, welche Therapien jetzt auf sie zukamen."

„Das hast du nie erzählt."

„Nein. Sie wollten es euch selbst sagen."

Sie schmiegte sich an ihn. „Es hätte ihr gefallen, uns heiraten zu sehen."

„Ja, das hätte es. Aber ich … ach keine Ahnung. Ich hätte sie trotzdem fragen sollen. Ich hätte dich fragen sollen. Wir hätten ihr diesen Moment schenken sollen. Ich hätte …" Er beendete den Satz nicht, seine Stimme brach. „Ich dachte, wir hätten mehr Zeit. Ich dachte, sie würde wieder gesund werden." Lucy schmiegte sich enger an ihn und strich über seine Hand, die noch immer die Schachtel festhielt. Minutenlang saßen sie einfach nur da und dachten daran, was möglich gewesen wäre. Lucy erinnerte sich, wie Charlie ihr versichert hatte, dass ihre Zeit kommen würde. „Sie hat immer gewusst, dass wir es eines Tages schaffen würden."

„Hat sie das?"

„Ja, das hat sie."

„Und haben wir das?" Er drückte sie wieder sanft von sich, damit sie einander ansehen konnten. „Wirst du mich heiraten?"

Sie grinste. „Du hast meine Frage noch nicht beantwortet."

Er seufzte und atmete tief ein. „Also gut. Als ich die Ohrringe gekauft habe, meinte der Verkäufer, du hättest dir den Ring schon dreimal zeigen lassen und versucht ihn herunterzuhandeln."

„Aber warum hast du ihn denn überhaupt gekauft? War ich nicht damals mit diesem, wie hieß er doch gleich, zusammen?“

„Alex.“

„Das weißt du noch?“

„Ja, das weiß ich noch.“

„Aber, dann … Warum?“

„Ich wusste, ich würde eines Tages mit dir in diesem wunderschönen Pavillon sitzen, um dich zu fragen, ob du mich heiraten möchtest.“

„Das hast du damals schon gewusst?“

Er grinste sie an. „Na ja, nicht, dass dabei immer wieder Menschen in weißen Kitteln vorbeilaufen würden. Und mir war auch nicht klar, dass dir der Ring wichtiger sein würde, als meine Frage.“

„Nik!“

Er wurde ernst. „Aber ich wusste, dass du die einzige Frau bist und immer sein würdest, mit der ich mein Leben verbringen will. Wenn ich meine Zukunft sehe, bist du an meiner Seite. Seit dem Tag, an dem ich dir am Strand hinterhergerannt bin und wir beschlossen haben, zu warten, gab es nie ein anderes Bild. Auch nicht, nachdem wir uns getrennt hatten. Und auch nicht, als ich den Ring eines anderen Mannes an deinem Finger gesehen habe. Ich liebe dich, Lu. Du bist der wichtigste Mensch in meinem Leben. Ohne dich fühlt es sich leer an, egal mit wie vielen Projekten ich es zu füllen versuche. Du bist mein Zuhause. Wenn ich bei dir bin, ist alles richtig. Alles ist wahr. Und alles andere ist unwichtig.“ Er strich ihr über die Wange und Lucy merkte erst jetzt, dass ihr Tränen übers Gesicht liefen. Er legte seine Stirn auf ihre und küsste sie. „Wirst du mich heiraten?“

Epilog.

August. Das Haus am Meer.

Es war gerade einmal 8 Uhr, aber die Sonne brannte auf Lucys Haut und die Luft war heiß. Der Sand unter ihren Füßen schob sich zwischen die Zehen und ein leichter Wind wehte ihr die Haare ins Gesicht. Sie beobachtete Niklas, der mit Louise im Wasser stand und ihr erklärte, wie sie sich auf dem Brett halten konnte, wenn die Wellen so waren, wie sie eben gerade waren. Sie hörte aufmerksam zu. Aber jedes Mal, wenn sie versuchte, seine Ratschläge umzusetzen, scheiterte sie und landete lachend im Wasser. Möglicherweise war sie heute einfach zu aufgeregt für eine weitere Lektion im Surfen. Lucy ging weiter zum Wasser. Das Meer umspülte ihre Füße und sie genoss die Erfrischung.

„Hey." Niklas hatte sie bemerkt und kam lächelnd auf sie zu. „Willst du ihr zeigen, wie man mit deinem Brett umgeht?"

„Sehr witzig." Sie streckte ihm die Zunge raus. Er umfasste ihre Taille, zog sie zu sich heran und küsste sie.

„Hey, ich bin noch hi-hier", rief Louise empört von den Brettern zu ihnen herüber. „Wie spät ist es? Müssen wir los?" Sie griff ihr Brett, Lucys Brett, und rannte aus dem Wasser.

„In einer Stunde müssen wir los, aber ihr wollt sicher noch duschen. Und das Frühstück ist fertig."

Louise rannte aus dem Wasser zum Haus und Niklas klemmte sich je ein Surfbrett unter den Arm. Lucy lief neben ihm und nachdem sie die Bretter in der Garage verstaut hatten, frühstückten sie.

Eine Stunde später saßen sie in Niklas‘ Kombi und legten die siebzig Kilometer zum Flughafen zurück. Louise plapperte die gesamte Fahrt über vor sich hin. Sie hatte Marc seit zwei Monaten nicht gesehen und obwohl sie täglich miteinander schrieben oder telefonierten, war sie so aufgeregt wie vor ihrer ersten Begegnung. Ein kleiner Teil von Lucy war noch immer unsicher, ob sie die richtige Entscheidung getroffen hatten. Sie wäre gern in Niklas‘ Haus gezogen, in die Nähe vom Popsie, von Marcs Familie und auch von der Stadt und der Redaktion. Aber sie hatten sich dafür entschieden, nach Hause zu kommen. Und Louise war begeistert gewesen von dieser Idee. Sie hatte sich sofort in das Meer verliebt, in die Ruhe des Ortes, in Josés ‚Gambas al ajillo‘, in das Surfen, in Oscars weiße heiße Schokolade und in die Gespräche mit Oliver, dem ersten Großvater, den sie je hatte. Und in Charlies Atelier, das sie täglich nutzte.

Lucy wurde vor vier Monaten endlich aus dem Krankenhaus entlassen. Ihr Bein war zu diesem Zeitpunkt noch immer in Gips gepackt. Die Rippen hatten noch immer geschmerzt. Und auch ihr Arm hatte sie bei fast jeder Bewegung an den Unfall erinnert. Aber da war noch etwas anderes. Zwischen all den Medikamenten, den Schmerzen und den kaputten Teilen ihres Körpers hatte jemand mit ihr gemeinsam darum gekämpft, zu leben. Kurz vor ihrer Entlassung wurde bei einem umfassenden Blutcheck durch einen Fehler einer Krankenschwester auch der Wert des humanen Choriongonadotropin, also des HCG, dem Schwangerschaftshormon, bestimmt. Er hatte über 4.000 gelegen. Sie war in der sechsten Woche schwanger. Niemand, weder die Ärzte, noch die Schwestern machten ihr Hoffnungen, dass das Baby, nein, das Embryo, die nächsten sieben Wochen, geschweige denn acht Monate, überleben würde. Ihr Körper sei zu schwach. Die Medikamente seien zu stark gewesen. Es wäre ein Wunder, wenn der Zellhaufen, dessen Herzschlag sie auf dem Monitor so deutlich gesehen hatte, die nächste Woche überstand. Aber der kleine Mensch schaffte es, hatte es bis hierher geschafft und war, soweit man das von außen beurteilen konnte, kerngesund. Und stark. Ein Tritt gegen die Bauchdecke erinnerte Lucy daran, als sie die Ausfahrt zum Flughafen nahmen. Sie lächelte und legte ihre Hand auf die Stelle, an der sie den Tritt gespürt hatte. Niklas strahlte sie von der Seite an und strich mit seinen Fingern über ihre. „Ist sie aufgewacht?"

„Ich glaube, sie hat keine Lust mehr, zu sitzen."

„Na, da hat sie ja Glück gehabt, dass wir gerade in diesem Moment ankommen." Er fuhr vor den Eingang, setzte Lucy und Louise dort ab und fuhr dann weiter, um einen Parkplatz zu suchen. Lucy wollte den Arm um Louises Schultern legen, als ihr bewusst wurde, dass das nicht mehr ging, ohne dass sie sich selbst verrenkte. „Bist du gewachsen?" Sie musterte das Mädchen erstaunt.

„Hm, ich weiß nicht. Kann sein. Das Essen bei euch ist so viel besser." Sie lachte, stellte sich auf die Zehenspitzen und legte Lucy den Arm um die Schultern. „Oder bist du geschrumpft, Malulou." Louise nannte sie so, seit sie die Adoptionspapiere unterschrieben hatten. Lucy liebte es und grinste sie an.

„Das wird's sein. So ist das im Alter."

Louise verzog das Gesicht und sagte: „Du bist doch nicht alt!"

Sie hatten Bens Angebot angenommen und die ersten Wochen in seiner Wohnung verbracht, auch wenn es sich seltsam anfühlte und Lucy froh war, als sie die Wohnung wieder verließen. Louise war dabei gewesen, als Niklas Lucy gemeinsam mit Oliver und Simon in einem Rollstuhl aus dem Krankenhaus gefahren hatte. Sie war mit in die Wohnung gefahren und dann war sie geblieben. Sie hatte sich nicht dazu bringen lassen, zurück ins Heim zu gehen. Sie hatte Angst. Sie war so nah daran gewesen, den Menschen zu verlieren, der ihr am meisten bedeutete. Den einzigen Menschen, den sie jemals geliebt hatte. Den ersten Menschen, der sie wirklich gesehen hatte und sie so genommen hatte, wie sie war. Lucy war ihre Familie und sie wich ihr nicht mehr von der Seite. Wochenlang schlich sie sich nachts zu ihr ins Bett und hielt ihre Hand. Sie bestand darauf, zu bleiben. Und sie ließen sie. Auch Angela stellte sich nicht dagegen, was Lucy überraschte. Vielleicht fühlte sie sich mitverantwortlich, weil sie so sehr auf den Regeln bestanden hatte, es ihnen zu schwer gemacht hatte. Und jetzt hatte Louise eine Mutter, einen Vater, einen Großvater, einen Onkel und bald eine kleine Schwester. Sie hatten sie am Tag ihrer Hochzeit, dem Tag, bevor sie sich ins Flugzeug gesetzt hatten, um ein gemeinsames Leben zu beginnen, adoptiert. Es war eine kleine Hochzeit gewesen. Mit Anna und Simon als Trauzeugen und einem anschließenden Essen auf der Sonnenterrasse des ‚Chapleenes'.

„Da ist er!" Louise hüpfte auf und ab, um über die anderen Menschen hinwegsehen zu können. Lucy sah ihn auch. Er stand neben einer Gruppe von Frauen mittleren Alters, die sich aufgeregt unterhielten und von denen jede einen weißen Wegwerfbecher aus Plastik in der Hand hielt, in die eine von ihnen Sekt aus einer dunkelgrünen Flasche goss. Marc strich sich die Haare aus den Augen, warf seine Tasche über die Schulter und schaute sich suchend um. Als er sie sah, erhellte sich sein Gesicht und er rannte, ungeachtet der feiernden Frauen um ihn herum, auf sie zu. Louise rannte auch und als sie einander erreicht hatten, ließ er seine Tasche fallen, umarmte das Mädchen, hob sie hoch und wirbelte sie durch die Luft. Lucy war immer wieder verblüfft darüber, dass die beiden nicht schüchtern voreinander rumdrucksten.

Es war Niklas schwergefallen, das Popsie zurückzulassen. Die Kinder, ihre Eltern. Es würde eine Weile dauern, bis er hier ein neues Projekt gefunden hatte. Aber es würde eines kommen und bis dahin gab es viele andere Aufgaben. Die Mieter, die noch bis vor ein paar Monaten im Haus seiner Großeltern gewohnt hatten, hatten sich leicht überzeugen lassen, das alte Haus Niklas und seiner Familie zu überlassen. Wie sich herausstellte, hatten sie seit Jahren mit dem Gedanken gespielt, zurück in die Stadt zu gehen. Seither war er gemeinsam mit Handwerkern damit beschäftigt, es zu sanieren, zu reparieren, die alten Tapeten abzureißen und den Fußboden zu schleifen. Und bis alle Arbeiten erledigt waren, wohnten sie bei Oliver.

„Und wann trittst du das nächste Mal auf?“ Louise öffnete ihre Autotür. Die gesamte Fahrt über hatte sie Marc mit Fragen gelöchert und er hatte jede einzelne geduldig beantwortet. Bis jetzt. Er stieg aus dem Auto und als er das Meer sah, schien es, als würde der Rest der Welt nicht länger für ihn existieren. Er konnte nicht antworten.

„Hey? Bist du noch da?“ Er antwortete noch immer nicht. Louise folgte seinem Blick und lächelte. Ihr war es genauso gegangen. Das Meer war für beide immer nur eine hübsche Ansicht auf einer Postkarte oder in einem

Hollywood-Film gewesen, aber nie eine persönliche Erfahrung. Sie nahm seine Hand und zog an seinem Arm. „Los komm! Von hier siehst du gar nichts. Aber du musst deine Schuhe ausziehen.“ Sie schlüpfte aus ihren Ballerinas, und wartete darauf, dass er es ihr gleich tat. Er grinste sie an, schob sich die Sneakers von den Füßen und gemeinsam rannten sie barfuß zum Wasser.

„Es sieht aus, als würde Marcs Vater gut vorankommen mit der Villa.“ Lucy trat zu Niklas, der gerade Marcs Tasche aus dem Kofferraum hievte.

„Ja, schneller als ich. Aber wie er das macht, ist mir ein Rätsel.“ Niklas lachte. Er hatte Marcs Familie angeboten, in der Villa zu wohnen. Solange Marcs Vater noch studierte zum gleichen Mietpreis, den sie bisher in der kleinen Wohnung am anderen Ende der Stadt gezahlt hatten. Die einzige Bedingung war, dass er dafür die Reparaturen am Haus übernahm. Niklas zahlte das Material und Marcs Vater übernahm die Arbeiten. Er war gut darin und kam deutlich schneller voran als Niklas, was nicht zuletzt daran lag, dass er die Unterstützung von Marc und seiner Mutter hatte, die noch nicht wieder angefangen hatte zu arbeiten und immer dann mithalf, wenn keines der Kinder sie brauchte.

„Hoffentlich hat er noch genug Zeit zum Lernen.“

„Zumindest ist sein Weg zur Arbeit kürzer.“

„Ja.“ Er stellte die Tasche ab, schloss den Kofferraum und gemeinsam gingen sie ein Stück in Richtung Strand. Als der Sand unter ihren Füßen die Schritte schwerer machte, blieben sie stehen. Sie beobachteten Louise und Marc, die über die Wellen sprangen, völlig durchnässt. Vor nicht einmal zwölf Monaten war Lucy dieser Strand, dieser Ort so klein erschienen. Und fremd, egal wie viel Vertrautes ihr begegnet war. Und Niklas, der plötzlich in ihrem Zimmer gestanden hatte, mit ihm hatte sie nicht einen Augenblick allein verbringen wollen. Was wäre wohl gewesen, wenn sie sich dagegen entschieden hätte, zur Gedenkfeier zu kommen?

„Woran denkst du?"

Sie atmete tief ein. „Wie nah ich daran war, dich tatsächlich zu verlieren."

„Lu …"

„Nein, wirklich. Was wenn wir uns hier nicht getroffen hätten? Ich meine, ich war kurz davor, nicht zu kommen."

Er schwieg eine Weile, bevor er antwortete. „Ich hätte einen anderen Weg gefunden?"

Es dauerte einen Moment, bis seine Worte bei ihr ankamen.

„Was?" Sie sah zu ihm auf.

„Ich hätte schon dafür gesorgt, dass wir uns sehen."

„Was meinst du damit?"

Er blickte weiter aufs Meer. „Ich … Ich hatte gehofft, du würdest kommen, wenn, na ja, wenn ich dich selbst darum bitte."

„Aber … Was? Du hast mich gefragt, weil …"

„Weil … Weil …" Er atmete tief durch. „Weil Anna mir erzählt hatte, dass du mit Ben zusammenwohnst. Dass du glücklich bist mit ihm."

Lucy starrte ihn an. „Du hast das alles geplant?"

Er hob die Augenbrauen. „Nein. Das hätte anders ausgesehen."

„Aber? Was …?"

„Ich wollte einfach wissen, was passiert, wenn wir uns sehen. Ob du … Na ja, ob du uns, mich tatsächlich hinter dir gelassen hast." Er schwieg. „Und ob es einen Grund dafür gab, dass ich nicht aufhören konnte an dich zu denken. Oder ob ich einfach nicht loslassen konnte, nicht wollte. Ob ich an etwas festhielt, was tatsächlich vorbei war. Oder … Oder, ob es noch eine Chance für uns gab. Ich konnte dich nicht einfach aufgeben. Ich meine endgültig aufgeben. Nicht, ohne dich noch einmal zu sehen."

„Nik." Sie schluckte.

„Was? Hast du nie an mich gedacht?"

Sie zögerte. „Nein."

„Nein?" Er sah sie überrascht an. Enttäuschung lag in seinem Blick.

„Nein. Es … es hätte mich umgebracht. Jeder Gedanke an dich war … es war, als würde mir jemand das Herz rausreißen. Immer und immer wieder. Der einzige Weg, ein Leben ohne dich zu führen, war, dich komplett daraus zu streichen. Auch aus meinen Gedanken." Niklas drehte sie zu sich und sah sie lange an. Er strich ihr über die Wange, von der eine Träne rollte. Er lächelte. Und dann küsste er sie. Und Lucy durchfuhr ein Kribbeln. Noch immer. Sie sah zu ihm auf. „Wann wusstest du, dass du uns noch nicht aufgeben wolltest?"

„Als du dich an deinem Wasser verschluckt hast. Du warst so unglaublich nervös." Er küsste sie wieder. „Da wusste ich …" noch ein Kuss. „du hast noch nicht mit uns abgeschlossen."

„Und du hast nichts gesagt."

„Ich wollte dir Zeit geben."

„Ich hatte Angst."

„Ich weiß." Er nahm sie in den Arm. „Wie ist es jetzt?"

Sie legte ihren Kopf an seine Stirn und dachte einen Moment nach. „Jetzt ist sie weg."

In diesem Moment rannten Louise und Marc an ihnen vorbei. Kleine Wasserspritzer trafen Lucys Haut und Sandkörner schlugen ihr gegen die Schienbeine. Sie sah ihnen nach und entdeckte das Auto ihres Vaters und dann ihn selbst. Louise rannte auf ihn zu und umarmte ihn, nass wie sie war. Er lachte auf, warf Lucy einen vielsagenden Blick zu und rief: „Sie ist schon genau wie du!“

Ende?

Abonniere meinen Newsletter & lies weitere Kurzgeschichten rund um Lucy & Co.

www.adwilk.de/newsletter

Kennst du das? Über hunderte von Seiten willst du so schnell vorankommen, wie möglich, damit du endlich weißt, was als Nächstes passiert. Und dann, dann bist du dort. Am Ende des Buches. Die Geschichte ist vorbei. Und obwohl du jetzt weißt, was du die gesamte Zeit über wissen wolltest, bleibt ein Teil von dir unbefriedigt zurück. Dieser Teil wünscht sich, du hättest langsamer gelesen. Wünscht sich, dass er noch immer in der Welt sein, den Charakteren bei ihrem Leben zusehen und ihre Gefühle mit ihnen teilen könnte. Vielleicht gibt es Dinge, die du gern noch erfahren wolltest und vielleicht bist du noch nicht bereit, Abschied zu nehmen.

Ging es dir mit diesem Buch auch so?

Hat Niklas Leah verlassen? Oder sie ihn? Fragst du dich, ob Niklas und Ben sich tatsächlich schon vor der Gedenkfeier kannten? Möchtest du mit Simon, Niklas und Lucy ihre erste Nacht am Strand, in der Höhle verbringen? Oder willst du erfahren, warum die Mutter der Zwillinge es nicht auf einen anderen Kontinent geschafft hat?

Dann melde dich jetzt zu meinem Newsletter an, und du erhältst im Wochentakt sieben Kurzgeschichten rund um die Charaktere aus diesem Buch:

www.adwilk.de/newsletter

Außerdem bekommst du dann meinen zweiwöchigen Newsletter rund um meinen Schreibprozess. Dabei sind auch immer wieder Kurzgeschichten, XXL-Leseproben zu neuen Büchern, Ankündigungen und Rabattaktionen, von denen alle anderen erst später erfahren. Außerdem bekommst du einen Insider-Blick in meinen Schreiballtag und einiges mehr. Probiere es aus.

Du findest mich außerdem hier:

Auf Instagram: www.instagram.com/adwilkbln_schreibt
Auf meiner Website: www.adwilk.de
Bei Pinterest: www.pinterest.de/adwilk_pins

☆☆☆☆☆

Teile deine Meinung mit mir & der Welt!

Hat dir das Buch gefallen? Wenn ja, würde ich mich sehr freuen, wenn du auf Amazon oder auf deinem Lieblingsportal eine Rezension hinterlässt. Das hilft mir als neuer Autorin unbeschreiblich stark dabei, weitere Leser für mein Buch zu finden und zu begeistern und dadurch mehr Zeit zur Verfügung zu haben, um weitere Geschichten zu schreiben.

Ich danke dir sehr für dein Feedback und deine Unterstützung!

Über die Autorin.

Ich bin Andrea, 35 Jahre alt und Mutter eines wunderbaren Jungen. Wir leben zusammen mit meinem Mann in Berlin, einer Stadt, die so viele Geschichten bereit hält, dass ich oft voller Ehrfurcht mit dem Notizbuch durch die Straßen laufe, um meine Beobachtungen festzuhalten.

Ich schreibe, seit ich das kann und ein Großteil meines Lebens ist und war geprägt von dieser Leidenschaft, sowohl privat als auch beruflich. Beim Schreiben fühle ich mich zuhause. Das Schreiben *ist* mein Zuhause. Und mit diesem Buch erfülle ich mir einen Traum.

Danke, dass du hier ein Teil davon bist!

deine Andrea

Lesenswerte Autoren.

Ist es besser, von einer traurigen Liebe zerrissen zu werden, als überhaupt nicht zu lieben?

Carolina ist achtundzwanzig Jahre alt und auf der Suche nach sich selbst, als sie Brida begegnet, einer Heilerin, die vor den Trümmern ihrer zweiten Ehe steht. Zwanzig Jahre trennen die beiden Frauen, doch während Carolina vom ersten Augenblick an erkennt, welche Liebe sie verbindet, hat Brida nicht nur Angst, sich auf die Beziehung einzulassen, auch ihr Mann verhindert einen Neuanfang. Ohne Hoffnung bricht Carolina alleine nach Schottland auf, um ihren Weg als Schriftstellerin zu gehen.

Ein Roman über die Macht der Liebe, die Angst davor und den Mut, den man braucht, um seiner inneren Stimme zu folgen.

Wir können alles sein - Johanna Kramer
www.johannakramer.de

Sprungturmhelden ist ein tiefgründiger Liebesroman über Freundschaft, Liebe und Mut bis hin zum Leben im Ausnahmezustand.

Für den 19-jährigen Jeremias gleicht das Leben einem Hindernisparkour. Sprayen und Klettern sind sein Weg, immer wieder zu sich selbst zu finden, bis ihn der Tod seines besten Freundes komplett aus der Bahn wirft. Nur durch Zufall begegnete er kurz zuvor der Schülerin Lexie, die ihm in dieser schweren Situation zur Seite steht, obwohl ihre Meinung über Jungs in ihrem Alter nicht gerade hoch ist.

Für Jeremias wirft sie jedoch all ihre Vorurteile über Bord und wird sehr schnell zu einem der wichtigsten Menschen in seinem Leben. Doch das Schicksal stellt den Beiden immer neue Hürden in den Weg, die jeden für sich an seine Grenzen bringen und von beiden Mut, Vertrauen und einfallsreiches, ungewöhnliches Handeln fordern. Werden Lexie und Jeremias einen gemeinsamen Weg finden? Oder beenden Wut, Trauer und Schmerz ihre Beziehung, bevor sie überhaupt eine Chance hatte zu wachsen?

Impressum

Wenn du wieder gehst

1. Auflage

ISBN-Taschenbuch:
978-3-00-060906-0

Andrea Kuhn
Vopeliuspfad 9
14169 Berlin

Herstellung: Amazon Media EU S.à.r.l.
5 Rue Plaetis, L-2338, Luxembourg

Ich liebe den direkten Kontakt zu meinen Lesern. Kontaktiere mich also gern für Kritik, Anregungen oder einfach, um ‚Hallo' zu sagen :)

Per E-Mail. andrea@adwilk.de
Auf meiner Website. www.adwilk.de
Auf Instagram. instagram.com/adwilkbln_schreibt

Lektorat. Michelle F. Förster
Covergestaltung. Andrea Kuhn

Bibliografische Information der Deutschen Nationalbibliothek:
Die Deutsche Nationalbibliothek verzeichnet diese Publikation in der Deutschen Nationalbibliografie; detaillierte bibliografische Daten sind im Internet über http://dnb.d-nb.de abrufbar.

11,99

35590479R00230

Printed in Poland
by Amazon Fulfillment
Poland Sp. z o.o., Wrocław